CADAVRE X

PATRICIA CORNWELL

CADAVRE X

roman

Traduit de l'américain
par Hélène Narbonne

CALMANN-LÉVY

Pour en savoir plus
sur Patricia Cornwell :

www.patricia-cornwell.com
www.pcornwell-france.com

Titre original américain :
BLACK NOTICE
(Première publication : G.P. Putnam's Sons, New York, 1999)

© Cornwell Enterprises, Inc., 1999

Pour la traduction française :
© Calmann-Lévy, 2000

ISBN 2-7021-3092-5

À Nina Salter.
De l'eau et des mots.

« Le troisième versa sa coupe dans
les fleuves et dans les sources
d'eaux – Et ils devinrent du sang. »

APOCALYPSE, XVI, 4.

B W

6 décembre 1996
Epworth Heights
Luddington, Michigan.

Kay, ma chérie,

Je contemple le lac Michigan, assis sous la véranda. Un vent cinglant vient de se lever, qui me rappelle que je dois me faire couper les cheveux. Je me souviens de la dernière fois que nous sommes venus ici tous les deux pour vivre un précieux moment de notre histoire, mettant notre travail et nos préoccupations quotidiennes entre parenthèses.

Si tu lis ces lignes, c'est que je ne suis plus. Lorsque je me suis décidé à écrire cette lettre, j'ai demandé au sénateur Lord de te la remettre en main propre un an après ma mort, au début du mois de décembre. Je sais combien la période des fêtes de Noël a toujours été difficile pour toi. Elle est sans doute, maintenant, devenue intolérable. Ma vie a commencé avec mon amour pour toi. Le seul cadeau que tu puisses me faire est de tenir bon.

Bien sûr, je sais, Kay. Tu n'as rien réglé. Tu t'es précipitée d'un lieu du crime à l'autre. Tu as multiplié les autopsies. Tu t'es plongée dans les affaires judiciaires, dans la gestion de l'Institut, dans tes cours et tes conférences. Lucy t'a inquiétée, Marino exaspérée. Tu as évité tes voisins et continué à redouter la nuit. Tu n'as pris aucunes vacances, tu ne t'es jamais arrêtée, alors même que tu en avais désespérément besoin.

Il est temps que tu cesses de fuir ta peine et que tu me laisses te réconforter. Pense à moi, prends ma main et souviens-toi de toutes ces fois où nous avons évoqué la mort. Nous n'avons jamais accepté l'idée qu'une maladie, un acci-

11

dent ou un acte de violence ait le pouvoir de nous annihiler, parce que nos corps sont juste des vêtements et que nous sommes tellement plus que cela.

Alors que tu lis cette lettre, Kay, je veux que tu saches que, d'une certaine façon, je te suis, je te garde, et que tout ira bien. J'aimerais que tu fasses quelque chose pour moi, pour célébrer cette vie qui était la nôtre et dont je sais qu'elle ne mourra jamais. Invite Marino et Lucy à dîner ce soir. Prépare-leur un de tes délicieux repas et réserve-moi une place à vos côtés.

Je t'aime pour toujours.

Benton.

1

LE CIEL BLEU et les couleurs de l'automne illuminaient cette fin de matinée. Mais la lumière et la beauté étaient maintenant réservées aux autres. Me restait l'aridité de ma vie. Je contemplai par la fenêtre un voisin qui ratissait les feuilles mortes et me sentis impuissante, brisée, vidée.

Les mots de Benton ressuscitaient toutes ces images terribles que j'avais tenté d'éviter. Je revis ces faisceaux de lumière balayant les ordures détrempées et l'eau, et révélant soudain des ossements éclatés par la chaleur. Le même choc me fit trembler lorsque ces formes indéfinies se précisèrent pour devenir une tête desséchée aux traits indiscernables et des touffes de cheveux gris collées de suie.

J'étais assise à la table de la cuisine, buvant à petites gorgées le thé que venait de me préparer le sénateur Lord. J'étais épuisée et la tête me tournait. Des spasmes de nausée m'avaient jetée à deux reprises vers la salle de bains. J'étais humiliée, parce que, plus que tout, j'ai toujours redouté de perdre la maîtrise des choses, et que c'était précisément ce qui venait de se produire.

— Il faudrait que je ratisse à nouveau les feuilles, dis-je stupidement à mon vieil ami. Nous sommes le 6 décembre et l'on se croirait au mois d'octobre. Regardez donc, Frank. Avez-vous remarqué comme les noisettes sont grosses ? Il paraît que cela annonce un hiver rigoureux, pourtant le temps est incroyablement doux. Je ne me souviens plus si vous avez des noisettes, à Washington.

— Oh oui, si tant est que vous parveniez à trouver un ou deux arbres.

— Sont-elles grosses ? Les noisettes, je veux dire.

— Je ne manquerai pas de vérifier, Kay.

La tête dans les mains, j'éclatai en sanglots. Le sénateur Lord s'approcha de ma chaise. Lui et moi avions grandi à Miami et fréquenté la même école. Je n'avais pourtant suivi les cours de St. Brendan qu'une année, et bien après qu'il en fut parti, mais, curieusement, cette croisée de nos chemins était un signe annonciateur de nos futures rencontres.

Je travaillais pour le médecin légiste expert du Dade County alors que le sénateur Lord était district attorney, et j'avais témoigné à maintes reprises dans des affaires dont il avait la charge. Au moment de son élection au Sénat, et alors qu'il prenait la direction du comité judiciaire, j'étais devenue le médecin légiste expert de l'État de Virginie. Il m'avait fréquemment appelée afin que je le seconde dans son combat contre le crime.

Son appel de la veille m'avait sidérée. Il m'avait juste annoncé qu'il venait me rendre visite et me remettrait quelque chose d'important. J'avais à peine fermé l'œil de la nuit. Mon cœur s'était arrêté de battre lorsqu'il était entré dans ma cuisine, et qu'il avait tiré de sa poche une enveloppe blanche toute simple.

J'étais maintenant assise en sa compagnie. Il était parfaitement logique que Benton ait placé sa confiance en lui. Il savait que le sénateur Lord m'aimait beaucoup et ne me laisserait jamais tomber. C'était tellement typique de Benton d'avoir élaboré un plan qui serait parfaitement exécuté même s'il n'était pas là pour y veiller. Tellement typique aussi qu'il ait prévu ma réaction après sa mort et qu'il ait eu raison sur toute la ligne.

Le sénateur Lord se tenait à mes côtés. Je sanglotais sur ma chaise.

— Kay, je sais à quel point tout ceci doit être pénible, et je voudrais pouvoir l'effacer. Je crois que l'une des choses les plus difficiles que j'aie jamais faites a été de promettre à Benton que je viendrais. J'ai toujours espéré que ce jour n'arriverait jamais, mais nous y voilà, et je suis avec vous.

Il se tut quelques instants, puis reprit :

— Personne ne m'avait jamais rien demandé de tel, et Dieu sait pourtant qu'on m'en a demandé !

Je fis un effort pour me calmer et répliquai doucement :

— Benton n'était pas comme les autres. Vous savez cela, Frank, merci, mon Dieu, vous le savez.

Le sénateur Lord était un homme impressionnant. Grand et mince, il avait d'épais cheveux gris et des yeux d'un bleu intense. Il s'habillait de costumes classiques, sombres, rehaussés de cravates audacieuses et claires. Il portait des boutons de manchettes, une montre de gousset et une épingle de cravate.

Je me levai. J'inspirai une longue bouffée d'air en tremblant et m'essuyai le visage avec un mouchoir en papier.

— C'était si gentil de votre part de venir, dis-je.

— Y a-t-il quelque chose d'autre que je puisse faire pour vous, Kay ? répondit-il avec un sourire triste.

— Vous l'avez déjà fait. Quand je pense à tous les tracas que cela a dû vous occasionner. Votre emploi du temps, tout le reste...

— Je vous avoue que j'ai pris le premier vol depuis la Floride. À ce propos, j'ai des nouvelles de Lucy. Elle fait d'excellentes choses, là-bas.

Lucy, ma nièce, était agent de l'ATF, le Bureau des alcools, tabacs et armes à feu. Elle venait d'être réaffectée au quartier général de Miami et cela faisait des mois que je ne l'avais pas vue.

— Était-elle au courant de la lettre ? demandai-je au sénateur Lord.

Le regard tourné vers la fenêtre, vers ce jour parfait, il répondit :

— Non, c'est à vous de lui annoncer. J'ajouterai qu'elle pense que vous la négligez un peu.

— Mais elle est toujours injoignable. Moi, au moins, je ne pourchasse pas des trafiquants d'armes et autres charmants personnages, et dans la clandestinité, s'il vous plaît. Elle ne peut jamais me parler, à moins d'être rentrée au quartier général ou de m'appeler d'une cabine téléphonique.

— Vous n'êtes pas non plus très facile à joindre, Kay. Vous avez l'esprit ailleurs depuis la mort de Benton. Vous avez disparu en service commandé, et vous ne vous en rendez même pas compte. Je le sais. J'ai tenté, moi aussi, d'aller vers vous, n'est-ce pas ?

Les larmes me vinrent à nouveau aux yeux. Il poursuivit :

— Et lorsque j'arrive à vous parler, que me dites-vous ? Que tout va bien, que vous êtes très occupée. Du reste, vous n'êtes pas venue une seule fois me rendre visite. Je regrette le bon vieux temps, quand vous me prépariez une de vos fameuses soupes. Vous n'avez pris aucun soin de ceux qui vous aiment, Kay, ni de vous.

Il venait de jeter un autre regard furtif vers la pendule murale. Je me levai et lui demandai d'une voix incertaine :

— Vous rentrez en Floride ?

— Malheureusement pas. Washington. Je suis encore l'invité de *Face the nation*. On reprend les mêmes et on recommence. Tout cela m'écœure à un point, Kay...

— J'aimerais tant pouvoir vous aider.

— Vous connaissez le monde. Si certaines personnes savaient que je suis chez vous, aujourd'hui, seul en votre compagnie, je suis convaincu qu'elles se feraient un plaisir de propager des rumeurs croustillantes à notre sujet.

— En ce cas, vous n'auriez pas dû venir.

— Rien n'aurait pu m'en empêcher. Et puis, je ne devrais pas vous assommer avec mes problèmes. Après ce que vous venez d'endurer.

Je lui fis visiter la maison. J'avais tout conçu dans le moindre détail : les meubles élégants, les tableaux, les parquets recouverts de tapis aux couleurs vives, jusqu'à cette collection d'instruments médicaux anciens. Tout y était exactement comme je l'avais souhaité, mais tant de choses avaient changé avec la mort de Benton. Depuis, je ne m'étais pas davantage occupée de ma maison que de moi. J'étais devenue l'insensible gardienne de ma propre vie. Chaque détail, autour de moi, en témoignait.

Le sénateur Lord remarqua ma sacoche ouverte, abandonnée sur le canapé du grand salon, les dossiers, le courrier, les notes, éparpillés sur le plateau en verre de la table basse, et les blocs de papier posés par terre. Les coussins étaient en désordre, le cendrier plein de mégots parce que j'avais recommencé à fumer. Il m'épargna une leçon de morale.

— Kay, après ce que je viens de vous dire, comprenez-vous que je devrais espacer mes relations avec vous ?

— Mon Dieu, regardez-moi ça ! laissai-je échapper d'un ton dégoûté. Je ne m'en sors vraiment plus.

Il poursuivit d'un ton prudent :

— Des rumeurs ont couru. Je n'ai pas l'intention de rentrer dans les détails, mais les menaces voilées n'ont pas fait défaut.

La colère lui fit hausser la voix et il acheva :

— Juste parce que nous sommes amis.

J'eus un petit rire triste :

— J'étais si ordonnée. Benton et moi n'arrêtions pas de nous quereller au sujet de ma maison ! Cette maison admirablement organisée, parfaitement agencée ! (La rage et la peine me suffoquaient et je criais presque.) S'il rangeait quelque chose différemment ou s'il se trompait de tiroir... C'est ce qui arrive lorsqu'on atteint l'âge mûr, qu'on a toujours vécu seul et qu'on a l'habitude que les choses soient faites selon ses foutus désirs !

— Kay, m'écoutez-vous ? Je ne veux pas que vous pensiez que je me détache de vous si je ne vous appelle plus autant, si je ne vous invite pas à déjeuner, ou si je ne vous demande pas conseil sur un projet de loi que je tente de faire passer.

Je poursuivis d'un ton aigre :

— Je ne parviens même plus à me rappeler quand Tony et moi avons divorcé ! 83 ? Il est parti. De toute façon, je n'avais pas besoin de lui, ni de personne ensuite. Je pouvais enfin construire ma vie comme je l'entendais, et c'est ce que j'ai fait. Joli résultat !

Debout, immobile au milieu du vestibule, enveloppant d'un geste ma magnifique maison de pierre et tout ce qu'elle contenait, je fixai le sénateur Lord :

— Hein, bordel, et alors ! Benton aurait bien pu balancer un sac d'ordures au beau milieu de cette putain de maison ! Il aurait pu tout démolir s'il le souhaitait. Je voudrais que rien de tout cela n'ait jamais eu la moindre importance, Frank. (J'essuyai des larmes de rage avant de poursuivre :) Je voudrais avoir la chance de tout recommencer, de ne jamais le critiquer, pour rien. Je voudrais tant qu'il soit là. Oh, mon Dieu, tellement. Tous les matins, lorsque je me réveille, je mets quelques instants avant de me souvenir et puis ça me tombe dessus, et si je m'écoutais, je resterais au lit.

Les larmes coulaient le long de mes joues. J'avais l'impression que tous les nerfs de mon corps étaient à vif.

Le sénateur Lord répondit avec conviction et douceur :

— Kay, vous avez rendu Benton très heureux. Vous étiez tout pour lui. Il m'a confié combien vous l'aidiez. Vous connaissiez les réalités de son métier, la violence à laquelle il était confronté quotidiennement. Au fond de vous, vous en êtes consciente.

Je pris une profonde inspiration et m'appuyai contre la porte. Il poursuivit :

– Et je sais qu'il souhaiterait vous voir heureuse, que votre vie soit plus douce. Si vous n'y parvenez pas, votre histoire d'amour avec Benton Wesley se conclura sur un échec dévastateur, inacceptable, quelque chose qui aura démoli votre vie. Au bout du compte, une erreur. Comprenez-vous ce que je veux dire ?

– Oui. Bien sûr. Je sais précisément ce que Benton souhaiterait. Moi aussi, je veux m'en sortir. Mais je crois que c'est au-dessus de mes forces. Par moments, je me suis dit que j'allais me briser, comme ça, m'effondrer, finir à l'hôpital, quelque part. Peut-être même dans ma foutue morgue.

Il serra ma main dans les siennes :

– Non, cela n'arrivera pas. S'il y a quelque chose que je sais de vous, c'est que vous résisterez, quoi qu'il arrive. C'est ce que vous avez toujours fait. Cette partie de votre voyage est sans doute la plus difficile, mais la route qui vous attend plus loin est moins dure. Je vous le promets, Kay.

Je le serrai contre moi et murmurai :

– Merci. Merci de vous être déplacé, de ne pas avoir oublié cette lettre dans un dossier, merci d'avoir pris cette peine.

J'ouvris la porte de la maison et il insista, d'un ton presque péremptoire :

– Vous m'appellerez si vous avez besoin de moi, n'est-ce pas ? Gardez à l'esprit ce dont nous avons discuté et, surtout, promettez-moi de ne pas vous croire abandonnée.

– Promis.

– Je suis là pour vous, Kay, toujours. Ne l'oubliez jamais. Ma secrétaire sait comment me joindre, à tout moment.

Je suivis du regard la Lincoln noire qui s'éloignait, puis retournai au grand salon pour y allumer un feu. Il ne faisait pas encore assez froid, mais j'avais désespérément besoin de la chaleur des flammes pour remplir le vide laissé par le départ du sénateur Lord.

Je lus et relus la lettre de Benton. Le son de sa voix résonnait dans mon esprit. Et je l'imaginais, les manches de sa chemise roulées, découvrant les veines saillantes de ses avant-bras musclés, ses mains fermes et élégantes. Il écrivait avec le stylo plume MontBlanc en argent que je lui avais offert un jour, pour le plaisir, sachant qu'il aimerait ses formes pures et précises.

Je pleurais sans discontinuer et dus éloigner la lettre pour ne pas la barbouiller de mes larmes. L'écriture de Benton, sa façon de s'exprimer avaient toujours été sobres, économes même, et ses mots étaient à la fois un réconfort et un tourment. Je les analysai avec un soin presque pathologique, les disséquai, tentant de déceler dans certains un sens caché, une signification secrète. Je finis par me convaincre qu'il essayait de me faire comprendre à mots couverts que sa mort était un leurre, une sorte de plan, de machination orchestrée par la CIA ou le FBI. Et puis, la vérité me glaça à nouveau, et le vide se réinstalla en moi. Benton avait été torturé et assassiné.

J'essayai, sans y parvenir, de trouver un moyen d'accomplir son vœu. Il était insensé de croire que Lucy pourrait s'envoler pour Richmond juste pour dîner. Je tentai quand même de la joindre, parce que c'était ce que Benton voulait. Elle me rappela quinze minutes plus tard de son téléphone portable.

— Le bureau m'a prévenue que tu cherchais à me joindre. Que se passe-t-il ? demanda-t-elle d'un ton enjoué.

— C'est difficile à expliquer. J'aimerais vraiment ne pas avoir à passer systématiquement par ton quartier général pour te contacter.

— Moi aussi.

— Et je sais que je ne peux pas te parler...

J'étais à nouveau bouleversée.

— Qu'est-ce qui ne va pas ?

— Benton m'a écrit une lettre...

Elle m'interrompit une nouvelle fois et je compris, ou du moins, je crus comprendre. Les téléphones cellulaires ne sont pas sûrs.

— Écoute, nous parlerons plus tard. Tourne là, dit-elle à quelqu'un. Désolée, tante Kay. Nous faisons un arrêt à *Los Bobos* pour nous envoyer un petit verre de colada.

— Un quoi ?

— Caféine et sucre concentrés dans un verre à whisky !

— Tu vois, Lucy, il s'agit de quelque chose qu'il voulait

que je lise, aujourd'hui. Il voulait que tu... Ce n'est pas grave. C'est stupide, vraiment.

Je faisais un effort prodigieux pour parler normalement, donner l'impression que tout allait bien.

Lucy répondit :

— Il faut que j'y aille.

— Tu peux me rappeler un peu plus tard ?

— D'ac, assura-t-elle de ce ton froid qui m'agaçait.

— Avec qui es-tu ?

Je ne demandais cela que parce que j'avais besoin d'entendre la voix de Lucy et que je ne pouvais pas raccrocher sur l'écho de sa soudaine indifférence.

— Ma partenaire psychopathe.

— Dis-lui bonjour de ma part.

J'entendis Lucy répéter à Jo, qui faisait partie de la DEA, l'Agence de lutte contre les stupéfiants :

— Elle te dit bonjour.

Elles travaillaient toutes les deux dans une brigade du HIDTA, implantée dans un secteur de trafic intense de stupéfiants. Leur équipe combattait sans relâche les redoutables réseaux qui infiltraient le pays. Mais la relation qui liait Lucy et Jo était aussi d'une autre nature. Elles étaient très discrètes à ce sujet et il n'était pas évident que l'ATF, ou la DEA, soient au courant.

— À plus tard, reprit Lucy, et elle raccrocha.

2

L E CAPITAINE PETE MARINO et moi-même nous connaissions depuis si longtemps que chacun éprouvait parfois le sentiment d'habiter la tête de l'autre. Je ne fus donc pas très surprise lorsqu'il m'appela avant même que je cherche à le localiser.

— Vous avez la voix drôlement prise, remarqua-t-il. Vous êtes enrhumée ?

— Non. Je suis ravie de votre appel, j'allais vous passer un coup de fil.

— Ah ouais ?

J'étais certaine qu'il était en train de fumer dans son pick-up ou dans sa voiture de police. Les deux véhicules étaient équipés de scanners et d'émetteurs bibandes qui faisaient un raffut infernal.

— Où êtes-vous ? lui demandai-je.

— Je patrouille, j'écoute le scanner, répondit-il comme s'il se trimballait au volant d'une décapotable par une radieuse journée. Je compte les heures jusqu'à la retraite. Vous trouvez pas que la vie est fabuleuse ? Il ne nous manque plus que le petit cui-cui du bonheur, conclut-il d'un ton lourd de sarcasme.

— Ça ne va pas ? Qu'est-ce qui vous arrive ?

— Je suppose que vous êtes au courant, pour le sac d'asticots qu'ils viennent de découvrir dans le port de Richmond. Un spectacle qui a fait gerber tout le monde aux alentours, à ce qu'on m'a dit. Putain, je suis ravi que ce soit pas mon problème.

— Quel sac d'asticots ?

Le signal du double appel retentit.

— Attendez, Marino, ne quittez pas, je prends l'autre ligne.

Ne raccrochez pas, dis-je en le mettant en attente. Oui ? Scarpetta.

– C'est Jack, dit mon assistant Jack Fielding. On a trouvé un corps dans un conteneur de cargo dans le port de Richmond. En état de décomposition avancée.

– C'est ce que Marino était en train de m'apprendre.

– Vous avez l'air grippée. Je crois que je suis moi aussi en train de l'attraper, et Chuck arrivera tard parce qu'il se sent patraque. Enfin, c'est ce qu'il dit.

Je l'interrompis :

– Le conteneur venait juste d'être débarqué d'un navire ?

– Le *Sirius*, comme l'étoile du même nom. Drôle d'endroit pour un cadavre, c'est le moins que l'on puisse dire. Quelles sont vos instructions ?

Le cerveau aussi performant qu'un disque dur abîmé, je gribouillai quelques notes sur un bloc, d'une écriture encore plus illisible que d'habitude, et lui répondis sans hésiter :

– J'y vais.

Les mots de Benton me revinrent à l'esprit. Je recommençais, fonçant droit devant moi. Peut-être même encore plus vite, cette fois-ci.

– Il n'est pas nécessaire que vous vous en chargiez, protesta Fielding comme s'il assumait brusquement le rôle de responsable. Je vais y aller. Vous êtes censée prendre une journée de congé.

– Qui dois-je contacter sur place ? le coupai-je afin de m'éviter un nouveau couplet de remontrances.

Il me suppliait de m'arrêter depuis des mois, de prendre une semaine ou deux de vacances, voire un congé sabbatique. J'en avais assez des gens qui me couvaient d'un regard inquiet. Leur sollicitude semblait insinuer que la mort de Benton avait affecté mon efficacité professionnelle, que je m'étais éloignée de mon équipe, et des autres, que j'avais l'air épuisée et distraite, et cela me mettait en colère.

– L'inspecteur Anderson nous a prévenus. Elle est sur place, continuait Fielding.

– Qui ça ?

– Ce doit être une nouvelle. Vraiment, docteur Scarpetta, je vais m'en occuper. Pourquoi ne faites-vous pas une pause ? Restez chez vous.

Je me souvins brusquement de Marino. Je repris sa ligne pour le prévenir que je le rappellerais dès que j'en aurais fini avec Fielding, mais il avait déjà raccroché.

– Indiquez-moi comment me rendre là-bas, Fielding.

– J'en conclus que vous n'allez pas tenir compte de mon conseil d'ami.

– En venant de chez moi, je prends la voie rapide vers le centre, et puis ?

Il me donna les indications nécessaires. Je raccrochai, puis me rendis rapidement dans ma chambre, la lettre de Benton à la main. Il fallait que je trouve un endroit où la ranger. Un tiroir ou un classeur ne convenaient pas. Mon Dieu, et si jamais je la perdais, ou si la femme de ménage la découvrait ? Je ne voulais pas non plus risquer de tomber dessus par hasard, sans y être préparée, et m'effondrer à nouveau. Mon cœur s'emballait, l'adrénaline affolait la course de mon sang, et des pensées contradictoires me déchiraient tandis que je détaillais l'enveloppe épaisse de couleur crème, le « Kay » tracé de l'écriture soignée et pudique de Benton.

Enfin, je trouvai : le petit coffre-fort ignifugé boulonné au sol dans mon dressing. Je tentai désespérément de me souvenir où j'avais noté la combinaison.

– Je suis en train de perdre les pédales ! m'écriai-je.

La combinaison se trouvait là où je l'avais toujours rangée, entre les pages 670 et 671 de la septième édition de la *Médecine tropicale* de Hunter. J'enfermai la lettre dans le coffre puis gagnai la salle de bains, où je m'aspergeai longuement le visage d'eau froide.

J'appelai ensuite Rose, ma secrétaire, lui demandant de dépêcher une équipe d'enlèvement au port de Richmond d'ici une heure et demie.

– Rose, dites-leur que le corps est en très mauvais état, soulignai-je.

– Comment allez-vous y aller ? demanda-t-elle. Je vous aurais bien proposé de passer et de prendre la Suburban, mais Chuck l'a emmenée pour une vidange d'huile.

– Je croyais qu'il était malade.

– Il a débarqué il y a un quart d'heure et est reparti avec la Suburban.

– D'accord, je vais prendre ma voiture. Rose, j'ai besoin du Luma-Lite, et d'une rallonge de trois mètres. Demandez à quelqu'un de m'attendre sur le parking, cela m'évitera de monter. Je vous rappellerai avant d'arriver.

— Il faut que je vous prévienne que Jane est sur les dents.

— Quel est le problème ? demandai-je, surprise.

Jane Adams, l'administratrice du Bureau, faisait rarement montre d'une quelconque émotion, et s'énervait encore moins souvent.

— Apparemment, toute la cagnotte du café a disparu. Vous savez que ce n'est pas la première fois !

— Bon sang ! Où était-elle rangée ?

— Comme toujours, enfermée à clé dans le tiroir du bureau de Jane. Il ne semble pas que la serrure ait été forcée, mais, quand elle a ouvert le tiroir ce matin, l'argent s'était envolé. 111 dollars et 35 cents.

— Il faut que cela cesse.

Rose continua :

— Et je ne sais pas si vous êtes au courant des derniers incidents. Des repas ont disparu de la salle de repos. La semaine dernière, un soir, Cleta a oublié son téléphone portable sur son bureau, et le lendemain il avait disparu. Il est arrivé la même chose au docteur Riley. Il avait laissé un joli stylo dans la poche de sa blouse de labo. Le lendemain, plus de stylo.

— Peut-être l'équipe de nettoyage ?

— Peut-être, mais je vais vous dire, docteur Scarpetta – et je ne veux accuser personne –, j'ai bien peur qu'il ne s'agisse de quelqu'un du Bureau.

— Vous avez raison. Inutile d'accuser qui que ce soit. Avez-vous au moins des bonnes nouvelles, aujourd'hui ?

— Pas pour l'instant, répliqua-t-elle d'un ton neutre.

Depuis que j'avais été nommée médecin expert général de l'État de Virginie, Rose avait toujours travaillé pour moi, ce qui signifiait qu'elle avait régné sur l'essentiel de ma carrière. Elle avait cette remarquable faculté d'être au courant d'à peu près tout ce qui se passait autour d'elle sans jamais s'y retrouver mêlée personnellement. Ma secrétaire était un roc, et même si le personnel en avait un peu peur, c'était vers elle qu'ils se tournaient tous lorsque surgissait un problème.

Elle continua :

— Faites attention à vous, docteur Scarpetta. Vous avez une voix d'outre-tombe. Pourquoi ne laissez-vous pas Jack se rendre sur les lieux ? Pour une fois, restez chez vous !

Une vague de chagrin me submergea, qui transparut dans ma voix lorsque je répondis :

– Je vais prendre ma voiture.

Rose comprit parfaitement et abandonna. Un silence s'installa, troublé par le bruit des papiers qu'elle compulsait sur son bureau. Je savais qu'elle voulait juste me réconforter, mais je ne lui en avais jamais laissé l'opportunité.

– Au moins, n'oubliez pas de passer autre chose avant, articula-t-elle enfin.

– De passer quoi ?

– D'autres vêtements. Avant de monter dans votre voiture, précisa-t-elle comme si c'était la première fois de ma vie que j'avais affaire à un cadavre décomposé.

– Merci, Rose.

3

J'ENCLENCHAI LE SYSTÈME d'alarme et verrouillai la maison. J'allumai ensuite la lumière dans le garage, où j'ouvris un vaste placard de cèdre ventilé par des grilles d'aération en haut et en bas. Il contenait des chaussures de marche, des cuissardes, de gros gants de cuir et une veste Barbour dont le revêtement imperméable me faisait penser à de la cire.

C'était là que je conservais également les chaussettes, caleçons longs, combinaisons et tous les autres vêtements de travail qui ne pénétraient jamais chez moi. Lorsque je rentrais, ils atterrissaient dans un évier en acier, puis dans le lave-linge et sur le séchoir qui leur étaient strictement réservés.

Je jetai dans le coffre de la voiture une combinaison, une paire de Reebok de cuir noir et une casquette de base-ball portant le sigle du Bureau du médecin expert général. Je vérifiai que ma grosse valise en aluminium Halliburton destinée aux scènes de crime contenait suffisamment de gants en latex, de sacs-poubelle renforcés, de bâches jetables, d'appareils photo et de pellicules. Puis je me mis en route, le cœur lourd. Les mots de Benton s'infiltraient à nouveau dans mon esprit. Je tentai de ne pas penser à son regard, à son sourire, au son de sa voix, à la sensation de sa peau sous mes doigts. J'aurais tant voulu l'oublier et, en même temps, je m'y refusais de toutes mes forces.

La ligne des toits de Richmond étincelait sous le soleil tandis que je descendais la voie rapide en direction de l'Interstate 95, et j'allumai la radio. J'arrivais à hauteur du péage de Lombardy Plaza lorsque mon téléphone de voiture sonna. C'était Marino.

– C'est juste pour vous prévenir que je vais venir faire un saut, me dit-il.

Un Klaxon furieux retentit lorsque je changeai de file et faillis emboutir une Toyota couleur argent qui se trouvait dans mon angle mort. Le conducteur m'évita et me dépassa à toute vitesse en hurlant des obscénités que je n'entendis pas.

– Va te faire foutre ! criai-je dans son sillage avec colère.

– Quoi ? me beugla Marino aux oreilles.

– Rien, juste un crétin d'automobiliste.

– Ah, bravo ! Vous avez déjà entendu parler d'instinct de meurtre au volant, doc ?

– Oui. Figurez-vous, Marino, que c'est exactement de ça que je suis atteinte.

Je pris la sortie de la 9e Rue, à deux minutes de mon bureau, et téléphonai à Rose. Lorsque je me garai sur le parking, Fielding m'attendait avec la mallette rigide et la rallonge.

– Je suppose que la Suburban n'est pas rentrée ?

– Non, répondit-il en chargeant l'équipement dans mon coffre. Ça ne va pas être triste, quand vous allez débarquer là-dedans. Je vois d'ici tous les dockers en train de reluquer cette belle blonde en Mercedes noire. Vous devriez peut-être prendre ma voiture.

Mon assistant body-buildé sortait tout juste d'un divorce qu'il avait célébré en échangeant sa Mustang pour une Corvette rouge.

– Tiens, c'est une bonne idée, rétorquai-je, pince-sans-rire. Si ça ne vous gêne pas, mais seulement si c'est un V8.

– D'accord, d'accord, j'ai compris. Appelez-moi si vous avez besoin de moi. Vous connaissez le chemin ?

– Oui.

Ses indications me conduisirent vers le sud, et j'avais presque atteint Petersburg lorsque je bifurquai pour remonter derrière la manufacture Philip Morris en traversant des voies de chemin de fer. La route étroite traversait des terrains vagues où poussaient mauvaises herbes et bosquets, avant de s'arrêter brutalement devant un poste de garde. J'éprouvais un sentiment étrange, et j'avais presque l'impression que je m'apprêtais à franchir la frontière d'un pays hostile.

Au-delà de la grille s'étendait un dépôt ferroviaire où s'entassaient sur trois ou quatre niveaux des conteneurs orange de la taille de wagons de marchandise. Un garde, qui prenait de toute évidence son travail très au sérieux, sortit de sa guérite, et je descendis ma vitre.

— Madame, que puis-je pour votre service ? demanda-t-il d'un ton monocorde.

— Je suis le docteur Kay Scarpetta.

— Et qui venez-vous voir ?

— Je suis là à cause d'un décès. Je suis le médecin expert.

Je lui montrai mon accréditation, qu'il prit et examina sous toutes les coutures. J'eus l'impression qu'il ne savait pas ce qu'était un médecin expert, et qu'il n'était pas dans ses intentions de remédier à cette ignorance.

— Alors, vous êtes l'expert, dit-il en me rendant mon portefeuille noir usé. Expert en quoi ?

— Je suis le médecin expert général de Virginie. La police m'attend.

Il réintégra sa guérite et décrocha le téléphone, tandis que je commençais à m'impatienter. Je devais me plier à ce genre de traitement à chaque fois qu'il me fallait pénétrer dans une zone surveillée. Jadis, j'étais convaincue que mon sexe en était la raison. Mais même si cette explication était valable à mes débuts – du moins parfois –, les choses avaient évolué, et aujourd'hui cela tenait davantage aux craintes engendrées par le terrorisme, la violence ou les procès.

Le garde nota mon numéro d'immatriculation, me tendit son registre pour que j'appose ma signature et me donna un passe-visiteur, que je n'accrochai pas à ma veste.

— Vous voyez ce pin ? dit-il en pointant du doigt.

— J'en vois un certain nombre, oui.

— Le petit arbre tordu, là-bas. Vous prenez juste à gauche et vous continuez tout droit en direction de l'eau. Bonne journée, madame.

Je redémarrai, dépassai d'énormes camions garés çà et là et plusieurs bâtiments de brique rouge que des panneaux identifiaient comme le Service des douanes et le Terminal de la marine fédérale. Le port en lui-même était constitué de rangées de gigantesques entrepôts, et les conteneurs orange alignés devant les quais de chargement avaient l'air d'animaux à l'abreuvoir. Deux porte-conteneurs, deux fois plus grands que des terrains de football, l'*Euroclip* et le *Sirius*, étaient amarrés au quai, le long de la James River, et des grues, hautes de plusieurs dizaines de mètres, surplombaient des écoutilles ouvertes, vastes comme des piscines.

Un ruban de plastique jaune, tiré entre des cônes de signalisation, encerclait un conteneur monté sur un châssis. Les alentours semblaient déserts. Je ne vis d'ailleurs aucun signe d'activité policière, à l'exception d'une Caprice bleue banalisée arrêtée à l'extrémité du dock. Son conducteur parlait à travers la vitre à un homme en chemise blanche et cravate. Le travail était interrompu. Des dockers en veste réfléchissante et casque de chantier avaient l'air de s'ennuyer et fumaient une cigarette en buvant de l'eau minérale ou des sodas.

Je composai le numéro du bureau et joignis Fielding.

— Quand avons-nous été avertis ? lui demandai-je.

— Attendez, je vais vérifier. (Je l'entendis remuer des papiers.) À 10 h 53 précises.

— Et quand a-t-il été découvert ?

— Euh, apparemment, Anderson ne le savait pas.

— Comment diable pouvait-elle ne pas savoir un truc comme ça ?

— Je crois qu'elle est toute nouvelle, je vous l'ai dit.

— Fielding, il n'y a pas un flic en vue à l'exception d'Anderson, du moins je pense que c'est elle. Que vous a-t-elle dit exactement, quand elle a appelé ?

— Décès en cours de transport, décomposé, elle a demandé que vous veniez.

— Elle m'a demandé moi, en particulier ?

— Bon sang, vous savez bien que c'est toujours vous qu'ils demandent en premier, ce n'est pas nouveau. Mais elle a dit que Marino lui avait dit de vous appeler.

— Marino ? répétai-je, surprise. C'est Marino qui lui a dit, à *elle*, de m'appeler, *moi* ?

— Oui, d'ailleurs j'ai trouvé qu'il ne manquait pas d'air.

Je me souvins de Marino me disant qu'il allait « faire un saut » et sentis une vague de colère me submerger. Il me faisait presque donner des ordres par une bleusaille, et si jamais il avait le temps, il viendrait peut-être faire un tour et voir comment nous nous en sortions !

— Fielding, quand avez-vous parlé à Marino pour la dernière fois ? lui demandai-je.

— Oh, il y a des semaines de ça, et il était d'une humeur de chiottes.

— Oui, eh bien pas autant que la mienne lorsque *monsieur* daignera enfin se montrer, lui assurai-je.

Les dockers me regardèrent descendre de voiture et ouvrir le coffre. Je sortis ma mallette, ma combinaison et mes chaussures, sentant les regards me détailler tandis que je me dirigeais vers la voiture banalisée. À chaque pas, la lourde valise cognait contre ma jambe, et je m'énervais de plus en plus.

L'homme à la cravate mit sa main en visière pour contempler deux hélicoptères de chaînes de télévision qui tournaient lentement au-dessus du port. Il était contrarié et en nage.

— Foutus journalistes ! marmonna-t-il en se retournant vers moi.

— Je cherche l'officier de police responsable, annonçai-je.

— Eh bien, ça doit être moi, répondit une voix féminine en provenance de la Caprice.

Je me penchai pour dévisager la jeune femme assise au volant. Très bronzée, le nez et la mâchoire bien dessinés, elle avait des cheveux bruns coupés court et lissés en arrière, et le regard dur. Elle était vêtue d'un ample jean délavé, de bottes de cuir noir à lacets et d'un T-shirt blanc. Elle portait son arme à la ceinture, et son badge suspendu à une chaîne rentrée dans son col. L'air conditionné soufflait à plein régime, et à la radio, du rock couvrait les conversations crachées par le scanner de la police.

— Inspecteur Anderson, je présume ?

— Renée Anderson, la seule, l'unique. Et vous devez être le doc dont j'ai tellement entendu parler, répondit-elle avec l'arrogance que j'associe systématiquement à l'incompétence.

— Je suis Joe Shaw, le directeur du port, se présenta l'homme. Ce doit être à votre propos que les types de la sécurité viennent de m'appeler.

Il était à peu près du même âge que moi, blond. Ses yeux étaient d'un bleu éclatant et sa peau ridée par le soleil. Il était évident à son visage qu'il détestait Anderson et chaque minute de cette journée.

— Avez-vous des informations intéressantes pour moi avant que je m'y mette ? demandai-je à Anderson en essayant de couvrir le vacarme des hélicoptères. La raison pour laquelle il n'y a pas de policiers pour protéger le lieu du crime, par exemple ?

— Y en a pas besoin, répliqua Anderson en ouvrant la portière d'un coup de genou. Comme vous avez pu le constater, ce coin n'est pas vraiment un moulin.

Je posai ma mallette sur le sol, et Anderson vint me rejoindre. Je fus surprise de découvrir à quel point elle était petite.

— Il n'y a pas grand-chose à dire, continua-t-elle. On n'a rien de plus que ce que vous voyez. Un conteneur avec un macchab puant dedans.

— Mais je suis certaine que vous pouvez m'en dire bien davantage, inspecteur Anderson. Comment le corps a-t-il été découvert, et à quelle heure ? L'avez-vous vu ? Quelqu'un s'en est-il approché ? Le lieu du crime a-t-il été modifié de quelque façon que ce soit ? Et vous avez intérêt à ce que la réponse à cette dernière question soit *non*, sans cela c'est vous que je tiendrai pour responsable.

Elle se mit à rire. J'entrepris d'enfiler la combinaison par-dessus mes vêtements.

— Personne ne s'est même approché, dit-elle. Les volontaires ne se sont pas bousculés au portillon.

— Pas besoin d'entrer dans ce truc pour savoir ce qu'il y a dedans, ajouta Shaw.

J'enfilai mes Reebok et ajustai ma casquette. Anderson détaillait ma Mercedes.

— Je devrais peut-être changer de boulot et travailler pour l'État, remarqua-t-elle.

Je la regardai de haut en bas.

— Je vous suggère d'enfiler quelque chose par-dessus vos vêtements si vous venez avec moi.

— Je dois passer quelques coups de fil, répondit-elle en s'éloignant.

— Je ne suis pas du genre à expliquer aux autres comment faire leur boulot, mais bon sang, qu'est-ce que c'est que ce truc ? On a un cadavre sur les bras, et les flics nous envoient cette espèce de connasse ? me dit Shaw en serrant les mâchoires, le visage écarlate et ruisselant de sueur.

Il continua, faisant des efforts visibles pour ne pas jurer en ma présence :

— Vous savez, dans ce business, on ne gagne pas un sou

31

quand rien ne bouge. Et ça fait deux heures et demie qu'on n'a pas pu bouger un truc ! Bien sûr, je suis désolé que quelqu'un soit mort, mais j'aimerais bien que vous fassiez votre boulot et que vous fichiez le camp, et les médias avec vous, ajouta-t-il avec une grimace à l'adresse du ciel.

— Monsieur Shaw, que transportait le conteneur ?

— Du matériel photo allemand. Il faut que vous sachiez que les scellés sur le loquet du conteneur sont intacts, ce qui signifie qu'on n'a pas touché au chargement.

— C'est la compagnie de navigation étrangère qui a apposé les scellés ?

— C'est ça.

— Ce qui signifie que, mort ou vif, le corps se trouvait probablement à l'intérieur du conteneur lorsque celui-ci a été scellé ?

— Exact ! Le numéro correspond à celui qui a été entré dans le dossier par le courtier en douane, rien d'anormal là-dedans. D'ailleurs, ce chargement a déjà transité par les douanes, il y a cinq jours de ça. Ce qui explique pourquoi il a tout de suite été chargé sur un châssis. Et puis on a senti quelque chose, et alors là, plus question d'aller nulle part.

Je regardai autour de moi, enregistrant la scène. Une légère brise faisait cliqueter de lourdes chaînes contre les grues qui déchargeaient encore des poutrelles d'acier par les trois écoutilles de l'*Euroclip* lorsque toute activité avait été interrompue. Chariots élévateurs et camions à plateau avaient été abandonnés. Dockers et équipage n'avaient rien d'autre à faire que nous regarder.

Certains nous observaient depuis la proue des navires, d'autres à travers les vitres des entrepôts. Palettes de bois, rouleaux et entretoises gisaient sur l'asphalte taché d'huile d'où s'élevait une brume de chaleur. Au-delà des entrepôts, un train CSX franchissait un passage à niveau en gémissant dans un bruit de ferraille. La forte odeur de créosote ne parvenait pas à masquer la puanteur de chair humaine en décomposition qui flottait dans l'air.

Une voiture de police se gara à côté de ma Mercedes alors que je demandais à Shaw :

— D'où le bateau est-il parti ?

— D'Anvers, il y a deux semaines, répondit-il en regardant le *Sirius* et l'*Euroclip*. Des navires sous pavillon étranger, comme tous ceux qui débarquent ici. Les seuls pavillons américains qu'on voie maintenant, ce sont ceux qu'ils hissent par courtoisie, ajouta-t-il avec une sorte de désillusion.

Debout à tribord de l'*Euroclip*, un homme nous observait à la jumelle. Il me parut étrange que, en dépit de la chaleur, il porte des manches longues et un pantalon.

Shaw plissa les paupières :

— Bon sang, ce soleil est éblouissant !

Je suggérai :

— Un passager clandestin ? Encore que j'aie du mal à imaginer que quelqu'un choisisse de se cacher en pleine mer pendant deux semaines à l'intérieur d'un conteneur verrouillé.

— Jamais entendu parler d'un cas de ce genre.

Stupéfaite, je vis Pete Marino descendre de la voiture de patrouille qui venait de se garer à côté de ma voiture.

Shaw continua :

— L'année dernière, on n'a pas eu plus de cent vingt navires transatlantiques ou de chalands.

D'aussi loin que je le connaisse, Marino avait toujours été inspecteur, et je ne l'avais jamais vu en uniforme.

— Si c'était moi, que j'essaye de quitter le navire ou que je sois un immigré clandestin, je crois que je préférerais accoster dans un très grand port, comme Miami ou L.A., le genre d'endroit où on peut passer inaperçu et se perdre dans la foule.

Anderson revenait vers nous, mastiquant un chewing-gum.

— Ce que je veux dire, c'est qu'on ne brise les scellés et qu'on n'ouvre les conteneurs que lorsqu'on soupçonne un truc illégal, de la drogue ou un chargement de contrebande, continua Shaw. Parfois même, on sélectionne un bateau qu'on fouille des cales au pont, histoire de décourager les équipages qui seraient tentés par la contrebande.

— Je suis contente de plus être obligée de m'habiller comme ça, remarqua Anderson comme Marino s'approchait de nous.

Il arborait l'air suffisant et belliqueux qu'il avait toujours lorsqu'il était mal à l'aise ou d'une humeur particulièrement massacrante.

— Pourquoi est-il en uniforme ? demandai-je à Anderson.

— On lui a trouvé une nouvelle affectation.

– Ça, de toute évidence.

– Depuis que le directeur adjoint Bray est arrivé, il y a eu beaucoup de changements dans le département, expliqua Anderson d'un ton complaisant.

Il me semblait totalement illogique de renvoyer patrouiller en uniforme quelqu'un d'aussi compétent que Marino. Quand avait-il reçu cette nouvelle affectation ? J'étais à la fois blessée qu'il ne me l'ait pas dit et honteuse de ne pas l'avoir découvert plus tôt. Il y avait des semaines, peut-être même un mois, que je ne l'avais pas appelé pour discuter un peu. Je ne me souvenais même plus quand je l'avais invité pour la dernière fois à passer prendre un café au bureau ou à venir dîner à la maison.

– Qu'est-ce qui se passe ? grommela-t-il en guise de salut, sans accorder un coup d'œil à Anderson.

– Je suis Joe Shaw. Comment allez-vous ?

– Ça pourrait pas être pire, répliqua Marino avec aigreur. T'as décidé de travailler toute seule sur ce coup-là, Anderson, ou c'est juste que les autres flics ne veulent rien avoir à faire avec toi ?

Elle le foudroya du regard, sortit son chewing-gum de sa bouche et le jeta comme si Marino venait de l'en dégoûter.

Il continua, furieux :

– T'as oublié d'inviter des gens à ta petite sauterie ? Nom de Dieu ! J'ai jamais vu ça de toute ma putain de vie !

Une cravate à clip et une chemise blanche à manches courtes boutonnée jusqu'au col étranglaient Marino. Son gros ventre luttait vaillamment contre un pantalon d'un uniforme bleu marine et un ceinturon de cuir rigide lourdement chargé de son pistolet Sig-Sauer 9 millimètres, de ses menottes, de chargeurs supplémentaires, d'une bombe paralysante. Écarlate, il ruisselait de sueur. Une paire de lunettes de soleil Oakley dissimulait ses yeux.

– Nous avons à parler, tous les deux, dis-je en tentant de le tirer sur le côté.

Mais il refusa de bouger d'un pouce et sortit une cigarette du paquet de Marlboro qu'il trimballait toujours sur lui.

– Elle vous plaît, ma nouvelle tenue ? me demanda-t-il d'un ton sardonique. Le directeur adjoint Bray a trouvé que j'avais besoin d'un nouveau costume.

– Marino, on n'a pas besoin de vous ici, lui dit Anderson.

D'ailleurs, ça m'étonnerait que vous ayez envie qu'on sache que vous avez ne serait-ce qu'eu l'*idée* de venir.

— Pour toi, je suis *capitaine* ! cracha Marino dans une bouffée de fumée. T'as intérêt à faire gaffe à ta grande gueule, parce que je suis ton supérieur hiérarchique, poupée.

Shaw observait l'échange sans un mot.

— Il y a longtemps qu'on n'appelle plus *poupée* les officiers de sexe féminin, rétorqua Anderson.

— Vous m'excuserez, mais j'ai un corps à examiner, remarquai-je.

— Il faut traverser tout l'entrepôt, me dit Shaw.

— Allons-y.

Il nous conduisit, Marino et moi, jusqu'à une porte qui ouvrait sur la rivière. L'endroit était immense, étouffant et plongé dans la pénombre. Une douce odeur de tabac régnait à l'intérieur. Des milliers de ballots de feuilles, dans des sacs de toile, étaient empilés sur des palettes, non loin de tonnes de sable et de minerai utilisés dans la sidérurgie, me semblait-il, et de pièces détachées qui attendaient d'être acheminées jusqu'à Trinidad, si l'on en croyait les tampons apposés sur les caisses.

Le conteneur avait été reculé contre un quai de chargement, le plus à l'écart possible. L'odeur écœurante devenait plus intense au fur et à mesure que nous nous approchions. Nous nous arrêtâmes devant le ruban jaune qui barrait la porte ouverte du conteneur. La puanteur était lourde et brûlante, semblant avoir absorbé le moindre atome d'oxygène, et je m'efforçais de rester insensible. Les mouches n'avaient pas tardé et nous environnaient de leur bourdonnement obstiné et sinistre.

Je demandai à Shaw :

— Y avait-il des mouches lorsque le conteneur a été ouvert ?

— Pas autant.

— Jusqu'où vous êtes-vous approché ? dis-je tandis qu'Anderson nous rattrapait.

— Déjà bien trop près.

— Personne n'est entré dedans ?

Je voulais en être certaine.

— Ça, je peux vous le jurer, madame, assura Shaw, que la puanteur commençait à incommoder.

Marino, lui, paraissait imperturbable. Il sortit une nouvelle cigarette et marmonna en allumant son briquet.

– Alors, Anderson, comme t'as pas regardé, peut-être que ça pourrait être du bétail, mais je ne crois pas. Merde, peut-être qu'un gros chien s'est retrouvé enfermé là-dedans par inadvertance. Ce serait vraiment dommage d'avoir traîné le doc jusqu'ici et d'avoir ameuté les médias pour découvrir un pauvre clebs errant.

Nous savions tous deux pertinemment qu'il n'y avait là ni chien, ni porc, ni cheval, ni quelque animal que ce soit. J'ouvris ma mallette tandis que Marino et Anderson continuaient de s'envoyer des amabilités. J'y rangeai mes clés de voiture, en sortis plusieurs paires de gants et un masque de chirurgie. Je montai un flash et un objectif de 28 millimètres sur mon Nikkon, chargeai une pellicule de 400 ASA pour que le grain des photos ne soit pas trop gros, puis enfilai des bottines stériles par-dessus mes chaussures.

– Quand on a des mauvaises odeurs qui proviennent d'une maison fermée en plein mois de juillet, on regarde à travers la fenêtre, on entre par effraction s'il le faut, et on s'assure que ce qu'il y a dedans est humain, avant d'appeler le médecin légiste, continua d'expliquer Marino à sa nouvelle protégée.

Je me penchai pour passer sous le ruban et pénétrai à l'intérieur du conteneur plongé dans l'ombre. Je constatai avec soulagement qu'il n'était qu'à moitié rempli de cartons blancs soigneusement empilés, ce qui laissait suffisamment d'espace pour se retourner. Avec ma lampe torche, j'inspectai le moindre recoin.

Parvenu au fond du conteneur, le rai de lumière illumina la ligne inférieure des cartons, imbibée d'humeurs rougeâtres, celles qui s'échappent du nez et de la bouche d'un corps en décomposition. Ma lampe balaya des chaussures et des mollets, puis un visage barbu et boursouflé jaillit de l'obscurité. Les yeux exorbités et laiteux fixaient le vide, et la langue était si gonflée qu'elle saillait de la bouche, comme si le mort se moquait de moi. Où que je pose les picds, mes chaussures produisaient un son poisseux.

Le corps était redressé dans un coin. Il était soutenu des deux côtés par les parois du conteneur, les jambes allongées devant lui et les mains sur les genoux, dissimulées par un carton. J'écartai celui-ci, puis cherchai des plaies, des écorchures ou des ongles cassés, toutes choses pouvant suggérer qu'il avait tenté de sortir du conteneur. Et rien n'évoquait une lutte, ni trace de sang sur ses vêtements, ni blessure apparente. Je cherchai de la nourriture ou de l'eau, des provisions, des trous de ventilation, en vain.

Je me frayai un chemin entre chaque rangée de cartons, plissai les yeux en projetant à l'oblique le rayon de ma lampe sur le sol métallique. Les empreintes de pas étaient nombreuses. Je progressai centimètre par centimètre, mes genoux prêts à se dérober sous moi. Je trouvai une corbeille à papier en plastique vide, puis trois pièces de monnaie. L'une d'elles était un deutsche Mark, mais je n'identifiai pas les autres. Je ne touchai à rien.

Debout sur le seuil du conteneur, Marino paraissait à un kilomètre.

— Mes clés de voiture sont dans la mallette, lui criai-je à travers le masque.

— Et alors ? répondit-il en scrutant l'intérieur.

— Vous pouvez aller chercher le Luma-Lite ? J'ai besoin de la rallonge et de l'accessoire en fibre optique. M. Shaw vous indiquera où le brancher. Il faut une prise de terre.

— J'adore quand vous dites des cochonneries !

4

LE LUMA-LITE est une lumière au courant alternatif. Sa lampe à arc, de 15 watts d'intensité, émet un faisceau lumineux d'une longueur d'onde de 450 nanomètres, avec une largeur de spectre de 20 nanomètres. Elle permet de détecter des fluides corporels comme le sang et le sperme, mais également de révéler des traces de drogue, des empreintes digitales, des indices, toutes choses invisibles à l'œil nu.

Shaw dénicha une prise à l'intérieur de l'entrepôt, et j'enveloppai avec des sacs-poubelle les pieds en aluminium du Luma-Lite pour être certaine qu'aucun élément provenant d'une autre scène de crime ne contamine le conteneur. La lampe ressemblait beaucoup à un petit projecteur. Je l'installai à l'intérieur du conteneur sur un carton et mis le ventilateur du Luma-Lite à tourner avant de la brancher.

Tandis que je patientais en attendant que la lampe chauffe, Marino apparut, muni de lunettes protectrices couleur ambre. Le nuage de mouches s'épaississait. Elles venaient s'abattre sur nous et leur bourdonnement était assourdissant.

— Merde, je déteste ces trucs ! râla Marino en agitant les bras pour écarter les insectes.

Il ne portait pas de combinaison, uniquement des gants et des protège-chaussures.

— Marino, vous comptez reprendre votre voiture dans cette tenue ?

— J'ai un autre uniforme dans la voiture, au cas où quelque chose se renverse sur moi.

— Au cas où *vous* vous renverseriez quelque chose dessus, vous voulez dire, rectifiai-je en consultant ma montre. Encore une minute.

– Vous avez remarqué comme Anderson a disparu, pile-poil au bon moment ? Dès que j'ai été informé, j'ai su que ça se passerait comme ça. Ce que je n'avais pas prévu, c'est qu'il n'y aurait personne d'autre. Merde, il se passe vraiment des trucs bizarres.

– Mais comment est-elle devenue inspecteur à la criminelle ?

– Elle passe son temps à lécher les pompes de Bray. J'ai même entendu dire qu'elle faisait des courses pour cette bonne femme, qu'elle emmenait sa Crown Vic flambant neuve au lavage ; elle doit aussi lui tailler ses crayons et lui cirer ses bottes.

– Nous sommes prêts, annonçai-je.

J'entrepris de balayer les lieux. À travers nos lunettes teintées, l'intérieur du conteneur avait pris l'apparence d'un insondable trou noir, parsemé de formes fluorescentes blanches et jaunes d'intensité variable qui naissaient sous l'impact du rai. Le pinceau de lumière bleue dévoila des poils par terre et des fibres partout autour. Ce n'était pas vraiment une surprise dans cet endroit où l'on entreposait des marchandises, où tant de gens manipulaient tant de choses. Les cartons brillaient d'un blanc laiteux, d'une clarté presque lunaire.

Je déplaçai le Luma-Lite vers l'intérieur du conteneur. Les humeurs n'émettaient pas de fluorescence. Le corps ressemblait à une pauvre forme sombre avachie dans un coin.

– Si c'est une mort naturelle, pourquoi est-ce qu'il est assis avec les mains sur les genoux, comme s'il était à l'église, ou un truc comme ça ? demanda Marino.

– S'il est mort par asphyxie, déshydratation ou simplement de froid, c'est très possible.

– En tout cas, moi, ça me paraît bizarre.

– Je dis simplement que c'est possible. On commence à manquer de place, ici. Vous pouvez me passer la fibre optique, s'il vous plaît ?

Il se cogna dans des cartons en se frayant un chemin dans ma direction.

– Vous feriez mieux d'ôter vos lunettes pour venir jusqu'ici, Marino.

À l'exception du rayon de lumière intense, il était impossible de voir quoi que ce soit à travers ces verres teintés.

– Certainement pas, rétorqua-t-il. Il paraît qu'il suffit d'un coup d'œil, et bingo, vous êtes bon pour la cataracte, le cancer, et tout le tremblement.

– En plus, on est changé en statue de sel.

– Quoi ?

– Attention, Marino !

Il me heurta brutalement. Je serais incapable de préciser ce qui se passa exactement ensuite, toujours est-il que des cartons dégringolèrent, et qu'il faillit me renverser en tombant.

Sous le choc, je criai :

– Marino ? Marino !

Je coupai le courant du Luma-Lite et retirai mes lunettes.

– Putain de bordel de merde ! hurla-t-il comme s'il avait été piqué par un serpent.

Allongé par terre sur le dos, il battait des pieds et des mains pour écarter les cartons. La corbeille en plastique voltigea dans les airs. Je me baissai à ses côtés.

– Restez tranquille ! lui intimai-je d'un ton ferme. Ne remuez pas dans tous les sens tant qu'on ne sait pas si vous n'avez rien.

– Oh, merde ! Oh, putain ! J'en ai partout, de cette merde ! hurla-t-il, paniqué.

– Vous avez mal quelque part ?

– Bon Dieu, je vais dégueuler ! Nom de Dieu !

Il se redressa, envoya promener des cartons en se précipitant vers l'ouverture du conteneur. Je l'entendis vomir. Il poussa un gémissement, puis vomit une nouvelle fois.

– Vous devriez vous sentir mieux, après ça.

Il arracha sa chemise, se battant avec les manches en hoquetant. Une fois en maillot de corps, il la roula en boule et la balança au loin, de l'autre côté de la porte.

– Et s'il avait le sida ? lâcha-t-il d'une voix qui résonna comme un glas.

– Ce n'est pas avec ce type-là que vous allez attraper le sida.

– Putain !

Il eut un nouveau haut-le-cœur.

– Je peux finir toute seule, Marino.

– Laissez-moi juste une minute.

– Pourquoi n'essayez-vous pas de trouver une douche ? suggérai-je.

– Ne parlez de ça à personne, dit-il, et je savais qu'il faisait référence à Anderson. Vous savez, on pourrait sûrement tirer un bon prix de tout ce matériel photo.

– Sans aucun doute.

– Je me demande ce qu'ils vont en faire.

– Le service de rapatriement est arrivé ? demandai-je.

Il porta son émetteur radio à ses lèvres.

– Nom de Dieu ! jura-t-il avant de cracher avec un nouveau hoquet.

Il essuya vigoureusement sa radio sur le devant de son pantalon, toussa puis se racla énergiquement la gorge avant de cracher.

– Unité 9, jeta-t-il en tenant l'émetteur à trente centimètres de son visage.

– Unité 9, répondit l'opératrice.

Je fus surprise du soupçon de chaleur qui transparaissait dans sa voix. Les opérateurs qui expédient les équipes sur les lieux et ceux qui répondent aux numéros d'urgence sont le plus souvent calmes et dépourvus d'émotion, quelle que soit la gravité de la situation.

– Envoyez un 10-5 à Renée Anderson, dit Marino. Je connais pas son numéro d'unité. Dites-lui que, si ça ne la dérange pas trop, on apprécierait que les types du rapatriement rappliquent ici.

– Unité 9. Quel est le nom du service ?

Marino interrompit sa transmission et éleva la voix :

– Doc, comment s'appelle le service ?

– Transports municipaux.

Il transmit l'information et ajouta :

– Si elle est 10-2, 10-10 ou 10-7, appelez, et si on doit faire 10-20-2, dites-le moi.

Une foule de flics réglèrent leur fréquence micro. C'était leur façon de rire et d'applaudir Marino.

– 10-4, unité 9, répondit l'opératrice.

– Qu'est-ce qui vous vaut une telle ovation ? Je sais que 10-7 signifie hors service, mais je n'ai pas compris le reste.

– Je lui ai demandé de me dire si Anderson était en *signal faible* ou *négatif*, ou si elle *avait le temps de s'en occuper*. Ou bien s'il valait mieux *l'ignorer*.

– Pas étonnant qu'elle vous apprécie autant.

– C'est une connasse.

— Vous ne sauriez pas où est passé le câble en fibre optique, par hasard ?

— Je l'avais à la main, répliqua-t-il.

Je le retrouvai à l'endroit où Marino était tombé en renversant des cartons.

Il repartit de plus belle :

— Et s'il avait le sida ?

— Si vous tenez vraiment à vous faire du souci, essayez plutôt les bactéries gram négatives. Ou bien alors celles qui sont gram positives. Les clostridia, les streptocoques. Si vous avez des plaies ouvertes, ce qui n'est pas le cas, à ma connaissance.

Je fixai une extrémité du câble au bâton lumineux, et l'autre au bloc moteur en resserrant les vis à ailettes. Marino ne m'écoutait pas.

— Pas question qu'on puisse dire un truc pareil sur moi ! Qu'on dise que je suis un foutu pédé ! Je vous jure que je me fais sauter le caisson.

— Vous n'attraperez pas le sida, Marino, répétai-je une nouvelle fois.

Je remis en route la lampe source, qui devrait chauffer au moins quatre minutes avant que je puisse rétablir le contact.

— Je me suis arraché une petite peau hier, et j'ai saigné ! Ça, c'est une plaie ouverte !

— Vous portez des gants, non ?

— Si jamais j'attrape une saloperie, je tue cette putain de petite balance glandue !

Je supposai qu'il parlait d'Anderson.

— Et Bray aussi aura son paquet. Je trouverai un moyen !

— Calmez-vous, Marino.

— Qu'est-ce que vous diriez si c'était vous ?

— Quoi ? Vous voulez une liste complète des fois où ça a été moi ? Qu'est-ce que vous croyez que je fais, tous les jours ?

— Vous pataugez pas dans du jus de macchab, ça, c'est sûr !

— Du *jus de macchab* ?

— On ne sait rien de ce type. Qui nous dit qu'ils n'ont pas des maladies bizarres en Belgique, des trucs qu'on saurait pas soigner ici ?

— Marino, calmez-vous.

– Non !

– Marino...

– J'ai le droit de m'en faire !

– C'est comme vous voulez, mais dans ce cas, allez-vous-en ! dis-je, à bout de patience. Vous m'empêchez de me concentrer. D'ailleurs, vous m'empêchez de faire quoi que ce soit. Allez prendre une douche et descendez quelques verres de bourbon dans la foulée.

Le Luma-Lite était prêt, et je mis les lunettes protectrices. Marino s'était tu.

– Je reste, dit-il enfin.

Je m'emparai du bâton de fibre optique. L'intense lumière bleue pulsante était aussi mince qu'une mine de crayon, et j'entrepris de balayer de tout petits espaces.

– Vous voyez quelque chose ? demanda-t-il.

– Pas pour l'instant.

Ses protège-chaussures gluants se rapprochèrent tandis que je travaillais lentement, centimètre par centimètre, passant en revue des endroits que le projecteur large ne pouvait pas atteindre. Je me penchai en avant pour explorer l'espace qui se trouvait derrière son dos et sa tête, puis entre les jambes. Je vérifiai la paume de ses mains. Le Luma-Lite était capable de détecter l'urine, le sperme, la sueur, la salive et, bien entendu, le sang, mais, encore une fois, rien ne brilla. J'avais mal au dos et au cou.

– Moi, je vote pour le fait qu'il était mort avant d'atterrir ici, dit Marino.

– On en apprendra beaucoup plus quand on l'aura emmené en ville.

Je me redressai, et le faisceau de lumière accrocha le coin d'un carton que Marino avait déplacé en tombant. L'extrémité de ce qui ressemblait à la lettre Y brilla d'un vert fluorescent.

– Marino, regardez ça.

Lettre après lettre, j'illuminai des mots français écrits à la main, d'une dizaine de centimètres de haut et d'une étrange forme carrée, comme tracés de manière mécanique. Je mis un moment à les déchiffrer, et lus :

– *Bon voyage, le Loup-Garou.*

Marino était penché par-dessus mon épaule, et je sentais son souffle dans mes cheveux.

– Qu'est-ce que c'est qu'un foutu *loup-garou* ?

– Je ne sais pas.

J'examinai soigneusement le carton. Le dessus était détrempé, mais le fond totalement sec.

– Des empreintes ? demanda Marino. Vous en voyez sur la boîte ?

– Je suis sûre qu'il y en a partout, mais non, aucune ne ressort.

– Vous croyez que celui qui a écrit ça voulait qu'on le trouve ?

– C'est possible. Avec une espèce d'encre fluorescente. On va laisser les spécialistes des empreintes faire leur travail. Le carton part au labo, on ramasse quelques cheveux sur le sol pour la recherche d'ADN. Puis quelques photos, et on aura fini.

– Autant que je ramasse les pièces de monnaie, tant que j'y suis.

– Bonne idée, dis-je en fixant l'ouverture du conteneur.

Éclairé à contre-jour par le soleil brillant, quelqu'un que je ne parvenais pas à distinguer nous regardait.

– Où sont les techniciens ? demandai-je à Marino.

– Pas la moindre idée.

– Mince !

– Comme vous dites.

– On a eu deux homicides la semaine dernière, et ça ne s'est pas passé comme ça.

– Vous ne vous êtes pas rendue sur les lieux, alors vous ne pouvez pas savoir ce qui s'est passé, remarqua-t-il, et il n'avait pas tort.

– Mais quelqu'un de mon bureau y est allé. S'il y avait eu un problème, je le saurais...

– Non, pas si le problème n'était pas évident. Et ce n'était foutrement pas évident, puisque la première affaire d'Anderson, c'est celle-ci. Maintenant, par contre, c'est évident.

– Quoi ?

– Une chouette enquêtrice, toute neuve. Putain, c'est peut-être elle qui a flanqué ce corps ici pour avoir quelque chose à faire.

– Elle dit que c'est vous qui me vouliez sur place.

– C'est ça. Comme si je vous donnais des ordres sans me mouiller moi. Elle voudrait vous faire croire que je vous snobe pour que vous ayez une dent contre moi. C'est une putain de menteuse.

Une heure plus tard, nous avions terminé. Nous quittâmes l'obscurité puante pour regagner l'entrepôt. Anderson se tenait sur le quai, en conversation avec le directeur adjoint Al Carson, qui dirigeait la section des enquêtes. Je réalisai que c'était lui que j'avais aperçu plus tôt à l'entrée du conteneur. Je passai devant Anderson sans un mot et allai le saluer tout en tentant d'apprendre si le service de rapatriement avait fait son apparition. Je fus soulagée d'apercevoir deux hommes en combinaison près de leur van bleu marine, qui parlaient à Shaw.

– Al, comment allez-vous ?

Le directeur adjoint Carson était dans la partie depuis aussi longtemps que moi. C'était un homme doux et calme qui avait passé son enfance dans une ferme.

– On fait aller, doc. On dirait qu'on a un sacré truc sur les bras.

– Ça y ressemble.

– J'étais de sortie, je me suis dit que j'allais passer voir comment vous vous en tiriez.

Carson n'avait pas pour habitude de « passer » sur les lieux du crime. Il était tendu, paraissait déprimé, et n'accordait pas plus d'attention à Anderson que le reste d'entre nous.

– On a la situation en main, intervint Anderson en outre-passant grossièrement la hiérarchie. J'ai parlé au directeur du port...

Elle s'interrompit à la vue de Marino. À moins qu'elle ne l'ait d'abord senti.

– Salut, Pete ! dit Carson d'un air ragaillardi. Alors, mon vieux, il y a de nouvelles règles sur le port de l'uniforme, une dont je n'aurais pas entendu parler ?

Je m'adressai à l'inspecteur Anderson, qui s'éloignait autant que possible de Marino :

– J'ai besoin de savoir qui travaille sur cette affaire. Et où sont les techniciens ? Pourquoi le service de rapatriement a-t-il mis aussi longtemps à venir ?

– Ouais, c'est comme ça qu'on travaille en sous-marin, patron. On enlève nos uniformes, dit Marino d'une voix forte.

Carson éclata de rire.

Je continuai à interroger Anderson :

— Et comment se fait-il que vous ne soyez pas venue nous aider à collecter les indices ?

— Ce n'est pas à vous que je rends des comptes, répondit-elle avec un haussement d'épaules.

— Je vais vous dire quelque chose, rétorquai-je sur un ton qui retint son attention. C'est précisément à moi que vous rendez des comptes quand il y a un cadavre.

— ... je parie que Bray aussi a dû pas mal plonger en sous-marin, avant d'être au-dessus du lot. Des comme elles, il faut qu'elles soient au-dessus, ajouta Marino avec un clin d'œil.

La lueur s'évanouit dans le regard de Carson, qui retrouva son air déprimé. Il semblait fatigué, comme si la vie l'avait poussé à bout.

— Al ? reprit Marino plus sérieusement. Putain, qu'est-ce qui se passe ? Comment ça se fait que personne ne se soit pointé à cette petite sauterie ?

Une Crown Victoria noire rutilante se dirigeait vers le parking.

— Il faut que j'y aille, répondit Carson avec brusquerie, l'esprit ailleurs. On se voit à la FOP[1]. C'est toi qui paies ta tournée de bière. Louisville a battu Charlotte, donc tu as perdu ton pari, tu te souviens, mon vieux ?

Et il s'éclipsa sans accorder la moindre attention à Anderson. Il était évident qu'il ne disposait d'aucun pouvoir sur elle.

— Alors, Anderson ? dit Marino en lui assénant une claque dans le dos.

Elle eut un hoquet, et pressa sa main sur sa bouche et son nez.

— C'est sympa de travailler pour Carson, hein ? C'est un chouette type, non ?

Elle recula, mais il lui emboîta le pas. Marino était consternant avec son pantalon d'uniforme puant, ses gants et ses protège-chaussures dégoûtants. Son maillot de corps ne redeviendrait plus jamais blanc, et il avait d'énormes trous là où les coutures avaient cédé sous la pression de son gros ventre. Il la serra de si près que je crus qu'il allait l'embrasser.

— Vous puez ! protesta-t-elle en tentant de lui échapper.

1. Fraternal Order of the Police, association de policiers. (N.d.T.)

46

– C'est marrant, cocotte, mais c'est des choses qui arrivent dans notre genre de boulot.

– Foutez-moi la paix !

Ce n'était pas du tout dans les intentions de Marino. Elle tenta de foncer, l'esquivant, mais à chaque pas il lui barrait le passage. Il finit par la repousser contre d'énormes sacs, prêts à partir pour les Antilles.

Il ne pouvait pas la toucher, mais ses mots faisaient mouche aussi sûrement que s'il l'avait attrapée par le col de sa chemise :

– Putain, qu'est-ce que tu te crois ? On a un putain de cadavre en train de pourrir dans un conteneur dans un putain de port international où la moitié des gens ne parlent pas un putain de mot d'anglais, et toi, tu décides que tu vas t'occuper de ça toute seule ?

La Crown Victoria noire roulait vite, et le gravier crissa sur le parking.

– Miss Détective Junior écope de sa première affaire. Pourquoi ne pas se payer le médecin expert général, avec quelques équipes de journalistes en hélicoptère, pour faire bonne mesure ?

– Je vous balance à l'inspection générale des services ! hurla Anderson. Je lance un mandat contre vous !

– Pourquoi ? Parce que je pue ?

– Vous êtes mort !

– Non. Ce qui est mort, c'est le type qui est là-bas, dit Marino en pointant du doigt le conteneur. Ce qui est mort, c'est la peau de tes fesses, si jamais tu dois témoigner sur cette affaire au tribunal.

– Ça suffit, Marino, dis-je tandis que la Crown Victoria fonçait sans hésitation vers le dock dont l'accès était restreint.

– Hé ! cria Shaw qui se mit à courir derrière la voiture en agitant les bras. Vous ne pouvez pas vous garer là !

– Vous n'êtes rien d'autre qu'un beauf paumé, foutu, lessivé ! jeta Anderson à Marino en s'éloignant à la hâte.

Il ôta ses gants en les retournant et se débarrassa de ses protège-chaussures bleus plastifiés en les coinçant avec le pied opposé afin de ne pas les toucher. Il ramassa sa chemise blanche souillée par l'extrémité de sa cravate à clip, et, s'énervant, les piétina comme s'il éteignait un feu. Je les pris calmement et les jetai en compagnie de mes affaires dans un sac à déchets biologiques rouge.

— Vous avez fini ? demandai-je.

— Je n'ai même pas encore commencé ! rétorqua-t-il en fixant la Crown Victoria, dont la portière avant s'ouvrit pour laisser sortir un officier en tenue.

Anderson contourna l'entrepôt et se dirigea rapidement vers la voiture. Shaw, lui aussi, pressa le pas. Les dockers tout autour observaient la scène. Une femme en uniforme rutilant, à l'allure saisissante, descendit de l'arrière de la voiture. Elle contempla le monde autour d'elle. Quelqu'un siffla, suivi de quelqu'un d'autre, et en quelques instants le dock ressembla à une assemblée d'arbitres décidés à interrompre le jeu sous n'importe quel prétexte.

— Laissez-moi deviner, dis-je à Marino. Bray.

5

L'AIR BRUISSAIT du bourdonnement des mouches, comme si la chaleur et les minutes qui s'écoulaient décuplaient leur voracité. Les employés du service de rapatriement avaient apporté la civière dans l'entrepôt, et m'attendaient.

— Pffuui..., fit l'un d'eux en secouant la tête avec une grimace. Doux Jésus.

— Je sais, je sais, dis-je en enfilant des protège-chaussures et des gants propres. Je vais passer devant. Ce ne sera pas long, je vous le promets.

— Passez devant, moi, ça me va.

Je pénétrai de nouveau dans le conteneur, et ils me suivirent, avançant à pas précautionneux, tenant fermement la civière à hauteur de la taille comme une chaise à porteurs. Ils respiraient avec difficulté derrière leurs masques de chirurgie. Ils étaient tous les deux trop âgés et trop gros pour les manipulations de cadavres.

Je leur donnai des instructions :

— Prenez-le par les pieds et les mollets, avec beaucoup de précautions, parce que la peau va glisser et s'en aller en morceaux. Essayons de le tenir le plus possible par ses vêtements.

Ils posèrent la civière et se penchèrent sur les pieds du mort.

— Doux Jésus, marmonna de nouveau l'un d'eux.

Je passai mes bras sous les aisselles, tandis qu'ils s'emparaient des chevilles.

— OK. On compte jusqu'à trois, et on soulève. Un, deux, trois.

Les deux hommes luttèrent pour conserver leur équilibre, haletèrent, puis reculèrent. Le corps était flasque, la rigidité

49

cadavérique ayant disparu depuis longtemps ; nous le déposâmes au centre de la civière et l'enroulâmes dans le drap. Je remontai la fermeture de la housse à cadavre, et ils emportèrent leur client. Ils allaient le ramener en voiture à la morgue, où je déploierais tout mon talent pour le faire parler, à moi seule.

— Bon sang ! Je ne suis pas assez payé pour ce genre de boulot, remarqua l'un d'eux.

— Tu l'as dit.

Nous sortîmes de l'entrepôt. Le soleil était éblouissant et l'air pur. Marino, qui n'avait pas quitté son maillot de corps puant, était en conversation avec Anderson et Bray sur le dock. La présence de sa supérieure avait dû le ramener au calme, à en juger par son attitude. Tandis que je me rapprochais, le regard de Bray se posa sur moi. Elle ne se présenta pas, aussi fis-je le premier pas, sans tendre la main :

— Je suis le docteur Scarpetta.

Elle fit un petit signe de tête sans beaucoup d'égards, comme si elle n'avait pas la moindre idée de qui j'étais ou de ce que je faisais là.

— Je crois qu'il serait opportun que nous discutions, toutes les deux, ajoutai-je.

— Qui êtes-vous, déjà ? demanda-t-elle.

— Oh, bon sang ! explosa Marino. Elle sait foutrement bien qui vous êtes.

— Capitaine, coupa Bray d'un ton qui siffla comme un coup de cravache.

Marino demeura coi, et Anderson aussi.

Je répétai à Bray ce qu'elle savait déjà :

— Je suis le médecin expert général, Kay Scarpetta.

Marino leva les yeux au ciel. Lorsque Bray me fit signe de la suivre, Anderson eut une grimace de contrariété et de jalousie. Nous nous éloignâmes jusqu'au bord du dock, écrasées par la masse du *Sirius* à peine bercé par le léger clapotis de l'eau boueuse.

— Je suis désolée de ne pas avoir saisi tout de suite votre nom, commença-t-elle.

Je demeurai muette.

— C'est très impoli de ma part, continua-t-elle.

Je persistai dans mon silence.

— Nous aurions dû nous rencontrer plus tôt, mais j'ai été

tellement occupée. Au fond, ce n'est pas plus mal ; on pourrait même dire que les circonstances sont idéales, ajouta-t-elle avec un sourire.

Diane Bray était une beauté hautaine à la chevelure brune, aux traits et au corps parfaits. Du reste, les dockers ne parvenaient pas à détacher leur regard de sa silhouette.

— Voyez-vous, continua-t-elle sur le même ton imperturbable, j'ai un petit problème. Je suis le supérieur hiérarchique du capitaine Marino, et pourtant il a l'air de penser qu'il travaille pour vous.

— C'est ridicule, dis-je enfin.

Elle soupira, et je continuai :

— Vous venez de priver la ville du plus expérimenté et du meilleur des enquêteurs criminels qu'elle ait jamais connu, directeur. Et croyez-moi, je suis bien placée pour le savoir.

— Je n'en doute pas une seconde.

— Qu'essayez-vous de faire ?

— Le temps est venu d'injecter du sang neuf dans les forces de police, des enquêteurs qui ne rechignent pas à allumer un ordinateur, à utiliser leur messagerie électronique. Savez-vous que Marino ne sait même pas se servir d'un traitement de texte ? Il continue à taper comme une brute sur une machine à écrire avec deux doigts.

Je n'en croyais pas mes oreilles.

— De surcroît, il est réfractaire à tout, il est impossible de lui enseigner quoi que ce soit, et il fait preuve d'insubordination. C'est une honte pour le département.

Anderson était partie, laissant Marino tout seul. Il fumait, appuyé contre la portière de sa voiture. Ses bras et ses épaules étaient gras et poilus, et son pantalon serré sous son ventre bedonnant. Il se sentait humilié, je le savais à la façon dont il évitait de regarder dans notre direction.

— Pourquoi n'y a-t-il pas de techniciens de scène de crime ? demandai-je à Bray.

Un des dockers envoya un coup de coude dans les côtes de son voisin et mit ses mains en coupe sous son torse, soulevant l'air comme s'il caressait les seins volumineux de Bray.

— Pourquoi êtes-vous là ? lui demandai-je.

— Parce que l'on m'a prévenue que Marino s'y trouvait, répliqua-t-elle. Il a déjà reçu un avertissement, et je voulais

51

vérifier de mes yeux qu'il désobéissait à mes ordres de façon flagrante.

– Il est là parce qu'il fallait bien que quelqu'un y soit.

– Il est là parce qu'il a choisi d'y être, et parce que vous vous y trouviez, vous aussi, dit-elle en me transperçant du regard. C'est à cela que ça se résume, n'est-ce pas, docteur Scarpetta ? Marino est votre enquêteur personnel, et cela depuis des années.

Son regard me perça, semblant atteindre des endroits que je ne connaissais pas moi-même, et elle parut se frayer un chemin à travers les recoins les plus intimes de mon esprit, apprécier la signification des nombreuses barrières que j'avais érigées. Elle détailla mon corps et mon visage, sans que je sache si elle nous comparait ou bien si quelque chose en moi la tentait, quelque chose dont elle pourrait décider qu'elle le voulait.

– Laissez-le tranquille, lui dis-je. Vous essayez de le briser, c'est à cela que tout se résume. Parce que vous n'avez aucun contrôle sur lui.

– Personne n'a jamais eu aucun contrôle sur lui, répliqua-t-elle. C'est la raison pour laquelle on me l'a donné.

– On vous l'a *donné* ?

– L'inspecteur Anderson amène du sang neuf dans le département, et Dieu sait qu'il en a besoin.

– L'inspecteur Anderson est une incompétente ignare, doublée d'une lâche.

– Kay, étant donné votre très vaste expérience, il vous est sans doute possible d'accepter quelqu'un de nouveau, que vous pourriez former un peu ?

– Il n'y a rien à faire avec quelqu'un qui s'en fout.

– J'ai peur que vous n'ayez trop écouté Marino. À l'entendre, personne n'est suffisamment compétent, instruit ou responsable pour le remplacer.

J'en avais assez entendu. Je me plaçai dans le sens du vent, et me rapprochai. Je me préparais à lui coller le nez dans une petite dose de réalité.

– Ne me faites plus jamais ça, directeur Bray. Ne nous appelez plus jamais, moi ou quelqu'un de mon bureau, pour nous fourrer dans les pattes une petite conne qui ne se donne pas la peine de collecter les indices. Et, de plus, je ne crois pas vous avoir autorisée à m'appeler *Kay*.

Elle recula d'un pas pour éviter la puanteur que je déga-geais, mais j'avais eu le temps de la voir tressaillir.

– Il faudra que nous déjeunions un jour, conclut-elle tout en intimant l'ordre à son chauffeur de s'approcher. Sim-mons ? À quelle heure est mon prochain rendez-vous ? demanda-t-elle en levant les yeux vers le navire.

Elle prenait de toute évidence grand plaisir à l'attention qu'on lui portait.

Elle avait une façon très suggestive de se masser les reins, d'enfoncer les mains dans les poches arrière de son pantalon d'uniforme, les épaules rejetées en arrière, ou bien de lisser sa cravate d'un air distrait sur le galbe marqué de ses seins.

Simmons était un bel homme bien bâti, et lorsqu'il tira de sa poche, pour la consulter, une feuille de papier pliée, sa main tremblait. Elle se rapprocha de lui, et il s'éclaircit la gorge.

– 14 h 15, directeur.

– Faites voir.

Elle se pencha, lui frôlant le bras, et prit son temps pour examiner ses rendez-vous avant de se plaindre :

– Oh non, encore ce crétin du conseil du collège !

L'agent Simmons s'écarta légèrement, et une goutte de sueur dégringola le long de sa tempe. Il avait l'air terrifié.

– Appelez-le pour annuler, lui dit Bray.

– Bien, directeur.

– Enfin, je ne sais pas. Je devrais peut-être simplement le reporter.

Elle lui prit des mains l'emploi du temps, le frôlant de nouveau comme un félin languide, et je fus saisie par l'éclair de rage qui crispa le visage d'Anderson. Marino me rattrapa tandis que je me dirigeais vers ma voiture.

– Vous avez vu comme elle se pavane ?

– Le contraire serait difficile.

– Je peux vous assurer que ça fait le sujet de pas mal de conversations. Moi, je vous le dis, cette salope est un vrai serpent.

– Parlez-moi un peu d'elle.

Marino haussa les épaules.

– Célibataire. Il n'y a personne d'assez bon pour elle. On raconte qu'elle baise à droite et à gauche avec des mecs bien placés et mariés. Son truc, c'est le pouvoir, et rien d'autre, doc. La rumeur dit qu'elle veut devenir le prochain secrétaire d'État à la Sécurité publique, pour que tous les flics viennent lécher son joli cul.

— Elle n'y arrivera jamais.

— N'en soyez pas si sûre. J'ai entendu dire qu'elle avait des amis haut placés, des relations en Virginie, ce qui explique en partie qu'on nous l'ait collée. En tout cas, elle a un plan, ça, c'est sûr. Les serpents dans son genre ont toujours un plan.

J'ouvris le coffre de ma voiture, épuisée et déprimée, car le choc que j'avais subi plus tôt dans la journée me revenait de plein fouet, me plaquant presque physiquement contre le véhicule.

Marino demanda :

— Vous n'allez pas vous occuper de lui ce soir, hein ?

— Pas question, marmonnai-je. Ce ne serait pas lui rendre service.

Il me jeta un regard interrogateur. Je le sentis m'observer tandis que je retirais ma combinaison et mes chaussures et les fourrais dans deux sacs plastique successifs.

— Donnez-moi une de vos cigarettes, s'il vous plaît, Marino.

— Je peux pas croire que vous recommenciez à cloper.

— Il doit y avoir cinquante millions de tonnes de tabac dans cet entrepôt. L'odeur m'a donné envie.

— Moi, c'est pas ce que j'ai senti.

— Racontez-moi ce qui se passe, lui dis-je tandis qu'il me tendait son briquet.

— Vous venez de le voir. Je suis sûr qu'elle vous a expliqué.

— En effet, mais je ne comprends toujours pas. Elle est responsable de la division des policiers en tenue, pas des inspecteurs. Parce que personne ne peut vous contrôler, elle décide de régler elle-même le problème. Pourquoi ? Quand elle est arrivée, vous n'étiez même pas dans son service. Quelle importance pouvez-vous avoir à ses yeux ?

— Elle me trouve peut-être mignon.

— Ce doit être ça.

Il exhala une bouffée de cigarette comme s'il soufflait sur des bougies d'anniversaire, et jeta un regard à son maillot, surpris. Ses grandes mains épaisses étaient encore couvertes du talc des gants de chirurgie, et, durant un court instant, il eut l'air solitaire et défait, juste avant de retrouver son expression indifférente et cynique.

— Vous savez, je pourrais prendre ma retraite et profiter de mes quarante bâtons par an.

— Venez dîner à la maison.

— Ajoutez à ça ce que j'arriverais à me faire avec du conseil en sécurité, ou un truc dans le genre, et je pourrais vivre plutôt bien. J'aurais pas besoin de remuer cette merde jour après jour, avec en plus tous ces petits asticots qui sortent de leurs trous en croyant tout savoir.

— On m'a demandé de vous inviter.

— Qui ça ? demanda-t-il d'un air soupçonneux.

— Vous verrez bien.

— Putain, qu'est-ce que ça signifie ? dit-il en se renfrognant.

— Pour l'amour du ciel, allez prendre une douche et mettre un truc qui ne fera pas fuir toute la ville, puis venez vers 6 heures et demie.

— Doc, au cas où vous ne l'auriez pas remarqué, je travaille. Cette semaine, je suis en rondc de 15 heures à 23 heures, et de 23 heures à 7 heures la semaine suivante. Le nouveau grand chef de la sûreté de toute cette putain de ville, c'est moi, et les seules heures où ils aient besoin d'un putain de chef de la sûreté, c'est quand tous les autres ne sont pas en service, c'est-à-dire le soir, la nuit et le week-end, ce qui veut dire que je vais dîner dans ma voiture pour le restant de mes jours.

— Vous avez un émetteur. Je vis en ville, donc dans votre juridiction. Venez, et si on vous appelle, eh bien, vous irez.

Je grimpai dans ma voiture et démarrai.

— Je vais voir.

— On m'a demandé..., commençai-je, mais les larmes me montèrent aux yeux. J'allais vous appeler quand vous avez téléphoné.

— Hein ? Qu'est-ce que ça veut dire ? Qui vous a demandé ça ? Lucy est en ville ?

Il avait l'air ravi à cette idée.

— J'aimerais bien, mais non. Alors, 6 heures et demie ?

Il hésita encore, tout en chassant les mouches attirées par son odeur nauséabonde.

Je m'éclaircis la gorge :

— Marino, j'ai vraiment besoin que vous veniez. C'est très important pour moi. Une affaire personnelle très importante.

Il m'était extrêmement difficile de lui confier une chose pareille. Je crois bien ne lui avoir jamais dit auparavant que j'avais personnellement besoin de lui. Je ne me souvenais pas avoir jamais dit ce genre de chose à quelqu'un d'autre qu'à Benton.

— C'est vrai, ajoutai-je.

Marino écrasa sa cigarette sous son talon jusqu'à la réduire en miettes. Son visage s'éclaira de nouveau, et il jeta un coup d'œil aux alentours.

— Vous savez, doc, il faut vraiment que j'arrête de fumer ces saloperies. Et puis le bourbon, aussi. Je finis par m'enfiler ça comme du pop-corn. Bon, dites-moi ce que vous faites à dîner.

6

MARINO PARTIT à la recherche d'une douche. Je me sentais d'humeur plus légère, comme quelqu'un qui parvient enfin à reprendre sa respiration après un spasme violent.

Une fois garée dans mon allée, je sortis du coffre le sac de vêtements dont je m'étais débarrassée plus tôt, et commençai le rituel de désinfection que j'avais pratiqué pendant la majeure partie de ma vie professionnelle.

Dans le garage, j'ouvris les sacs-poubelle et les jetai, ainsi que mes chaussures, dans un évier rempli d'eau bouillante, de détergent et d'eau de Javel. Je flanquai la combinaison dans la machine à laver, remuai les chaussures et les sacs à l'aide d'une grande cuillère en bois, puis les rinçai. J'enfermai les sacs désinfectés dans deux sacs propres qui atterrirent dans une grande poubelle, plaçai sur une étagère les chaussures trempées afin qu'elles sèchent.

Tout ce que je portais, de la lingerie au jean, échoua également dans le lave-linge. Détergent et eau de Javel, encore une fois, puis, entièrement nue, je me dépêchai de traverser la maison pour gagner la douche, où je me passai avec ardeur au désinfectant. Pas un centimètre carré n'y échappa, de l'intérieur des oreilles et du nez à la peau sous les ongles des pieds et des mains. Je me brossai également les dents sous la douche.

Je m'assis sur le rebord du bac à douche, laissant l'eau dégouliner sur mon dos et ma nuque. Le souvenir des mains de Benton me massant les muscles et les tendons m'envahit. Il appelait cela les *dénouer*. Son absence était une souffrance constante. Mes souvenirs ramenaient des émotions toujours aussi vivaces et je me demandai ce qui parviendrait à me convaincre un jour de vivre l'instant présent plutôt que de replonger dans le passé. Le chagrin se cramponnait à moi. Le deuil persistait, car renoncer à souffrir, c'était accepter la mort de Benton, et je n'y arrivais pas. Et dire que je passais mon temps à consoler des familles, des amis affligés par la perte d'un être cher.

J'enfilai un treillis, des mocassins et une chemise à rayures bleues. Je choisis un disque compact de Mozart avant d'arroser les plantes et d'en ôter les feuilles mortes. J'astiquai ou rangeai tout ce que je pouvais trouver et écartai de ma vue tout indice me rappelant le travail. Nous étions lundi, le jour où ma mère, qui vivait à Miami, faisait son bingo. Elle serait donc absente. Je l'appelai, sachant que je pourrais me contenter de laisser un message. Je n'écoutai pas les informations. Je n'avais aucune envie que l'on me remette en mémoire ce que je tentais d'effacer avec autant d'ardeur.

Je me servis un double whisky, me rendis dans mon bureau et allumai une lampe. Je passai en revue mes étagères, encombrées d'ouvrages de médecine et de sciences, de livres d'astronomie, des volumes de l'Encyclopediae Britannica, de toutes sortes de manuels traitant de jardinage ou de flore, de faune, d'insectes, de roches ou de minéraux, d'outils, même. Ayant déniché un dictionnaire de français, je trouvai le mot *loup*, mais n'eus guère de chance avec *garou*. Je réfléchis au moyen de résoudre le problème, et m'arrêtai à la solution la plus simple.

La Petite France était un des meilleurs restaurants de la ville. Il était fermé le lundi soir, je connaissais très bien le chef et sa femme. Je les appelai chez eux. Ce fut lui qui me répondit, avec son habituelle chaleur.

— On ne vous a pas vue depuis longtemps, dit-il, et le pire, c'est que j'ai l'impression de me répéter en vous disant cela.

— Je ne sors pas beaucoup.

— Vous travaillez trop, miss Kay.

— J'ai besoin d'une traduction, mais il faut que vous gardiez cette conversation pour vous. Pas un mot, à personne.

— Bien entendu.

— Qu'est-ce qu'un *loup-garou* ?

— Miss Kay, vous devez faire de drôles de cauchemars ! dit-il, amusé. Heureusement que ce n'est pas la pleine lune ! Le *loup-garou* est l'équivalent français du *werewolf* !

La sonnette de la porte d'entrée retentit.

— Il y a quelques siècles, en France, on vous pendait si on vous prenait pour un loup-garou. À l'époque, on en parlait beaucoup, expliqua-t-il.

Je regardai la pendule. Il était 18 h 15. Marino était en avance, et je n'étais pas prête.

Je remerciai le chef de *La Petite France* et promis de lui rendre bientôt visite.

La sonnette retentit de nouveau.

— J'arrive ! criai-je à Marino par l'Interphone.

Je débranchai l'alarme et le fis entrer. Son uniforme était propre, il avait lissé ses cheveux et s'était aspergé en abondance d'after-shave.

— Vous avez meilleure mine que la dernière fois que je vous ai vu, remarquai-je tandis que nous nous dirigions vers la cuisine.

— Et vous, on dirait que vous avez fait le ménage dans cette taule, dit-il en traversant la grande pièce.

— Il était temps.

Dans la cuisine, il s'assit à sa place habituelle, près de la fenêtre. Il me regarda avec curiosité sortir de l'ail et de la levure du réfrigérateur.

— Alors, qu'est-ce qu'on mange ? Je peux fumer ici ?

— Non.

— Vous le faites bien, vous.

— Je suis chez moi.

— Et si j'ouvre la fenêtre pour souffler dehors ?

— Ça dépend dans quel sens souffle le vent.

— On pourrait mettre en route l'aérateur du plafond, voir si ça aide. Ça sent l'ail.

— J'ai prévu une pizza.

J'écartai bocaux et boîtes de conserve dans le placard, à la recherche de pulpe de tomate et de farine enrichie en gluten.

— Les pièces de monnaie que nous avons trouvées sont anglaises et allemandes, m'apprit-il. Deux livres et un mark. Mais là où ça devient vraiment intéressant, c'est que j'ai traîné sur le port un peu plus longtemps que vous, pour prendre une douche, entre autres. À propos, ils n'ont pas perdu de temps pour vider les cartons hors du conteneur et tout nettoyer. Je parie qu'ils vont vendre tous ces trucs de photo comme si de rien n'était.

Je mélangeai dans un bol un demi-paquet de levure, de l'eau chaude et du miel, puis pris la farine.

— Je meurs de faim.

Son émetteur portable était posé debout sur la table, crachotant des codes et des numéros d'unités. Il desserra sa cravate et déboucla son ceinturon avec tout son attirail. J'entrepris de pétrir la pâte.

— J'ai les reins en compote, se plaignit-il. Vous n'avez pas idée de l'effet que ça fait de trimballer dix kilos de merde autour de la taille.

Marino me regardait répandre la farine et malaxer la pâte sur le billot de boucher et je sentais que son humeur s'allégeait.

— Le *loup-garou* est l'équivalent du *werewolf*, lui dis-je.

— Hein ?

— Un homme-loup.

— Merde, je déteste ces trucs-là.

— Je ne savais pas que vous en aviez déjà rencontré.

— Vous vous rappelez de Lon Chaney et de tous ces poils qui lui poussaient sur le visage à la pleine lune ? Ça me flanquait une sacrée trouille. Rocky regardait souvent *Shock Theater*, vous vous souvenez de cette série ?

Rocky était le fils unique de Marino, et je ne l'avais jamais rencontré. Je plaçai la pâte dans un saladier et la couvris d'un linge humide et chaud.

Je demandai avec précaution :

— Vous avez de ses nouvelles, de temps en temps ? À Noël ? Vous allez le voir ?

Marino fit tomber sa cendre d'un geste nerveux.

— Est-ce que vous savez où il habite ?

— Oui. Putain, ça oui.

— On dirait que vous ne l'appréciez pas du tout.

— C'est peut-être le cas.

Je cherchai sur le casier une bonne bouteille de vin rouge. Marino inspira une bouffée de sa cigarette, qu'il exhala bruyamment. Il n'avait rien à dire ou pas envie de parler de son fils, comme à l'accoutumée.

— Un de ces jours, vous allez me parler de lui, dis-je en versant des tomates écrasées dans une casserole.

— Vous n'avez pas besoin d'en savoir plus.

— Vous l'aimez, Marino.

— Je vous assure que je ne l'aime pas. Je voudrais qu'il ne soit jamais né, je voudrais ne l'avoir jamais rencontré.

Le regard perdu au-delà de la fenêtre, il fixa mon jardin dont les contours se diluaient progressivement dans l'obscurité. À cet instant précis, j'avais le sentiment de ne rien connaître de Marino. Cet homme en uniforme, ce père d'un fils que je n'avais jamais rencontré et dont j'ignorais tout, était un étranger assis dans ma cuisine. Lorsque je posai une tasse de café devant lui sur son set de table, il ne me regarda pas.

— Vous voulez des cacahuètes, quelque chose ?

— Non, je crois que je vais me mettre au régime.

— Y croire, ça ne sert pas à grand-chose. Toutes les expériences l'attestent.

— Vous allez vous passer un collier d'ail autour du cou, pour vous occuper de notre loup-garou ? Vous savez, si vous vous faites mordre, vous devenez loup-garou à votre tour. C'est un peu comme le sida.

— Ça n'a rien à voir avec le sida, et j'aimerais bien que vous me lâchiez avec le sida.

— Vous croyez qu'il a écrit ça lui-même sur le carton ?

— Marino, nous ne savons pas de façon certaine si l'inscription sur le carton a un rapport avec lui.

— *Bon voyage, le Loup-Garou.* C'est une mention habituelle sur des cartons de matériel photo. Surtout à côté de cadavres.

— Si on reparlait plutôt de Bray et de votre nouvelle tenue. Reprenons depuis le début. Qu'est-ce que vous avez fait pour qu'elle devienne une de vos plus grandes fans ?

— L'histoire a commencé environ deux semaines après son arrivée. Vous vous souvenez de cette pendaison, ce machin d'autoérotisme ?

— Oui.

— Eh bien, elle a débarqué au milieu de tout ça, et s'est mise à commander à tout le monde, comme si elle était responsable de l'affaire. Elle a commencé à feuilleter les magazines porno avec lesquels le mec s'amusait quand il s'est pendu avec son masque de cuir, et la voilà qui commence à poser des questions à sa femme.

— Hou là !

— Alors je lui dis de quitter les lieux, qu'elle nous dérange et est en train de tout foutre en l'air, et le lendemain elle me convoque dans son bureau. Je m'attends à ce qu'elle me passe un savon à propos de la veille, mais rien, elle ne l'ouvre pas. Au lieu de ça, elle me demande ce que je pense de la section des enquêtes.

Il avala une gorgée de café et rajouta deux cuillères de sucre dans sa tasse.

— Mais le truc, c'est que je savais qu'elle n'en avait rien à foutre. Je sentais qu'elle voulait quelque chose de précis, quelque chose d'autre. Après tout, ce n'était ni son enquête, ni sa division, alors pourquoi était-elle en train de me poser des questions sur les inspecteurs, hein, bordel ?

Je me versai un verre de vin.

— Et alors, que voulait-elle ?

— Elle voulait parler de vous. Elle a commencé à me poser un millier de questions sur vous, à me dire qu'elle savait qu'on était « associés contre le crime », c'est comme ça qu'elle l'a formulé, depuis longtemps.

Je jetai un œil à la pâte, puis à la sauce.

— Elle me demandait des trucs vraiment personnels. Ce que les flics pensaient de vous, par exemple.

— Et qu'avez-vous répondu ?

— Que vous étiez un grand docteur-avocat-chef indien avec un QI plus gros que mon salaire, et que toute la flicaille était amoureuse de vous, y compris les femmes. Quoi d'autre encore ?

— Je suppose que ça suffisait.

— Elle m'a posé des questions sur Benton et ce qui lui était arrivé, et comment votre travail s'en était trouvé affecté.

La colère refit surface en moi.

— Elle a commencé à me cuisiner à propos de Lucy. Pourquoi elle avait quitté le FBI, et si c'était à cause de ses orientations.

— Décidément, cette femme fait tout pour que je l'aime.

Marino continua :

— Je lui ai raconté que Lucy avait quitté le Bureau parce que la NASA lui avait demandé de devenir astronaute, mais que, après avoir entamé le programme d'entraînement, elle avait décidé qu'elle préférait les hélicoptères, et que c'est comme ça qu'elle était devenue pilote à l'ATF. Bray voulait que je l'avertisse la prochaine fois que Lucy viendrait à

Richmond, parce qu'elle envisageait de la recruter. Je lui ai dit que ce serait un peu comme de proposer à Billie Jean King de devenir ramasseuse de balles. La conclusion de tout ça ? C'est qu'à part lui répondre que je n'étais pas votre gentil secrétaire chargé des mondanités, j'ai pas lâché une miette. Une semaine plus tard, j'avais le cul sanglé dans une tenue réglementaire.

Je pris mon paquet de cigarettes. Je me faisais l'effet d'être une accro. Nous partageâmes un cendrier, déprimés, fumant en silence dans ma propre maison. J'essayais de ne pas me laisser envahir par la haine.

— Je crois qu'elle est jalouse de vous, purement et simplement, doc, conclut finalement Marino. Voilà une crack qui débarque de Washington, et on n'arrête pas de lui rebattre les oreilles du grand docteur Scarpetta. À mon avis, elle a pris son pied à nous foutre dans la merde tous les deux. Ça lui a donné le petit frisson du pouvoir, à cette salope.

Il écrasa violemment son mégot de cigarette.

— C'est la première fois que vous et moi ne travaillons pas ensemble depuis que vous avez emménagé ici, remarqua-t-il tandis que la sonnerie de l'entrée retentissait pour la deuxième fois ce soir-là.

— Qui c'est ? Vous avez invité quelqu'un sans me le dire ?

Je me levai pour vérifier l'identité du visiteur sur l'écran vidéo du portail électronique fixé au mur de la cuisine. Incrédule, je fixai l'image retransmise par la caméra de l'entrée.

— Ce n'est pas possible, je rêve.

7

C'ÉTAIENT COMME des apparitions. Leur présence n'avait rien de physique, de tangible. À peine huit heures auparavant, Lucy et Jo arpentaient les rues de Miami, et je les serrais maintenant contre moi.

— Je ne sais pas quoi dire...

C'était tout ce que je parvenais à répéter comme elles déposaient leurs sacs de voyage.

Marino nous rejoignit dans la grande pièce et tonna :

— Putain, qu'est-ce qui se passe ? Mais qu'est-ce que tu fous ici ? demanda-t-il à Lucy d'un ton impérieux comme si elle avait commis une bêtise.

Marino avait toujours été incapable d'exprimer son affection de façon normale. Sa joie de revoir ma nièce se mesurait à sa brusquerie et à ses sarcasmes.

— Ils t'ont déjà virée à coups de pied dans le cul, c'est ça ?

Tirant sur sa manche d'uniforme, Lucy brailla aussi fort que lui :

— Et ça, c'est quoi ? Vous essayez enfin de nous faire croire que vous êtes un vrai flic ?

— Marino, dis-je en pénétrant dans la cuisine, je crois que vous ne connaissez pas Jo Sanders.

— Non.

— Je vous en ai déjà parlé.

Il lança à Jo un regard vide.

C'était une blonde vénitienne aux yeux bleu foncé, à la carrure athlétique, et je sentis qu'il la trouvait jolie.

— Ne t'inquiète pas. Il sait exactement qui tu es, dis-je à Jo. Il n'est pas grossier, il se contente d'être lui-même.

— Vous travaillez ? lui demanda Marino en repêchant sa

cigarette fumante dans le cendrier et en tirant une dernière bouffée.

– Uniquement quand je ne peux pas faire autrement, répondit-elle.

– Et vous faites quoi ?

– Oh, un peu de descente en rappel depuis des hélicoptères, des saisies de drogue. Rien de spécial.

– Ne me dites pas que Lucy et vous faites partie de la même division, là-bas, en Amérique du Sud.

– Elle appartient à la DEA, corrigea Lucy.

– Sans déconner ? Vous semblez un peu racho, pour la DEA.

– Ils ont des quotas, même pour les rachos, rétorqua Jo.

Marino ouvrit le réfrigérateur et farfouilla sur les étagères pour attraper une bouteille de bière Red Stripe, dont il dévissa la capsule. Puis, il se mit à vociférer :

– La maison offre la tournée !

– Marino, qu'est-ce qui vous prend ? Vous êtes en service.

– Non, c'est fini, me dit-il. Tenez, vous allez voir.

Il posa brutalement la bouteille sur la table et composa un numéro de téléphone.

– Salut, Mann, ça boume ? Ouais, ouais. Écoute-moi, je plaisante pas. Je me sens vraiment pas bien. Tu crois que tu peux me couvrir pour ce soir ? Je te revaudrai ça.

Il nous adressa un clin d'œil, raccrocha, puis enfonça le bouton du haut-parleur du téléphone et composa un nouveau numéro. On décrocha à la première sonnerie.

– Bray, annonça à haute voix dans ma cuisine le directeur adjoint à l'administration, Diane Bray en personne.

– Directeur adjoint, ici Marino, ânonna-t-il en adoptant le débit souffreteux d'un pauvre homme rendant l'âme au terme d'une longue et douloureuse maladie. Vraiment désolé de vous déranger chez vous.

Un silence lui fit écho. Il avait instantanément et délibérément provoqué l'irritation de son supérieur direct en l'appelant « directeur adjoint ». Le protocole voulait que l'on s'adresse aux directeurs adjoints en les appelant « directeur », tandis que les directeurs étaient appelés « colonel ». De surcroît, lui téléphoner chez elle n'arrangeait pas non plus les affaires de Marino.

– Qu'y a-t-il ? demanda Bray avec brusquerie.

— Je me sens vraiment patraque, râla Marino. Des vomissements, de la fièvre, la totale. Il faut que je me fasse porter malade et que j'aille me coucher.

— Vous ne m'aviez pas du tout l'air malade, il y a quelques heures.

— Ça s'est déclaré brutalement. J'espère que j'ai pas attrapé une de ces bactéries...

Je lui gribouillai rapidement sur un bloc « streptocoques » et « clostridia ».

— ... vous savez, comme des streptocoques ou des clos-machin, là-bas sur les lieux du crime. Un docteur que j'ai appelé m'a dit de me méfier de ça, parce qu'on peut dire que j'étais très près de ce cadavre...

Elle l'interrompit :

— Quand se termine votre garde ?

— À 23 heures.

Lucy, Jo et moi étions écarlates, étouffant de peur d'éclater de rire.

— Je doute de pouvoir vous trouver un remplaçant à cette heure-ci, répliqua froidement Bray.

— J'ai déjà contacté le lieutenant Mann, du troisième poste de police. Il a été assez aimable pour accepter de finir ma tournée, lui apprit Marino.

À son ton de plus en plus haché, son interlocutrice devait penser que sa santé déclinait à vue d'œil.

— Vous auriez dû me prévenir plus tôt ! aboya Bray.

— J'espérais que je pourrais me cramponner jusqu'à la fin de mon service, directeur adjoint.

— Rentrez chez vous. Je veux vous voir dans mon bureau demain matin.

— Si je me sens assez bien, je viendrai, vous pouvez compter sur moi, directeur adjoint. Bonne continuation. Je voudrais pas que vous attrapiez ce truc.

Elle raccrocha.

— Charmante, n'est-ce pas ? remarqua Marino, tandis que nos rires fusaient.

— Seigneur, je comprends maintenant, remarqua Jo lorsqu'elle retrouva la parole. J'ai entendu dire que tout le monde la détestait.

— Et comment savez-vous ça ? demanda Marino avec un froncement de sourcils. On parle d'elle, à Miami ?

– Je suis du coin. Old Mill, pas loin de l'université de Richmond.

– Votre père enseigne là-bas ?

– Il est pasteur baptiste.

– Oh. Ça doit être marrant.

– Oui, répondit Lucy en écho, ça fait bizarre de penser qu'elle a grandi par ici et qu'on ne s'est jamais rencontrées avant Miami. Alors, qu'est-ce que vous allez faire avec Bray ?

– Rien, dit-il en vidant la bouteille de bière et en en tirant une autre du réfrigérateur.

– Eh bien moi, je peux vous affirmer que je réagirais, répliqua-t-elle avec une assurance inébranlable.

– Ouais, remarqua-t-il, c'est le genre de conneries qu'on pense quand on est jeune. La vérité, la justice, et le rêve américain. Attends d'avoir mon âge, cocotte.

– Je n'aurai jamais votre âge.

Jo s'adressa à Marino :

– Lucy m'a dit que vous étiez inspecteur. Pourquoi êtes-vous en tenue ?

– C'est l'heure des histoires pour les petites filles. Vous voulez vous installer sur mes genoux ?

– Laissez-moi deviner. Vous avez chié dans les bottes de quelqu'un. Elle, probablement.

– C'est la DEA qui vous apprend à vous servir de votre tête, ou bien êtes-vous exceptionnellement intelligente pour une presque ado ?

Je tranchai champignons, poivrons verts et oignons, puis découpai en dés des morceaux de mozzarella au lait entier, sous le regard observateur de Lucy. Elle finit par m'obliger à la regarder dans les yeux.

– Ce matin, juste après ton coup de fil, le sénateur Lord m'a appelé, dit-elle calmement. Je dois ajouter que tout le Bureau en a été retourné.

– Je m'en doute.

– Il m'a demandé de prendre le premier avion et de venir...

– Si seulement tu m'écoutais avec la même attention.

Je me sentais de nouveau vaciller intérieurement.

– Il a dit que tu avais besoin de moi.

– Tu ne peux pas savoir à quel point je suis contente...

Ma voix se brisa et cet affreux endroit noir et vide m'aspira à nouveau.

— Pourquoi ne m'as-tu pas dit que tu avais besoin de moi ?

— Je ne voulais pas t'ennuyer, je sais que tu es très occupée là-bas. Tu n'avais pas l'air de vouloir parler.

— Tu n'avais qu'une chose à me dire : *j'ai besoin de toi*.

— Tu étais sur ton portable.

Elle ajouta :

— Je veux voir la lettre.

8

JE POSAI MON COUTEAU sur la planche à découper et m'essuyai les mains sur un torchon. Je fixai Lucy. Et elle lut la peur et la douleur au fond de mon regard.

— Je veux la lire seule avec toi, déclara-t-elle.

J'acquiesçai. Nous nous rendîmes dans ma chambre, où je sortis la lettre du coffre-fort. Nous nous assîmes sur le rebord de mon lit, et je remarquai le pistolet Sig-Sauer 232 glissé dans un holster de cheville. Je ne pus m'empêcher de sourire en pensant à ce qu'aurait dit Benton. Bien entendu, il aurait secoué la tête et, bien entendu, il se serait lancé dans un cours de psychologie de bazar qui nous aurait fait hurler de rire.

Néanmoins l'humour de Benton frappait souvent juste. Je n'ignorais pas les tristes conclusions qu'on pouvait tirer de l'attirail de Lucy. Celle-ci avait toujours milité avec ardeur en faveur de l'autodéfense, mais, depuis la mort de Benton, elle était carrément devenue fanatique.

— Nous sommes à l'intérieur de la maison, lui dis-je. Pourquoi ne laisses-tu pas ta cheville au repos ?

Elle répliqua :

— La seule façon de s'habituer à un de ces trucs, c'est de le porter tout le temps. Surtout l'acier, qui est tellement lourd.

— Alors, pourquoi l'acier ?

— Je préfère. Et puis c'est mieux, là-bas, avec toute l'humidité et l'eau salée.

— Lucy, combien de temps encore vas-tu travailler comme ça, en agent double ?

Elle me fixa, posant la main sur mon bras :

— Tante Kay, on ne va pas recommencer.

— Simplement...

— Je sais. Simplement, tu ne veux pas recevoir un jour une lettre dans ce genre-là, signée de mon nom, déclara-t-elle en tendant la feuille de papier ivoire d'une main ferme.

— Ne dis pas une chose pareille ! protestai-je avec effroi.

— Et moi, je ne tiens pas à en recevoir une de toi non plus, ajouta-t-elle.

Les mots de Benton demeuraient aussi puissants que lorsque je les avais lus le matin même, et la voix de Benton résonna de nouveau dans mon esprit. Je revis son visage, l'amour écrit dans son regard. Lucy déchiffra la lettre très lentement, puis demeura un moment incapable de parler.

— Ne m'envoie jamais un truc comme ça, tu entends. Je ne veux pas recevoir un truc comme ça, jamais.

Sa voix tremblait de rage et de colère.

Elle se leva du lit.

— À quoi ça sert ? Hein, quel est le but ? Blesser à nouveau les gens ?

— Lucy, tu sais très bien ce qu'il voulait dire. Au fond de toi, tu le sais.

J'essuyai mes larmes et la serrai contre moi.

Je revins à la cuisine et tendis la lettre à Jo et à Marino.

Marino la lut et regarda fixement la fenêtre, ses grandes mains inertes posées sur ses genoux.

Jo, elle, se leva, arpentant la pièce, tournant sans savoir quoi faire.

— Je pense vraiment que je devrais partir, répéta-t-elle de nouveau tandis que nous protestions. Il souhaitait vous réunir tous les trois. Je ne crois pas que ma place soit ici en ce moment.

— S'il t'avait connue, il aurait souhaité ta présence, assurai-je.

— Personne ne bouge, intima Marino comme s'il dégainait dans une pièce pleine de suspects. Bordel, on est tous dedans.

Il quitta la table et se frotta le visage de ses mains.

— Je crois bien que j'aurais préféré qu'il ne fasse pas ça. Vous me feriez un truc comme ça, doc ? demanda-t-il en me regardant. Parce que si jamais vous y pensiez, je préfère vous dire que vous avez intérêt à laisser tomber tout de suite. Quand vous ne serez plus là, je ne veux pas de message d'entre les morts.

– C'est l'heure de faire cuire la pizza, déclarai-je.

Nous passâmes dans le patio, puis je sortis la pâte du torchon et la déroulai sur le grill du barbecue. J'étalai la sauce, la parsemai de viande, de légumes et de fromage. Marino, Lucy et Jo s'installèrent dans des rocking-chairs métalliques ; je n'avais pas envie qu'ils m'aident. Ils tentèrent de faire la conversation, mais le cœur manquait. Je fis couler de l'huile d'olive sur la pizza en prenant soin de ne pas éclabousser les braises.

– Attendez, je crois que son but, en vous réunissant, n'était pas de vous déprimer, déclara finalement Jo.

– Je ne suis pas déprimé, répondit Marino.

– Si, vous l'êtes, le contredit Lucy.

– À propos de quoi, rigolote ?

– De tout.

– Moi, au moins, je n'ai pas peur de dire qu'il me manque.

Lucy le dévisagea avec stupéfaction. Leur échange venait de les écorcher suffisamment pour rouvrir leurs plaies.

– Je peux pas croire que vous sortiez un truc pareil, jeta-t-elle.

– Eh bien, tu peux. Merde, c'est le seul père que tu aies jamais eu, et pas une seule fois je ne t'ai entendu dire qu'il te manquait, jamais. Pourquoi ? Tu es toujours persuadée que c'est de ta faute, hein ? Mais tu veux que je te dise, agent spécial Farinelli ? continua Marino avec détermination. Ce n'est pas de ta faute. C'est la faute de cette putain de Carrie Grethen, et tu auras beau exploser cette salope en vol un milliard de fois, elle ne sera jamais assez morte pour toi. C'est comme ça que ça marche quand on déteste quelqu'un à ce point.

– Et vous, vous ne la détestez pas ? rétorqua Lucy.

– Putain ! dit Marino en vidant la fin de sa bière d'un trait, je la déteste encore plus que toi.

J'intervins :

– Je ne crois pas que le but de Benton ait été de nous voir assis ici tous ensemble à parler de la haine que nous inspire Carrie Grethen ou qui que ce soit d'autre.

– Alors comment faites-vous, docteur Scarpetta ? me demanda Jo.

– Appelle-moi Kay, lui répétai-je pour la énième fois. Je continue à vivre. C'est tout ce que je peux faire.

Même à moi, la réponse parut banale. Jo se pencha dans la lueur du barbecue et me regarda comme si je détenais les réponses à toutes les questions qu'elle s'était posées au cours de sa vie.

– Comment continuez-vous à vivre ? insista-t-elle. Comment les gens continuent-ils ? Chaque jour, nous sommes confrontés à toutes ces choses terribles et nous restons quand même de l'autre côté de la barrière. Ce n'est pas directement à nous qu'elles arrivent. On referme la porte, on n'est plus obligé de regarder la tache sur le sol, à l'endroit où cette femme a été violée et poignardée, où on a fait sauter la cervelle de cet homme, le mari de quelqu'un. On se berce de l'idée rassurante qu'on ne fait que travailler sur des affaires, et que jamais on ne deviendra soi-même une affaire. Et pourtant, au fond, on sait que c'est du pipeau.

Elle s'interrompit, et les ombres projetées par le feu jouèrent sur son visage, un visage trop juvénile, trop pur. Comment pouvait-elle se poser ce genre de questions avec un tel visage ?

– Comment continue-t-on à vivre ? demanda-t-elle encore une fois.

– L'esprit humain est d'une extraordinaire résistance.

Ce fut tout ce que je trouvai à lui répondre.

– Eh bien moi, j'ai peur, dit Jo. Je ne peux pas m'empêcher de penser à ce que je deviendrais s'il arrivait quelque chose à Lucy.

– Mais il ne m'arrivera rien.

Lucy se leva, déposa un baiser sur le front de Jo et la prit dans ses bras.

Si cet indice évident sur la nature de leurs relations était une nouveauté pour Marino, il ne le montra pas, et ne parut y accorder aucune importance. Il connaissait Lucy depuis qu'elle avait dix ans, et l'influence qu'il exerçait sur elle avait dans une certaine mesure contribué à l'engagement de celle-ci dans la police. Il lui avait appris à tirer, lui avait permis de patrouiller avec lui. Il avait même condescendu à ce qu'elle conduise un de ses pick-up, plus sacrés que la prunelle de ses yeux.

Lorsqu'il avait, pour la première fois, compris qu'elle ne s'intéressait pas aux hommes, il avait eu une réaction fanatique et puritaine. Peut-être craignait-il une certaine insuffisance de son influence, une carence qui se manifestait sur ce qui comptait le plus, selon ses critères. Peut-être s'était-il même interrogé sur son éventuelle responsabilité. Mais tout cela remontait à bien des années auparavant, et je ne me souvenais même plus de la dernière fois où il s'était laissé aller à un commentaire réactionnaire sur les orientations sexuelles de Lucy.

— Mais vous travaillez tous les jours avec la mort, insista Jo. Lorsque vous en êtes témoin pour d'autres, cela ne vous rappelle pas... ce qui vous est arrivé ? Je ne veux pas, enfin... je ne veux pas avoir aussi peur de la mort.

— Il n'existe pas de formule magique, du moins je n'en connais pas, dis-je en me levant. La seule chose, c'est qu'on apprend à ne pas trop penser.

La pizza grésillait, et je glissai dessous une grosse spatule.

— Ça sent bon. Vous croyez qu'il y en aura assez ? demanda Marino d'un air inquiet.

J'en préparai une deuxième, puis une troisième. J'allumai un feu devant lequel nous nous installâmes dans la grande pièce. Marino s'en tint à la bière tandis que Lucy, Jo et moi sirotions un bourgogne frais et sec.

— Tu devrais peut-être te trouver quelqu'un, suggéra Lucy à la lueur des flammes.

— Merde ! éructa Marino. Qu'est-ce que c'est que ces conneries ? Tu te crois à *Tournez, manège !* ? Si elle veut te dire des trucs aussi personnels, elle te les dira, mais ce n'est pas à toi d'en parler, c'est pas bien.

— La vie n'est pas bien, dit-elle. Et qu'est-ce que ça peut vous faire si elle passe à *Tournez, manège !* ?

Jo fixait le feu en silence. Je commençais à en avoir assez et à me demander si je n'aurais pas mieux fait de rester seule ce soir-là. Même Benton commettait des erreurs de jugement.

— Vous vous souvenez quand Doris vous a quitté ? continua Lucy. Qu'est-ce qui se serait passé si les gens ne vous avaient pas posé de questions ? Et si tout le monde s'était fichu de ce que vous alliez faire, ou de savoir si vous alliez bien ? Ça, c'est sûr que si on ne vous avait pas extorqué une confession, vous n'auriez jamais rien dit. Et ça vaut pour toutes les idiotes avec qui vous êtes sorti après. À chaque fois que ça n'a pas marché, vos amis ont dû s'y coller pour vous tirer les vers du nez.

Marino posa sa bouteille de bière vide sur le foyer de la cheminée avec une telle violence que je crus qu'il allait briser l'ardoise.

— Tu devrais peut-être essayer de grandir, un de ces jours. Tu vas attendre d'avoir trente ans pour arrêter de te conduire comme une foutue gamine prétentieuse ? Je vais me prendre une autre bière, dit-il avant de quitter la pièce furibond. Et je vais te dire encore une chose, lança-t-il par-dessus son épaule, c'est pas parce que tu pilotes des hélicoptères, que tu programmes des ordinateurs, que tu fais du body-building et des tas d'autres conneries du même genre que tu vaux plus que moi !

— Je n'ai jamais dit que j'étais meilleure que vous ! lui hurla Lucy en retour.

— Plutôt deux fois qu'une ! rétorqua sa voix depuis la cuisine.

— La différence entre vous et moi, c'est que je fais ce que je veux dans la vie, cria-t-elle. Je n'accepte pas les barrières !

— Agent de mon cul, tu ne dis que des conneries !

— Ah, enfin, on en arrive au fond du problème, remarqua Lucy tandis qu'il réapparaissait en avalant une lampée de bière. Je suis le grand agent fédéral qui combat les grands méchants criminels dans les bas-fonds, et vous, vous vous promenez en uniforme toute la nuit à baby-sitter des flics, c'est ça ?

— Et tu aimes les armes parce que tu voudrais avoir une bite !

— Pour ressembler à quoi ? À un trépied ?

— Ça suffit ! m'exclamai-je. J'en ai assez ! Vous devriez avoir honte, tous les deux, de vous conduire comme ça dans un moment pareil...

Ma voix se brisa et les larmes me montèrent aux yeux. Je ne voulais plus perdre le contrôle de moi-même. Pourtant, j'en semblais incapable, et c'était insupportable. Je détournai le regard. Un lourd silence s'était installé, que seuls brisaient les craquements du bois dans l'âtre. Marino se leva et écarta le pare-feu. Il fourragea dans les braises avec le tisonnier, et ajouta une bûche.

— Je déteste Noël, déclara Lucy.

9

Lucy et Jo reprenaient l'avion très tôt le lendemain. L'idée de me retrouver seule après leur départ m'était insupportable, aussi quittai-je la maison en même temps qu'elles, ma serviette à la main. Je savais déjà que la journée serait terrible.

— C'est vraiment dommage que vous soyez obligées de repartir, dis-je. Mais je suppose que Miami s'écroulerait si vous restiez ici une journée de plus.

— Miami s'écroulera de toute façon, remarqua Lucy, mais c'est pour ça qu'on nous paye, pour mener des guerres qui sont déjà perdues. Un peu comme à Richmond, quand on y réfléchit. Seigneur, je me sens vraiment au fond du trou.

Elles portaient toutes les deux des jeans fatigués, une chemise froissée, et n'avaient eu que le temps de se passer du gel dans les cheveux. Nous étions debout dans l'allée de ma maison, épuisées, avec la gueule de bois. Les réverbères s'étaient éteints, alors que le ciel virait au bleu sombre. Nous distinguions à peine nos silhouettes, nos regards brillants et la vapeur qui matérialisait nos souffles. Il faisait froid, et le gel recouvrait les voitures comme une dentelle.

— Mais les Cent soixante-cinq vont y passer aussi, déclara Lucy avec assurance, et j'attends ça avec impatience.

— Les quoi ? demandai-je.

— Les connards de trafiquants d'armes sur lesquels on travaille. Rappelle-toi, je t'ai dit qu'on les appelait comme ça parce que leur munition favorite est la Speer Gold Dot à 165 grains. Un truc d'enfer. Ça et des tas d'autres bonnes choses – fusils-mitrailleurs, fusils de calibre 223, des merdes d'automatiques russes et chinois, qui débarquent des putains de terres promises ; Brésil, Venezuela, Colombie, Puerto

75

Rico. Le problème, continua-t-elle, c'est qu'une partie passe en fraude, en pièces détachées, sur des porte-conteneurs qui ne savent même pas ce qu'ils transportent. Prends le port de Los Angeles, par exemple. Il y débarque un conteneur toutes les quatre-vingt-dix secondes. Qui veux-tu qui fouille tout ça à fond ?

Ma tête m'élançait.

— Nous sommes vraiment très flattées de cette mission, ajouta Jo d'un ton pince-sans-rire. Il y a deux mois, le corps d'un Panaméen lié à ce cartel a fait surface dans le canal de Floride. Quand on a pratiqué l'autopsie, on a retrouvé sa langue dans son estomac. Ses compatriotes la lui avaient fait bouffer après l'avoir tranchée.

— Je ne suis pas certaine de vouloir entendre ce genre d'histoires, dis-je tandis que le venin se répandait à nouveau dans mon esprit.

Lucy continua :

— Moi, je suis Terry. Elle, c'est Brandy, dit-elle en souriant à Jo. Des filles de l'université de Miami qui n'ont pas tout à fait eu leurs diplômes, mais on s'en tape parce que, pendant les trimestres où on a travaillé dur à dealer et à se faire sauter, on a déniché plein de bonnes adresses de points de livraison sur le territoire. On a établi des chouettes relations sociales avec deux types des Cent soixante-cinq qui importent des armes, des devises, de la drogue. En ce moment, on monte une souricière pour piéger un type sur Fisher Island qui a assez d'armes pour ouvrir sa propre putain de boutique, et assez de putain de coke pour te faire croire qu'il neige en plein été.

Je ne supportais pas de l'entendre parler de cette façon.

— Bien sûr, le type aussi est un agent double, continua Lucy, tandis que de gros corbeaux noirs commençaient à croasser et que des lampes s'allumaient le long de la rue.

Je remarquai des bougies aux fenêtres et des guirlandes aux portes. Je n'avais pratiquement pas pensé à Noël, qui serait là dans moins de trois semaines. Lucy sortit son portefeuille de sa poche de derrière, et me montra son permis de conduire. Seule la photo lui ressemblait.

— Terry Jennifer Davis. Sexe féminin, blanche, vingt-quatre ans, un mètre soixante-huit, soixante et un kilos. C'est vraiment étrange d'être quelqu'un d'autre. Si tu voyais comment je suis installée là-bas, tante Kay. J'ai une chouette petite maison à South Beach, et je conduis un coupé Mercedes confisqué dans une opération de trafic de drogue à São Paulo. Gris métallisé. Et si tu voyais mon Glock. Un modèle de collection. Calibre 40, petit, glissière en acier. Un vrai bijou.

Le poison commençait à me suffoquer. Il s'infiltrait, me voilant les yeux, et mes pieds et mes mains s'engourdissaient.

— Si on arrêtait les descriptions, coupa Jo, qui sentait combien tout ceci m'affectait. C'est comme si tu regardais ta tante pratiquer une autopsie. Tu n'as pas nécessairement envie de tout voir, non ?

— Elle m'a déjà laissée regarder, se vanta Lucy. J'en ai peut-être vu une demi-douzaine.

La contrariété gagnait Jo également.

— Mais c'étaient juste des démonstrations à l'école de police, continua Lucy en haussant des épaules. J'ai jamais vu d'autopsies de meurtres à la hache.

Son insensibilité me bouleversa. Elle aurait discuté des mérites de différents restaurants avec autant de calme.

— Plutôt des morts naturelles, ou des suicidés. Les familles font don des corps au département d'anatomie.

Ses paroles m'enveloppaient comme un voile délétère.

— Ça ne les dérange pas que l'oncle Tim ou la cousine Beth soient autopsiés devant un paquet de flics. La plupart des familles ne peuvent pas se payer l'enterrement, de toute façon. D'ailleurs, on leur paye un truc pour le don du corps, n'est-ce pas, tante Kay ?

— Non, c'est faux, et les corps donnés à la science ne sont pas utilisés pour des démonstrations aux policiers, répondis-je, atterrée. Bon sang, qu'est-ce qui te prend ? lui lançai-je avec violence.

Les arbres dépouillés de leurs feuilles se détachaient comme de grands insectes sur le ciel lourd. Deux Cadillac passèrent. Je sentis les gens nous dévisager.

— J'espère que tu n'as pas l'intention de me resservir un jour ce numéro de dure à cuire, jetai-je d'un ton glacial. Il est déjà suffisamment stupide quand il sort de la bouche d'ignorants lobotomisés. Pour ta gouverne, Lucy, je t'ai laissée assister à trois autopsies. Il n'y a, certes, jamais eu de meurtre à la hache dans les démonstrations à l'école de police, mais n'oublie pas qu'il s'agissait d'êtres humains. Quelqu'un aimait ces trois morts que tu as vus. Ces gens avaient été amoureux, heureux, tristes. Ils avaient mangé, travaillé, pris des vacances.

— Je ne voulais pas..., commença Lucy.

— Tu peux être sûre que lorsqu'elles étaient en vie, ces trois personnes n'ont jamais pensé qu'elles atterriraient un jour à la morgue avec vingt bleusailles et une gamine comme toi en train de regarder leurs corps nus, continuai-je. Aimerais-tu qu'elles entendent ce que tu viens de dire ?

Les yeux de Lucy brillèrent de larmes. Elle avala péniblement sa salive et détourna la tête.

— Je suis désolée, tante Kay, dit-elle doucement.

— J'ai toujours été convaincue qu'il fallait s'imaginer les morts nous écoutant lorsque nous parlions. Peut-être entendent-ils ces blagues de carabins et de potaches. Ce qui est sûr, c'est que *nous* les entendons. Qu'est-ce que ça te fait quand tu t'entends les dire, ou que tu entends quelqu'un d'autre le faire ?

— Tante Kay...

— Je vais te dire ce que ça te fait, continuai-je. (Ma fureur devenait incontrôlable.) Tu finis comme ça ! déclarai-je avec un geste de la main, comme si je lui présentais le monde.

Elle me regarda, pétrifiée.

— Tu finis exactement comme moi maintenant ! Debout dans une allée, tandis que le soleil se lève, en train d'imaginer un être aimé dans une putain de morgue. Et tu connais les plaisanteries des gens, les remarques sur la taille de son pénis, ou bien sur la puanteur qu'il répand. Ils l'ont peut-être cogné un peu trop fort sur la table. Peut-être qu'en plein milieu de ce foutu boulot ils ont jeté une serviette sur sa cage thoracique ouverte avant d'aller déjeuner. Ou bien peut-être que les flics qui vont et viennent entre différentes enquêtes ont fait des commentaires du genre « steak croustillant » ou « FBI flambé ».

Lucy et Jo me dévisageaient avec stupéfaction.

— Ne crois pas que je n'aie pas déjà tout entendu, continuai-je en déverrouillant ma portière et en l'ouvrant à la volée. Une vie qui passe à travers des mains indifférentes, dans l'air froid, dans l'eau froide. Tout est si froid, glacé.

Même s'il était mort dans son lit, au bout du compte, tout est toujours si froid. Alors, épargne-moi tes commentaires sur les autopsies.

Je me glissai derrière le volant.

— Ne t'avise jamais de frimer devant moi, Lucy.

Je ne parvenais plus à m'arrêter. Ma voix semblait venir de très loin, et, l'espace d'un instant, je songeai que j'étais en train de perdre l'esprit. N'est-ce pas ce qui se passe quand les gens deviennent fous ? Ils s'extraient d'eux-mêmes, se regardent agir comme s'ils étaient un autre, tuer ou marcher sur le rebord d'une fenêtre.

— Ces choses résonnent dans ta tête jusqu'à la fin de tes jours, elles te vrillent perpétuellement tes tympans, elles cognent dans ton cerveau. Les mots ne peuvent pas blesser ? C'est faux. Les tiens viennent de me faire un mal de chien, dis-je à ma nièce. Retourne donc à Miami.

Lucy demeura figée sur place, tandis que j'enclenchais le levier de vitesse et démarrais en trombe, heurtant d'un pneu arrière la bordure de granit. Je les aperçus toutes les deux dans mon rétroviseur. Elles échangèrent quelques mots, puis montèrent dans leur voiture de location. Mes mains tremblaient tant que je dus attendre un embouteillage pour parvenir à allumer ma cigarette.

Je ne voulais pas que Lucy et Jo me rattrapent. Je pris la sortie de la 9ᵉ Rue. Elles continueraient sans doute tout droit, en direction de l'Interstate 64, vers l'aéroport, pour rejoindre leurs vies d'agents doubles.

— Va au diable, Lucy.

Mon cœur battait à tout rompre, comme s'il cherchait à s'échapper de ma poitrine.

— Va au diable, répétai-je en pleurant.

10

L E NOUVEAU BÂTIMENT qui abritait mes bureaux était au
centre d'une gigantesque tourmente immobilière que je
n'aurais jamais imaginée lorsque je m'y étais installée dans
les années 70. À l'époque, alors que je débarquais de Miami,
je me souvenais d'avoir éprouvé une immense déception,
car les commerces de Richmond venaient d'émigrer à la
périphérie. Les gens ne dînaient plus dans le centre-ville et
évitaient d'y faire leurs courses, surtout le soir.

Jusqu'au milieu des années 90, la vieille ville avait sombré, victime de la négligence et de la délinquance, puis
l'université du Commonwealth de Virginie avait décidé de
réhabiliter ce qui avait été laissé à l'abandon. D'élégants
immeubles de brique et de verre avaient surgi de terre du jour
au lendemain. Mes bureaux et la morgue partageaient le lieu
avec les labos et le tout récent Institut de médecine légale de
Virginie, première école de ce type dans le pays, sinon dans
le monde.

Je disposais même d'un luxueux emplacement de parking
puisqu'il se trouvait proche de la porte d'entrée. J'y demeurai un moment, assise derrière le volant, à rassembler mes
affaires et à tenter d'ordonner mes pensées décousues. Dans
un réflexe infantile, j'avais déconnecté mon téléphone de
voiture pour que Lucy ne puisse pas me joindre après mon
départ sur les chapeaux de roues. Je le rallumai, espérant
l'entendre sonner, et restai là à fixer le combiné. La dernière
fois que je m'étais conduite de la sorte, c'était à la suite de
ma plus terrible dispute avec Benton. Je lui avais ordonné de
sortir de chez moi et de ne plus jamais y remettre les pieds.
J'avais débranché tous les téléphones, pour les rebrancher
une heure plus tard, affolée parce qu'il ne m'appelait pas.

Je consultai ma montre. Lucy embarquerait dans moins d'une heure. J'envisageai de contacter US Air et de leur demander d'appeler son *pager*. J'avais honte de mon attitude. Une sensation d'impuissance m'envahissait parce qu'il m'était impossible de présenter mes excuses à une jeune femme du nom de Terry Davis. Terry Davis n'avait pas de tante Kay, pas de numéro de téléphone, et elle vivait quelque part à South Beach.

Lorsque je pénétrai dans le hall du bâtiment, j'étais défaite, et Jake, le surveillant, dont les regards et les gestes traduisaient la perpétuelle nervosité, le remarqua tout de suite.

– Bonjour, docteur Scarpetta. Vous n'avez pas l'air en forme.

– Bonjour, Jake. Comment allez-vous ?

– Ça va, ça va. Sauf qu'ils ont annoncé que le temps allait empirer très vite, et je m'en passerais bien.

Il ouvrait et refermait son stylo sans même en avoir conscience.

– Je n'arrive pas à me débarrasser de cette douleur dans le dos, docteur Scarpetta. Juste entre les omoplates.

Il fit rouler son cou et ses épaules.

– Je sens un pincement, comme s'il y avait quelque chose de coincé, là, en bas. Ça m'est arrivé l'autre jour, après une séance d'haltères. Qu'est-ce que vous croyez que je devrais faire ? Ou bien il faut que je vous écrive, d'abord ?

Je crus qu'il s'essayait à la plaisanterie, mais il ne souriait pas.

– C'est la chaleur humide. Laissez tomber les haltères pendant un moment, conseillai-je.

– Merci. Je vous dois combien ?

– Je suis bien trop chère pour vous, Jake.

Il eut un large sourire. Je passai ma carte magnétique dans la serrure électronique de mes bureaux, qui se déverrouilla. J'entendis Cleta et Polly, deux de mes employées, qui tapaient en discutant. Les téléphones sonnaient déjà, et il n'était pas encore 7 h 30.

– ... C'est vraiment, vraiment une catastrophe.

– Tu crois que les étrangers ont une odeur différente quand ils se décomposent ?

– Voyons, Polly, c'est complètement idiot !

Installées à l'intérieur de leurs espaces gris, elles passaient en revue des photos d'autopsie, introduisaient des données dans l'ordinateur, et les curseurs sautaient d'un fichier à l'autre sur l'écran.

Cleta m'accueillit avec une expression sévère :

— Vous avez intérêt à vous dépêcher de prendre un café.

— Ça, je ne te le fais pas dire, acquiesça Polly en tapant sur la touche « retour ».

— Une fois suffit, remarquai-je.

— D'accord, je me tais, dit Polly, alors qu'elle en était incapable.

Cleta fit semblant de refermer une fermeture Éclair sur ses lèvres sans rater une touche de son clavier.

— Où sont-ils tous ? demandai-je.

— À la morgue, me dit Cleta. Nous avons huit cas, aujourd'hui.

— Vous avez perdu beaucoup de poids, Cleta, dis-je en ramassant les certificats de décès dans ma corbeille de courrier intérieur.

— Six kilos et demi, s'exclama-t-elle en rangeant par numéros de cas les horribles photos comme s'il s'agissait d'un jeu de cartes. Merci de l'avoir remarqué. Vous êtes bien la seule, ici.

— Mais, enfin, c'est pas vrai ! m'exclamai-je en jetant un coup d'œil au premier certificat de décès couché sur ma pile, croyez-vous qu'on arrivera un jour à convaincre le docteur Carmichael que « l'arrêt cardiaque » n'est pas une cause de décès ? Le cœur de n'importe qui s'arrête au moment de la mort. La question est de savoir *pourquoi*. Enfin, celui-ci est à refaire.

Je passai en revue le reste des formulaires tout en suivant le long couloir à la moquette grise et lie-de-vin qui conduisait à mon bureau en coin.

Rose travaillait dans un espace ouvert, doté de nombreuses fenêtres, et il était impossible d'atteindre ma porte sans traverser son territoire. Debout devant un tiroir à classeurs, elle feuilletait d'un geste impatient des dossiers étiquetés.

— Comment allez-vous ? demanda-t-elle, un crayon coincé entre les dents. Marino vous cherche.

— Rose, appelez-moi le docteur Carmichael.

— Encore ?

— J'en ai bien peur.

— Il devrait prendre sa retraite.

Ma secrétaire répétait cela depuis des années. Elle referma le tiroir, et en ouvrit un autre.

— Pourquoi Marino me cherche-t-il ? Il a appelé de chez lui ?

Elle ôta son crayon de la bouche.

— Il est ici. En tout cas, il y était. Docteur Scarpetta, est-ce que vous vous souvenez de la lettre que vous avez reçue le mois dernier de cette odieuse bonne femme ?

— Quelle odieuse bonne femme ? demandai-je en jetant un coup d'œil dans le couloir, sans voir trace de Marino.

— Celle qui est en prison pour avoir tué son mari après lui avoir fait souscrire une assurance vie de 1 million de dollars à son profit.

— Oh, celle-là.

J'ôtai ma veste en entrant dans mon bureau et posai ma serviette sur le sol.

Je demandai de nouveau :

— Pourquoi Marino me cherche-t-il ?

Rose ne répondit pas. J'avais remarqué qu'elle devenait dure d'oreille. Tous les indices, si bénins soient-ils, qui me rappelaient que l'âge la rendait progressivement vulnérable m'effrayaient.

Je posai les certificats de décès au-dessus d'une centaine d'autres que je n'avais pas encore examinés, et abandonnai ma veste sur le dossier de ma chaise.

— Le problème, dit Rose d'une voix forte, c'est qu'elle vous a encore envoyé une lettre. Cette fois-ci, elle vous accuse de racket.

Je décrochai ma blouse de labo derrière la porte.

— Elle prétend que vous êtes de mèche avec les assurances, et que vous avez modifié la cause de la mort de son mari, d'accident en homicide, pour leur éviter de payer. En échange, vous avez reçu un gros pot-de-vin, ce qui explique, selon elle, que vous puissiez vous payer des tailleurs chics et une Mercedes.

J'enfilai ma blouse.

— Vous savez, j'en ai marre des cinglés, docteur Scarpetta. Il y en a qui me flanquent vraiment la frousse, et je crois qu'Internet ne fait qu'empirer les choses.

Elle jeta un coup d'œil par la porte.

– Vous n'écoutez pas un mot de ce que je vous raconte.

– J'achète mes tailleurs en solde, répliquai-je, et vous rendez Internet responsable de tous les maux de la terre.

Sans l'insistance de Rose au moment des soldes, je n'aurais probablement pas perdu de temps à acheter des vêtements. Je détestais faire des courses, sinon pour me fournir en bon vin et en nourriture. Je détestais les centres commerciaux et la foule. Rose, elle, détestait Internet, convaincue qu'il provoquerait un jour la fin du monde. J'avais dû l'obliger à utiliser sa messagerie électronique.

– Si jamais Lucy appelle, pouvez-vous veiller à ce qu'on me passe la communication, où que je sois ? demandai-je à l'instant où Marino pénétrait dans le bureau de Rose. Essayez également son agence régionale. Vous pouvez transmettre le message.

Mon estomac se crispait à la pensée de Lucy. Je m'étais énervée et je lui avais lancé des phrases que je regrettais. Rosa me jeta un regard. Elle avait compris.

– Capitaine, vous m'avez l'air de sacrément mauvais poil, ce matin, dit-elle à Marino.

Il émit un grognement, ouvrit dans un crissement désagréable le bocal de bonbons au citron qui trônait sur le bureau de Rose et se servit.

– Que voulez-vous que je fasse de la lettre de cette folle ? demanda Rose en passant la tête dans mon bureau, tout en continuant à fourrager dans le tiroir, ses lunettes perchées sur le bout de son nez.

– Je crois qu'il est temps qu'on transmette son dossier à l'attorney général – si jamais vous le retrouvez. Au cas où elle nous attaquerait en justice, ce qui ne saurait tarder. Bonjour, Marino.

– Vous parlez encore de cette cinglée que j'ai foutue en tôle ? demanda-t-il en suçant un bonbon.

Le souvenir me revint.

– C'est vrai, c'était une de vos enquêtes.

– Alors je suppose que moi aussi, elle va m'attaquer.

– Sans doute, marmonnai-je, plantée devant mon bureau, à consulter les messages téléphoniques de la veille. Pourquoi est-ce que tout le monde appelle quand je ne suis pas là ?

– Je commence à aimer être traîné en justice, remarqua Marino. Ça me donne l'impression d'être spécial.

— Je n'arrive pas à m'habituer à vous voir en uniforme, capitaine Marino, dit Rose. Est-ce que je dois vous saluer?

— Arrêtez, Rose, vous allez m'exciter.

— Je croyais que votre tournée ne commençait qu'à 15 heures, remarquai-je.

— Ce qu'il y a de bien, si je suis poursuivi, c'est que c'est la ville qui devra payer. Ha, ha, ha. Ils seront bien baisés.

— On verra si vous riez toujours quand vous serez obligé de rembourser, que vous perdrez votre pick-up et votre piscine hors sol. Pourvu qu'ils ne vous prennent pas non plus toutes vos décorations de Noël et vos tonnes de fusibles, lui dit Rose.

J'ouvris et refermai les tiroirs de mon bureau.

— Quelqu'un a vu mes stylos? demandai-je. Je n'en ai plus un seul. Rose? J'avais au moins une boîte de feutres, vendredi. Je le sais parce que c'est moi qui les ai achetés. Ce n'est pas possible, mon Waterman a disparu, lui aussi!

— Je vous avais prévenue de ne rien laisser traîner.

— J'ai besoin d'une cigarette, déclara Marino. J'en ai marre de ces foutus buildings où il est interdit de fumer. Avec tous ces cadavres dans votre taule, l'État s'inquiète du tabac. Et ces vapeurs de formol, alors? Quelques bonnes bouffées peuvent tuer un cheval.

— Bon sang! dis-je en continuant d'examiner mes tiroirs. Devinez quoi encore? Plus d'Advil, plus de Sudafed, plus d'aspirine. Alors ça, ça m'énerve.

— L'argent du café, le portable de Cleta, les déjeuners, et maintenant vos stylos et votre aspirine. J'en suis arrivée à emporter mon sac à main partout. Les employés ont baptisé le voleur « Le Profanateur », dit Rosa avec colère, et cela ne m'amuse pas du tout.

Marino s'approcha et l'entoura de son bras.

— Ma douce, on ne peut pas en vouloir à un type qui a envie de profaner votre corps, lui glissa-t-il doucement à l'oreille. Depuis que j'ai posé les yeux sur vous, vous vous souvenez, à l'époque où j'apprenais au doc tout ce qu'elle sait aujourd'hui, je n'ai que cette idée en tête.

Rose déposa un baiser sage sur la joue de Marino et pencha la tête sur son épaule. Elle avait l'air soudain très vieille et défaite.

— Je suis fatiguée, capitaine, murmura-t-elle.

— Moi aussi, ma douce. Moi aussi.

Je regardai ma montre.

— Rose, vous pouvez prévenir tout le monde que la réunion du staff aura quelques minutes de retard ? Marino, allons-y.

La pièce réservée aux fumeurs était meublée de deux chaises, d'un distributeur de Coca-Cola et d'un vieux cendrier sale et bosselé que nous plaçâmes entre nous. Nous allumâmes tous les deux notre cigarette, et j'éprouvai l'habituel pincement de honte.

— Pourquoi êtes-vous là ? lui demandai-je. Vous ne vous êtes pas attiré assez d'ennuis, hier ?

— Je pensais à ce que Lucy disait hier soir. À propos de ma situation, vous savez. Comme quoi je suis fini, foutu. Doc, si vous voulez savoir la vérité, je ne le supporte pas. Je suis un inspecteur, je l'ai été presque toute ma vie, je ne peux pas faire ces conneries en uniforme. Je ne peux pas travailler pour des connards comme Diane Bray.

— C'est bien pour ça que vous avez passé l'examen d'inspecteur sur le terrain l'année dernière, lui rappelai-je. Rien ne vous oblige à rester dans ce département, Marino, ou dans n'importe quel département de police. Vous avez suffisamment d'années derrière vous pour prendre votre retraite. Vous êtes libre de décider ce que vous voulez faire.

— Et sans vous offenser, je ne veux pas non plus travailler pour vous, doc. Que ce soit à temps partiel ou au cas par cas.

L'État m'avait octroyé deux postes d'enquêteurs, et je ne les avais pas encore attribués.

— Ce que je veux dire, c'est que vous avez le choix, remarquai-je, sans montrer que sa remarque m'avait blessée.

Il demeura silencieux. Benton m'apparut soudainement. Je parvenais à lire tous ses sentiments dans son regard, puis son fantôme s'évanouit. Je sentis l'ombre fatiguée de Rose, et la peur de perdre Lucy m'envahit. Et je songeai à la vieillesse, et à tous ceux qui disparaissaient de ma vie.

— Marino, ne me laissez pas tomber.

Il ne répondit pas tout de suite, et lorsqu'il se décida enfin, ses yeux étincelaient.

— Qu'ils aillent tous se faire foutre, doc. Personne ne va me donner des ordres. Si je veux travailler sur une affaire, je travaillerai sur cette foutue affaire.

Il fit tomber sa cendre, l'air satisfait de lui-même.

— Je ne veux pas que vous soyez viré, ou rétrogradé.

— Ils peuvent pas me rétrograder plus bas que je ne le suis déjà, répliqua-t-il avec un nouvel éclair de colère. Ils peuvent pas changer mon grade de capitaine, et il n'y a pas de pire affectation que la mienne. Qu'ils me virent, tiens. Mais devinez quoi ? Ils le feront pas, et vous voulez savoir pourquoi ? Parce que je pourrais aller à Henrico, Chesterfield, Hanover, n'importe où. Vous ne savez pas combien de fois on m'a demandé de reprendre des enquêtes dans d'autres départements.

Je m'aperçus que ma cigarette était éteinte.

— Il y en a même qui voulaient que je sois chef, continua-t-il en se laissant emporter.

— Ne vous faites pas d'illusions, lui dis-je tandis que le menthol envahissait mes poumons. Seigneur, je ne peux pas croire que je recommence à fumer.

— Je ne me fais pas d'illusions, rétorqua-t-il.

Je sentis qu'il retombait dans sa déprime. Il reprit :

— J'ai l'impression de m'être trompé de planète. Je ne connais rien aux Bray et aux Anderson de ce monde. Qui sont ces femmes ?

— Des affamées de pouvoir.

— Mais vous, vous avez du pouvoir. Vous êtes foutrement plus puissante qu'elles, ou que n'importe qui d'autre que j'aie jamais rencontré, y compris la plupart des hommes, et vous n'êtes pas comme ça.

— Ces temps-ci, je ne me sens pas vraiment une femme de pouvoir. Je n'ai même pas été capable de garder mon sang-froid ce matin devant ma nièce et son amie. Et ça me rend malade, conclus-je en exhalant une bouffée de cigarette.

Marino se pencha sur sa chaise.

— Vous et moi, nous sommes les deux seules personnes à nous sentir concernées par ce putain de corps en décomposition, dit-il avec un geste du pouce en direction de la porte qui conduisait à la morgue. Je parie qu'Anderson ne s'est même pas montrée, ce matin, continua-t-il. Ce qu'il y a de sûr, c'est qu'elle va pas traîner ici à vous regarder l'autopsier.

L'expression que je déchiffrai sur son visage me serra le cœur. Marino était désespéré. À l'exception d'une ex-femme et d'un fils nommé Rocky avec lequel il était brouillé, il ne lui restait rien d'autre que le travail. Marino était pris au piège dans un corps qu'il avait malmené et qui, un jour ou l'autre, le lui ferait payer. Il n'avait pas d'argent et un goût déplorable en matière de femmes. Il était politiquement incorrect, négligé et grossier.

— Il y a un point sur lequel vous avez raison, lui dis-je. Vous ne devriez pas être en tenue. À dire vrai, vous êtes plutôt une honte pour le département. Qu'est-ce que c'est que ce truc sur votre chemise ? Encore de la moutarde ? Et votre cravate est trop courte. Faites-moi voir vos chaussettes.

Je me penchai, et jetai un œil sous les revers de son pantalon d'uniforme.

— Elles ne vont pas ensemble. Il y en a une noire et une bleue.

— Je veux pas que vous ayez des ennuis à cause de moi, doc.

— J'ai déjà des ennuis, Marino.

11

L'UN DES ASPECTS les plus affreux de mon travail, c'était ces surnoms dont les restes non identifiés se retrouvaient baptisés : « Le Torse », « La Dame dans la malle » ou « Superman ». Ils dépouillaient la victime de son identité, de tout ce qu'elle avait fait ou été, plus sûrement encore que la mort.

Lorsque je ne parvenais pas à identifier quelqu'un que l'on avait confié à mon expertise, je le ressentais comme une douloureuse défaite personnelle. J'emballais les os dans des coffres qui ressemblaient à ceux des banques et les entreposais dans le placard à squelettes, avec l'espoir qu'un jour ils finiraient par me révéler leur identité. Je conservais intacts dans des congélateurs des cadavres ou des restes humains, parfois pendant des mois, voire pendant des années, sans me résoudre à les confier à la fosse commune avant que tout espoir ait totalement disparu, ou que nous ayons besoin de place. Nous ne disposions pas d'assez d'espace pour garder tout le monde.

Le cas de ce matin avait été baptisé « L'Homme du conteneur ». Il était dans un état effroyable et j'espérais ne pas avoir à le conserver trop longtemps. Lorsque la décomposition est à ce point avancée, même la réfrigération ne peut ralentir le processus.

— Quelquefois, je me demande comment vous supportez ça, grommela Marino.

Nous nous trouvions dans le vestiaire attenant à la morgue, et rien, ni porte ni mur de béton, ne pouvait complètement repousser l'odeur qui filtrait.

— Rien ne vous oblige à être là, lui rappelai-je.

— Je ne manquerais ça pour rien au monde.

Nous revêtîmes deux blouses superposées, des gants, des protège-coudes, des protège-chaussures, des calots de chirurgie et des masques protecteurs. Aucun de mes médecins n'avait intérêt à se faire remarquer en train d'étaler du Vicks sous les narines, même si les flics, eux, le faisaient tout le temps. Si un médecin légiste n'est pas capable de supporter les désagréments de ce travail, mieux vaut qu'il change de métier.

Plus important encore, les odeurs sont essentielles, et racontent leur propre histoire. Une odeur de bonbon peut révéler la présence d'alcool isoamylique, une odeur de poire le chloral hydraté. Les deux peuvent laisser penser à une overdose d'hypnotiques, tandis qu'une vague odeur alliacée oriente le diagnostic vers l'arsenic. Les phénols et les nitrobenzènes évoquent respectivement l'éther et le cirage, et l'éthylène-glycol sent l'antigel, dont il est l'un des constituants majeurs. Parvenir à isoler des odeurs qui peuvent avoir une signification au milieu de l'horrible puanteur de cadavres sales ou de chair en décomposition n'est pas très éloigné du travail de l'archéologue. L'objet de la recherche exige toute la concentration possible, et les pitoyables circonstances environnantes doivent être reléguées au second plan.

La chambre de décomposition, comme nous l'appelions, était une version miniature de la salle d'autopsie. Elle disposait de sa propre glacière, d'un système de ventilation autonome et d'une seule table à roulettes que je pouvais déplacer et accoler à un grand évier. Tout l'aménagement, y compris les portes et les placards, était en acier inoxydable. Une couche de peinture acrylique non absorbante, capable de supporter les lessivages les plus corrosifs à grands jets d'eau de Javel et de désinfectants, recouvrait les murs et le sol. Les portes automatiques s'ouvraient à l'aide de boutons d'acier suffisamment grands pour être actionnés d'un coup de coude, sans qu'il soit besoin d'y poser les mains.

Lorsque la porte se referma derrière Marino et moi, je fus surprise de découvrir Anderson appuyée contre un comptoir, à côté du cadavre enfermé dans sa housse. Un corps est une pièce à conviction. Jamais je ne laissais un enquêteur seul avec un cadavre qui n'avait pas encore été examiné, surtout depuis les dérapages du procès d'O. J. Simpson, où tout le monde avait été attaqué au tribunal sauf l'accusé lui-même.

– Que faites-vous ici, et où est Chuck ? demandai-je à Anderson.

Chuck Ruffin était le surveillant de ma morgue. Il aurait dû être au travail depuis un certain temps, afin de vérifier les instruments de chirurgie, d'étiqueter les tubes à essais et de s'assurer que je disposais de tous les formulaires nécessaires.

– Il m'a fait entrer puis il est parti, je ne sais où.

– Il vous a laissée ici et est parti ? Il y a combien de temps ?

– Une vingtaine de minutes, répondit-elle en regardant Marino avec circonspection.

– Mais n'est-ce pas du Vicks ? remarqua doucement celui-ci.

La pommade brillait au-dessus de la lèvre supérieure d'Anderson.

– Tu vois ce désodorisant industriel, là-haut ? fit Marino avec un signe de tête en direction du système d'aération spécifique installé au plafond. Eh ben, tu sais quoi ? Quand on va ouvrir la fermeture Éclair de ce truc, il ne servira à rien.

– Je n'ai pas l'intention de rester, répliqua-t-elle.

C'était une évidence : elle n'avait même pas enfilé de gants de chirurgie.

– Sans vêtements de protection, vous ne devriez même pas être là, remarquai-je.

– Je voulais juste vous prévenir que j'allais interroger des témoins, et je veux que vous m'appeliez sur mon *pager* dès que vous aurez des informations sur ce qui lui est arrivé.

– Quels témoins ? demanda Marino. (Son souffle embua sa visière.) Bray t'expédie en Belgique ?

Je ne croyais pas une seconde qu'Anderson soit venue dans cet endroit déplaisant pour me dire quoi que ce soit. Elle avait en tête autre chose. Je regardai la housse à cadavre rouge pour voir si on y avait touché d'une quelconque façon, tandis que la paranoïa s'emparait de moi. Je jetai un coup d'œil à la pendule murale. Il était presque 9 heures.

– Appelez-moi, me dit Anderson comme s'il s'agissait d'un ordre.

Les portes se refermèrent derrière elle. Je décrochai le téléphone intérieur mural et appelai Rose.

– Où est passé Chuck ? demandai-je.

– Dieu seul le sait, répondit Rose sans chercher à dissimuler le mépris dans lequel elle tenait le jeune homme.

– Trouvez-le et dites-lui de venir ici *immédiatement*. Il va me rendre dingue ! Et comme d'habitude, notez cet appel. Que tout soit consigné.

– C'est toujours ce que je fais.

Je raccrochai et dis à Marino :

– Un de ces jours, quand j'en aurai assez, je vais le flanquer dehors. Il est paresseux et totalement irresponsable. Il a changé, il n'était pas comme cela avant.

– Ouais ! Il est *encore plus* paresseux et irresponsable qu'avant, rétorqua Marino. Ce type a les neurones qui n'impriment pas bien, doc. Il magouille quelque chose, et, pour votre gouverne, il essaye de se placer dans le département de police.

– Oh, faites, je vous en prie, prenez-le !

– C'est un de ces velléitaires qui bandent devant un uniforme, un flingue et un gyrophare, dit-il d'un ton qui perdait de son assurance au fur et à mesure qu'il descendait la fermeture Éclair de la housse à cadavre.

Il faisait de son mieux pour rester stoïque.

– Ça va ?

– Ouais, ouais.

La puanteur nous assaillit comme une lame de fond.

– Merde ! gémit-il tandis que je retirais les draps qui entouraient le cadavre. Putain de salopard d'enfoiré !

L'état de décomposition de certains corps est si effroyable que les tissus finissent par se résumer à une sorte de miasme surréaliste, une combinaison de couleurs, de textures et d'odeurs anormales qui désoriente, dénature tout, jusqu'à provoquer l'évanouissement.

Marino se recula précipitamment jusqu'au comptoir, s'écartant autant que possible du chariot, et je me retins d'éclater de rire.

Il avait l'air parfaitement ridicule dans son attirail de chirurgie. Lorsqu'il portait des protège-chaussures, il avait tendance à se déplacer comme s'il patinait sur le sol, et le calot, qui ne trouvait pas de prise sur son crâne dégarni, se redressait en plissant comme du papier à pâtisserie. Il l'arracherait de son crâne, comme à l'accoutumée, dans quelques minutes.

— Ce n'est pas de sa faute s'il est dans cet état, lui rappelai-je. Et ça, c'est un peu hypocrite, ajoutai-je tandis qu'il se fourrait un inhalateur de Vicks dans le nez.

Les portes s'ouvrirent de nouveau et Chuck Ruffin entra, chargé de radios.

— Ce n'est pas une très bonne idée d'escorter quelqu'un jusqu'ici puis de disparaître, lui fis-je remarquer avec bien plus de réserve que je n'en ressentais. Surtout un enquêteur débutant.

— Je ne savais pas que c'était une débutante, répondit-il.

— Et qu'est-ce que tu croyais qu'elle était ? rétorqua Marino. C'est la première fois qu'elle vient, et elle a l'air d'avoir treize ans.

— Ça, c'est sûr qu'elle a pas de seins. Pas mon genre, je peux vous dire, ajouta-t-il en plastronnant. Alerte aux gouines ! Pim, pom, pim, pom ! fit-il en imitant une sirène et en faisant tournoyer ses mains comme un gyrophare.

— On ne laisse pas de visiteurs non autorisés seuls avec un corps qui n'a pas encore été examiné, et cela inclut les policiers, inexpérimentés ou pas.

J'avais une folle envie de le flanquer à la porte sur-le-champ.

— Je sais, dit-il en essayant de m'amadouer. Encore O. J. Simpson et la pièce à conviction glissée par les flics.

Ruffin était un grand jeune homme. Ses yeux bruns ensommeillés et sa chevelure blonde indisciplinée lui donnaient cet air ébouriffé et tout juste sorti du lit que les femmes semblaient trouver irrésistible. Il n'avait pas réussi à me charmer et y avait renoncé.

— À quelle heure Anderson est-elle arrivée ce matin ? lui demandai-je.

Pour toute réponse, il fit le tour de la pièce en branchant les plaques lumineuses, dont les reflets pâles léchèrent le haut des murs.

Il continua :

— Désolé d'être en retard. J'étais au téléphone, ma femme est malade.

Il avait utilisé cette excuse tant de fois que je finissais par me demander si sa pauvre femme n'était pas affligée d'une lourde pathologie chronique, ou hypocondriaque, à moins qu'elle ne soit totalement hystérique ou quasi morte.

93

– J'en conclus que Renée a décidé de ne pas rester..., ajouta-t-il en faisant allusion à Anderson.

– *Renée* ? l'interrompit Marino. Je ne savais pas que vous étiez intimes.

Ruffin entreprit de tirer les radios de leurs grandes enveloppes à bulles.

– Chuck, à quelle heure Anderson est-elle arrivée ? demandai-je de nouveau.

– Très exactement ? (Il réfléchit un moment.) Je dirais à peu près au quart.

– À 8 heures et quart ?

– Ouais.

– Et vous l'avez laissée dans la morgue alors que vous saviez que tout le monde serait à la réunion du matin ? remarquai-je tandis qu'il fixait les radios sur les plaques lumineuses. Seule avec les dossiers, les effets personnels, sans parler des corps, un peu partout ?

– Elle ne l'avait jamais vue, alors je lui ai fait faire un petit tour..., continua-t-il. En plus, j'étais là. J'avais des comprimés en retard.

Il faisait allusion à l'innombrable quantité de médicaments qu'on récupérait chez la plupart des victimes. La tâche assommante qui consistait à faire le décompte des comprimés avant de s'en débarrasser dans l'évier était dévolue à Ruffin.

– Ouah, regardez ça !

La partie gauche de la mâchoire avait été suturée à l'aide de fils métalliques, nettement visibles sur les radios crâniennes prises sous des angles différents. Les sutures étaient aussi voyantes que les coutures d'une balle de base-ball.

– « L'Homme du conteneur » a eu la mâchoire cassée, remarqua Ruffin. Ça suffit à l'identifier, n'est-ce pas, docteur Scarpetta ?

– Sans doute, si nous parvenons à mettre la main sur ses vieilles radios.

– C'est toujours la grande question, dit Ruffin.

Il se sentait en mauvaise posture, et faisait tout son possible pour détourner mon attention.

J'examinai les formes et les ombres opaques des sinus et des os sans constater d'autres fractures, déformations ou bizarreries d'aucune sorte. Néanmoins, lorsque je nettoyai les dents, je découvris un tubercule de Carabelli, une cinquième protubérance. Toutes les molaires ont quatre cuspides ou saillies. Celle-ci était excédentaire.

— Qu'est-ce que c'est qu'un Carabelli ? s'enquit Marino.

— C'est le nom de quelqu'un. Je ne sais pas qui.

Je pointai du doigt la dent en question.

— Maxillaire supérieur. Lingual et médial, ou, si vous préférez, vers la langue et en avant.

— Chouette, dit Marino. Même si je n'ai pas la moindre idée de ce que vous venez de dire.

— Une caractéristique inhabituelle, sans parler de la configuration des sinus et de la mâchoire brisée. Nous avons de quoi l'identifier une demi-douzaine de fois, si nous trouvons un point de comparaison *premortem*.

— Mais on dit ça tout le temps, doc, rappela Marino. Bon Dieu, vous avez eu des gens avec un œil de verre, une jambe artificielle, des plaques métalliques dans le crâne, des cerclages dentaires, n'importe quoi, et on ne sait toujours pas qui c'est, parce que personne n'a signalé leur disparition. Ou bien elle l'a été, et le dossier s'est perdu dans les limbes. Ou bien on n'a pas pu retrouver une seule putain de radio ou de dossier médical.

— Travaux de restauration dentaire là et là, dis-je en désignant plusieurs plombages métalliques qui se détachaient en blanc brillant sur les formes opaques de deux molaires. On dirait qu'il a eu un très bon suivi dentaire. Et il a les ongles parfaitement manucurés. Mettons-le sur la table. Nous avons intérêt à nous dépêcher. Son état ne devrait pas s'arranger.

12

SES YEUX SAILLAIENT, semblables à ceux d'une grenouille. Son scalp et sa barbe glissaient comme une mue, entraînés par l'épiderme dont la pigmentation s'était assombrie. Sa tête ballotta et il perdit le peu d'humeurs qui lui restaient encore lorsque je l'attrapai sous les genoux et Ruffin sous les bras. Nous le soulevâmes avec effort sur la table d'autopsie tandis que Marino stabilisait le chariot.

— Le but de nos nouvelles tables, c'était justement de nous éviter cela ! remarquai-je en haletant.

Mais tous les services de rapatriement et de pompes funèbres n'avaient pas encore compris. Ils continuaient à débarquer bruyamment avec leurs civières, transférant les corps sur n'importe quel vieux chariot qui leur tombait sous la main, au lieu d'utiliser ces nouvelles tables d'autopsie que nous pouvions déplacer jusqu'à l'évier. Mes efforts pour nous épargner un tour de reins n'avaient jusque-là servi à rien.

— Alors, le p'tit gars Chuckie, il paraît que tu veux t'engager chez nous ? remarqua Marino.

— Qui vous a dit ça ? répliqua Chuck, visiblement surpris et immédiatement sur la défensive.

Le choc du corps rendit un son mat sur l'acier.

— C'est le bruit qui court.

Ruffin ne répondit pas et se mit à nettoyer le chariot au jet. Ensuite, il l'essuya avec une serviette, puis le recouvrit de draps propres tandis que je prenais des photos.

— Eh bien, laisse-moi te dire que c'est pas aussi rose que ça, continua Marino.

— Chuck, nous avons besoin de pellicules Polaroïd supplémentaires, dis-je.

96

— Tout de suite.

— La réalité est un peu différente, s'obstina Marino de son ton condescendant. Ça consiste à conduire toute la nuit sans qu'il se passe rien, et tu te fais chier à mourir. Ça consiste à se faire cracher dessus, insulter, sans jamais recevoir aucun respect, et à conduire des caisses pourries pendant que des petits connards se la jouent politique, font du lèche-bottes, se récupèrent de beaux bureaux et jouent au golf avec les huiles.

L'air conditionné ronronnait, l'eau coulait et résonnait dans l'évier. Je dessinai les sutures métalliques et la cuspide supplémentaire, en espérant que s'allégerait le poids qui pesait sur ma poitrine. En dépit de toutes mes connaissances anatomiques, je ne comprenais pas, du moins pas réellement, comment le chagrin pouvait prendre naissance dans le cerveau, puis irradier tout le reste du corps comme une infection généralisée dévorante, détruisant tout sur son passage, finissant par réduire à néant carrières et familles, et parfois même les corps.

— Superbes fibres, remarqua Ruffin. De l'Armani. Je n'en avais jamais vu d'aussi près.

— Ses chaussures en crocodile et sa ceinture valent probablement 1 000 dollars à elles seules, ajoutai-je.

— Sans rigoler ? intervint Marino. C'est sûrement ça qui l'a tué. Sa femme les lui a achetées pour son anniversaire, il a découvert combien ça coûtait, et il a eu une attaque. Ça vous embête si j'allume une clope ici, doc ?

— Oui, ça m'embête. Quelle température faisait-il à Anvers quand le bateau est parti ? Vous l'avez demandé à Shaw ?

— Entre 9°C la nuit et 20°C pour les maximales, répondit-il. Le même temps chaud bizarre qu'on a partout. Autant passer Noël à Miami avec Lucy, si ça continue comme ça. À moins que je ne plante un palmier dans mon salon.

À l'évocation de Lucy, la crispation froide et dure se réinstalla sous mon diaphragme. Ma nièce s'était toujours montrée difficile et complexe. Même s'ils étaient persuadés du contraire, très peu de gens la connaissaient vraiment. Derrière son intelligence, son succès et sa témérité, il y avait une enfant blessée et pleine de rage qui partait affronter les dragons que nous fuyons tous. La perspective d'un abandon, imaginaire ou pas, la terrifiait, et elle avait choisi de rejeter les autres la première.

– Vous avez remarqué comme la plupart des gens ne sont jamais très bien habillés quand ils meurent ? dit Chuck. Je me demande pourquoi.

– Écoutez, je vais mettre des gants propres et rester dans le coin, intervint Marino. J'ai sacrément besoin d'une cigarette.

– Sauf ces gamins, au printemps dernier, qui se sont fait tuer en rentrant du bal du collège, continua Chuck. Il y avait ce type en smoking bleu, une fleur à la boutonnière.

Le jean était plissé à la taille, sous la ceinture.

– Le pantalon est trop grand, remarquai-je en le dessinant sur un formulaire. D'à peu près une taille ou deux. Il a dû être plus gros à un moment donné.

– Difficile de dire quelle taille il pouvait faire, dit Marino. Là, il a un bide plus gros que le mien.

– Ce sont les gaz, rétorquai-je.

– Dommage qu'on ne puisse pas en dire autant de vous, lança Chuck à Marino en s'enhardissant.

– Un mètre soixante-treize et cinquante kilos, ce qui signifie, si on prend en compte la perte des humeurs, qu'il devait peser soixante-dix, soixante-quinze kilos, calculai-je. Un homme de taille moyenne qui, ainsi que je viens de le dire, si l'on se fie à ses vêtements, a dû peser plus lourd. Il a des drôles de cheveux sur ses habits, blond très pâle, quinze à dix-sept centimètres de long.

Je retournai la poche gauche du jean, dans laquelle je trouvai d'autres cheveux, un coupe-cigares en argent massif et un briquet. Je les posai sur une feuille de papier blanc propre, en prenant bien soin de ne pas effacer d'éventuelles empreintes. Dans la poche droite, il y avait deux pièces de 5 francs, une livre anglaise et une liasse de billets étrangers pliés en deux et que je ne connaissais pas.

Je remarquai :

– Pas de portefeuille, pas de passeport, pas de bijoux.

– Ça aurait tout l'air d'un vol, dit Marino, à l'exception des trucs dans ses pochcs. Ce n'est pas logique. Si on lui avait tout piqué, le voleur aurait aussi pris ça.

– Chuck, vous avez appelé le docteur Boatwright ? demandai-je.

Il s'agissait de l'un des odontologistes du Medical College de Virginie, c'est-à-dire d'un expert en médecine légale dentaire, dont nous sollicitions régulièrement les conseils.

– Je vais le faire.

Il ôta ses gants et se dirigea vers le téléphone. Je l'entendis ouvrir des tiroirs et des classeurs.

– Vous avez vu le répertoire téléphonique ? demanda-t-il.

– C'est vous qui êtes censé vous occuper de ce genre de chose, répondis-je d'un ton irrité.

– Je reviens, jeta-t-il, apparemment désireux de disparaître encore une fois.

Il s'éloigna d'un pas pressé, et Marino le suivit des yeux.

– Il est bête comme ses pieds.

– Je ne sais pas quoi faire de lui, parce que le problème, justement, c'est qu'il n'est pas vraiment bête, Marino.

– Putain, vous lui avez demandé ce qui n'allait pas ? On dirait qu'il a des trous de mémoire, des problèmes de concentration, ce genre de trucs. Il s'est peut-être flanqué un coup sur la tête, ou alors il se tripote trop ?

– Non, je n'ai pas songé à lui poser ce type de questions.

– N'oubliez pas que, le mois dernier, il a paumé une balle dans l'évier, doc. Et après, il a fait comme si c'était de votre faute, ce qui était la plus grosse connerie que j'aie jamais entendue. J'étais là, j'étais témoin.

Je me débattais avec le jean humide et glissant du mort, que je ne parvenais pas à faire glisser sur ses hanches et ses cuisses.

– Vous voulez bien me donner un coup de main ?

Nous tirâmes soigneusement le pantalon jusqu'aux genoux et aux pieds. Nous lui ôtâmes son caleçon noir, ses chaussettes et son T-shirt, que je posai sur le chariot recouvert d'un drap. Je les examinai soigneusement, à la recherche de trous, de déchirures ou de toute autre trace qui puisse servir d'indice. Je remarquai que l'arrière du pantalon, et plus particulièrement le fond, était beaucoup plus sale que le devant. Les talons de ses chaussures étaient éraflés.

– Le jean, le caleçon et le T-shirt sont de marque Armani et Versace. Le caleçon est à l'envers, dis-je en continuant l'inventaire. Les chaussures, la ceinture et les chaussettes sont de marque Armani. Vous voyez la poussière et les éraflures ? remarquai-je en les désignant du doigt. Ce sont des indices qui pourraient laisser penser qu'il a été traîné, comme si quelqu'un le tenait sous les bras.

– Ouais, ça me paraît correct.

Environ un quart d'heure plus tard, les portes s'ouvrirent et Ruffin refit son apparition, une feuille de papier à la main. Il la scotcha sur le devant d'un classeur.

— J'ai raté quelque chose ? demanda-t-il d'un ton guilleret.

— Nous allons jeter un œil à ses vêtements avec le Luma-Lite. Laissez-les sécher avant de les donner au labo, lui enjoignis-je d'un ton sans aménité. Laissez également sécher ses autres affaires à l'air libre, ensuite enfermez-les dans un sac.

Il enfila des gants d'un coup sec, et acquiesça avec nervosité :

— 10-4.

— Tu es déjà en train de réviser pour entrer à l'école de police ? le titilla Marino. C'est bien, bon p'tit gars.

13

JE M'ABSORBAI TOTALEMENT dans ma tâche, l'esprit uniquement préoccupé par un corps complètement autolysé et si putréfié qu'il était difficile de croire qu'il avait été un jour humain.

La mort avait emporté avec elle toutes les défenses de cet homme, et les bactéries s'étaient échappées du tractus intestinal pour se répandre partout à leur gré, générant fermentations et gaz. Elles détruisaient les membranes cellulaires, conférant au sang veineux et artériel une couleur noir verdâtre, qui dessinait au travers de la peau décolorée tout le système circulatoire comme les méandres d'une rivière.

Les parties du corps qui avaient été protégées par des vêtements étaient en bien meilleur état que la tête et les mains.

— Seigneur, vous vous imaginez, tomber nez à nez avec lui en prenant un bain de minuit ? dit Ruffin en regardant le cadavre.

— Il n'y peut rien, remarquai-je.

— Et tu sais quoi, mon petit Chuckie ? ajouta Marino. Quand tu mourras, un jour, tu auras exactement cette tête-là.

— Est-ce qu'on sait où se trouvait exactement le conteneur sur le bateau ?

— Vers l'intérieur. La deuxième ou troisième rangée.

— Et les conditions météorologiques pendant les deux semaines de traversée ?

— Plutôt douces, une moyenne de 16 °C, avec une pointe à 21 °C. Sacré El Niño. Les gens font leurs putains de courses de Noël en short.

Ruffin demanda :

— Alors, vous croyez que ce type est mort à bord et que quelqu'un l'a fourré dans le conteneur ?

— Non, ce n'est pas ce que je crois, mon petit Chuckie.

— Je m'appelle Chuck.

— Ça dépend qui te cause. Et la devinette du jour, c'est celle-là, mon petit Chuckie : quand tu as des tonnes de conteneurs entassés comme des sardines dans une boîte, explique-moi comment tu fourres un cadavre dans l'un d'eux. Pas même moyen d'ouvrir la porte. Et en plus, les scellés étaient intacts.

Je rapprochai une lampe de chirurgie et collectai fibres et débris divers à l'aide de pinces, d'une loupe, et dans certains cas, d'écouvillons.

— Chuck, il faut vérifier ce qui reste comme formol. Il n'y en avait plus beaucoup l'autre jour. Vous vous en êtes occupé ?

— Pas encore.

— N'inhale pas trop de vapeurs, avertit Marino. Tu as vu le résultat sur les cerveaux que tu trimballes au Medical College.

Le formol est une solution diluée de formaldéhyde, un puissant composé chimique utilisé pour préserver ou « fixer » des coupes chirurgicales ou des organes, et même des corps entiers, dans le cas de dons anatomiques. Il détruit les tissus, et il est extrêmement corrosif pour les voies respiratoires, la peau et les yeux.

— Je vais vérifier, dit Ruffin.

— Pas maintenant, pas avant que nous ayons terminé ici.

Il retira le capuchon d'un marqueur indélébile.

— Il faudrait appeler Cleta pour voir si Anderson est partie, dis-je. Je ne veux pas qu'elle traîne dans les parages.

— J'y vais, proposa Marino.

Ruffin s'adressa directement à lui :

— Je dois avouer que ça m'en bouche toujours un coin de voir des nanas pourchasser des tueurs. Je parie que de votre temps, quand vous avez commencé, elles ne s'occupaient que des parcmètres.

Marino se dirigea vers le téléphone sans répondre.

— Ôtez vos gants, lui lançai-je.

Il oubliait toujours de le faire, quel que soit le nombre de panneaux « Mains propres » que j'affiche partout.

Je déplaçai lentement la loupe, et m'arrêtai. Les genoux paraissaient sales et écorchés, comme si la victime s'était agenouillée sans son pantalon sur une surface rugueuse et souillée. Je vérifiai ses coudes. Ils présentaient, *a priori,* les mêmes caractéristiques, mais il était difficile de l'affirmer avec certitude, la peau étant en trop mauvais état. Je trempai un tampon de coton dans de l'eau stérile tandis que Marino raccrochait. Je l'entendis déchirer l'enveloppe d'une nouvelle paire de gants.

— Anderson n'est pas là. Cleta dit qu'elle est partie il y a une demi-heure.

— Et qu'est-ce que vous pensez des femmes qui font de la musculation ? demanda Chuck à Marino. Vous avez vu les muscles des bras d'Anderson ?

J'utilisai comme échelle une règle de quinze centimètres et entrepris de prendre des photos avec un 35 millimètres et un objectif macroscopique. Je trouvai d'autres endroits écorchés sous les bras, et collectai d'autres échantillons.

— Je me demande si la lune était pleine quand le bateau a quitté Anvers, me dit Marino.

— Enfin, sans doute que pour vivre dans un monde d'hommes, il faut être aussi forte qu'un homme, continua Ruffin.

L'eau coulait sans relâche, l'acier cognait contre l'acier, et les lumières au-dessus de nos têtes repoussaient totalement les ombres.

— Eh bien, ce soir c'est la nouvelle lune, dis-je. La Belgique se trouve dans l'hémisphère Nord, à l'est. Le cycle lunaire est donc le même qu'ici.

— Donc, ça pouvait très bien être la pleine lune.

Je savais où il voulait en venir, et mon silence lui enjoignit de ne pas aborder le sujet des loups-garous.

— Alors, qu'est-ce qui s'est passé, Marino ? Vous avez joué votre poste au bras de fer avec elle ? demanda Ruffin en coupant la ficelle qui entourait un ballot de serviettes.

Marino le fusilla du regard.

— Pas difficile de savoir qui a gagné, puisque maintenant elle est inspecteur, et que vous êtes de nouveau en tenue, conclut Ruffin avec un sourire narquois.

— C'est à moi que tu parles ?

— Bien sûr, dit-il en faisant glisser la porte de verre d'un placard.

— Tu sais, je dois me faire vieux, dit Marino en ôtant son

103

calot d'un geste vif avant de le jeter dans la poubelle. J'entends plus aussi bien qu'avant. Mais si je ne me suis pas trompé, je crois que tu viens de me chier dans les bottes.

Ruffin s'obstina :

— Qu'est-ce que vous pensez de ces femmes pleines de muscles à la télé ? Et les catcheuses ?

— Tu vas la fermer ?

— Vous êtes célibataire, Marino ? Vous sortiriez avec une femme comme ça ?

Ruffin n'avait jamais aimé Marino. Il avait maintenant une occasion de se venger, c'était du moins ce qu'il croyait, simplement parce que son univers égocentrique tournait grâce à des lois stupides. Selon ses petits critères mesquins et bornés, Marino était aujourd'hui à terre, et le moment était enfin venu de s'acharner sur lui.

Il aurait dû avoir le bon sens de partir en courant. Au lieu de cela, il continua de plus belle :

— Enfin, la question, c'est plutôt : est-ce qu'une femme comme ça sortirait avec vous ? Et même, est-ce que n'importe quelle femme sortirait avec vous ?

Marino s'approcha si près de lui qu'ils se retrouvèrent nez à nez.

— J'ai deux, trois petits conseils à te donner, connard, cracha Marino en embuant le masque en plastique qui protégeait son visage menaçant. T'as intérêt à fermer ta gueule de pédé avant que mon poing vienne te l'embrasser. Et range ta minuscule petite bite dans ton holster, tu risques de te blesser avec.

Chuck vira à l'écarlate, alors que les portes s'ouvraient dans un glissement et que Neils Vander faisait son apparition, chargé d'une bouteille d'encre, d'un rouleau et de fiches à empreintes.

— Maintenant, ça suffit, et je ne plaisante pas ! ordonnai-je à Marino et Ruffin. Ou bien je vous jette dehors tous les deux !

— Bonjour ! salua Vander, comme si tout allait bien.

Je le prévins :

— Sa peau glisse terriblement.

— Tant mieux, c'est plus facile.

Vander dirigeait l'équipe chargée d'examiner marques et empreintes, et il en fallait beaucoup pour le perturber. Il n'était pas rare de le voir écarter amicalement des asticots tandis qu'il prenait les empreintes de corps décomposés. Il ne sourcillait pas non plus lorsqu'il était nécessaire de couper les doigts d'une victime carbonisée pour les porter à l'étage dans un bocal.

Je le connaissais depuis mes débuts ici, et le temps ne semblait pas avoir de prise sur lui. Il était toujours chauve, grand et dégingandé, perdu dans des blouses trop larges qui flottaient autour de lui lorsqu'il se pressait dans les couloirs.

Il enfila une paire de gants en latex, manipula les mains du mort avec légèreté, les étudiant et les retournant dans tous les sens, puis se décida :

— Le plus simple, c'est de faire glisser la peau.

Lorsqu'un corps est aussi décomposé que l'était celui-là, la couche supérieure de peau de la main tombe comme un gant. On l'appelle, du reste, un « gant ».

Vander procéda rapidement, enlevant chaque « gant » avec dextérité, puis glissant ses propres mains protégées de latex à l'intérieur de cette enveloppe de peau. Ganté des mains du mort, il enduisit d'encre chaque doigt et le roula sur une fiche à empreintes. Il ôta ces étranges gants de peau, les déposa proprement sur un plateau de chirurgie, puis se débarrassa de ses gants en latex avant de reprendre le chemin de l'étage.

— Chuck, mettez-les dans le formol. Nous devons les conserver.

Celui-ci dévissa le couvercle d'un bocal avec un air boudeur.

— Retournons-le, dis-je.

Marino nous aida à le placer sur le ventre. Je trouvai encore davantage de débris poussiéreux, surtout sur les fesses. De nouveaux prélèvements rejoignirent les autres. Il n'existait aucune blessure, sauf, peut-être, une zone située dans la partie supérieure droite du dos, et qui paraissait plus foncée que la peau alentour. Je l'examinai fixement à la loupe, me vidant totalement l'esprit, comme à chaque fois que je recherchais des motifs bien particuliers, des traces de morsures ou des indices infinitésimaux. J'avais l'impression de nager dans des eaux sombres, entourée de formes indistinctes, à la recherche de quelque chose de précis.

— Marino, est-ce que vous voyez cela ? C'est mon imagination, ou quoi ?

Il renifla de nouveau des vapeurs de Vicks et se pencha sur la table, puis regarda longuement.

– Peut-être, dit-il enfin. Je ne sais pas.

J'essuyai la peau avec une serviette humide. L'épiderme, la couche superficielle de la peau, se détacha. En dessous, le derme avait l'apparence d'un carton ondulé brun détrempé et parsemé d'encre noire.

– Un tatouage.

J'en étais presque certaine.

– L'encre a pénétré le derme, expliquai-je, mais je ne distingue rien d'autre qu'une grosse tache.

– Comme une tache de naissance, peut-être, suggéra Marino.

Je me penchai encore plus près avec la lentille grossissante, et ajustai du mieux possible une lampe de chirurgie. Ruffin boudait, plongé dans le nettoyage minutieux d'un comptoir en acier.

– Essayons les UV, décidai-je.

La lampe à ultraviolets multibande était très facile à utiliser et ressemblait beaucoup aux scanners à main utilisés dans les aéroports. Nous baissâmes les lumières et je fis un premier essai avec les ultraviolets de grande longueur d'onde, en maintenant la lampe proche de l'endroit qui m'intéressait. Aucun élément n'était fluorescent, mais un soupçon de violet parut former un début de dessin, et je me demandai si nous n'avions pas là des traces d'encre blanche. Exposé aux UV, tout ce qui est blanc, par exemple un drap sur un chariot, brille comme de la neige sous la lune et s'auréole d'une nuance de violet sous le projecteur. Je modifiai la position du sélecteur et essayai des longueurs d'onde plus courtes, sans grande différence entre les deux tentatives.

– Lumière, demandai-je.

Ruffin ralluma.

– J'aurais cru que l'encre à tatouage brillerait comme du néon, remarqua Marino.

– C'est effectivement le cas des encres fluorescentes, lui dis-je. Mais comme les grosses concentrations d'iode et de mercure ne sont pas recommandées pour la santé, on ne les utilise plus.

Il était midi passé lorsque je m'attelai enfin à l'autopsie, pratiquai l'incision en Y et ôtai la cage thoracique. Je m'attendais à peu près à ce que je découvris. Les organes, mous et friables, tombaient pratiquement en morceaux au toucher, et je dus faire très attention pour les découper et les peser. Il n'y avait pas grand-chose à dire des artères coronaires, sinon qu'elles n'étaient pas bouchées. Il ne restait plus de sang, uniquement cet effusat putréfié que je prélevai dans la cavité pleurale. Le cerveau était liquéfié.

– Les prélèvements de cerveau et d'effusat vont au labo de toxico pour une alcoolémie, dis-je à Ruffin tout en continuant ma tâche.

L'urine et la bile avaient disparu, exsudées des cellules de leurs organes décomposés, et il ne restait plus rien dans l'estomac. C'est lorsque je rabattis la peau du crâne que je crus tenir ma réponse. De chaque côté, l'arête pétreuse des os temporaux et les alvéoles mastoïdes étaient colorées.

Il était, bien sûr, prématuré de poser un diagnostic définitif avant d'obtenir les résultats du labo, mais j'étais quasi certaine que cet homme s'était noyé.

– C'est quoi ? demanda Marino en me dévisageant.

– Vous voyez cette coloration ? dis-je en désignant celle-ci du doigt. Elle signe une formidable hémorragie, survenue, sans doute, alors qu'il se débattait en se noyant.

Le téléphone retentit, et Ruffin alla répondre d'un pas pressé.

– Quand avez-vous travaillé pour la dernière fois avec Interpol ? demandai-je à Marino.

– Il y a cinq ou six ans, quand ce type venu de Grèce s'est retrouvé pris dans une bagarre de bar sur Hull Street.

– Eh bien, dans le cas qui nous préoccupe, il est indéniable que nous sommes confrontés à un problème dont les ramifications sont internationales. S'il est porté disparu en France, en Angleterre, en Belgique ou Dieu sait où, si c'est une sorte de fugitif international, nous n'aurons jamais les moyens de le découvrir ici, à Richmond, à moins qu'Interpol ne parvienne à établir un lien avec quelqu'un qui soit enregistré dans leurs fichiers informatiques.

– Vous avez déjà été en contact avec eux ?

– Non, c'est votre boulot à vous, la police.

– Oui, tous les flics vous disent qu'ils meurent d'envie de tomber sur une affaire qui ait un lien avec Interpol, doc, mais quand vous leur demandez ce qu'est Interpol, ils n'en ont pas la moindre idée. Vous voulez que je vous dise ? Ça ne m'intéresse pas de travailler avec Interpol, ils me flanquent autant la trouille que la CIA. Je ne veux même pas que ces gens-là sachent que j'existe.

– C'est ridicule. Vous savez ce qu'Interpol signifie ?

– Ouais. Des cinglés planqués.

– C'est une contraction de *International Police*. Leur but consiste à faire travailler ensemble les forces de police des pays membres, à les faire communiquer. Si je ne m'abuse, c'est ce que vous souhaitez pour votre département.

– Alors, c'est qu'ils ont pas chez eux de spécimens du genre de Bray.

J'observais Ruffin, toujours au téléphone. Quel qu'ait pu être son interlocuteur, il faisait de son mieux pour que la conversation nous échappe.

– Je crois que je ne vais pas tarder à m'énerver ! Non seulement il se contrefiche de mes ordres, mais en plus il me nargue, marmonnai-je en fixant Ruffin, qui raccrocha.

Marino le foudroya du regard.

Ruffin fourra une serviette dans la poche arrière de sa combinaison et sortit un compteur de comprimés d'un placard.

D'un ton distrait, je poursuivis :

– Interpol fait circuler des avis codés par couleurs, suivant qu'il s'agit de gens recherchés, de disparus, de demandes d'enquêtes, d'avertissements...

Ruffin s'assit sur un tabouret devant l'évier en acier, me tournant le dos. Il ouvrit un sac de papier brun portant un numéro de cas, en sortit trois flacons d'Advil et deux de médicaments préparés en pharmacie.

– Un corps non identifié porte un code de couleur noire. Il s'agit en général de suspects en fuite avec des connexions internationales. Chuck, pourquoi faites-vous cela ici ?

– Je vous l'ai dit, je suis en retard. J'ai jamais vu autant de médicaments arriver avec les corps, docteur Scarpetta, je ne parviens plus à suivre le rythme. J'arrive à soixante, soixante-dix, à ce moment-là, le téléphone sonne, je me plante dans mes comptes, et il faut que je recommence tout.

– Mon petit Chuckie, ça, je comprends pourquoi tu perds le fil aussi facilement, ricana Marino.

Ruffin se mit à siffloter.

– Pourquoi tu es tellement guilleret, d'un seul coup ? demanda Marino avec irritation, pendant que le jeune homme utilisait une paire de pinces fines pour aligner des rangées de pilules sur le petit plateau de plastique bleu.

– Il nous faut des empreintes digitales, des empreintes dentaires, tout ce que nous pourrons obtenir, dis-je à Marino en prélevant un échantillon profond du muscle de la cuisse pour un test d'ADN. Il faut leur envoyer tout ce que nous pourrons récupérer, insistai-je.

– À qui ? demanda Marino.

L'exaspération commençait à me gagner.

– À Interpol, répondis-je avec brusquerie.

Le téléphone sonna de nouveau.

– Marino, vous pouvez répondre ? Je suis en train de compter, demanda Ruffin.

– Tu peux toujours courir.

Je levai les yeux sur Marino :

– Vous m'écoutez ?

– Ouais. Je me souviens, l'officier de liaison, à la police judiciaire de l'État, c'était un type qui était premier sergent, je lui ai demandé s'il voulait aller prendre un verre un jour à l'amicale des flics, ou bouffer un morceau chez *Chetti* avec nous. J'essayais juste d'être cordial, quoi ; il a même pas bougé d'un cil, ou changé de ton. Je suis sûr que notre conversation a été enregistrée.

Je préparai une coupe de colonne vertébrale que je nettoyai à l'acide sulfurique. Je l'enverrais au labo pour une recherche de diatomées, ces algues microscopiques que l'on trouve dans toutes les eaux du monde.

– Impossible de me souvenir de son nom, continua Marino. Il a pris toutes les infos que je lui donnais, il a contacté Washington, qui a contacté Lyon, le repère de tous les cinglés planqués. Il paraît qu'ils sont dans un immeuble vachement impressionnant, sur une route à l'écart, un truc comme la caverne de Batman, avec des barbelés électrifiés, des chevaux de frise, des barrières et des gardes avec des mitraillettes, tout le tremblement, quoi.

– Vous avez vu trop de films de James Bond.

– Pas depuis que c'est plus Sean Connery. Les films sont nuls, maintenant, et il n'y a plus rien de bien à la télé non plus. Je sais même pas pourquoi je la regarde.

– Vous devriez peut-être lire un livre de temps en temps.

– Docteur Scarpetta ? intervint Chuck, qui venait de raccrocher. C'était le docteur Cooper. Le taux d'alcool dans le prélèvement correspondrait à une alcoolémie de 0,6, et presque rien dans le cerveau.

Cette concentration ne signifiait pas grand-chose, puisque le cerveau ne contenait pas d'alcool. L'homme avait peut-être bu juste avant de mourir, à moins qu'il ne s'agisse d'alcool produit *post mortem* par les bactéries de putréfaction. Il était illusoire d'en tirer des conclusions puisqu'il n'y avait plus ni urine, ni sang, ni humeur vitrée, ce fluide oculaire, pour nous permettre une comparaison. Cependant, si ce dosage correspondait à une réalité physiologique, il indiquait à tout le moins que les réflexes de l'homme avaient pu être altérés, et sa vulnérabilité accrue.

– Votre diagnostic ? demanda Marino.

– Mal de mer carabiné, dit Ruffin en chassant une mouche avec sa serviette.

– Tu sais, tu commences vraiment à me taper sur le système, avertit Marino.

– Cause du décès indéterminée, dis-je. Mort par homicide. Il ne s'agit pas d'un pauvre docker enfermé par inadvertance dans un conteneur. Chuck, j'ai besoin d'un plateau de chirurgie. Laissez-le sur le comptoir. Et il faut que vous et moi ayons une petite conversation avant la fin de cette journée.

Il détourna le regard avec vivacité. Je retirai mes gants et appelai Rose.

– Voudriez-vous avoir la gentillesse de descendre aux archives pour repêcher une de mes vieilles planches en liège ?

Le secrétariat à la Santé avait décidé que toutes les planches de dissection devaient désormais être recouvertes de Téflon, les matériaux poreux étant susceptibles de contamination. Si la mesure était parfaitement appropriée dans le cas de patients bien vivants, elle était beaucoup moins justifiée dans le mien. Je m'étais pourtant pliée à l'injonction, sans pour autant jeter quoi que ce soit.

Je poursuivis :

– J'ai également besoin d'épingles à postiche. Je dois en avoir une petite boîte en plastique dans le premier tiroir de droite de mon bureau. À moins qu'on ne me l'ait aussi volée.

– Pas de problème, dit Rose.

– Je crois que les planches sont rangées sur une étagère en bas, tout au fond de la réserve, à côté des vieux manuels de médecine légale.

– Rien d'autre ?

– Lucy n'a pas encore appelé ?

– Pas encore. Si elle téléphone, je vous trouverai.

Je réfléchis un instant. Il était une heure passée. Elle avait maintenant débarqué de l'avion. L'inquiétude et la dépression m'envahirent.

– Envoyez des fleurs à son bureau. Avec un mot : « Merci pour ta visite, je t'embrasse, tante Kay. »

Le silence me répondit.

– Vous êtes toujours là ? demandai-je à ma secrétaire.

– Vous êtes sûre que c'est ce que vous voulez lui dire ?

J'hésitai, puis :

– Dites-lui que je l'aime et que je suis désolée.

14

J'UTILISAIS D'HABITUDE un marqueur indélébile pour délimiter la surface que je souhaitais exciser d'un cadavre, mais, dans ce cas précis, aucun marqueur ne pouvait laisser de trace sur une peau dans un tel état de délabrement.

Je fis de mon mieux avec un double décimètre, mesurant les écarts entre la base de la nuque et l'épaule droite, puis jusqu'à l'extrémité de la clavicule, et de nouveau jusqu'au cou.

– 21,6 par 17,8 par 10, dictai-je à Ruffin.

La peau est élastique, et se rétracte une fois excisée. Il était donc important que je l'étire pour qu'elle retrouve ses dimensions initiales lorsque je l'épinglerais sur la planche de liège, sinon toutes marques ou tatouages éventuels seraient déformés.

Marino était parti, et le personnel vaquait à ses occupations dans les bureaux et dans la salle d'autopsie. De temps en temps, un fourgon transportant un corps jusqu'au quai de déchargement apparaissait sur l'écran du système de surveillance vidéo. J'étais seule avec Ruffin derrière les parois d'acier de la chambre de décomposition. C'était le moment d'avoir une conversation sérieuse avec lui.

– Si vous voulez intégrer les forces de police, je n'y vois pas d'inconvénient, Chuck.

Il rangeait des éprouvettes dans un casier, ce qui produisait un cliquetis.

– Cependant, si votre souhait est de rester avec nous, il vous faudra être poli, ponctuel et fiable.

Je pris sur la table de chirurgie un scalpel et une paire de pinces, en lui jetant un coup d'œil. Il s'attendait à mon discours et avait déjà réfléchi à la façon dont il répondrait.

– Je suis peut-être pas parfait, mais on peut compter sur moi.

– Pas ces derniers jours. J'ai besoin de davantage de clamps.

Il en récupéra sur un plateau, les posa à ma portée, et répondit :

– Il se passe plein de trucs. Je veux dire, dans ma vie privée. Ma femme, la maison qu'on a achetée, vous n'imaginez pas tous les problèmes, ça n'arrête pas.

– Je suis désolée pour vous, mais je dirige une administration et franchement, je n'ai pas le temps d'écouter vos excuses. Si vous ne vous acquittez pas de votre tâche, nous allons au-devant de gros problèmes. Je ne veux plus arriver à la morgue et découvrir que vous n'avez rien préparé. Je ne veux plus avoir à vous chercher une fois de plus.

– On a déjà de gros problèmes, déclara-t-il comme si c'était là le signal qu'il attendait.

J'incisai la peau.

– Simplement, vous êtes pas au courant, ajouta-t-il.

– Eh bien alors, racontez-moi donc quels sont ces gros problèmes, Chuck ?

Je rabattis l'épiderme du mort, puis le derme, jusqu'à atteindre la couche sous-cutanée. Debout, de l'autre côté de la table d'autopsie, Ruffin m'observait tandis que je comprimais les bords de l'incision à l'aide d'un clamp afin de conserver la tension de la peau. Je m'interrompis et le regardai :

– Allez-y, dites-le-moi.

– Je crois pas que ce soit à moi de vous en parler, répondit-il, et quelque chose de déconcertant passa dans son regard. Écoutez, docteur Scarpetta, je reconnais que je n'ai pas été réglo. J'admets que je me suis parfois débiné pour me rendre à des entretiens d'embauche, et que je me suis pas montré aussi responsable que j'aurais dû. Et je ne m'entends pas avec Marino. Tout ça, je le reconnais. Mais je veux bien vous avouer ce que tous les autres vous disent pas si vous promettez de ne pas me punir pour ça.

– Je n'ai jamais puni qui que ce soit pour s'être montré honnête, rétorquai-je, furieuse qu'il puisse simplement suggérer une chose pareille.

Il haussa les épaules, et je saisis chez lui une lueur de satisfaction, parce qu'il m'avait ébranlée, et qu'il le sentait.

– Je ne punis jamais, un point, c'est tout. J'attends simplement des gens qu'ils se conduisent comme il le faut. S'ils ne le font pas, ils se punissent eux-mêmes. Quand on ne dure pas dans ce boulot, on n'a qu'à s'en prendre à soi-même.

– Le mot n'était peut-être pas bien choisi, répondit-il en se reculant et en s'appuyant au comptoir, les bras croisés. Je ne m'exprime pas aussi bien que vous, ça, y a pas de doute. Simplement, je veux pas que vous m'en vouliez parce que je vous ai dit les choses comme elles sont. D'accord ?

Je ne répondis pas, et il se lança :

– Écoutez, tout le monde est désolé de ce qui s'est passé l'année dernière. Personne sait comment vous vous êtes débrouillée pour assumer ça, vraiment. Je veux dire, si jamais quelqu'un faisait ça à ma femme, je ne sais pas comment je réagirais, surtout si c'était un truc comme ce qui est arrivé à l'agent spécial Wesley.

Ruffin avait toujours fait référence à Benton en ces termes : « agent spécial », ce que je trouvais plutôt idiot. Si jamais quelqu'un avait été dénué de toute prétention, peut-être même gêné par son titre, c'était bien Benton. Mais les sarcasmes de Marino sur la fascination de Ruffin pour la loi et l'autorité me revinrent à l'esprit et je commençai à comprendre. Ruffin était faible et fragile, et il avait probablement été en admiration devant un agent du FBI expérimenté, surtout un profileur psychologique. Je me fis la réflexion que la bonne conduite dont avait fait preuve Ruffin à ses débuts avait davantage tenu à la personnalité de Benton qu'à moi-même.

– Ça nous a tous touchés, continua-t-il. Vous savez, il venait ici, il commandait des repas, des pizzas, plaisantait avec nous, faisait la conversation. Un type comme lui, un sacré bonhomme, vachement important et tout, et qui se la jouait pas, ça m'en bouchait un coin.

Les pièces du passé de Ruffin se mirent en place dans mon esprit. Son père était mort dans un accident de voiture lorsqu'il était enfant, et il avait été élevé par sa mère, une enseignante intelligente et autoritaire. La femme de Ruffin avait aussi une forte personnalité, et maintenant il travaillait pour moi. J'avais toujours été fascinée par la capacité des individus à reproduire avec constance les schémas traumatisants de leur enfance, à rejeter toujours la responsabilité sur le même type de coupable, en l'occurrence une figure autoritaire féminine comme la mienne.

Ruffin continuait sa démonstration :

– Tout le monde vous a traitée en marchant sur des œufs. Personne n'a rien dit quand vous aviez la tête ailleurs, et il se passe des tas de trucs dont vous n'avez pas la moindre idée.

– Comme quoi ? demandai-je en incisant soigneusement la peau au scalpel.

– Eh bien, pour commencer, nous avons un voleur dans l'immeuble, et je parie qu'il s'agit de quelqu'un de chez nous. Ça fait des semaines que ça dure, et vous n'avez pas bougé le petit doigt.

– Je ne l'ai su que très récemment.

– Voilà, c'est bien ce que je dis.

– C'est ridicule. Rose ne me cache rien !

– Elle aussi, les gens la traitent avec des gants. Regardez les choses en face, docteur Scarpetta : tout le monde au bureau la considère comme votre informateur. On ne se confie pas à elle.

Blessée dans mes sentiments, dans mon orgueil aussi, je m'obligeai à me concentrer, continuant de retourner les tissus, prenant soin de ne pas les léser ou les couper. Ruffin attendait ma réaction. Je croisai son regard.

– Je n'ai pas de mouchard, je n'en ai pas besoin, lui dis-je. Tout mon personnel sait qu'il peut venir me trouver dans mon bureau et discuter avec moi.

Son silence ressemblait à une accusation malveillante. Il garda sa posture provocante et suffisante, y prenant de toute évidence un immense plaisir. Je posai mes poignets sur la table en métal.

– Chuck, je ne pense pas avoir besoin de plaider ma cause auprès de qui que ce soit. De surcroît, je suis certaine que vous êtes le seul à avoir un problème avec moi. Bien entendu, je comprends que vous ayez du mal à vous accommoder d'une femme comme patron, alors que toutes les figures de pouvoir dans votre vie ont toujours été des femmes.

La lueur dans ses yeux s'éteignit. Je venais de toucher le point sensible. Puis la colère durcit son visage. Je repris mon travail, dégageant les tissus glissants et fragiles.

– Mais j'apprécie que vous m'ayez fait part de vos sentiments, ajoutai-je d'un ton froid et calme.

– C'est pas seulement les miens, répliqua-t-il grossièrement. La vérité, c'est que tout le monde pense que vous perdez les pédales et que vous ne resterez plus longtemps ici.

Je fis un effort surhumain pour dissimuler la fureur qui s'était emparée de moi et rétorquai :

– Je suis ravie que vous soyez au courant de ce que tout le monde pense.

– C'est pas bien difficile. Je ne suis pas le seul à avoir remarqué que vous ne faisiez plus les choses comme avant. Et vous le savez très bien, vous êtes obligée de le reconnaître.

– Expliquez-moi ce que je devrais reconnaître.

Sa liste paraissait toute prête :

– Des trucs qui ne vous ressemblent pas. Comme de travailler tout le temps à l'extérieur et de foncer sur les lieux de crime quand ce n'est pas nécessaire, à tel point que vous êtes tout le temps fatiguée, et que vous ne faites pas attention à ce qui se passe au bureau. Et puis, des gens bouleversés appellent, et vous ne prenez pas le temps de leur parler, comme vous le faisiez avant.

– Quels gens ? demandai-je, sur le point de perdre mon sang-froid. Je parle toujours aux familles, à tous ceux qui le demandent, dans les limites de la loi.

– À votre place, je vérifierais avec le docteur Fielding. Je lui demanderais combien d'appels il a pris pour vous, de combien de parents il s'est occupé alors que c'étaient vos affaires. Je lui demanderais aussi à quel point il vous a couverte. Et puis votre truc sur Internet, ça, c'est vraiment allé trop loin, c'est vraiment la goutte d'eau qui fait déborder le vase.

– Quel *truc* sur Internet ? demandai-je, stupéfaite.

– Vos discussions, un truc dans ce genre. À dire vrai, comme j'ai pas d'ordinateur à la maison et que j'utilise pas AOL ici, je l'ai pas vu moi-même.

Des centaines de pensées étranges, rageuses, se succédèrent dans ma tête, balayant toutes mes certitudes. Une myriade d'idées sombres, déplaisantes, prenait d'assaut ma raison.

– Je voulais pas vous faire de peine, dit Chuck. Faut que vous sachiez que je comprends comment vous avez pu en arriver là, après tout ce que vous avez traversé.

116

J'en avais plus qu'assez d'entendre parler de ce que j'avais subi.

— Merci de votre compréhension, Chuck, déclarai-je en le transperçant du regard, jusqu'à ce qu'il finisse par détourner les yeux.

Pressé de quitter les lieux, il proposa :

— Le cas qui vient de Powhatan devrait être arrivé. Vous voulez que j'aille vérifier ?

— C'est cela, et ensuite, ramenez celui-ci en chambre froide.

— D'accord.

Les portes se refermèrent derrière lui, et le silence retomba dans la pièce. Je retirai la dernière parcelle de tissu et la plaçai sur la planche de dissection, tandis que le doute et une paranoïa glacée ébranlaient le rempart d'assurance dont je me protégeais.

Je fixai la peau à l'aide de longues épingles, la mesurant en l'étirant. Je plaçai la planche de liège sur le plateau de chirurgie, que je couvris d'un petit champ de tissu vert, avant de le ranger dans le réfrigérateur.

Je pris une douche et me changeai dans le vestiaire, vidant mon esprit de mes pensées, de mes indignations et de mes phobies. Je m'accordai une pause suffisamment longue pour prendre un café. Il était si vieux que le fond de la cafetière était noir.

Jane, l'administratrice du bureau, reçut mes 20 dollars, ma contribution à une nouvelle cagnotte-café.

— Avez-vous entendu parler de ces forums de discussion que je suis censée avoir sur le Net, les avez-vous lus ? lui demandai-je.

Elle secoua la tête, mais parut mal à l'aise. Je posai ensuite la même question à Cleta et à Polly.

Le sang monta aux joues de Cleta, qui répondit, les yeux baissés :

— Quelquefois.

— Et vous, Polly ?

Elle cessa de taper sur son clavier et rougit également.

— Pas tout le temps.

Je hochai la tête, et déclarai :

— Ce n'est pas moi. Quelqu'un se fait passer pour moi. J'aurais apprécié que l'on m'avertisse.

À leur air étonné, déconcerté, je ne fus pas sûre qu'elles me croyaient. Je poursuivis :

– Je comprends que vous n'ayez pas voulu m'en parler quand vous avez entendu parler de ces prétendues discussions. J'aurais probablement agi de la même façon à votre place. Mais j'ai besoin de votre aide. Avez-vous la moindre idée de la personne qui se trouve derrière tout cela ?

Elles parurent soulagées.

– C'est terrible ! dit Cleta avec émotion. On devrait expédier en prison celui qui fait ça.

– Je suis désolée de n'avoir rien dit, ajouta Polly d'un air contrit. Je n'ai pas la moindre idée de qui ça pourrait être.

– Le problème, ajouta Cleta, c'est que quand on lit les trucs, ça vous ressemble un peu.

Je fronçai les sourcils :

– Ça me ressemble un peu ?

– Ben, vous voyez, il y a des conseils sur la prévention des accidents, la sécurité, comment réagir face à un deuil, et des tas de trucs médicaux.

– Vous voulez dire que ça a l'air d'être écrit par un médecin, ou en tout cas par quelqu'un qui a une expérience dans le domaine de la santé ? demandai-je, de plus en plus incrédule.

– Eh bien, on dirait que c'est quelqu'un qui sait de quoi il parle, répondit Cleta. Mais ça relève plus de la conversation, ce n'est pas comme un rapport d'autopsie, par exemple.

– Maintenant que j'y réfléchis, je ne crois pas que ça ressemble au docteur, remarqua Polly.

Mon regard balaya son bureau sur lequel était ouvert un dossier. Les photos numériques d'une autopsie étaient éparpillées, celles d'un homme dont la tête emportée par un coup de fusil ressemblait à un coquetier ensanglanté. Je le reconnus : sa femme, accusée du meurtre, m'avait écrit depuis sa prison, m'accusant de tous les maux, depuis l'incompétence jusqu'au racket.

– Pourquoi avez-vous ressorti cela ? lui demandai-je.

– Il semble que le *Times-Dispatch* et le bureau de l'attorney général aient eu des nouvelles de cette folle, et Ira Herbert a appelé pour poser des questions sur l'affaire.

Herbert était le chroniqueur judiciaire du journal local. Le fait qu'il se soit manifesté impliquait probablement que l'on m'intentait un procès.

Cleta expliqua :

– Ensuite, Harriet Cummins a appelé Rose pour avoir une copie de son dossier. Il paraît que la dernière version de sa cinglée de femme, c'est qu'il s'est mis le canon du fusil dans la bouche et qu'il a actionné la détente avec son orteil.

– Le pauvre homme portait des rangers, répliquai-je. Il lui aurait été impossible de tirer avec son orteil. De plus, il a été abattu à bout portant à l'arrière de la tête.

– Je ne sais pas ce qui leur prend à tous, remarqua Polly avec un soupir. Les gens ne font plus que mentir et raconter des histoires, et quand on les met en prison, ils se démènent pour porter plainte dans tous les sens. Ça me rend malade.

– Moi aussi, acquiesça Cleta.

– Savez-vous où est le docteur Fielding ? m'enquis-je.

– Je l'ai aperçu il n'y a pas longtemps.

Je le dénichai dans la bibliothèque médicale, feuilletant un ouvrage consacré à la nutrition de l'effort et des athlètes. Il me sourit. Il semblait fatigué, pas au mieux de sa forme.

– Je ne mange pas assez de glucides, remarqua-t-il en tapotant une page de son index. Je ne cesse de me répéter que si je ne mange pas entre 55 et 70 p. cent de glucides, je risque une déplétion de glycogène. Je n'ai pas beaucoup d'énergie, ces derniers temps...

Je l'interrompis :

– Jack, j'ai besoin que vous me parliez aussi honnêtement que vous l'avez toujours fait.

Je fermai la porte de la bibliothèque, et lui fis part de ce que m'avait confié Ruffin. Quelque chose passa sur le visage de mon médecin assistant : il savait, et ce qu'il savait lui faisait de la peine. Il tira une chaise, s'installa à une table et ferma son livre. Je m'assis à côté de lui, lui faisant face.

– Le bruit court que le secrétaire Wagner veut se débarrasser de vous, me dit-il. Je pense que ce sont des conneries, et je suis désolé que vous en ayez eu vent. Chuck est un imbécile.

Sinclair Wagner était le secrétaire à la Santé et au Personnel. Lui seul, à l'exception du gouverneur de l'État, avait le pouvoir d'embaucher ou de limoger le médecin expert général.

– Quand ces rumeurs ont-elles commencé ?

– Récemment, il y a quelques semaines.

– Et pour quelle raison me limogerait-on ?

– Parce que vous ne vous entendriez pas avec lui.

– C'est ridicule !

– Ou bien parce qu'il n'est pas satisfait de vous et, par conséquent, le gouverneur non plus.

– Jack, vous pouvez être plus explicite ?

Il hésita et se tortilla sur sa chaise. Il avait l'air coupable, comme s'il était, d'une certaine façon, responsable de mes problèmes.

– D'accord, docteur Scarpetta. Pour parler franc, on dit que vos forums sur Internet embarrassent Wagner.

Je me penchai vers lui et posai ma main sur son bras.

– Ce n'est pas moi. Quelqu'un se fait passer pour moi.

Il me lança un regard intrigué.

– Vous plaisantez !

– Oh, non, il n'y a rien de drôle là-dedans.

– Seigneur ! dit-il d'un air dégoûté. Quelquefois, je me dis qu'Internet est le pire truc qui pouvait nous arriver.

– Jack, pourquoi ne m'en avez-vous pas parlé ? Si vous étiez réellement persuadé que je me conduisais de façon aussi déplacée... Bon sang, est-ce que je me suis vraiment débrouillée pour m'aliéner tous les gens de ce bureau, au point que plus personne n'ait envie de me parler ?

– Non, ce n'est pas cela. Ce n'est pas par indifférence ou détachement. Au contraire, je suppose que nous nous sentons tellement concernés que nous avons tendance à vous surprotéger.

– Me protéger de quoi ?

Il répondit doucement :

– Il faut accorder à tout le monde la possibilité de faire son deuil, de se reposer sur la touche un moment. Personne n'attendait de vous que vous fonctionniez à plein régime. Je sais que moi, je ne le pourrais pas. Merde, j'ai déjà eu assez de mal à surmonter mon divorce.

– Je ne suis pas sur la touche, Jack, et je fonctionne à plein régime. Mon chagrin est un problème intime et personnel, un point c'est tout.

Il soutint mon regard un long moment. Mes paroles ne le convainquaient pas.

– Si cela pouvait être aussi simple, remarqua-t-il enfin.

– Je n'ai jamais prétendu que c'était simple. Quelquefois, j'ai tellement de mal à me lever le matin que je me dis que je n'y parviendrai pas. Mais je ne peux pas laisser mes problèmes personnels empiéter sur mon travail, et je ne le fais pas.

– Franchement, je n'ai pas su quoi faire, et je m'en veux, confessa-t-il. Je crois que je n'ai pas non plus su affronter le meurtre de Wesley. Je sais combien vous l'aimiez. J'ai pensé un nombre incalculable de fois à vous inviter à dîner, ou à vous demander si vous aviez besoin d'un coup de main chez vous. Mais comme vous le savez, moi aussi j'ai eu mon lot de problèmes, et je me suis dit que vous décharger le plus possible ici était ce que je pouvais vous offrir de mieux.

– Vous vous êtes chargé des appels qui m'étaient destinés ? Quand des parents ou des familles avaient besoin de me parler ? demandai-je franchement.

– Ce n'est pas un problème, c'est le moins que je pouvais faire.

– Seigneur, je ne peux pas y croire ! dis-je en baissant la tête et en me passant les mains dans les cheveux.

– Je ne faisais que...

Je l'interrompis :

– Jack, je suis venue au bureau tous les jours, sauf quand ma présence était requise au tribunal. Pour quelle raison un appel qui m'était destiné aurait-il été renvoyé sur vous ? Je n'y comprends rien.

Ce fut à son tour de se montrer troublé. Je continuai :

– Mais enfin, comprenez à quel point ce serait moche, méprisable de ma part de refuser de parler à des gens dévastés, en deuil ? De ne pas répondre à leurs questions, d'avoir l'air de m'en foutre ?

– J'ai simplement pensé...

– C'est insensé ! m'exclamai-je, l'estomac noué. Si j'étais comme ça, je ne mériterais pas de faire ce travail. Si jamais je sentais que je deviens comme cela, je démissionnerais ! Moi plus que tout autre, comment pourrais-je rester sourde à la perte d'un être cher ? Comment pourrais-je me montrer incapable de sentir, de comprendre, de faire tout ce qui est en mon pouvoir pour répondre aux questions, adoucir la peine, et me battre pour expédier le salopard qui a fait ça sur cette putain de chaise électrique !

J'étais au bord des larmes, et ma voix tremblait.

— Ou lui infliger une injection létale ! Et puis merde, il faudrait recommencer à pendre les connards en place publique ! proclamai-je.

Fielding jeta un coup d'œil à la porte fermée, comme s'il craignait que l'on puisse nous entendre. J'inspirai profondément et repris mon calme.

— Combien de fois est-ce arrivé ? demandai-je. Combien de fois avez-vous pris mes appels ?

Il répondit à contrecœur :

— Beaucoup, ces temps-ci.

— Beaucoup, cela veut dire combien ?

— Sans doute toutes les affaires que vous avez traitées ces deux derniers mois.

— C'est impossible, rétorquai-je.

Il demeura silencieux, et, en y réfléchissant, le doute m'envahit. Il était vrai que j'avais eu moins de contacts avec les familles, ces derniers temps, mais je n'y avais pas prêté grande attention. Il n'y a pas de loi générale, les gens réagissent de façon très différente. Certains veulent apprendre le moindre détail, d'autres appellent pour trouver un exutoire à leur rage, d'autres encore refusent d'accepter leur perte et ne veulent rien entendre.

— J'en déduis donc que certaines personnes se sont plaintes. Des gens bouleversés, dévastés par le deuil, persuadés de mon arrogance et de mon indifférence. Je ne peux pas le leur reprocher.

— Certaines, oui.

À son expression, je compris que les récriminations avaient été multiples. À n'en pas douter, le gouverneur avait dû aussi recevoir des lettres.

— Qui a balancé ces appels sur votre poste ? demandai-je d'un ton neutre et doux, luttant contre l'envie de me précipiter comme une furie dans le couloir et d'insulter tout le monde dès que j'aurais quitté la pièce.

Il essaya de me faire entendre raison :

— Docteur Scarpetta, il semblait normal qu'à ce moment vous n'ayez pas envie de parler de certaines choses à ces gens complètement traumatisés. Des choses douloureuses qui pourraient vous rappeler... Cela me paraissait logique. La plupart de nos interlocuteurs veulent simplement entendre une voix, un médecin, et si je n'étais pas là, il y avait toujours Jill ou Bennett, ajouta-t-il en faisant allusion à deux des médecins résidents. Le seul gros problème, c'est quand aucun de nous n'était disponible, et que les appels ont abouti chez Dan ou Amy.

Dan Chong et Amy Forbes étaient deux étudiants en médecine qui venaient à tour de rôle pour apprendre et observer. Ils n'auraient jamais, au grand jamais, dû répondre aux familles.

— Seigneur ! dis-je en fermant les yeux à cette pensée.

— Surtout après les heures d'ouverture. C'est ce fichu standard, expliqua-t-il.

— Qui vous a passé ces appels ? demandai-je de nouveau d'une voix beaucoup plus ferme.

Il soupira, plus inquiet et lugubre que je ne l'avais jamais vu. J'insistai :

— Je veux savoir !

— Rose.

15

LORSQUE JE PÉNÉTRAI dans son bureau, Rose boutonnait son manteau et nouait autour de son cou une longue écharpe de soie. Elle avait travaillé tard, comme d'habitude. Je devais parfois l'obliger à rentrer chez elle à la fin de la journée, mais ce dévouement qui m'avait jusqu'alors touchée me mettait aujourd'hui mal à l'aise.

— Je vous raccompagne jusqu'à votre voiture, proposai-je.

— Oh, vous n'êtes pas forcée.

Son visage se durcit, et elle se mit à jouer avec ses gants en chevreau. Elle avait compris que j'avais quelque chose en tête. Je la soupçonnais de savoir très exactement quoi et de n'avoir aucune envie d'aborder le sujet. Nous descendîmes jusqu'à la réception d'un pas silencieux, presque sans échanger un seul mot. Une gêne palpable s'était installée entre nous.

J'éprouvais une sorte de malaise, dont j'ignorais s'il était fait d'abattement ou de colère. Tant de questions traversaient mon esprit : Rose m'avait-elle dissimulé d'autres choses, et depuis combien de temps ? Sa loyauté sans faille n'était-elle qu'une forme de possessivité que je n'avais pas su reconnaître ? S'était-elle convaincue, au fil des années, que je lui appartenais ?

— Je suppose que Lucy n'a pas appelé, remarquai-je, tandis que nous débouchions dans le hall de marbre déserté.

— Non. J'ai essayé de la joindre plusieurs fois à son bureau.

— Elle a reçu les fleurs ?

— Oh oui.

Le gardien de nuit nous adressa un signe de la main.

– Il fait froid, dehors ! Où est votre manteau ? me dit-il.

– Ça ira, le rassurai-je avec un sourire, avant de demander à Rose : On sait si Lucy les a vraiment vues ?

Elle me regarda sans comprendre.

– Les fleurs ? On sait si Lucy les a vues ?

– Oh oui, répéta-t-elle. Son directeur m'a dit qu'elle les avait vues, qu'elle avait lu la carte, et que tout le monde l'avait asticotée pour savoir qui les lui avait envoyées.

– Je suppose que vous ne savez pas si elle les a emportées chez elle.

Rose me jeta un coup d'œil tandis que nous sortions de l'immeuble et débouchions sur le parking vide et obscur. Elle paraissait vieille et triste, et je ne savais pas si ses yeux s'étaient embués de larmes à cause de moi ou bien de l'air vif et froid.

– Je ne sais pas, me dit-elle.

– Tous mes soldats en déroute, marmonnai-je.

Elle remonta le col de son manteau sur ses oreilles et rentra le menton.

– Voilà la conclusion de l'histoire, dis-je. Quand Carrie Grethen a tué Benton, elle nous a tous entraînés avec lui, n'est-ce pas, Rose ?

– Bien sûr, les effets ont été terribles. Je n'ai pas su quoi faire pour vous, mais j'ai fait de mon mieux.

Elle me regarda tandis que nous marchions, courbées contre le froid.

– J'ai fait du mieux possible, et je continue, reprit-elle.

– Tout le monde est en déroute..., murmurai-je. Lucy est en colère contre moi, et lorsqu'elle est dans cet état, elle réagit toujours de la même façon, en m'excluant de sa vie. Marino n'est plus inspecteur, et voilà que je découvre que vous avez transféré mes appels à Jack sans même m'en parler. Des familles en deuil n'ont pas pu s'entretenir avec moi. Pourquoi avez-vous fait une chose pareille ?

Nous avions atteint sa voiture, une Honda Accord bleue. Son trousseau de clés cliqueta lorsqu'elle le repêcha dans son grand sac à main.

– C'est drôle, j'avais peur que vous ne me posiez des questions sur votre emploi du temps. Vous enseignez plus que jamais à l'Institut, et, en consultant votre agenda du mois prochain, je me suis rendu compte que vous aviez accepté beaucoup trop d'interventions. J'aurais dû m'en apercevoir plus tôt, et vous prévenir.

— Pour l'instant, c'est le cadet de mes soucis, répliquai-je en tentant de dissimuler ma contrariété. Pourquoi m'avez-vous fait cela, Rose ? lui demandai-je. Vous vouliez me protéger des coups de téléphone ? Mais, en fait, vous m'avez blessée, personnellement et professionnellement.

Rose ouvrit sa portière, mit le moteur en marche et monta le chauffage en prévision du trajet solitaire qui l'attendait pour rentrer chez elle.

— Je suis vos instructions, docteur Scarpetta, répondit-elle enfin.

— Je ne vous ai *jamais* transmis de telles instructions, et je ne le ferai *jamais*, rétorquai-je, incrédule. Vous le savez très bien. Vous savez très bien l'importance que j'attache aux relations avec les familles des défunts.

Elle était bien placée pour le savoir. Au cours des cinq dernières années, je m'étais débarrassée de deux médecins légistes injoignables et totalement indifférents à la souffrance de ceux qui restent.

— En tout cas, je ne vous ai pas donné ma bénédiction, souligna-t-elle en retrouvant son côté maternel.

— Et quand suis-je censée vous avoir dit ça ?

— Vous ne me l'avez pas *dit*. Vous m'avez envoyé un e-mail en août dernier.

— Je ne vous ai jamais envoyé un tel message. Vous l'avez sauvegardé ?

— Non, et je le regrette. Je sauvegarde rarement les e-mails, il n'y a pas de raison. Je n'aime déjà pas m'en servir.

— Et que vous disait ce message que je suis censée vous avoir envoyé ?

— « Rose, tâchez de m'éviter autant que possible les appels des proches. C'est trop difficile pour moi en ce moment. Je sais que vous comprendrez », ou quelque chose d'approchant.

— Et vous ne vous êtes pas posé de questions ? demandai-je, sidérée.

— Bien sûr que si ! Je vous ai immédiatement renvoyé un message, où je vous faisais part de mes inquiétudes. Vous m'avez répondu que je n'avais qu'à exécuter sans discuter.

– Je n'ai jamais reçu cet e-mail.

– Je ne sais quoi vous dire, répliqua-t-elle en attachant sa ceinture de sécurité. Est-il possible que vous ne vous en souveniez pas, tout simplement ? Moi, j'oublie tout le temps les messages électroniques. Je soutiens que je n'ai pas dit quelque chose, et puis je découvre mon erreur.

– Non, c'est impossible.

– Alors, c'est que quelqu'un se fait passer pour vous.

– *Se fait passer ?* Il y a eu d'autres messages ?

– Peu. Juste un de temps en temps, des petits mots chaleureux, pour me remercier de mon soutien. Quoi d'autre, encore... ?

Elle se creusa la tête. Son visage était plongé dans l'ombre, et je ne voyais pas ses yeux. Elle tapotait le volant de ses mains gantées tandis que j'attendais, frigorifiée.

– Je sais ! s'exclama-t-elle brusquement. Le secrétaire Wagner voulait vous voir, et vous m'avez demandé de répondre que vous ne pouviez pas le rencontrer.

– Quoi ?

– C'était en début de semaine dernière, ajouta-t-elle.

– De nouveau par la messagerie électronique ?

– Maintenant, c'est quelquefois le seul moyen de mettre la main sur les gens. Son assistante m'a envoyé un e-mail, et moi je vous ai envoyé un message – je crois que vous étiez au tribunal. Puis, le soir même, vous m'avez répondu par messagerie, de chez vous je suppose.

– C'est insensé !

Toutes sortes d'éventualités défilaient dans mon esprit, sans qu'aucune n'apporte de réponse.

Bien sûr, tout mon personnel possédait mon adresse e-mail, mais personne ne connaissait mon mot de passe, et sans lui, personne ne pouvait utiliser ma signature. Rose venait de parvenir à la même conclusion.

– Je ne comprends pas ce qui a pu se passer, dit-elle avant de s'exclamer : Attendez ! Ruth installe AOL sur tous les postes.

Ruth Wilson était notre spécialiste informatique.

– Oui, c'est vrai ! Et elle a eu besoin de mon mot de passe..., dis-je en suivant son raisonnement. Mais elle ne ferait jamais une chose pareille, Rose.

– Évidemment, acquiesça-t-elle. Mais vous vous doutez

bien qu'elle ne peut pas retenir tous les mots de passe, elle a dû les noter quelque part.

– Cela semble logique, en effet.

– Vous ne voulez pas monter dans ma voiture avant de mourir de froid ?

– Rentrez chez vous et reposez-vous, répliquai-je. Je vais faire de même.

– Bien sûr que non, me gronda-t-elle. Je sais bien que vous allez retourner dans votre bureau pour essayer d'éclair-cir cette histoire.

Elle avait raison. Je regagnai l'immeuble tandis que sa voiture s'éloignait. Quelle idiote j'étais d'être sortie sans manteau. Je me sentais totalement engourdie, gelée jus-qu'aux os. Le veilleur de nuit secoua la tête :

– Il faut vous habiller plus chaudement, docteur Scar-petta !

– Vous avez raison.

Je glissai ma carte magnétique sur le décodeur, et la pre-mière porte vitrée s'ouvrit, puis je déverrouillai celle qui menait à l'aile de l'immeuble que j'occupais. Un silence absolu régnait à l'intérieur. Une fois dans le bureau de Ruth, je contemplai un instant les micro-ordinateurs et les impri-mantes. Je jetai un regard au graphique électronique qui symbolisait les connexions de notre réseau interne.

Un amas de câbles jonchait le sol derrière le bureau de Ruth, et des listings de programmes informatiques qui me demeuraient hermétiques étaient empilés un peu partout. Je passai en revue les étagères débordant de livres, me dirigeai vers les armoires à dossiers, et tentai de les ouvrir. Toutes étaient fermées à clé.

Je félicitai Ruth intérieurement, puis retournai dans mon bureau, et tentai de la joindre chez elle.

– Allô ? répondit-elle d'un ton harassé.

On entendait un bébé crier et son mari parler d'une poêle à frire. Je m'excusai :

– Je suis désolée de vous déranger chez vous.

– Docteur Scarpetta ? dit-elle avec étonnement. Vous ne me dérangez pas. Frank, tu peux l'emmener dans l'autre pièce ?

– J'ai juste une petite question. Y a-t-il un endroit où vous gardez les mots de passe AOL ?

– Il y a un problème ? demanda-t-elle vivement.

– Il semble que quelqu'un connaisse le mien et se fasse passer pour moi, expliquai-je sans m'embarrasser de précautions verbales. Je veux savoir comment on a pu se le procurer. Selon vous, existe-t-il un moyen ?

– Mon Dieu ! s'exclama-t-elle, consternée. Vous êtes sûre ?

– Oui.

– Vous ne l'avez, bien sûr, confié à personne, n'est-ce pas ?

Je réfléchis un bon moment, mais même Lucy ignorait mon mot de passe. Du reste, elle s'en fichait complètement.

– Je ne vois vraiment pas à qui j'aurais pu le donner, sinon à vous.

– Vous savez bien que je ne le transmettrais à personne, docteur Scarpetta !

– J'en suis convaincue, dis-je avec sincérité.

J'en étais d'autant plus certaine que Ruth savait qu'une telle erreur pouvait lui coûter son travail.

– Je garde les adresses et les mots de passe dans un fichier informatique auquel personne n'a accès.

– En avez-vous fait une copie sur disquette ?

– Dans un classeur verrouillé.

– Tout le temps ?

Elle hésita, puis :

– Eh bien, non, pas tout le temps. En dehors des heures de bureau, ça oui, mais il reste ouvert la majeure partie de la journée. En fait, je suis dans mon bureau presque tout le temps, sauf quand je vais prendre un café ou manger dans la salle de repos.

– Comment s'appelle le fichier ? demandai-je, en proie à une paranoïa galopante.

– *E-mail*, répondit-elle en sachant quelle serait ma réaction. Docteur Scarpetta, j'ai des milliers de dossiers pleins de codes de programmation, de mises à jour, d'antivirus, de nouveautés, tout ce que vous pouvez imaginer et plus encore. Si je ne leur donne pas des noms identifiables, je suis incapable de m'y retrouver.

– Je comprends, j'ai le même problème.

– Je peux changer votre mot de passe demain matin à la première heure.

— Bonne idée, et cette fois-ci, ne le rangez pas là où n'importe qui pourra le retrouver. Pas dans ce fichier, d'accord, Ruth ?

— J'espère que je ne me suis pas mise dans le pétrin, remarqua-t-elle, mal à l'aise, tandis que le bébé continuait de pleurer.

— Oh non, ce n'est pas vous qui êtes dans le pétrin, c'est quelqu'un d'autre et vous allez peut-être pouvoir m'aider à découvrir son identité.

Nul n'était besoin d'une grande intuition pour songer immédiatement à Ruffin. Il était intelligent, et, de toute évidence, ne m'aimait pas. Ruth avait l'habitude de fermer sa porte de bureau pour pouvoir se concentrer. Ruffin avait pu aisément se glisser dans son bureau, la sachant en salle de repos, et refermer la porte derrière lui.

— Cette conversation est strictement confidentielle. N'en parlez ni à vos amis ni à votre famille.

— Vous avez ma parole.

— Quel est le mot de passe de Chuck ?

— « Coq. » Je m'en souviens parce que cela m'a énervée lorsqu'il me l'a demandé. Comme s'il était le coq de la basse-cour. Et son adresse, mais vous la connaissez sans doute, est C-H-U-C-K-B-M-E-G, Chuck, Bureau du médecin expert général.

Je lui demandai ensuite :

— Que se passerait-il si j'étais sur le réseau et que quelqu'un tente de se connecter au même moment sous mon identité ?

— Celui qui essayerait se verrait refuser l'accès. Il recevrait un message d'erreur et une alerte. Supposons en revanche, que le pirate occupe déjà le réseau, et que vous essayiez de vous connecter, vous auriez le message d'erreur, mais lui n'en saurait rien.

— En d'autres termes, quelqu'un peut essayer de se connecter alors que je suis sur le réseau sans que je m'en rende compte ?

— Exactement.

— Chuck a-t-il un ordinateur chez lui ?

— Il m'a demandé un jour de lui conseiller quelque chose de pas trop cher, et je lui ai recommandé un grossiste, *Disk Thrift*. La boutique appartient à un de mes amis.

– Ruth, pourriez-vous appeler cet ami tout de suite, pour savoir si Chuck lui a acheté quelque chose ?

– Je vais essayer.

– Je reste au bureau encore un moment.

J'affichai le menu sur l'écran de mon ordinateur et contemplai l'icône d'AOL. Je me connectai sans problème, ce qui signifiait que personne n'avait essayé de le faire sous mon nom. Je fus tentée de me faire passer pour Ruffin, pour savoir avec qui il correspondait. Peut-être cela m'aiderait-il à comprendre ce qu'il manigançait, mais je reculai. L'idée de m'introduire par effraction dans la boîte aux lettres de quelqu'un d'autre me répugnait.

J'expédiai un message sur le *pager* de Marino. Lorsqu'il m'appela, je lui expliquai la situation.

– Bon Dieu, lâcha-t-il sans hésitation, moi, je le ferais ! Je vous ai toujours dit que je ne faisais pas confiance à ce petit merdeux ! Et puis comment pouvez-vous être sûre qu'il n'a pas bidouillé votre messagerie pour effacer des trucs ou qu'il n'a pas envoyé de messages à d'autres gens que Rose ?

La fureur me secoua :

– Vous avez raison, lui dis-je. Je vous tiendrai au courant de ce que je découvre.

Ruth me rappela quelques minutes plus tard, très excitée.

– Il a acheté un ordinateur et une imprimante le mois dernier, m'informa-t-elle. Pour environ 600 dollars, et avec un modem intégré.

– Et nous avons ici des programmes de connexion pour AOL.

– Des tonnes. S'il n'a pas acheté le sien, il a facilement pu l'emprunter au bureau.

– Écoutez, Ruth, il n'est pas exclu que nous ayons un gros problème sur les bras. Je vous rappelle qu'il est vital que vous n'en souffliez mot à personne.

– De toute façon, je n'ai jamais aimé Chuck.

– N'allez pas non plus répéter ce genre de chose.

Je raccrochai, enfilai mon manteau. J'éprouvai des remords à l'égard de Rose. J'étais sûre que notre conversation l'avait bouleversée, et je n'aurais pas été surprise d'apprendre qu'elle avait pleuré sur tout le chemin du retour. Rose faisait rarement part de ses sentiments, mais je savais que l'idée de m'avoir fait du mal lui serait intolérable.

Je regagnai ma voiture. Il fallait que je lui remonte le moral, et j'avais besoin de son aide. La messagerie de Chuck attendrait.

Un jour, Rose en avait eu assez de s'occuper d'une maison. Elle avait déménagé dans un appartement du West End tout proche, près de Grove Avenue, à quelques pâtés de maisons d'un café baptisé *Du Jour*, où je prenais parfois un brunch le dimanche.

Elle vivait dans un immeuble en brique rouge de trois étages, à l'ombre de grands chênes. C'était un quartier relativement sûr, mais je vérifiais toujours les alentours avant de sortir de voiture. En me garant près de la Honda de Rose, je remarquai un peu plus loin ce qui me parut être une Taurus de couleur foncée.

Quelqu'un était assis à l'intérieur, moteur et feux éteints. La plupart des voitures de police de Richmond étaient des Taurus, et je me demandai pour quelle raison un policier était de faction dans l'air froid de la nuit. Il était également possible que la personne attende un habitant de l'immeuble, mais, en général, on ne patiente pas dans une voiture moteur arrêté, tous phares éteints.

J'avais la sensation que quelqu'un m'observait, et sortis mon revolver Smith & Wesson sept coups de ma serviette pour le glisser dans la poche de mon manteau. Je suivis le trottoir, relevai le numéro de la plaque minéralogique sur le pare-chocs avant et le mémorisai.

Un escalier assez obscur, chichement éclairé par une seule applique à chaque palier, menait à l'appartement de Rose, au troisième étage. Nerveuse, je m'arrêtais régulièrement pour vérifier qu'on ne me suivait pas, mais il n'y avait personne. Rose avait suspendu à sa porte une couronne de Noël toute fraîche, dont l'odeur éveilla en moi un monde d'émotions. Des notes de Haendel résonnaient derrière sa porte. Je fouillai dans ma serviette, à la recherche d'un crayon et d'un bloc, et inscrivis le numéro d'immatriculation de la voiture. Puis je sonnai.

– Seigneur ! s'exclama Rose. Qu'est-ce qui vous amène ? Entrez. Quelle bonne surprise !

– Est-ce que vous avez regardé à travers l'œilleton avant d'ouvrir ? Vous auriez au moins pu demander qui c'était.

Rose éclata de rire. Elle se moquait toujours de moi et de

ma prudence maladive. Du reste, mes précautions semblaient toujours excessives à la plupart des gens, ceux qui n'avaient aucune idée de la vie que je menais.

— Vous êtes venue me faire passer un examen ? se moqua-t-elle.

— Je devrais peut-être m'y mettre.

Le mobilier était chaleureux et ciré à la perfection. Rose n'avait pas de meubles anciens, mais tout chez elle était authentique et soigneusement arrangé.

De petits tapis orientaux très colorés mettaient en valeur un plancher de bois dur tel qu'on n'en trouvait presque plus, le radiateur à gaz était allumé, et de petites ampoules en forme de bougies éclairaient les fenêtres qui surplombaient une pelouse utilisée pour les barbecues lorsque le temps était plus clément.

Rose s'assit dans un fauteuil à oreillettes et je m'installai sur le canapé. Je n'étais venue que deux fois dans son appartement, mais j'étais sensible à l'étrange impression de tristesse qui s'était installée après le départ des animaux qu'elle avait tant aimés. Les deux derniers lévriers qu'elle avait adoptés étaient en pension chez sa fille, et son chat était mort. Il ne lui restait plus qu'un aquarium où tournaient en rond quelques poissons rouges. Les animaux de compagnie étaient interdits dans l'immeuble.

— Je sais que vos chiens vous manquent, lui dis-je, sans évoquer son chat, puisque je n'éprouve pas d'attrait particulier pour eux. Un jour, j'adopterai un lévrier, mais mon problème, c'est que je voudrais les recueillir tous.

Le souvenir des chiens de Rose me revint. Les pauvres bêtes ne supportaient pas qu'on leur caresse les oreilles, tant elles avaient été martyrisées par leurs entraîneurs sur les champs de courses. Les yeux de Rose s'emplirent de larmes, et elle se détourna en se frottant les genoux.

— Ce froid est mauvais pour mes articulations, remarqua-t-elle en s'éclaircissant la gorge. Mes chiens étaient devenus tellement vieux, c'est aussi bien qu'ils soient chez Laurel, maintenant. Je ne pourrais plus supporter la mort d'un autre animal. Vous devriez prendre un lévrier. Ce serait idéal si tous les gens bien pouvaient en prendre un.

Chaque année, des centaines de lévriers étaient euthanasiés lorsqu'ils ne pouvaient plus courir assez vite. Je me redressai sur le canapé. Tant de choses de cette vie m'indignaient.

— Vous voulez une tasse de ce bon thé chaud au ginseng que m'apporte mon petit Simon ? demanda-t-elle en faisant allusion à son coiffeur, qu'elle adorait. Ou bien quelque chose d'un peu plus fort ? J'ai failli acheter des petits gâteaux, mais j'ai oublié.

— Je ne peux pas m'éterniser, je voulais simplement m'assurer que vous alliez bien.

— Évidemment, répliqua-t-elle comme si le contraire était absurde.

Je demeurai silencieuse, et Rose m'observa, attendant que je lui explique la véritable raison de ma visite.

— J'ai parlé à Ruth, commençai-je. Nous avons quelques indices, et des soupçons...

— Qui mènent tout droit à Chuck, sans aucun doute, acheva-t-elle en hochant la tête. J'ai toujours pensé que c'était de la mauvaise graine, et il m'évite comme la peste parce qu'il sait que je l'ai percé à jour. Ce n'est pas demain la veille que des types dans son genre arriveront à m'embobiner.

— Personne n'est capable de vous embobiner.

Les premières notes du *Messie* de Haendel s'élevèrent, et une tristesse sans fin m'envahit.

Rose me dévisagea. Elle savait combien j'avais mal supporté le dernier Noël. Je l'avais passé à Miami, parce que c'était l'endroit où je pouvais y échapper le plus possible. Mais il m'était difficile d'échapper à la musique et aux illuminations, quand bien même j'aurais fui jusqu'à Cuba.

— Que faites-vous pour Noël, cette année ? demanda-t-elle.

— J'irai peut-être sur la côte Ouest. Au moins, s'il neigeait ici, ce serait plus facile, mais je ne supporte pas ce ciel gris. Pluie et grêle, voilà le temps de Richmond. Vous savez, à l'époque où je suis arrivée, nous avions toujours au moins une ou deux bonnes chutes de neige chaque hiver.

Je revis la neige amoncelée sur les branches des arbres, tourbillonnant contre mon pare-brise, le monde recouvert d'un manteau blanc quand j'allais travailler alors que toutes les administrations étaient fermées. La neige et le soleil tropical étaient mes meilleurs antidépresseurs.

– C'était très gentil de venir vous assurer que j'allais bien, dit Rose en se levant de son fauteuil bleu marine, mais vous vous êtes toujours fait beaucoup trop de souci pour moi, vous savez.

Elle passa dans sa cuisine et je l'entendis fouiller dans le congélateur. Lorsqu'elle revint, elle me tendit un Tupperware plein :

– Ma soupe de légumes, dit-elle. C'est exactement ce dont vous avez besoin ce soir.

– Vous ne devineriez jamais à quel point ! la remerciai-je avec chaleur. Je vais rentrer et me la réchauffer tout de suite.

– Et qu'allez-vous faire à propos de Chuck ? demanda-t-elle, l'air très grave.

Je marquai une hésitation. J'éprouvais une certaine réticence à lui demander son aide :

– Rose, il dit que vous êtes mon mouchard.

– Eh bien, c'est vrai.

– Et j'en ai besoin. J'aimerais que vous fassiez tout ce qui est en votre pouvoir pour découvrir ce qu'il manigance.

– Ce que manigance ce petit salopard, c'est tout simplement du sabotage ! rétorqua Rose, qui ne disait presque jamais de grossièretés.

– Il nous faut réunir des preuves. Vous savez comment fonctionne l'État ; il est plus difficile de virer quelqu'un que de marcher sur l'eau. Mais il ne l'emportera pas au paradis.

Elle garda le silence quelques instants puis déclara :

– Pour commencer, nous ne devons pas le sous-estimer. Il n'est pas aussi futé qu'il se l'imagine, mais il n'est pas bête, et il dispose de trop de temps pour réfléchir et agir sans qu'on puisse le remarquer. L'ennui, c'est qu'il connaît vos habitudes mieux que quiconque, mieux que moi, même, car je ne vous aide pas à la morgue – Dieu merci ! C'est là votre principal lieu d'action, et c'est là qu'il peut vraiment vous porter préjudice.

Je n'avais aucune envie d'admettre qu'il disposait d'un tel pouvoir, mais Rose avait raison. Il pouvait parfaitement intervertir des étiquettes, des références, ou contaminer n'importe quel prélèvement. Il pouvait communiquer de fausses informations aux journalistes, qui protégeraient éternellement son anonymat. J'avais peine à concevoir l'étendue des dégâts qu'il était en mesure de causer.

— À propos, dis-je en me levant, je sais qu'il a un ordinateur chez lui, il a donc menti à ce sujet.

Elle me raccompagna jusqu'à la porte, et la voiture garée près de la mienne me revint à l'esprit. Je demandai :

— Vous connaissez quelqu'un dans l'immeuble qui conduit une Taurus foncée ?

Elle fronça les sourcils, perplexe.

— C'est le genre de voiture qu'on voit un peu partout, mais non, cela ne m'évoque pas grand-chose.

— Peut-être un officier de police qui vit dans votre immeuble et qui rentre de temps en temps avec ?

— Si c'est le cas, je ne suis pas au courant. Ne laissez pas tous les petits lutins que vous hébergez dans votre tête vous raconter des fables. Vous savez, je suis fermement convaincue que, à force de parler des choses, on finit par leur donner une vie propre.

— Oh, ce n'est rien, sans doute, mais j'ai ressenti une drôle d'impression quand j'ai vu quelqu'un assis dans l'obscurité, dans cette voiture, tous feux éteints. J'ai relevé le numéro.

— Tant mieux, dit Rose en me tapotant le dos. C'est le contraire qui m'aurait étonnée.

16

JE REDESCENDIS DE L'APPARTEMENT de Rose, mon pas réson-
nant lourdement sur les marches. Ce n'est qu'en franchissant la porte d'entrée de l'immeuble, lorsque l'air glacé
me surprit, que j'eus conscience de la présence de mon arme
dans ma poche de manteau. La Taurus n'était plus là. Je la
cherchai des yeux en me dirigeant vers ma voiture.

Le parking, mal éclairé, avait l'air sinistre et dangereux.
Je verrouillai rapidement mes portières, examinai de nouveau les alentours. Je démarrai, puis laissai un message sur
le *pager* de Marino. Il me rappela immédiatement, puisqu'il
patrouillait en tenue, passablement désœuvré.

– Vous pouvez me trouver un numéro d'immatriculation ?
lui demandai-je sans préambule.

– Vous pariez ?

Je lui récitai la série de chiffres et poursuivis :

– Je quitte l'appartement de Rose à l'instant, et cette
voiture garée là m'a fait une drôle d'impression.

Marino prenait presque toujours au sérieux mes drôles
d'impressions. Je n'étais pas du genre à m'affoler sans raison. J'étais avocate et médecin. On pouvait me reprocher
de me limiter à une vision trop pragmatique des faits, mais
certainement pas de me laisser aller à des extrapolations
émotionnelles ou à l'impulsivité. Je continuai :

– Il n'y a pas que ça.

– Vous voulez que je passe chez vous ?

– Avec plaisir.

Lorsque j'arrivai, il attendait, garé dans mon allée. Il
descendit maladroitement de sa voiture, encombré par son
ceinturon et engoncé dans ses bretelles d'uniforme qu'il
n'attachait d'habitude jamais.

– Bordel ! jura-t-il en enlevant ses bretelles. Je ne vais pas supporter ces conneries beaucoup plus longtemps. Saloperie de bagnole ! ajouta-t-il en refermant la portière d'un coup de pied.

– Comment vous êtes-vous débrouillé pour arriver le premier, si c'est une saloperie de bagnole ?

– J'étais plus près que vous. J'ai le dos en compote.

Il continua de se plaindre tandis que nous gravissions les marches du perron et que je déverrouillais la porte. Le silence me surprit. La veilleuse de l'alarme était verte.

– Ça, c'est pas bon signe, remarqua Marino.

– Je sais que je l'ai branchée ce matin.

– La femme de ménage est venue ? demanda-t-il en jetant un œil et en tendant l'oreille.

– Elle la rebranche toujours. Elle n'a jamais oublié, pas une seule fois en deux ans.

– Restez là, m'enjoignit-il.

– Certainement pas, répliquai-je.

S'il y avait bien une chose dont je n'avais pas envie, c'était de rester dehors toute seule. De plus, il n'est jamais recommandé que deux personnes armées, tendues et sur le qui-vive, se baladent à différents endroits d'une même maison.

Je remis l'alarme en marche et le suivis de pièce en pièce. Marino ouvrit chaque placard et regarda derrière toutes les portes, tous les rideaux.

Nous fouillâmes les deux étages. Rien ne semblait avoir été dérangé. Mais, en redescendant au rez-de-chaussée, je remarquai que Marie, la femme de ménage, n'avait passé l'aspirateur que dans une moitié du couloir. Autre détail étrange : elle avait oublié de changer les serviettes de toilette sales dans la salle de bains attenante.

– Ce genre d'oubli ne lui ressemble pas, remarquai-je. Elle et son mari gagnent très peu, et ils ont des enfants en bas âge. C'est vous dire si elle travaille plus dur que quiconque.

– J'espère que personne ne va m'appeler, râla Marino. Vous avez du café, dans cette taule ?

Je lui préparai une pleine cafetière du robuste espresso que Lucy m'expédiait de Miami. La vue du paquet jaune et rouge vif me serra le cœur.

Nos tasses à la main, nous nous rendîmes dans mon

bureau. Je me connectai sur AOL en utilisant l'adresse et le mot de passe de Ruffin, et fus soulagée de constater que l'accès ne m'était pas refusé.

— La voie est libre, annonçai-je.

Marino tira une chaise et regarda par-dessus mon épaule.

Ruffin avait du courrier, huit messages en tout, mais les noms de leurs expéditeurs ne m'évoquaient rien.

— Qu'est-ce qui se passe si vous les ouvrez ? s'enquit-il.

— Si vous les sauvegardez, ils restent dans la boîte aux lettres.

— Non, je veux dire, est-ce qu'il peut savoir que vous les avez ouverts ?

— Non. Mais l'expéditeur le peut. Il peut vérifier si le courrier a été bien reçu, et voir à quelle heure il a été ouvert.

— Et alors ? dit-il avec un haussement d'épaules. Combien de gens vont vérifier à quelle heure leur putain de courrier a été ouvert ?

Je ne répondis pas et commençai à lire le courrier de Chuck. Sans doute en temps normal aurais-je ressenti une certaine frayeur, mais ce soir-là j'étais bien trop en colère. Quatre des messages provenaient de sa femme : des listes de recommandations domestiques qui firent beaucoup rire Marino.

— Elle lui a coupé les couilles pour en décorer un des vases de la cheminée ! gloussa-t-il avec une certaine allégresse.

MAYFLR était le pseudo de l'expéditeur du cinquième message. Le texte était on ne peut plus laconique : « Nous devons parler. »

— Intéressant, remarquai-je. Voyons les messages qu'il a pu envoyer à ce MAYFLR.

En cliquant sur l'icône du courrier expédié, je découvris que Chuck avait envoyé des messages électroniques à MAY-FLR presque quotidiennement au cours des deux semaines précédentes. Je parcourus rapidement les notes. Marino regardait par-dessus mon épaule. La conclusion s'imposa rapidement : le surveillant de ma morgue rencontrait régulièrement cette personne, et entretenait peut-être une liaison avec elle.

— Merde, qui ça peut être ? demanda Marino. Ce serait un bon moyen de pression sur ce salopard.

— Ça ne va pas être facile à trouver.

Je quittai la messagerie, avec le sentiment de m'éclipser d'une maison que je venais de cambrioler.

– Essayons *Chatplanet,* suggérai-je.

J'étais familière des *chat*s, les forums de discussion en direct, parce que de temps en temps des confrères du monde entier les utilisaient pour demander de l'aide sur des cas difficiles ou échanger des informations utiles. Je me connectai, téléchargeai le programme et sélectionnai un outil me permettant de consulter le forum sans que personne ne le sache.

Je passai en revue la liste des *chat*s et cliquai sur l'un d'eux, baptisé « Cher Docteur Kay ». Le docteur Kay en personne dirigeait une session qui réunissait soixante-trois personnes.

– Oh, merde ! Donnez-moi une cigarette, Marino, demandai-je avec nervosité.

D'un geste de la main, il en sortit une de son paquet, puis il s'assit à mes côtés afin d'espionner les échanges qui s'inscrivaient sur l'écran.

< L'HOMMEAUXTUYAUX > CHER DOCTEUR KAY, EST-IL VRAI QU'ELVIS EST MORT SUR LES TOILETTES, ET QUE BEAUCOUP DE GENS MEURENT SUR LES TOILETTES ? JE SUIS PLOMBIER, VOUS COMPRENEZ POURQUOI JE ME POSE LA QUESTION. MERCI, UN HABITANT DE L'ILLINOIS INTÉRESSÉ.

< CHERDOCTEURKAY > CHER HABITANT DE L'ILLINOIS INTÉRESSÉ, OUI, JE SUIS DÉSOLÉE DE LE DIRE, MAIS ELVIS EST BIEN MORT SUR LES TOILETTES, ET CE N'EST PAS RARE, PARCE QUE LES GENS Y POUSSENT, POUSSENT, ET LEUR CŒUR N'Y RÉSISTE PAS. J'EN SUIS DÉSOLÉE, MAIS DES ANNÉES DE MÉDICAMENTS ET DE MAUVAISES HABITUDES ALIMENTAIRES ONT FINALEMENT EU RAISON D'ELVIS, ET IL EST MORT D'UN ARRÊT CARDIAQUE DANS SA LUXUEUSE SALLE DE BAINS DE GRACELAND. QUE CECI NOUS SERVE DE LEÇON À TOUS.

< ÉTUDMED > CHER DOCTEUR KAY, QU'EST-CE QUI VOUS A DÉCIDÉE À TRAVAILLER AVEC DES PATIENTS MORTS PLUTÔT QUE VIVANTS ? UN HABITANT DU MONTANA MORBIDE.

< CHERDOCTEURKAY > CHER HABITANT DU MONTANA MORBIDE, JE NE SAIS PAS PARLER AUX MALADES ET JE N'AI PAS BESOIN DE M'INQUIÉTER DE LEUR SANTÉ. J'AI DÉCOUVERT PENDANT MES ÉTUDES QUE LES PATIENTS VIVANTS SONT DES EMMERDEURS.

— Nom de Dieu de bordel de merde ! souffla Marino.

J'étais hors de moi, mais il n'y avait rien que je puisse faire.

— Bon sang, s'indigna Marino, j'aimerais bien que les gens laissent ce pauvre Elvis tranquille. J'en ai marre d'entendre raconter qu'il est mort sur les toilettes.

— Taisez-vous, s'il vous plaît. J'ai besoin de réfléchir.

La session continua, toujours aussi épouvantable. Je mourais d'envie de débarquer au milieu des échanges pour dire à tout le monde que ce « Cher Docteur Kay » était un imposteur.

— Il y a un moyen de découvrir qui est Cher Docteur Kay ? demanda Marino.

— Pas si cette personne est le médiateur de la *chatroom*. Il ou elle peut savoir qui sont les participants, mais pas l'inverse.

< JULIE W > CHER DOCTEUR KAY, ÉTANT DONNÉ QUE VOUS SAVEZ TOUT DE L'ANATOMIE, ÊTES-VOUS PLUS AU COURANT DES POINTS ÉROGÈNES, SI VOUS VOYEZ CE QUE JE VEUX DIRE ? MON PETIT AMI A L'AIR DE S'ENNUYER AU LIT, ET S'ENDORT MÊME QUELQUEFOIS EN PLEIN MILIEU ! CELLE QUI VEUT ÊTRE SEXY.

< CHER DOCTEUR KAY > CHÈRE CELLE QUI VEUT ÊTRE SEXY, EST-CE QU'IL PREND DES MÉDICAMENTS QUI POURRAIENT LE FAIRE DORMIR ? SINON, LA LINGERIE SEXY N'EST PAS UNE MAUVAISE IDÉE. LES FEMMES NE FONT PLUS ASSEZ D'EFFORTS POUR QUE LEURS HOMMES SE SENTENT IMPORTANTS ET RESPONSABLES.

Je bondis de mon siège en hurlant, dans un tel état d'exaspération que je ne parvenais plus à aligner deux pensées cohérentes.

— Alors là, c'est le bouquet ! Je vais le... ou la tuer, qui que ça puisse être ! Putain, je ne laisserai pas foutre en l'air ma crédibilité !

Je m'arrêtai au milieu de la pièce, serrant les poings.

— On peut être deux à jouer à ce petit jeu ! déclarai-je en me rasseyant.

— Mais comment jouer alors que vous ne savez même pas qui est le docteur Kay numéro 2 ?

– Je ne peux peut-être pas intervenir sur ce fichu *chat*, mais il y a toujours la messagerie électronique.

– Une messagerie de quel genre ? demanda prudemment Marino.

– Vous allez voir. Bien, maintenant, si nous vérifiions le numéro de cette voiture ?

Il tira son émetteur portable de son ceinturon et le brancha sur la fréquence voulue.

– Redonnez-le moi.

– RGG-7112, récitai-je de mémoire.

– Une plaque de Virginie ?

– Désolée, je n'ai pas assez bien regardé.

– Bon, ben, on va commencer par là.

Il transmit le numéro au réseau d'informations judiciaires de Virginie, le RIJV, et demanda un 10-29. Malheureusement, il était 22 heures passées.

– Vous pourriez me faire un sandwich, ou quelque chose avant que je parte ? demanda-t-il. Je meurs de faim. Le RIJV est un peu lent ce soir, ça m'énerve.

Il réclama du bacon, de la laitue, des tomates et d'épaisses tranches d'oignon. Je rôtis le bacon au micro-ondes au lieu de le faire frire.

– Mince, doc, pourquoi vous avez fait ça ? dit-il en tirant du bout des doigts une lamelle de bacon craquante et dépourvue de graisse. Ça n'est bon que quand on peut le mâchonner et qu'il reste un peu de goût. Ce papier absorbant que vous utilisez enlève tout ce qui est bon.

– Ne vous inquiétez pas, il aura du goût. Et le reste, c'est votre problème. Je ne veux pas qu'on me reproche d'avoir bouché vos artères plus qu'elles ne le sont déjà.

Marino se fit griller du pain de seigle qu'il noya sous le beurre et se confectionna une sauce à la russe avec de la vinaigrette, du ketchup et des pickles coupés en morceaux. Il surmonta le tout de laitue, d'une tomate abondamment saupoudrée de sel et d'épaisses tranches d'oignon cru.

Il se concocta deux de ces consistantes innovations culinaires qu'il enveloppait de papier d'aluminium quand on le rappela sur son émetteur. La voiture n'était pas une Ford Taurus, mais une Ford Contour, modèle 1998, bleu foncé, et immatriculée au nom de la compagnie de location Avis.

– Ça, c'est intéressant, remarqua-t-il. Maintenant, à Richmond, même les plaques des voitures de location commencent par un R. Les loueurs ont pris cette mesure pour que les voleurs ne sachent pas que les gens sont de passage.

Le véhicule ne faisait l'objet d'aucune plainte, et il n'était apparemment pas volé.

17

LE LENDEMAIN MATIN, le mercredi à 8 heures, je me glissai dans une place de parking.

De l'autre côté de la rue, le Capitole du Commonwealth, un bâtiment du XVIIIe siècle, brillait de toute sa simplicité derrière des grilles de fer forgé, ses bassins noyés dans le brouillard.

Le docteur Wagner, d'autres membres du cabinet et l'attorney général travaillaient dans l'immeuble de la 9e Rue, et les mesures de sécurité instaurées à l'entrée étaient devenues si draconiennes que, à chaque visite, j'éprouvais le sentiment d'être une délinquante.

Lorsque je fus à l'intérieur, l'officier de police installé derrière une table fouilla ma serviette.

— Si vous y trouvez quoi que ce soit, dites-le moi, parce que moi, j'y ai renoncé, remarquai-je.

Il me sembla connaître ce policier souriant, un homme petit et charnu aux cheveux bruns clairsemés qui devait avoir une trentaine d'années. Il avait sans doute eu un de ces visages qui sont séduisants à l'adolescence, mais les années et le poids commençaient leur travail de sape.

Je sortis mes papiers, auxquels il jeta à peine un coup d'œil.

— Inutile, dit-il d'un ton joyeux. Vous ne vous souvenez pas de moi ? J'ai été appelé une ou deux fois dans votre immeuble à l'époque où vous travailliez là-bas, précisa-t-il en tendant le bras en direction de la 14e Rue, où se trouvait mon ancien bureau, à cinq blocs de là. Je m'appelle Rick Hodges. Vous vous souvenez de l'alerte à l'uranium ?

— Et comment ! Ce n'était pas un de nos plus glorieux moments, n'est-ce pas ?

– Et puis, je fréquentais un peu Wingo. Je passais de temps en temps à l'heure du déjeuner, quand il n'y avait pas grand-chose à faire.

Une ombre passa sur son visage. Wingo avait été le meilleur, le plus sensible de mes surveillants à la morgue. Il était mort de la variole quelques années auparavant[1]. Je pressai affectueusement l'épaule de Hodges.

– Il me manque toujours. Vous ne pouvez pas savoir à quel point.

Il jeta un regard autour de lui, puis se pencha vers moi.

– Vous êtes en contact avec sa famille ? demanda-t-il à voix basse.

– De temps en temps.

Il comprit à ma réponse que les membres de la famille ne voulaient pas entendre parler de ce fils gay, et ne tenaient pas à ce que je les appelle. Ils supporteraient encore moins que Hodges ou les autres amis de Wingo maintiennent un contact avec eux.

Il acquiesça d'un hochement de tête, les yeux obscurcis par une tristesse qu'il tenta de dissiper avec un sourire.

– Vous savez, docteur, il vous aimait drôlement. Il y a longtemps que je voulais vous le dire.

Cette déclaration me toucha :

– Ça me fait vraiment plaisir ce que vous me dites, vraiment. Merci, Rick.

Je franchis le scanner sans incident, et il me rendit ma serviette.

– Revenez nous voir plus souvent.

– D'accord, dis-je en croisant son regard bleu, un regard d'enfant. Cela me rassure de vous savoir dans les parages.

– Vous connaissez votre chemin ?

– Je crois.

– Alors, rappelez-vous que l'ascenseur est capricieux.

Je grimpai jusqu'au sixième étage les marches de granit usées. Le bureau de Sinclair Wagner surplombait Capitol Square. La matinée était si sombre et pluvieuse que j'apercevais à peine la statue équestre de George Washington. La température avait chuté de presque douze degrés au cours de la nuit, et une pluie fine et obstinée tombait sans interruption.

1. Voir *Mordoc*, Calmann-Lévy, 1998.

La salle d'attente du secrétaire d'État à la Santé et aux Affaires sociales était élégamment aménagée. Pourtant, le mobilier colonial et les drapeaux ne ressemblaient guère au docteur Wagner. Son bureau encombré et en désordre trahissait un gros travailleur et un homme faisant peu étalage de son pouvoir.

Le docteur Wagner était né et avait été élevé à Charleston, en Caroline du Sud. Psychiatre et juriste, il supervisait des services tels que Medicare et les services psychiatriques. Il avait appartenu à la faculté du Medical College of Virginia avant d'être nommé à cette fonction administrative. J'éprouvais énormément de respect pour lui, et je n'ignorais pas que ce sentiment était réciproque.

Il repoussa son fauteuil et se leva :

— Kay ! Comment allez-vous ?

Il me fit signe de m'installer sur le canapé, ferma la porte et revint s'asseoir derrière la barrière de son bureau, ce qui n'était pas bon signe.

— Je crois que tout se passe bien à l'Institut, n'est-ce pas ?

— Très bien, répliquai-je. Mieux que tout ce que j'avais espéré.

Il prit une blague à tabac et sa pipe dans un cendrier.

— Je me demandais ce que vous deveniez, reprit-il. On dirait que vous vous êtes évanouie de la surface de la terre.

— Je ne vois pas ce qui vous fait dire ça. Je travaille toujours autant, sinon plus.

— Ah oui. Bien sûr, j'ai de vos nouvelles par les informations.

Il bourra sa pipe. Il était strictement interdit de fumer dans le bâtiment, et Wagner avait pour manie de tirer sur sa pipe froide lorsqu'il était mal à l'aise. Il savait parfaitement que je n'étais pas là pour l'entretenir de l'Institut, ni pour lui faire un bilan de mon emploi du temps.

— Je suis bien placé pour savoir que vous êtes débordée, puisque vous n'avez même plus de temps à me consacrer.

— Sinclair, je viens tout juste de découvrir que vous aviez essayé de me voir la semaine dernière.

Il soutint mon regard en tirant sur sa pipe. Âgé d'une soixantaine d'années, il paraissait plus vieux, comme si le fait de conserver durant tant d'années les secrets douloureux de ses patients avait fini par entamer sa résistance. Le regard

146

bienveillant de Wagner était un autre de ses atouts : les gens avaient tendance à oublier qu'il était avant tout un très habile avocat.

— Kay, si on ne vous a pas transmis mon message, c'est que vous avez un gros problème de personnel.

Son élocution lente, cette façon qu'il avait de laisser rouler les mots sur un ton bas, auraient pu laisser croire à une certaine lenteur d'esprit. À tort.

— C'est exact, mais ce n'est pas celui auquel vous pensez.

— Je vous écoute.

— Quelqu'un s'est introduit dans ma messagerie électronique, déclarai-je. De toute évidence, cette personne a pénétré dans le fichier où sont conservés nos mots de passe et a mis la main sur le mien.

— Et vive tous nos protocoles de sécurité !

Je l'interrompis d'un geste.

— Sinclair, ce n'est pas la sécurité qui est en cause. L'agresseur vient de mes propres rangs. Il me paraît clair que quelqu'un — ou bien plusieurs personnes — essaie de me mettre dans l'embarras, peut-être même de me faire virer. Votre secrétaire a expédié un e-mail à la mienne pour l'informer de votre désir de me voir. Ma secrétaire m'a transmis le message, et j'aurais répondu que j'étais *trop occupée* pour l'instant.

Je sentis qu'il trouvait mon histoire confuse, sinon ridicule, mais je continuai, de plus en plus gênée par le son de ma propre voix dévidant ce qui devait finir par ressembler à une mauvaise histoire d'espionnage :

— Il n'y a pas que cela. Des e-mails demandent que mes communications téléphoniques soient basculées sur mon assistant, et, pire que tout, ce prétendu forum que j'animerais sur Internet.

— Je suis au courant, acquiesça-t-il d'un ton sévère. Voulez-vous dire que ce « Cher Docteur Kay » est le même que celui qui utilise votre mot de passe ?

— Oui ; de toute évidence, quelqu'un se fait passer pour moi.

Il demeura silencieux, tirant sur sa pipe, et j'ajoutai :

— Je soupçonne fortement le surveillant de ma morgue d'être mêlé à tout ceci.

— Pourquoi ?

– Conduite erratique, agressivité, absentéisme. Il est mécontent et manigance quelque chose. Je pourrais vous faire toute une liste.

Il resta muet.

– Lorsque je serai en mesure de prouver qu'il a quelque chose à voir là-dedans, je réglerai le problème.

Le docteur Wagner reposa sa pipe dans le cendrier. Il se leva, contourna son bureau et vint s'asseoir à côté de moi dans un fauteuil. Il se pencha et me regarda fixement.

– Je vous connais depuis longtemps, Kay, dit-il enfin d'une voix bienveillante mais ferme. Soyez certaine que je connais votre réputation. Votre contribution au Commonwealth est inestimable. Mais vous êtes aussi passée par une épouvantable tragédie, et il n'y a pas si longtemps de cela.

– Sinclair, essayez-vous de jouer les psychanalystes avec moi ? demandai-je sans plaisanter le moins du monde.

– Vous n'êtes pas une machine.

– Et je ne suis pas non plus délirante ou mythomane. Ce que je vous raconte est vrai. Chacune des pièces du puzzle. Il se trame des choses insidieuses, et même s'il est vrai que j'ai été plus distraite qu'à l'accoutumée, ce passage à vide n'altère en rien la véracité de ce que je vous dis aujourd'hui.

– Comment pouvez-vous en être certaine, Kay, si vous avez été distraite, comme vous le dites ? La plupart des gens ne seraient pas retournés travailler pendant un bon moment – pour ne pas dire jamais – après ce que vous avez souffert. D'ailleurs, quand avez-vous repris le collier ?

– Sinclair, nous assumons tous de façon différente.

– Je vais répondre à votre place, continua-t-il. *Dix jours plus tard*. Et j'ajouterais que vous vous êtes replongée dans un environnement qui n'a rien de réconfortant, un univers de tragédie et de mort.

Je luttai pour conserver mon sang-froid et ne répondis rien. C'était comme si j'avais erré dans un gouffre sombre, et je me souvenais à peine d'avoir répandu en mer les cendres de Benton, au large de Hilton Head, dans ce lieu qu'il chérissait tant. Je me souvenais à peine d'avoir vidé son appartement, puis les tiroirs et les placards qu'il occupait chez moi. Je m'étais débarrassée frénétiquement, comme dans un rêve, de tout ce qui allait devoir disparaître.

Sans le docteur Anna Zimmer, je n'aurais pas survécu.

C'était une femme âgée, une psychiatre avec laquelle j'étais amie depuis des années. Je n'avais aucune idée de ce qu'elle avait fait des magnifiques costumes de Benton, de ses cravates, des chaussures qu'il entretenait avec grand soin, de ses eaux de toilette. Je ne voulais à aucun prix savoir ce qu'était devenue sa BMW. Et par-dessus tout, je n'aurais pas supporté de savoir ce qu'étaient devenus les draps de notre lit et les serviettes de notre salle de bains.

Anna avait eu le bon sens de conserver tout ce qui importait. Elle n'avait pas touché aux livres de Benton, ni à ses bijoux, avait laissé ses diplômes et certificats accrochés dans son bureau, là où personne ne pouvait les voir, parce qu'il était modeste. Elle m'avait empêchée de retirer les photos disposées un peu partout, m'expliquant qu'il était important que j'apprenne à vivre avec.

— Vous devez vivre avec les souvenirs, me répétait-elle avec son lourd accent germanique. Ils sont toujours présents, vous ne pouvez pas les fuir, et vous ne devez pas essayer de le faire.

La voix du docteur Wagner résonna quelque part, loin dans mon cerveau :

— Dites-moi, Kay, à combien évalueriez-vous votre degré de dépression, sur une échelle de dix ?

Ma blessure ne se refermait pas. Je ne parvenais pas à accepter que Lucy ait disparu durant tout ce temps. Benton m'avait légué son appartement, et Lucy était furieuse que je l'aie vendu. Pourtant, elle savait comme moi que nous serions l'une et l'autre incapables d'y remettre les pieds. Lorsque je lui avais donné le blouson « bomber » fétiche, éraflé et usé, que Benton avait gardé de ses années de collège, elle avait prétendu qu'elle n'en voulait pas, qu'elle s'en débarrasserait en l'offrant à quelqu'un d'autre. Je savais qu'elle n'en avait rien fait et qu'elle le conservait caché quelque part.

La voix du docteur Wagner refit surface :

— Il n'y a aucune honte à l'admettre. Je crois qu'il vous est difficile de reconnaître que vous êtes humaine.

Je repris pied dans la réalité.

— Avez-vous envisagé de prendre des antidépresseurs ? me demanda-t-il. Quelque chose de léger, du Wellbutrin ?

Je fis une pause avant de déclarer :

– Sinclair, une dépression ponctuelle à l'occasion d'un deuil est normale. Je n'ai pas besoin d'une pilule pour faire disparaître mon chagrin comme par magie. Sans doute suis-je dure, impassible, et sans doute m'est-il difficile de montrer mes émotions, de faire part de mes sentiments intimes. Et c'est vrai qu'il n'est pas dans ma nature de me complaire dans la douleur. Ma réaction première est de me battre, de me mettre en colère et de me tuer au travail. Mais, comprenez-moi, je ne me cache pas derrière une attitude de rejet. J'ai les pieds suffisamment sur terre pour savoir que le deuil doit suivre son cours, ce qui n'est malheureusement pas facile quand ceux en qui vous avez confiance cherchent à vous retirer le peu qu'il vous reste dans la vie.

– Vous venez de passer de la première à la deuxième personne, souligna-t-il. Je me demande si vous avez conscience...

– Pas d'analyse sauvage, Sinclair, je vous en prie.

– Kay, la tragédie et la violence sont douées d'une vie propre, et leurs ravages ne cessent jamais, même si au fil des ans leurs blessures deviennent plus discrètes, plus furtives.

– Je vois tous les jours le visage de la tragédie.

– Et que voyez-vous lorsque vous vous regardez dans le miroir ?

– Sinclair, le deuil est déjà suffisamment insupportable, mais quand, en plus, tout le monde vous regarde de travers et doute de vos capacités, vous éprouvez vraiment le sentiment qu'on s'acharne sur vous et que l'on cherche à vous casser les reins alors que vous êtes déjà à terre.

Il soutint mon regard. Je passais de nouveau à des généralisations, à cette distance rassurante, et je le lus dans ses yeux. Je continuai :

– La cruauté se nourrit de ce qu'elle perçoit comme une faiblesse.

Je savais ce qu'était le mal. Je sentais son odeur, je reconnaissais ses traits lorsqu'il se rapprochait de moi.

– Quelqu'un se sert de la mort de Benton pour me détruire, conclus-je.

– Et vous ne croyez pas être légèrement paranoïaque ? dit-il enfin.

– Non.

– Pourquoi quelqu'un ferait-il cela, sinon par jalousie et méchanceté ?

– Le pouvoir. Pour me dérober ma flamme.

– Intéressant, comme analogie. Expliquez-moi ce que vous voulez dire par là.

– Je me sers de mon pouvoir au service du bien. Celui ou celle qui essaye de me faire du mal veut se l'approprier, de façon égoïste, pour l'utiliser à des fins personnelles. Il ne faut pas que le pouvoir se retrouve aux mains de ce genre de personnes.

– Tout à fait d'accord, remarqua-t-il pensivement.

Son téléphone sonna. Il se leva et alla répondre.

– Pas maintenant, déclara-t-il. Je sais, faites-le patienter.

Il regagna son siège, poussa un long soupir, ôta ses lunettes et les posa sur la table basse.

– Je me demande si le mieux, pour éclaircir la situation, n'est pas de faire passer un communiqué de presse. Annoncer publiquement que quelqu'un se fait passer pour vous sur Internet. Nous y mettrons un terme, même s'il nous faut pour cela une injonction du tribunal.

– J'en serais ravie.

Il se leva, et je l'imitai.

– Merci, Sinclair. Mon Dieu, quelle chance j'ai de vous avoir comme protecteur.

– Espérons que le prochain secrétaire fera de même, remarqua-t-il comme si j'étais censée savoir de quoi il parlait.

– Quel prochain secrétaire ? demandai-je tandis que mon inquiétude refaisait brusquement surface.

Une expression étrange traversa son visage, puis il s'emporta :

– Je vous ai envoyé plusieurs mémos confidentiels. Vous n'avez rien reçu ?

– Je n'ai rien reçu.

Il serra les lèvres, et un afflux de sang empourpra ses joues. Falsifier des e-mails est une chose, intercepter des mémos scellés et classés secrets en est une autre. Même Rose n'ouvrait pas ce type de courrier.

– La commission judiciaire du gouverneur s'est mis en tête de transférer votre administration de la Santé au département de la Sécurité publique.

– Pour l'amour de Dieu, Sinclair ! m'exclamai-je.

– Je sais, je sais, dit-il tentant de m'apaiser d'un geste du poignet.

151

Ce transfert idiot avait été évoqué peu de temps après mon recrutement. La police et les laboratoires d'expertise légale dépendaient de la Sécurité publique. En d'autres termes, si mon bureau passait également dans ce département, il n'y aurait plus d'équilibre des pouvoirs ni de doubles vérifications. La police aurait son mot à dire sur la façon dont je m'occupais de mes enquêtes.

— Je me suis, dans le passé, longuement exprimée à ce sujet, rappelai-je au docteur Wagner. Il y a des années, j'ai réussi à convaincre les procureurs et les dirigeants de la police. J'ai même alerté le barreau. Nous ne pouvons pas laisser faire une chose pareille.

Il ne répondit rien.

— Pourquoi maintenant ? insistai-je. Pourquoi le sujet resurgit-il aujourd'hui ? C'est un point que plus personne n'a soulevé en dix ans.

— Je crois que le député Connors essaye de l'imposer parce que des membres haut placés dans la hiérarchie des forces de police l'y poussent. Enfin, qui peut savoir ?

Moi, je le savais, et, tout en regagnant mon bureau, je sentis l'énergie me revenir. Trouver des réponses aux questions, fouiller pour mettre à jour ce qui était caché, découvrir la vérité, tout cela me rendait ma vitalité. Ce que mes détracteurs, les gens comme Chuck Ruffin ou Diane Bray, n'avaient pas pris en compte dans leurs machinations, c'est qu'ils venaient tout simplement de me réveiller et de me redonner le goût de la lutte.

Un scénario se dessina dans mon esprit, un scénario limpide. Quelqu'un voulait ma peau parce que ainsi mon administration serait plus vulnérable, à la merci d'une OPA du département de la Sécurité publique. Des rumeurs couraient sur la prochaine retraite de l'actuel secrétaire, un homme que j'appréciais énormément. Quelle merveilleuse coïncidence ce serait si, en plus, Bray lui succédait.

Lorsque je rentrai au bureau, je souris à Rose et lui adressai un bonjour plein d'entrain.

— Eh bien, nous sommes de bonne humeur, ce matin ! remarqua-t-elle, ravie.

— Ce sont les effets de votre soupe de légumes, Rose. Où est Chuck ?

Elle se renfrogna à la seule mention de son nom.

– Il livre des cerveaux au Medical College of Virginia.

De temps en temps, lorsque des cas se révélaient compliqués et douteux d'un point de vue neurologique, je les conservais dans le formol et les expédiais pour complément d'analyse au laboratoire de neuropathologie.

– Avertissez-moi lorsqu'il rentrera, demandai-je. Nous devons installer le Luma-Lite dans la chambre de décomposition.

Elle s'accouda sur son bureau et me regarda en secouant la tête :

– Désolée d'être porteuse de mauvaises nouvelles.

– Seigneur, quoi encore ? Moi qui pensais que ce serait une bonne journée.

– L'Institut fait une reconstitution du lieu du crime, et leur Luma-Lite est en réparation.

– Sans blague ?

– Et tout ce que je sais, c'est que quelqu'un a appelé, et que Chuck leur a déposé le nôtre avant d'aller au MCV.

– Eh bien, je vais le récupérer.

– C'est un lieu du crime en extérieur, à une quinzaine de kilomètres d'ici.

– Et depuis quand Chuck a-t-il l'autorité nécessaire pour le prêter à qui que ce soit ?

– Vous devriez être contente, on ne nous l'a pas encore volé, comme la moitié des choses ici.

– En ce cas, je vais monter et faire l'examen dans le labo de Vander.

Je pénétrai dans mon bureau, m'assis à ma table puis ôtai mes lunettes et me massai l'arête du nez. Le moment était venu d'organiser un rendez-vous entre Bray et Chuck. Je me connectai sur l'adresse électronique de Ruffin et expédiai un message à Bray :

Directeur Bray,
J'ai des informations dont vous devez absolument prendre connaissance. Retrouvez-moi au Beverly Hills Shopping Centre à 17 h 30. Garez-vous sur le parking derrière Buckhead's. Nous pourrons parler dans votre voiture, personne ne nous verra. En cas d'impossibilité, contactez mon pager. Sinon, à bientôt.

Chuck

153

Puis j'expédiai à Chuck un message censé provenir de Bray et l'invitant au rendez-vous.

Je me permis une petite dose d'autosatisfaction :

— Voilà une bonne chose de faite ! dis-je à voix haute, tandis que le téléphone sonnait.

— Yo, annonça Marino, c'est votre enquêteur personnel. Qu'est-ce que vous faites après le boulot ?

— Encore du boulot. Vous vous souvenez, je vous ai dit qu'on pouvait être deux à jouer à ce petit jeu ? Vous allez m'accompagner chez *Buckhead's*. Nous ne voudrions pas manquer un petit rendez-vous entre deux personnes chères à nos cœurs, n'est-ce pas ? Alors, je me suis dit que ce serait drôlement sympa que vous m'invitiez à dîner, et que nous les rencontrions par le plus grand des hasards. Qu'en pensez-vous ?

18

COMME PRÉVU, Marino m'attendait sur le parking. Nous montâmes dans son gigantesque pick-up Dodge Ram Quad Cab, car je ne tenais pas à courir le risque que Bray reconnaisse ma Mercedes. La soirée était sombre et glaciale, mais la pluie avait cessé. J'étais tellement haut perchée dans le pick-up de Marino que j'avais le sentiment de dominer la route.

Nous descendîmes Patterson Avenue en direction de Parham Road, une des principales artères de la ville, vivante et bordée de restaurants et de magasins. C'est là que se trouve le Regency Mall.

— Je ne voudrais pas vous décevoir, mais on ne décroche pas la timbale à tous les coups, remarqua-t-il en jetant son mégot par la fenêtre. L'un ou l'autre, ou les deux, peut décider de ne pas se montrer. Peut-être même qu'ils ont compris la ruse. Enfin, il faut toujours tenter le coup, hein ?

Le Beverly Hills Shopping Centre était une petite galerie de boutiques variées, avec un magasin de fournitures de dessin et d'encadrement *Ben Franklin*. Ce n'était pas le genre d'endroit où l'on se serait attendu à découvrir le meilleur restaurant de la ville.

— Je ne les vois pas, remarqua Marino tandis que nous examinions les alentours. Mais nous avons quelques minutes d'avance.

Il se gara entre deux voitures devant *Ben Franklin,* à bonne distance du restaurant, et coupa le moteur. J'ouvris ma portière.

— Et qu'est-ce que vous faites ? protesta-t-il.

— J'entre dans le restaurant.

— Et s'ils arrivent et vous voient ?

– J'ai parfaitement le droit de me trouver là.

– Et si elle est au bar ? s'inquiéta-t-il. Qu'est-ce que vous allez lui dire ?

– Je lui offrirai un verre, et puis je reviendrai vous chercher.

– Bon Dieu, doc, je croyais qu'on voulait la griller.

– Détendez-vous, et laissez-moi faire la conversation sans intervenir.

– Me détendre ? Je salive rien qu'à la pensée de lui tordre le cou !

– Il faut se montrer malins. Si on sort du bois trop tôt, on risque de se faire descendre tout de suite.

– Quoi, vous n'allez pas lui tomber dessus en lui disant les yeux dans les yeux que vous savez ce qu'elle a fait ? Les e-mails à Chuck, et tout le reste ?

Incrédule et furieux, il ne cessait de se répéter.

– Alors, putain, qu'est-ce qu'on fout ici ? continua-t-il.

Je tentai de le calmer.

– Marino, vous êtes plus intelligent que cela. Vous êtes un enquêteur expérimenté, et c'est comme ça qu'il faut se conduire avec elle. Elle est redoutable, et je préfère vous prévenir tout de suite que vous n'arriverez jamais à la coincer par la force.

Il demeura muet.

– Surveillez les alentours du restaurant depuis votre pick-up, tandis que je jette un coup d'œil à l'intérieur. Si vous la repérez avant moi, expédiez-moi un 10-4 sur mon *pager*. Tant qu'on y est, appelez aussi le restaurant en me demandant, au cas où je n'aie pas le message sur le *pager*.

Il alluma une cigarette d'un geste irrité tandis que j'ouvrais la portière.

– Putain, c'est pas juste ! On sait foutrement bien ce qu'elle est en train de faire. Moi, je dis qu'il faut lui rentrer dans le chou, et lui montrer qu'elle est pas aussi futée qu'elle le croit.

Inquiète à l'idée qu'il ne soit pas capable de se maîtriser, je repris mon argumentation :

– Vous êtes quand même bien placé pour savoir comment on monte un dossier contre quelqu'un !

– On a vu ce qu'elle avait envoyé à Chuck.

– Ne parlez pas si fort ! Nous sommes tout autant dans

l'incapacité de prouver qu'elle a envoyé des messages que je le suis de prouver que quelqu'un utilise mon e-mail. Je n'ai pas non plus de moyens de convaincre que je ne suis pas « Cher Docteur Kay ».

— Je devrais peut-être me contenter de devenir mercenaire, remarqua-t-il en soufflant sa fumée dans le rétroviseur.

— Vous me contactez, alors ? dis-je en descendant du véhicule.

— Et si vous ne recevez pas le message à temps ?

— Alors, écrasez-la avec votre pick-up ! répondis-je, agacée, en claquant la portière.

Je me dirigeai vers le restaurant, jetant un regard autour de moi sans voir trace de Bray. J'ignorai dans quelle voiture elle viendrait, mais il était peu probable qu'elle se montre au volant de son véhicule de fonction.

Je tirai la lourde porte d'entrée de *Buckhead's*, accueillie par le brouhaha de conversations insouciantes et le cliquetis de glaçons que le barman jetait dans les verres avec de grands gestes.

La tête de chevreuil qui ornait un des murs donnait son nom au restaurant. L'éclairage y était tamisé, les boiseries sombres, et des casiers à bouteilles étaient empilés presque jusqu'au plafond.

— Bonsoir ! me dit l'hôtesse avec un sourire surpris. Il y a longtemps que nous ne vous avons pas vue. Cela dit, si j'en crois les informations, vous êtes très occupée. Que puis-je pour vous ?

— Vous avez une réservation au nom de Bray ? demandai-je. Je ne suis pas sûre de l'heure.

Elle examina son registre, pointant la liste du bout de son crayon. Puis elle recommença, l'air gêné, tant c'est une mission impossible de débarquer dans un bon restaurant sans avoir réservé, surtout un vendredi soir.

— Je crains que non, dit-elle avec discrétion.

— Ah. Peut-être est-ce à mon nom, alors ? suggérai-je.

Elle vérifia de nouveau.

— Mon Dieu, non, je suis désolée, docteur Scarpetta. Et nous sommes complets ce soir, nous avons un groupe qui occupe toute la salle du devant.

Il était maintenant 6 heures moins le quart. Sur les tables garnies de nappes à carreaux rouges, de petites lampes étaient allumées. La salle était encore totalement déserte : les gens civilisés dînent rarement avant 19 heures.

Je continuai mon improvisation :

— J'avais l'intention de prendre un verre avec une amie. Peut-être pourrions-nous dîner tôt, c'est possible ? Vers 18 heures ?

— Aucun problème, dit-elle en s'animant.

— Inscrivez-moi donc.

Et si Bray, ne voyant pas la voiture de Chuck sur le parking, avait des soupçons ?

— 18 heures, alors...

Tendue, je surveillais mon *pager* et guettais la sonnerie du téléphone.

— Parfait, lui dis-je.

Toute cette comédie me pétrifiait. Il était dans ma nature, confortée par mon expérience professionnelle, de dire la vérité. Me glisser dans la peau de l'avocate d'assises retorse et rusée que j'aurais pu devenir si je m'étais laissé séduire par les manipulations, les faux-fuyants et les zones d'ombre de la loi, m'était, en revanche, totalement étranger.

L'hôtesse inscrivait mon nom au crayon quand le vibreur de mon *pager* se déclencha. Je lus le 10-4 sur l'écran et gagnai rapidement le bar. Les fenêtres du restaurant étaient opaques, et je fus obligée d'ouvrir la porte. La Crown Victoria de Bray s'avançait.

Marino ne bougea pas tout de suite. Mon inquiétude grandit tandis que Bray se garait et éteignait ses phares. J'étais quasi certaine qu'elle n'attendrait pas Chuck très longtemps, et j'imaginais déjà sa contrariété. Des minus insignifiants comme Chuck ne faisaient pas attendre le directeur adjoint Bray.

— Je peux vous aider ? me demanda le barman en essuyant un verre.

Je continuai de jeter un œil à travers la porte à peine entrouverte, m'interrogeant sur ce qu'allait faire Marino.

— J'attends quelqu'un qui ne sait pas exactement où vous vous trouvez, expliquai-je.

— Dites-lui que c'est en face du salon d'esthétique *Michelle*, répondit-il, tandis que Marino sortait de son pick-up.

Je le rejoignis sur le parking et nous nous dirigeâmes d'un

pas assuré vers la voiture de Bray. Le téléphone portable collé à l'oreille, griffonnant quelque chose de l'autre main, elle était tellement plongée dans sa conversation qu'elle ne nous remarqua pas. Lorsque Marino frappa à sa vitre, elle se retourna avec un sursaut. À notre vue, son visage se durcit, elle murmura quelque chose à son interlocuteur puis raccrocha. La vitre se baissa automatiquement dans un chuintement.

– Directeur adjoint Bray ? Il me semblait bien vous avoir reconnue, dit Marino comme s'il retrouvait une vieille amie.

Il se pencha et jeta un coup d'œil à l'intérieur de la voiture. Bray était prise au dépourvu. Je pouvais presque voir son esprit calculateur s'agiter à la recherche d'un plan de contre-attaque. Il lui fallut peu de temps pour se recomposer et faire comme si notre rencontre n'avait rien d'inattendu.

– Bonsoir, dis-je poliment. Quelle agréable coïncidence.

– Kay, quelle bonne surprise, répondit-elle d'un ton plat. Comment allez-vous ? Ainsi, vous avez découvert *Buckhead's*, le petit secret de Richmond.

– Vous savez, depuis le temps, je connais la plupart des petits secrets de Richmond, rétorquai-je avec ironie. Il s'agit simplement de savoir où chercher, et l'on découvre une foule de choses.

Elle changea de sujet :

– J'essaye le plus possible d'éviter la viande rouge, mais leur poisson est excellent.

– Autant aller aux putes pour jouer au solitaire, remarqua Marino.

Bray l'ignora et me fixa dans l'espoir que je baisse mon regard. Raté ! J'avais passé tant d'années à affronter de mauvais employés, des avocats de la défense malhonnêtes et des politiciens sans scrupule que j'avais mis au point une tactique infaillible. Il suffit de fixer quelqu'un juste entre les yeux pour pouvoir résister à une tentative d'intimidation toute la journée s'il le faut.

– Je dîne ici, annonça-t-elle comme si elle était pressée et distraite de son but.

– On va attendre avec vous que votre invité arrive, dit Marino. Comme ça, vous resterez pas toute seule dans le noir ici, et puis ça évitera aussi qu'un emmerdeur vous colle dans

159

le restau. Vous savez, directeur adjoint Bray, vous devriez pas vous promener comme ça sans service de sécurité. Vous êtes un peu une célébrité.

— Je dîne seule, déclara-t-elle d'un ton où montait l'irritation.

Mais Marino n'avait pas décidé de se taire :

— On n'a jamais eu une femme à un poste aussi haut placé, surtout une femme aussi jolie et appréciée des médias.

Elle ramassa son sac et du courrier sur le siège du passager. Sa colère était presque palpable.

— Maintenant, si vous voulez bien m'excuser ? dit-elle comme s'il s'agissait d'un ordre.

— Ce ne sera pas facile d'obtenir une table ce soir, l'informai-je tandis qu'elle ouvrait sa portière. À moins que vous n'ayez une réservation, ajoutai-je d'un ton qui laissait entendre que je savais pertinemment qu'elle n'en avait pas.

L'espace d'un instant, la malveillance tapie en elle transparut derrière le masque de son assurance et de son sang-froid. Elle me foudroya d'un regard étrange, indéchiffrable, et sortit de la voiture pour se retrouver face à Marino qui lui barrait la route. Il lui était impossible de passer sans le contourner ou le frôler, et son gigantesque ego l'en empêchait.

Elle était pratiquement clouée contre la portière de sa voiture flambant neuve. Elle portait un pantalon de velours, des tennis et un blouson de la police de Richmond. Vaniteuse comme elle l'était, elle n'aurait jamais mis les pieds dans un restaurant chic habillée de cette façon.

— Excusez-moi ! dit-elle d'une voix forte à Marino.

— Oh, pardon ! fit-il avec exubérance en s'écartant d'un pas.

Je pesai mes mots, soigneusement. Je ne pouvais pas l'accuser directement, mais je voulais être sûre qu'elle comprenne que nous avions percé à jour ses manœuvres. Je voulais qu'elle sente que, si elle persistait, elle perdrait la partie, et payerait.

— Vous êtes inspecteur, déclarai-je d'un ton pensif. Vous pouvez peut-être me donner votre avis sur le problème suivant : comment quelqu'un a-t-il pu mettre la main sur mon mot de passe et envoyer des messages électroniques en se faisant passer pour moi ? Et pourquoi quelqu'un, probablement la même personne, a-t-il initié sur Internet un *chat* inepte baptisé « Cher Docteur Kay » ?

– C'est terrible. Désolée, je ne peux pas vous aider. Les ordinateurs ne sont pas ma spécialité, déclara-t-elle avec un sourire.

Ses yeux sombres gardaient leur impénétrabilité, et son sourire se faisait carnassier. Elle continua de jouer l'innocente :

– Tout ce que je peux vous conseiller, c'est de réfléchir à vos proches, il s'agit peut-être de quelqu'un que vous avez mécontenté, d'un ami qui vous en veut. Ce n'est qu'une hypothèse, mais je pencherais pour ce genre de chose. On m'a dit que votre nièce était experte en informatique ; peut-être pourrait-elle vous aider.

L'allusion à Lucy était la goutte d'eau qui fit déborder le vase.

– J'aimerais d'ailleurs lui parler, ajouta Bray comme par hasard. Vous n'ignorez pas que nous mettons sur pied COMPSTAT, et nous avons besoin d'un spécialiste informatique.

COMPSTAT, ou statistiques assistées par ordinateur, était un nouveau système haute technologie de maintien de l'ordre, mis au point par la police de New York. Certes, des informaticiens avaient été requis pour mener à bien ce projet, mais suggérer que quelqu'un doté de l'expérience et des capacités de Lucy puisse y travailler relevait de l'insulte.

Bray ajouta :

– Transmettez-lui le message, la prochaine fois que vous lui parlerez.

Marino bouillait de rage.

– Kay, nous devrions vraiment nous voir, un de ces jours, que je vous parle de mes expériences à Washington, continua-t-elle comme si je débarquais de ma campagne. Vous êtes à cent lieues d'imaginer ce que les gens peuvent inventer pour vous porter tort. Surtout les femmes. Elles sont redoutables, contre d'autres femmes, des as du sabotage professionnel. J'ai vu tomber les meilleures d'entre elles.

– Je n'en doute pas une seconde.

Elle ferma sa portière et ajouta :

– Au fait, vous n'avez pas besoin de réservation pour vous installer au bar. C'est presque toujours là que je mange, d'ailleurs. Leur steak est réputé, mais vous devriez essayer le homard, Kay. Et vous, capitaine Marino, je suis sûr que vous adorerez leurs oignons frits, il paraît qu'ils sont sublimes.

Nous la regardâmes s'éloigner.

— Putain de salope, lâcha Marino.

— Allons-nous-en.

— D'accord. S'il y a bien un truc dont je n'ai pas envie, c'est de bouffer à côté d'une ordure venimeuse comme ça. J'ai même pas faim, d'ailleurs.

— Ça ne durera pas.

Nous grimpâmes dans son pick-up, et je me sentis envahie par le découragement. Je cherchai désespérément l'indice d'une victoire, n'importe quoi d'un peu réconfortant pour nous dans cette rencontre arrangée. En vain. J'étais vaincue. Pire encore, j'avais le sentiment de m'être conduite comme une idiote.

— Une clope ? demanda Marino dans le noir en enfonçant l'allume-cigares.

— Pourquoi pas ? marmonnai-je. Je vais bientôt arrêter, de toute façon.

Il alluma la sienne, puis me passa l'allume-cigares sans cesser de me regarder. Il me connaissait assez pour déchiffrer mes sentiments.

— Je persiste à croire qu'on a bien fait, remarqua-t-il. Je parie qu'elle est là-bas en train de s'envoyer des whiskies parce qu'on l'a pas mal secouée.

— Nous n'avons rien secoué du tout.

La lueur des phares venant d'en face m'aveuglait. Je poursuivis :

— Avec elle, j'ai bien peur que les seuls porte-bonheur valables ne soient la prévoyance et la prudence. Pour la contrer, nous devons non seulement anticiper ses attaques, mais aussi verrouiller tout ce que nous faisons.

J'ouvris la vitre de quelques centimètres pour souffler à l'extérieur une bouffée de fumée, et l'air froid m'effleura les cheveux.

— Chuck ne s'est pas montré, remarquai-je.

— Oh si ! Simplement, vous ne l'avez pas vu parce qu'il nous a repérés avant, et qu'il s'est barré à toute vitesse.

— Vous êtes sûr ?

— J'ai vu sa Miata pourrie tourner dans la rue qui mène au centre commercial. À peu près à mi-chemin du parking, il a fait demi-tour et s'est tiré sur les chapeaux de roues. Tout ça au moment précis où Bray nous a vus. Et elle a continué sa petite conversation sur son portable.

— Chuck est son lien direct avec moi. Elle pourrait tout aussi bien avoir une clé de mon bureau.

— Putain, peut-être même que c'est le cas. En tout cas, doc, vous me laissez m'occuper du petit Chucky.

— Si vous croyez que cela me rassure... Marino, je vous en prie, ne commettez pas d'imprudence. Chuck travaille pour moi, d'accord ? Je n'ai pas besoin d'ennuis supplémentaires.

— Ouais, c'est ce que je dis. Vous avez pas besoin d'ennuis supplémentaires.

Il me déposa à mon bureau et patienta jusqu'à ce que je sois montée dans ma voiture. Je le suivis sur le parking, puis nous nous séparâmes.

19

L ES MINUSCULES LUNULES de la peau du mort me revinrent
à l'esprit, émergeant de cet abîme insondable où
j'enfouissais toutes mes peurs, des peurs si étrangères au
commun des mortels que la plupart des gens n'y auraient
rien compris.

Le vent martyrisait les arbres nus et les nuages s'étiraient
à travers un ciel que le froid prenait d'assaut.

J'avais entendu aux informations que la température allait
chuter cette nuit d'une bonne dizaine de degrés. C'était
presque incongru après des semaines d'un temps automnal.

Tout dans ma vie semblait basculer dans le chaos. Lucy
n'était plus Lucy, je ne pouvais pas l'appeler et elle refusait
de me parler. Marino se chargeait d'un homicide alors qu'il
n'était plus inspecteur, Benton n'était plus là, et partout où je
le cherchais, je ne rencontrais que le vide. J'attendais toujours l'arrivée de sa voiture, la sonnerie du téléphone, le son
de sa voix. Il était trop tôt pour que mon cœur accepte d'obéir
à ma raison.

Je sortis de la voie rapide à Cary Street. En passant devant
un centre commercial et le *Venice Restaurant*, je fus soudain
consciente de la présence d'une voiture derrière moi. Le
véhicule roulait lentement, et trop loin derrière pour que je
puisse distinguer le conducteur. Je ralentis instinctivement et
mon suiveur fit de même. Lorsque je tournai dans Windsor
Farms, la voiture maintint entre nous une distance respec-
table.

Il était hors de question que je m'enfonce davantage dans
ce quartier aux rues tortueuses, étroites et sombres, et dont
les nombreux culs-de-sac réservent toujours des surprises. Je
pris à droite sur Dover et composai le numéro de Marino. Un

coup d'œil dans le rétroviseur me terrorisa : la voiture ne me lâchait pas.

— Marino, criai-je dans le vide. Marino, répondez, je vous en prie, répondez !

Je raccrochai pour refaire aussitôt une tentative.

— Marino ! Bordel, répondez ! criai-je au combiné mains-libres installé sur le tableau de bord, tandis que le téléphone sans fil délabré de Marino sonnait sans interruption.

Il l'avait sans doute encore fourré près de la télévision. Il ne le trouvait pas, la plupart du temps, parce qu'il ne le rangeait pas sur son socle. Peut-être n'était-il pas encore rentré.

— Quoi !

Son rugissement me fit sursauter.

— C'est moi.

— Putain de bordel de merde ! Si je me cogne encore une fois sur cette putain de table... !

— Marino, écoutez-moi !

— Encore une fois et je flanque cette merde dans la cour, je la démolis à coups de marteau ! Putain de merde ! Je me la suis prise en plein dans le genou ! J'y vois que dalle parce qu'elle est en verre, et devinez qui c'est qui a dit qu'elle serait très bien ici ?

— Calmez-vous ! m'exclamai-je en surveillant la voiture dans mon rétroviseur.

— J'ai bu trois bières, j'ai faim et je suis crevé. Alors ?

— Quelqu'un me suit.

Je tournai à droite dans Windsor Way, reprenant la direction de Cary Street à une vitesse raisonnable. Je m'appliquai à me comporter comme à l'accoutumée, à ceci près que je m'éloignais de chez moi.

— Qu'est-ce que vous voulez dire, quelqu'un vous suit ?

— Comment ça, qu'est-ce que je veux dire ? À votre avis ? demandai-je tandis que l'angoisse me gagnait.

— Alors venez par ici tout de suite ! Sortez de votre quartier mal éclairé.

— C'est ce que je fais.

— Vous voyez une plaque d'immatriculation, quelque chose ?

— Non, il est trop loin derrière. On dirait qu'il fait exprès de rester à distance pour que je ne puisse distinguer ni son numéro ni son visage.

Je repris la voie rapide, en direction du Powhite Parkway. Mon suiveur parut renoncer, et bifurqua à un moment donné.

Les lumières des voitures et des camions, la peinture fluorescente des panneaux, tout me désorientait, et mon cœur s'emballait. Des nuages noyaient la lune par intermittence et des rafales de vent giflaient les flancs de la voiture.

Je consultai à distance le répondeur de mon domicile. Des correspondants avaient raccroché à trois reprises. Le quatrième message me fit l'effet d'un coup de poing.

— Ici le directeur adjoint Bray. C'était un plaisir de vous rencontrer au *Buckhead's*. J'ai quelques points de procédure à discuter avec vous, sur la façon de gérer les scènes de crime, les indices, ce genre de chose. J'aimerais que nous en parlions ensemble, Kay.

Entendre mon prénom sortir de sa bouche me mit en fureur.

— Peut-être pourrions-nous déjeuner dans quelques jours, continuait le message. Un bon repas en tête à tête au *Commonwealth Club* ?

Mon numéro était sur liste rouge, et je faisais très attention aux gens à qui je le confiais, mais il n'était pas sorcier de deviner comment elle se l'était procuré. Mon personnel, Ruffin y compris, devait pouvoir me joindre chez moi.

— Au cas où vous ne le sauriez pas encore, continuait-elle, Al Carson a donné sa démission aujourd'hui. Vous vous souvenez de lui, non ? Le directeur adjoint de la section des enquêtes. Une perte regrettable. Le major Inman sera directeur par intérim.

Je ralentis au péage et balançai un jeton dans la corbeille. Je repris ma route, et un groupe d'adolescents dans une vieille Toyota me regarda avec défi en passant. Sans raison apparente, l'un d'eux jeta : « Connasse. »

Je me concentrai sur la route tout en réfléchissant à ce que m'avait dit Wagner. Quelqu'un faisait le forcing auprès du député Connors pour qu'il fasse passer une loi permettant le transfert de mon administration du département de la Santé à celui de la Sécurité publique, me plaçant ainsi davantage sous la coupe de la police.

Les femmes n'étaient pas admises au prestigieux *Commonwealth Club*. Il s'y concluait la moitié des contrats d'affaires et des manœuvres politiques affectant la Virginie.

Les représentants masculins du pouvoir, héritiers des plus vieilles familles, orchestraient ces négociations. La rumeur racontait que ces hommes, dont je connaissais un certain nombre, se rassemblaient autour de la piscine intérieure, dans le plus simple appareil pour la plupart d'entre eux. Ils faisaient des affaires, pontifiaient dans le vestiaire, entre hommes.

Bray ne pouvait franchir la porte de ce club du XVIIIe siècle drapé dans ses traditions qu'en tant qu'invitée d'un de ses membres, ce qui ne fit que confirmer mes soupçons sur la nature de son ambition ultime. Elle s'était lancée dans le lobbying auprès des membres de l'Assemblée générale et d'hommes d'affaires puissants. Elle voulait devenir secrétaire à la Sécurité publique, et faire transférer mon bureau sous son autorité. Il lui serait ensuite aisé de se débarrasser de moi.

J'atteignis le Midlothian Turnpike et repérai de très loin la maison de Marino. Ses décorations de Noël tapageuses et extravagantes, incluant quelque trois mille ampoules, brillaient au-dessus de l'horizon comme l'entrée d'un parc d'attractions. Il ne restait qu'à suivre le flot permanent de voitures qui se dirigeait par là, car la maison de Marino avait conquis une place de choix sur la liste du circuit des horreurs kitsch organisé chaque Noël par la ville de Richmond. Les gens ne résistaient pas à l'envie de venir contempler cet ahurissant spectacle.

Des guirlandes de toutes les couleurs étaient éparpillées dans les arbres comme des enfilades de bonbons en néon. Des pères Noël, des bûcherons, des trains et des soldats miniatures étincelaient dans le jardin, et des bonshommes de pain d'épice se tenaient par la main. Des cannes en sucre d'orge montaient vaillamment la garde tout le long de son allée, et sur le toit des panneaux lumineux souhaitaient « Meilleurs vœux » et « Joyeux Noël ». Dans une partie du jardin, Marino avait installé des saynètes animées et illuminées. Il y avait là le pôle Nord, où papa et maman Noël paraissaient en grande discussion, et, un peu plus loin, des enfants de chœur chantaient. Des flamants roses étaient perchés en haut de la cheminée et des patineurs tourbillonnaient autour d'un épicéa.

Une limousine blanche passa lentement devant la maison, suivie d'une camionnette, et je franchis le seuil de Marino avec le sentiment d'être illuminée de toutes parts, piégée par un énorme projecteur.

— À chaque fois que je vois vos décorations, cela me conforte dans l'idée que vous avez perdu l'esprit, déclarai-je lorsque Marino vint m'ouvrir et que je fonçai à l'abri des regards curieux. L'année dernière, c'était déjà pénible.

— J'en suis à trois boîtes de fusibles...

Il fanfaronnait, en jean et chaussettes, le pan arrière de sa chemise de flanelle rouge sorti de son pantalon.

— ... Comme ça, quand je rentre à la maison, il y a un truc qui me fait chaud au cœur. La pizza arrive. J'ai du bourbon, si vous en voulez.

— Quelle pizza ?

— Celle que j'ai commandée. Avec tout dessus. C'est moi qui vous l'offre. Chez *Papa John's*, ils n'ont même plus besoin de mon adresse, ils n'ont qu'à suivre les lumières.

— Pourquoi pas un déca ? demandai-je, tout en sachant pertinemment qu'il n'aurait rien de tel.

— Vous rigolez ! répliqua-t-il.

Nous traversâmes le salon pour nous rendre dans sa petite cuisine.

Il avait bien entendu décoré l'intérieur de la maison. Le sapin, tout illuminé, se dressait près de la cheminée. Les paquets cadeaux enrubannés, presque tous factices, formaient des piles un peu partout, et des guirlandes de couleur rouge encadraient chacune des fenêtres.

— Bray m'a appelée, annonçai-je en remplissant la bouilloire. Quelqu'un lui a donné mon numéro personnel.

— Devinez qui.

Il ouvrit la porte du réfrigérateur, et sa bonne humeur s'évanouit rapidement.

— Et je crois savoir pourquoi.

Je mis la bouilloire sur le feu et allumai le gaz.

— Le directeur adjoint Carson a donné sa démission aujourd'hui. Enfin, selon Bray.

Marino ouvrit une canette de bière. S'il était au courant, il ne le montra pas.

— Vous le saviez ?

— Je ne sais plus rien.

— Le major Inman deviendrait directeur adjoint par intérim...

– Bien sûr, bien sûr ! s'exclama Marino avec force. Et vous savez pourquoi ? Parce que c'est le major de la police en tenue. Bray met son homme en place pour s'occuper des enquêtes.

Marino avait englouti sa bière en trois lampées. Il écrasa la canette avec violence, visa la poubelle et la manqua. La canette tomba sur le sol avec fracas.

– Est-ce que vous avez une idée de ce que ça signifie ? Je vais vous le dire. Ça veut dire que maintenant Bray dirige le secteur en tenue *et* les enquêtes, c'est-à-dire qu'elle dirige tout ce putain de département de police, et probablement tout le budget aussi. Et le directeur est son plus grand fan, parce qu'elle lui donne du prestige. Vous pouvez m'expliquer comment cette femme a pu débarquer et se débrouiller pour faire ça en même pas trois mois ?

– Elle a des relations, cela semble évident. Elle en avait avant de prendre ce poste. Et pas seulement avec le directeur.

– Avec qui, alors ?

– Ce pourrait être n'importe qui, Marino ! Au point où nous en sommes, cela n'a pas d'importance, c'est bien trop tard. C'est à elle que nous avons affaire, pas au directeur. À elle, et pas à la personne qui a pu favoriser sa nomination à ce poste.

Il ouvrit une autre bière, arpentant la pièce d'un air mauvais.

– Maintenant je comprends pourquoi Carson a débarqué l'autre jour au port. Il savait ce qui l'attendait. Il sait que ça pue, et il essayait peut-être de nous prévenir, ou bien c'était sa façon à lui de nous tirer sa révérence. Sa carrière est dans les chiottes. C'était sa scène de crime finale, la fin de tout, d'ailleurs.

– Bon sang, Marino, c'est un homme tellement bien. On doit pouvoir faire quelque chose !

La sonnerie du téléphone me fit sursauter. Dehors, le brouhaha de la circulation n'avait pas cessé, quant à la bande-son de chants de Noël grelottants qu'avait sélectionnée Marino, et qui passait en boucle, elle attaquait de nouveau *Jingle Bells*.

– Bray veut me parler des prétendus changements qu'elle veut mettre en chantier, lui dis-je.

– Oh, ça, je n'en doute pas, remarqua-t-il en traversant la

pièce. Et je suppose que vous êtes censée tout laisser tomber parce que d'un seul coup elle veut vous avoir à déjeuner. Ce qu'elle va faire, d'ailleurs, elle va vous bouffer toute crue en sandwich avec plein de moutarde.

Il attrapa le téléphone.

— Quoi ? hurla-t-il aux oreilles de son malheureux interlocuteur. Hmm, hmm, hmm. Ouais.

Je fourrageai dans les placards et dénichai une vieille boîte de sachets de thé Lipton écrabouillée.

— Je suis là. Pourquoi est-ce que vous ne voulez pas me parler ? brailla Marino avec indignation.

Il écouta en faisant les cent pas.

— Celle-là, elle est bien bonne ! Attendez une seconde, je vais lui demander.

Il posa sa main sur le combiné et me demanda à voix basse :

— Vous êtes bien *sûre* d'être le docteur Scarpetta ?

Il revint à son interlocuteur.

— Elle dit que la dernière fois qu'elle a vérifié, c'était bien elle !

Énervé, il me fourra le combiné dans les mains.

— Oui ?

— Docteur Scarpetta ? demanda une voix inconnue.

— Elle-même.

— Je suis Ted Francisco, du bureau local de l'ATF à Miami.

Je me figeai. J'avais l'impression d'être vidée de mon sang.

— Lucy m'a dit que le capitaine Marino saurait peut-être où vous étiez, si nous n'arrivions pas à vous joindre chez vous. Vous pouvez lui parler ?

— Bien sûr ! dis-je avec inquiétude.

— Tante Kay ?

— Lucy ! Qu'y a-t-il ? Tu vas bien ?

— Je ne sais pas si tu as appris ce qui s'était passé ici...

— Je ne sais rien ! criai-je.

Marino s'immobilisa et me regarda fixement.

— Notre opération spéciale ne s'est pas bien passée. C'est trop long à raconter maintenant, mais ça s'est mal, très mal terminé. J'ai dû en tuer deux, et Jo a été blessée.

— Seigneur ! Dis-moi qu'elle va bien.

– Je ne sais pas, répondit-elle avec un calme inquiétant. Elle est au Jackson Memorial Hospital sous un nom d'emprunt, et je ne peux pas l'appeler. Ils m'ont placée en isolement parce qu'ils ont peur que les autres essayent de nous retrouver. Tout ce que je sais, c'est qu'elle perdait du sang à la jambe et à la tête quand l'ambulance l'a emmenée.

La voix de Lucy sonnait creux, et ressemblait à celle de ces robots ou de ces systèmes d'intelligence artificielle qu'elle avait programmés dans les premières années de sa carrière.

– Je vais..., commençai-je, mais l'agent Francisco reprit soudain le téléphone.

– Je suis certain que vous allez en entendre parler aux informations, docteur Scarpetta. Je voulais vous rassurer avant. Lucy est indemne.

– Physiquement !

– Je vais vous dire exactement ce qui va se passer maintenant.

– Ce qui va se passer, c'est que je vais immédiatement sauter dans un avion pour Miami ! S'il le faut, je prendrai un avion privé.

– N'en faites rien, j'insiste. Laissez-moi vous expliquer : nous avons affaire à un groupe extrêmement redoutable, et Lucy et Jo en savent bien trop long sur leurs trafics. Dans les heures qui ont suivi la fusillade, nous avons envoyé une équipe de déminage de Miami-Dade aux résidences respectives de Lucy et Jo. Notre chien a découvert des bombes posées sous chacune de leurs deux voitures.

Je tirai une chaise de cuisine sur laquelle je m'écroulai, mes jambes refusaient de m'obéir et ma vue se brouillait.

– Vous êtes toujours là ? demanda-t-il.

– Oui, oui.

– Maintenant, ce qui se passe, c'est que Miami-Dade travaille sur l'affaire, ce qui est logique. En temps normal, une équipe serait déjà en route pour enquêter sur la fusillade, doublée d'une équipe de soutien psychologique. Ce sont des agents qui ont vécu des situations critiques similaires, formés pour aider ceux qui traversent ce genre d'épreuves. Mais, cette fois, nous préférons envoyer Lucy dans le nord, à Washington, là où elle sera en sécurité. La situation est très dangereuse.

– Merci de prendre soin d'elle. Merci de tout cœur ! articulai-je d'une voix que je ne reconnus pas.

– Écoutez, je sais ce que vous ressentez, docteur Scarpetta. Je vous assure. Je me trouvais à Waco.

– Merci, répétai-je. Que va-t-on faire de Jo ?

– La transférer dans un autre hôpital à des milliers de kilomètres d'ici, dès que possible.

– Pourquoi pas ici, en Virginie ? suggérai-je.

– Je ne connais pas bien...

– Sa famille vit à Richmond, comme vous devez le savoir, mais, plus important encore, le Medical College of Virginia est excellent, et je fais partie de la faculté. Si vous l'amenez ici, je veillerai personnellement à ce que l'on prenne soin d'elle.

– Merci, dit-il après une seconde d'hésitation. Je vais prendre cette éventualité en compte, et en parler avec son superviseur.

Lorsqu'il raccrocha, je demeurai pétrifiée, regardant fixement le téléphone.

– Alors ? demanda Marino.

– L'opération a mal tourné. Lucy a tué deux personnes...

– C'étaient des bons cartons ?

– Tuer n'est jamais une bonne chose !

– Bordel, doc, vous savez ce que je veux dire ! Est-ce que c'était justifié ? Putain, ne me dites pas qu'elle a tué deux agents par accident !

– Non, bien sûr que non. Jo a été blessée. Je n'ai pas obtenu beaucoup d'informations sur son état.

– Putain ! s'exclama-t-il en abattant son poing sur le comptoir de la cuisine avec tant de force que des assiettes s'entrechoquèrent dans l'égouttoir. Il a fallu qu'elle joue les durs, hein ? Ils n'auraient même pas dû la mettre sur une opération comme ça, j'aurais pu leur dire, moi ! Ça fait des années qu'elle n'attend que ça, de pouvoir mitrailler quelqu'un, de débouler comme un putain de cow-boy et de tirer dans tous les coins pour se venger de ceux qu'elle déteste !

– Arrêtez, Marino !

Il continua sur sa lancée :

– Vous avez bien vu comment elle était, l'autre soir, chez vous. Elle est devenue complètement psychopathe, depuis la mort de Benton. Aucune vengeance ne lui suffit, même pas celle d'avoir explosé ce foutu hélicoptère en plein vol, et d'avoir désintégré Carrie Grethen et Newton Joyce.

— Ça suffit ! lançai-je, épuisée. Marino, par pitié, cela ne sert à rien. Lucy est une professionnelle, et vous le savez. L'ATF ne lui aurait jamais confié cette mission si ce n'était pas le cas. Ils connaissent parfaitement son parcours, ils l'ont évaluée, conseillée et vraiment soutenue après ce qui est arrivé à Benton. Au contraire, la façon dont elle a surmonté ce cauchemar n'a fait qu'augmenter le respect qu'ils avaient pour elle.

Il ne répondit rien et ouvrit une bouteille de Jack Daniel's.

— Oui, eh bien vous et moi, on sait qu'elle s'en tire pas si bien que ça, remarqua-t-il enfin.

— Lucy a toujours été capable de compartimenter sa vie.

— Ouais, et c'est vachement sain, ça ?

— En tout cas, c'est une question que nous pouvons également nous poser.

— Ouais, ben moi, ce que je vous dis, c'est que cette fois ça va être plus dur, doc, dit-il en versant du bourbon et en balançant plusieurs glaçons dans le verre. Il y a à peine un an, elle a déjà tué deux personnes dans l'exercice de ses fonctions, et aujourd'hui elle recommence. La plupart des types ne tirent même pas un seul coup de feu de toute leur carrière. C'est pour ça que j'essaye de vous faire comprendre que, cette fois-ci, ils vont peut-être envisager la question sous un autre angle. Les gros pontes de Washington vont peut-être se dire qu'ils ont un tueur sur les bras, quelqu'un qui a un problème.

Il me tendit le verre.

— J'ai connu des flics, des agents comme ça. Ils ont toujours des raisons qui justifient parfaitement un homicide légal. Mais, quand vous regardez de plus près, vous finissez par comprendre que, inconsciemment, ils provoquent ce genre de situation, ils s'en nourrissent.

— Lucy n'est pas comme cela.

— Ouais, ce n'est que depuis sa naissance qu'elle en veut à la terre entière. À propos, ce soir, vous ne bougez pas d'ici. Vous restez avec moi et le père Noël.

Il se servit un verre et nous gagnâmes son salon miteux et encombré. Des abat-jour de guingois faisaient face à des stores vénitiens tordus et poussiéreux. La fameuse table basse en verre aux coins acérés, dont il me rendait responsable, trônait au milieu de la pièce.

Il se laissa tomber dans un vieux fauteuil inclinable avachi dont les déchirures avaient été réparées avec du ruban adhésif. Je me souvins de la première fois où j'avais mis les pieds chez lui : une fois remise du spectacle de désolation, j'avais compris qu'il était très fier de la façon dont il usait tout jusqu'à la corde, à l'exception de son pick-up, de sa piscine hors sol et, aujourd'hui, de ses décorations de Noël.

Il surprit le regard consterné que je jetais à son fauteuil en me blottissant dans un coin du canapé de velours côtelé vert que je préférais. Les côtes étaient complètement râpées aux emplacements où l'on s'asseyait, mais il était confortable.

— Un de ces jours, j'en achèterai un neuf, déclara-t-il.

Il tortilla ses pieds comme s'il avait des crampes dans les orteils, puis alluma la télévision. Je fus surprise lorsqu'il s'arrêta sur la chaîne 21, celle des Arts & Spectacles.

— Je ne savais pas que vous regardiez la chaîne culturelle, remarquai-je.

— Oh si. Et les émissions avec des vrais flics, qu'ils passent souvent. Vous allez peut-être penser que j'ai sniffé de la colle, mais vous ne trouvez pas que tout part en couille depuis que Bray est arrivée ?

— Après ce qu'elle vous a fait, il est normal que vous réagissiez comme cela.

— Ouais. Parce que vous, elle vous a pas fait la même chose ? demanda-t-il d'un ton belliqueux en sirotant son bourbon. Je pense pas être le seul qu'elle essaye de foutre en l'air.

— Je ne crois pas néanmoins qu'elle ait le pouvoir d'influer sur tous les aspects de ma vie.

— Attendez, doc, je sors ma liste. Rappelez-vous qu'on cause que d'une période de trois mois, d'accord ? Elle arrive à Richmond. Je me retrouve au service en tenue. D'un seul coup, vous avez un voleur dans vos bureaux. Un mouchard s'introduit sur votre messagerie électronique et vous fait tenir la rubrique du courrier du cœur sur Internet. Ensuite, ce cadavre surgit dans un conteneur, et maintenant Lucy abat deux personnes, ce qui ne fait que servir les intérêts de Bray, je vous signale. Souvenez-vous qu'elle a fait des appels du pied pour que Lucy vienne à Richmond, et si l'ATF se débarrasse de Lucy, elle va avoir besoin d'un boulot. Ah, j'oubliais un dernier truc : quelqu'un vous file.

Je regardai sur l'écran le musicien Liberace chanter et jouer du piano, tandis que la voix off d'un ami racontait quel homme généreux et gentil il avait été.

— Vous ne m'écoutez pas, protesta Marino en élevant la voix.

— Si, je vous écoute.

Il se redressa avec un grognement exagéré et trottina en chaussettes jusqu'à la cuisine.

— On a eu des nouvelles d'Interpol ? demandai-je en haussant la voix.

Marino s'activait en farfouillant dans le tiroir à couverts. Je perçus un bruit de papier déchiré.

— Rien qui vaille la peine d'être raconté.

Le four à micro-ondes ronronna.

— J'apprécierais tout de même d'être informée, rétorquai-je, agacée.

Liberace expédiait des baisers à son public. Son costume à paillettes rouges et dorées étincelait sous les projecteurs.

Marino revint dans le salon avec un bol de chips à la main et un récipient dans lequel tremblotait une espèce de sauce.

— Le type de la police d'État a reçu un mail en retour, dans l'heure qui a suivi. Ils réclamaient juste plus d'informations, c'est tout.

— Cela signifie qu'ils n'ont probablement pas établi de correspondance significative, remarquai-je, déçue. L'ancienne fracture de la mâchoire, la cuspide de Carabelli, sans parler des empreintes. Rien de tout cela ne répondait à un avis de recherche ou de disparition.

— Ouais, c'est chiant, dit-il la bouche pleine en me tendant le bol.

— Non, merci.

— C'est vraiment bon, vous savez. Ce qu'il faut, c'est ramollir le fromage au micro-ondes, puis ajouter les piments. C'est bien meilleur pour la santé que la sauce à l'oignon.

— Je n'en doute pas une seconde.

— J'ai toujours bien aimé ce mec, dit-il en pointant un doigt gras vers l'écran de télévision. Faut reconnaître qu'il avait la classe. Quand les gens sont prêts à dépenser tout ce fric pour des disques et des billets de concert, c'est pas pour aller voir un type qui ressemble à n'importe quel plouc dans la rue. Je vais vous dire un truc, continua-t-il la bouche pleine, les fusillades, c'est une saloperie. On fait une enquête pire que si vous aviez essayé de tuer le président, et après il y a toutes ces séances de thérapie, et tout le monde s'inquiète tellement de votre santé mentale que ça finit par vous rendre dingue.

Il se resservit un bourbon et enfourna d'autres chips.

— Elle va se retrouver en liberté, continua-t-il en utilisant l'argot des flics pour désigner un congé involontaire. Et les flics de Miami vont bosser là-dessus comme sur n'importe quel homicide. Ils peuvent pas faire autrement. Et ils vont tout passer au peigne fin.

Il me regarda en essuyant ses mains sur son jean.

— Je sais que ça va pas vous faire plaisir, mais vous êtes peut-être la dernière personne qu'elle ait envie de voir en ce moment.

20

L A RÈGLE INSTAURÉE dans notre immeuble exigeait que n'importe quelle pièce à conviction, fût-ce un simple relevé d'empreintes, soit acheminée par l'ascenseur de service. Celui-ci se trouvait à l'extrémité du couloir où deux femmes de ménage poussaient leurs chariots tandis que je me dirigeais vers le labo de Neils Vander.

Je les saluai en souriant :

— Bonjour, Merle. Et vous, Béatrice, comment allez-vous ?

Leur regard s'attarda sur le plateau de chirurgie couvert d'un linge déposé sur le chariot que je poussais. Elles travaillaient là depuis assez longtemps pour savoir qu'elles ne voulaient surtout pas voir ce que je transportais dans mes sacs ou dissimulais sur mes chariots.

— Oh, oh, dit Merle.

— Oh, oh, fit Béatrice en écho.

J'appelai l'ascenseur.

— Vous allez quelque part pour Noël, docteur Scarpetta ?

Elles durent lire sur mon visage que Noël n'était pas un de mes sujets de conversation favoris.

— Vous êtes sûrement trop occupée, remarqua précipitamment Merle.

Un malaise s'était emparé des deux femmes. C'était la même chose avec tous, lorsque le souvenir de ce qui était arrivé à Benton resurgissait dans leurs esprits.

Merle changea maladroitement de sujet :

— Je sais que c'est une période de l'année très bousculée. Tous ces gens qui boivent trop sur la route, davantage de suicides, et toutes ces disputes.

Dans deux semaines, ce serait Noël. Fielding était de garde

ce jour-là. Je ne comptais plus les fêtes que j'avais passées en compagnie de mon *pager*.

— Et les gens qui meurent dans les incendies, aussi.

— On est simplement plus sensible aux drames qui se produisent à cette période-là, vous savez, remarquai-je tandis que les portes de l'ascenseur s'ouvraient.

— C'est peut-être ça.

— Je ne sais pas. Tu te souviens de cet incendie d'origine électrique... ?

Les portes se refermèrent et je montai au deuxième étage. Il avait été conçu pour accueillir les visiteurs, simples citoyens en visite, hommes politiques ou toute personne intéressée par notre travail. Tous les labos étaient installés derrière d'immenses baies vitrées, et au début les chercheurs habitués à travailler en secret derrière des murs et des portes fermées avaient trouvé cela déroutant, pour ne pas dire désagréable. Aujourd'hui, plus personne n'y prenait garde. Les légistes pratiquaient des essais de balistique, analysaient des taches de sang, des empreintes et des fibres sans prêter grande attention à qui se trouvait de l'autre côté de la vitre, en l'occurrence moi et mon chariot.

Le domaine de Neils Vander était un grand espace plein de comptoirs, avec toutes sortes d'instruments techniques inattendus et d'installations de fortune éparpillées au petit bonheur la chance. Le long d'un mur s'élevaient des placards de bois aux portes vitrées que Vander avait transformés en « chambres à colle », utilisant de la corde et des pinces à linge pour suspendre les objets exposés aux vapeurs de Super Glue dégagées par une plaque électrique brûlante.

Les chercheurs et la police avaient auparavant toujours eu beaucoup de mal à prélever des empreintes sur les objets non poreux tels que les sacs en plastique, le cuir et les fils électriques. Puis, un jour, presque par hasard, on avait découvert que les vapeurs dégagées par la Super Glue adhéraient au moindre détail, un peu comme la poudre à empreintes traditionnelle. Elles faisaient ressortir en blanc ce qu'on avait baptisé des empreintes latentes. Dans un coin se trouvait une autre chambre à colle, le Cyvac II, pouvant recevoir des objets plus grands, tels qu'un fusil, une carabine, un pare-chocs, et même, du moins en théorie, un corps entier.

Les chambres humides permettaient de recueillir des empreintes sur des objets poreux tels que le papier ou le bois, traités à la nynhydrine. Si j'en croyais ce que l'on m'avait confié, Vander avait quelquefois recours à la méthode plus rapide qui consistait à utiliser un banal fer à repasser à vapeur. Il avait ainsi abîmé une ou deux fois des pièces à conviction. Il y avait un peu partout des lampes Nederman équipées de hottes aspirantes pour récupérer les vapeurs et les résidus des sacs de drogue.

Les autres salles du domaine de Vander abritaient le système de reconnaissance automatique des empreintes, et des chambres noires pour les agrandissements digitaux vidéo et audio. Il supervisait le labo photo, où étaient développés chaque jour cent cinquante rouleaux de pellicule.

Je mis un moment à localiser Vander, mais finis par le dénicher dans le labo où s'empilaient proprement dans un coin les boîtes à pizza que des flics ingénieux utilisaient pour transporter les moules en plâtre d'empreintes de pneus ou de pas. Une porte que quelqu'un avait essayé d'enfoncer était posée contre un mur.

Assis devant un ordinateur, Vander comparait à l'écran des empreintes de pas. Je laissai mon chariot dehors.

– C'est gentil à vous de me faire ça, lui dis-je.

Son regard bleu pâle avait toujours l'air ailleurs. Comme d'habitude, sa blouse de labo était maculée du bleu-violet de la ninhydrine, et un feutre avait bavé à travers une de ses poches.

– J'en ai une bien bonne, remarqua-t-il en se levant. Un type s'achète des chaussures neuves. Bien sûr, la semelle en cuir est glissante. Il prend un couteau et creuse des striures, vous savez, des rayures, parce qu'il se marie et qu'il ne veut pas se casser la figure dans l'église.

Je le suivis hors du labo, guère d'humeur à écouter des anecdotes.

– Alors, ce type se fait cambrioler. Les chaussures, des vêtements et d'autres bricoles disparaissent. Deux jours plus tard, une femme du voisinage est violée. La police découvre ces drôles d'empreintes sur les lieux. D'ailleurs, il y avait eu plein de cambriolages dans ce quartier.

Nous pénétrâmes dans un labo équipé de lampes à courant alternatif, et Vander actionna l'interrupteur.

– Il se trouve que c'était un gamin de treize ans, dit-il en secouant la tête. Je ne comprends plus rien aux gamins. À treize ans, le pire que j'aie jamais fait, c'est de tuer un oiseau avec une carabine à air comprimé.

Il installa le Luma-Lite sur un trépied.

– Pour moi, c'est déjà pas mal, remarquai-je.

Je disposai les vêtements sur du papier blanc sous la hotte à produits chimiques, et il brancha le Luma-Lite, dont les pales se mirent à ronronner.

Une minute plus tard, Vander alluma la lampe et poussa le bouton d'intensité au maximum. Il posa à côté de moi une paire de lunettes protectrices et installa sur l'objectif un filtre correspondant à une longueur d'onde de 450 nanomètres. Nous chaussâmes nos lunettes et éteignîmes les lumières.

Le Luma-Lite projetait une lueur bleutée sur le sol, agrandissant l'ombre de Vander à chacun de ses mouvements. Les pots de colorants posés aux alentours devenaient des taches jaune vif, vertes et rouges. Les particules de poussière brillaient comme des étoiles un peu partout dans la pièce. La voix de Vander résonna :

– Vous savez, en ce moment, on a des imbéciles dans les départements de police qui s'offrent des Luma-Lite pour étudier leurs scènes du crime. Ils saupoudrent l'endroit de colorant rouge et mettent les empreintes sur un arrière-plan noir. Le résultat, c'est que je dois les photographier avec le Luma-Lite allumé et inverser ce foutu négatif pour obtenir une épreuve blanche.

Il commença par la corbeille en plastique trouvée dans le conteneur : les pâles stries d'empreintes brouillées apparurent immédiatement. Il répandit dessus du colorant rouge, dont les particules flottèrent dans l'obscurité.

– C'est un bon début, remarquai-je. Continuez comme ça, Neils.

Il rapprocha le trépied du jean noir du mort, et la doublure retournée de la poche droite brilla d'un rouge étrange. Je triturai le tissu de mon doigt ganté et trouvai des traînées orange irisées.

– Je n'ai jamais vu un rouge comme ça, commenta Vander d'un ton songeur.

Nous examinâmes pendant une heure le reste des vêtements, y compris les chaussures et la ceinture, sans résultat.

Je rallumai la lumière, et Vander déclara :

– La conclusion, c'est que nous avons là deux choses distinctes, toutes deux naturellement fluorescentes. Il n'y a pas de taches de colorant, excepté celui que j'ai utilisé sur la corbeille.

Je décrochai le téléphone et appelai la morgue, où Fielding me répondit.

– J'ai besoin de tout ce qui se trouvait dans les poches de notre inconnu. Ça doit sécher sur un plateau à l'air libre.

– J'ai là de l'argent étranger, un coupe-cigare et un briquet.

– C'est ça.

La lumière de nouveau éteinte, nous passâmes en revue l'extérieur de tous les vêtements, où nous dénichâmes encore d'autres cheveux jaune pâle.

– Ça vient de sa tête ? demanda Vander.

Ma pince fine coupa la lumière bleue et je les ramassai doucement pour les enfermer dans une enveloppe.

– Non, ses cheveux sont bruns et épais, ça ne peut pas être les siens.

– On dirait des poils de chat. Ces races à long poil que je n'autorise plus à la maison. Un angora ?

– On en voit rarement. Très peu de gens ont ce genre d'animal.

– Ma femme adore les chats, continua Vander. Elle en avait un qui s'appelait Creamsicle. Ce foutu chat allait chercher mes vêtements pour se coucher dessus, et quand je voulais m'habiller, ça ressemblait à ça.

– Effectivement, ce pourrait être du poil de chat.

– C'est trop fin pour être du poil de chien, vous ne croyez pas ?

– Pas si c'est un genre de skye-terrier. Ils ont de longs poils soyeux.

– Jaune pâle comme ça ?

– Ils peuvent être fauves. À moins que ce ne soit la sous-couche du poil ? Je ne sais pas.

Il suggéra :

– C'était peut-être un éleveur, ou bien il travaillait dans un élevage. Il existe aussi des lapins à poil long, non ?

Fielding ouvrit la porte et pénétra dans la pièce un plateau à la main. Je rallumai les lumières.

– Il y a des lapins angoras, acquiesçai-je. La laine qu'on utilise pour les pulls est filée avec leurs poils.

– Vous vous êtes beaucoup entraîné, ces temps-ci ? remarqua Vander à l'adresse de Fielding.

– Vous voulez dire que je ne ressemblais pas à ça avant ? répondit Fielding.

Vander eut l'air déconcerté, comme s'il n'avait jamais remarqué auparavant que Fielding était un fanatique du bodybuilding.

– Nous avons trouvé une sorte de résidu dans l'une de ses poches, dis-je à Fielding, celle dans laquelle se trouvait l'argent.

Il retira le linge posé sur le plateau et remarqua :

– Je reconnais les livres anglaises et les marks, mais pas ces deux pièces de cuivre.

– Je crois que ce sont des francs belges.

– Et je n'ai pas la moindre idée de ce que peuvent être ces billets.

Ceux-ci avaient été soigneusement alignés les uns à côté des autres pour leur permettre de sécher.

– On dirait qu'il y a un temple, dessus, et puis... Qu'est-ce que c'est, un dirham ? Arabe ?

– Je vais demander à Rose de vérifier.

– Pour quelle raison quelqu'un trimballerait-il quatre sortes de devises différentes ? demanda Fielding.

Je suggérai :

– S'il a traversé de nombreux pays dans un court laps de temps ? Je ne vois pas d'autre explication. Faisons analyser les résidus aussi vite que possible.

Lorsque nous eûmes remis nos lunettes, Vander éteignit la lumière. Les mêmes rouge pâle et orange brillant irradièrent sur plusieurs des billets. Nous les examinâmes des deux côtés, découvrant quelques taches et traces çà et là, puis la strie d'une empreinte latente, à peine visible sur le coin gauche supérieur du billet de cent dirhams.

– Merci petit Jésus ! s'exclama Fielding.

– Bon Dieu ! gloussa Vander. Je vais expédier ça tout de suite, demander à un de mes copains des services secrets de le passer dans MORPHO, PRINTRAK, NEC-AFIS, WIN, toutes les bases de données possibles et imaginables, ça fait quarante à cinquante millions d'empreintes.

Rien n'excitait plus Vander que de dénicher une boucle ou une volute d'empreinte puis de l'expédier dans le cyber-espace pour coincer un criminel.

— La base de données nationale du FBI fonctionne ? demanda Fielding.

— Les services secrets ont déjà toutes les mêmes foutues empreintes que le FBI, mais, comme d'habitude, le Bureau veut réinventer le fil à couper le beurre. Ils dépensent un fric monstre pour créer leur propre base de données et utilisent des fournisseurs différents, comme ça, on est sûr que les sys-tèmes seront tous incompatibles entre eux. Bon, moi j'ai un dîner ce soir.

Il pointa le Luma-Lite sur le morceau de peau sombre et fétide épinglé sur la planche, et instantanément deux minus-cules taches jaune vif brillèrent. Pas plus grosses que des têtes d'épingle, elles étaient parallèles et symétriques, et impossibles à effacer.

— Je suis quasi certaine qu'il s'agit d'un tatouage, dis-je.

— Oui, acquiesça Vander, je ne vois pas ce que ça pourrait être d'autre. À part ça, rien de particulier, conclut-il.

Sous la lumière bleue et froide, la peau du mort semblait boueuse et presque floue.

— Mais regardez comme elle est foncée, ici, remarqua Vander en délimitant de son doigt ganté une section de la taille de ma main.

— Qu'est-ce que ça peut bien être ? demanda Fielding.

— Je me demande pourquoi c'est si foncé, dit Vander d'un ton songeur.

— Le tatouage est peut-être noir ou marron, suggérai-je.

— On va laisser Phil s'en occuper un peu, dit Vander. Quelle heure est-il ? Ah, je regrette qu'Edith ait lancé cette invitation ce soir, il faut que j'y aille. Docteur Scarpetta, je vous abandonne. Merde, c'est vrai, quoi ! Je déteste quand Edith se met en tête de faire des soirées.

— Allons, mon grand ! lui dit Fielding. Je suis sûr que vous êtes un vrai mondain.

Je me rendis dans le laboratoire d'agrandissement des images. L'endroit ressemblait davantage à un studio de pro-duction qu'à un lieu réservé à des chercheurs travaillant sur les pixels et les contrastes d'ombre et de lumière pour donner un visage au crime.

Phil Lapointe n'était pas de bonne humeur. C'était un de nos quatre premiers diplômés de l'Institut, habile et déterminé. Malheureusement, il n'avait pas encore appris à passer à autre chose lorsqu'une affaire était totalement bloquée.

– Bon sang ! fit-il en passant les doigts dans ses épais cheveux roux et en plissant les yeux, le regard fixé sur son écran de vingt-quatre pouces.

– Désolée de venir vous embêter.

Il tapa sur son clavier avec impatience, teintant d'une nouvelle nuance de gris un arrêt sur image enregistré sur une bande vidéo provenant d'une épicerie.

La silhouette aux lunettes noires coiffée d'un filet à cheveux n'en fut pas plus nette, contrairement à l'employé de la boutique et à la fine brume rouge de sang qui jaillissait de son crâne.

– À chaque fois, c'est presque ça, et puis ça disparaît, soupira-t-il avec lassitude. J'en rêve, de ce foutu truc.

– C'est incroyable, remarquai-je en fixant l'écran. Regardez comme il a l'air serein. Comme si cela lui venait après coup, que ça lui traverse juste l'esprit. Comme s'il se disait, « et puis après tout, pourquoi pas ? ».

– Oui, c'est aussi mon impression, dit-il s'étirant. Il a descendu le type sans raison. Je ne comprends pas.

– Je vous laisse encore quelques années, et vous comprendrez.

– Je ne veux pas devenir cynique, si c'est ce que vous voulez dire.

– Il ne s'agit pas de cynisme, mais de comprendre enfin que certaines personnes n'ont nul besoin de raisons.

Lapointe contempla l'écran, fasciné par la dernière image de Pyle Gant en vie. C'était moi qui avais pratiqué l'autopsie de ce dernier.

– Voyons ce que vous avez là, dit-il enfin en ôtant le linge du plateau de chirurgie.

Pyle Gant avait vingt-trois ans, un bébé de deux mois, et faisait des heures supplémentaires afin de payer le collier qu'il avait acheté à crédit pour l'anniversaire de sa femme.

– Ça vient de l'Homme du conteneur ? Vous pensez à un tatouage ?

Pyle Gant avait uriné dans son pantalon avant d'être abattu.

– Docteur Scarpetta ?

Je le savais parce que le fond de son pantalon et le tabouret derrière le comptoir étaient trempés d'urine. Lorsque j'avais levé les yeux vers la vitrine du magasin, deux policiers retenaient la femme de Pyle, en pleine crise de nerfs sur le parking.

– Docteur Scarpetta ?

Elle hurlait, se débattait, tentant de frapper les policiers pour se dégager. Elle portait encore un appareil dentaire.

– 31 dollars et 12 cents, murmurai-je.

Lapointe sauvegarda le fichier et le referma.

– Quoi ? demanda-t-il.

– C'est ce qu'il y avait dans la caisse.

Il fit rouler son siège, ouvrit des tiroirs dont il sortit des filtres de couleurs différentes, chercha des gants. Le téléphone sonna.

– Une seconde, répondit-il après avoir décroché. C'est pour vous, ajouta-t-il en me tendant le combiné.

– J'ai mis la main sur quelqu'un du département des devises chez Crestar, m'informa Rose. L'argent sur lequel vous m'avez demandé des renseignements est marocain. 1 dollar vaut aujourd'hui 9,3 dirhams, donc 2 000 dirhams valent à peu près 215 dollars.

– Merci, Rose...

– Il y a un autre élément qui peut vous intéresser, continua-t-elle. Il est strictement interdit de faire entrer ou sortir des devises marocaines du Maroc.

– J'ai comme l'impression que ce type faisait beaucoup de choses interdites. Vous pouvez de nouveau essayer de joindre l'agent Francisco ?

– Bien entendu.

Je finissais par me demander si le silence qui entourait ma nièce était dû non pas aux procédures de l'ATF, mais au fait qu'elle me rejetait. J'avais désespérément envie de la voir, et j'étais prête à tout pour cela. Je raccrochai.

Je soulevai le plateau de dissection en liège, et Lapointe l'examina sous une forte lumière.

– Je ne suis pas très optimiste sur ce coup-là, remarqua-t-il.

– En tout cas, évitez d'en rêver aussi, lui dis-je. Je n'ai pas beaucoup d'espoir non plus, mais il faut tenter le coup.

Ce qui restait de l'épiderme était d'un verdâtre tirant sur le noir, comme une eau croupissante, et la chair s'assombrissait en séchant. Nous plaçâmes la planche de liège sous une caméra haute résolution connectée à l'écran vidéo.

— Non, il y a trop de reflets, remarqua Lapointe, qui ajusta un éclairage de côté, puis passa au noir et blanc.

Il fixa successivement des filtres différents sur l'objectif. Le bleu ne donna rien, pas plus que le jaune, mais lorsqu'il essaya le rouge, les taches irisées réapparurent immédiatement. À l'agrandissement, elles se dessinèrent, parfaitement rondes. L'image d'une pleine lune, des yeux jaunes et diaboliques d'un loup-garou me traversa l'esprit.

— Je n'obtiendrai rien de mieux au naturel, je vais m'en tenir là, dit-il, déçu.

Il enregistra l'image sur son disque dur et entreprit de la travailler. Le logiciel que nous utilisions nous permettait de distinguer entre deux cents nuances de gris indiscernables pour l'œil humain.

À l'aide du clavier et de la souris, il ouvrit et ferma des fichiers, utilisa intensité, contraste, agrandissement, diminution, ajustement. Il élimina les imperfections de l'image, la « saleté », comme il l'appelait, et nous commençâmes à distinguer les pores, puis les pointillés dessinés par une aiguille de tatouage.

Des lignes noires ondulées émergèrent de la masse, pour former ce qui ressemblait à de la fourrure, ou à des plumes. L'une d'elles, dont naissaient des pétales de marguerite, se transforma en griffe.

— Qu'en pensez-vous ? lui demandai-je.

— Je crois que nous n'obtiendrons rien de mieux, dit-il avec impatience.

— On connaît un expert en tatouages ?

— Commencez par votre histologiste.

21

Je trouvai George Gara dans son labo, en train de sortir son déjeuner d'un réfrigérateur portant l'inscription « Il est interdit de stocker de la nourriture ». L'intérieur du frigo était maculé de taches de nitrate d'argent, de carmin, sans parler de réactifs de Schiff, c'est-à-dire de substances qu'il vaut mieux ne pas retrouver dans son sandwich.

— Vous croyez que c'est une bonne idée ? remarquai-je.

— Désolé, bégaya-t-il en posant sur la paillasse le sac qui contenait son déjeuner et en refermant la porte du réfrigérateur.

— Nous avons un frigo dans la salle de repos, George. Vous êtes cordialement convié à l'utiliser.

Il ne répondit rien. George était pathologiquement timide, et c'était sans doute la raison pour laquelle il évitait la salle de repos. Cette pensée me fit une peine étrange. J'imaginai sa honte d'enfant puis d'adolescent parce qu'il était incapable de s'exprimer sans bégayer. Peut-être cela expliquait-il les tatouages qui envahissaient progressivement son corps comme du lierre. Peut-être lui donnaient-ils le sentiment d'être viril, et de sortir de l'ordinaire. Je tirai une chaise et m'installai.

— George, je peux vous poser des questions sur vos tatouages ?

Il rougit.

— Ils me fascinent, et j'ai besoin d'aide pour résoudre un problème.

— Bien sûr, dit-il d'un ton hésitant.

— Êtes-vous allé chez quelqu'un de particulier ? Un véritable expert ? Quelqu'un qui a une grande expérience du tatouage ?

– Ah, ça oui, je n'irais pas chez n'importe qui.

– C'est en ville ? J'ai besoin d'un endroit où je puisse poser des questions sans tomber sur des gens douteux, si vous voyez ce que je veux dire.

– Pit, répondit-il immédiatement. Comme dans pitbull, sauf que c'est son vrai nom. John Pit, c'est un type très bien. Vous voulez que je l'appelle ? demanda-t-il en bégayant de plus belle.

– Je vous en serais reconnaissante.

Il consulta un petit répertoire qu'il sortit de la poche arrière de son pantalon, puis, lorsqu'il eut Pit en ligne, lui expliqua qui j'étais. Pit se montra très coopératif.

– Tenez, dit-il en me tendant le téléphone. Je vous laisse expliquer le reste.

Ce qui ne fut pas une mince affaire, car le Pit en question, qui était chez lui, venait apparemment de se réveiller.

– Vous pensez avoir une chance ?

– Je connais pratiquement tout ce qui se fait en matière de flashs.

– Désolée, je ne sais pas ce que c'est.

– Je suppose que vous appelleriez ça les stencils, vous savez, les dessins que les gens choisissent. Y a pas un centimètre carré de mes murs qui soit pas couvert de flashs. C'est pour ça que vous feriez mieux de venir ici. On verra peut-être quelque chose qui nous donnera une piste. Mais je suis fermé les mercredis et jeudis, et le week-end m'a lessivé, j'en suis pas encore remis. Je peux ouvrir juste pour vous, je suppose que c'est important. Vous m'amenez celui qui a le tatouage ?

Il n'avait pas encore tout à fait saisi.

– Non, j'apporte le tatouage, mais pas la personne qui va avec.

– Attendez... D'accord, j'ai compris. Vous l'avez découpé sur le mort.

– Ça ne vous pose pas de problème ?

– Oh non, rien ne me pose de problème, vous savez.

– À quelle heure ?

– Dès que vous pouvez, ça vous va ?

Je raccrochai, et sursautai en découvrant Ruffin sur le pas de la porte. Il me fixait. J'éprouvai le sentiment qu'il devait être là depuis un moment à écouter ma conversation, et cela d'autant plus facilement que je lui tournais le dos en prenant des notes. Ses traits étaient tirés, ses yeux rouges, comme s'il avait passé la moitié de la nuit à boire.

– Chuck, vous n'avez pas l'air dans votre assiette, remarquai-je sans beaucoup de sympathie.

– Je me demandais si je pouvais rentrer chez moi. Je crois que je couve quelque chose.

– Désolée de l'apprendre. Il y a un nouveau virus très contagieux qui se promène. Il se transmet par Internet. On l'appelle le « bug de 18 h 30 ». Les gens se précipitent chez eux et se connectent sur leur ordinateur. Quand ils en ont un, bien sûr.

Chuck blêmit.

– C'est rigolo, intervint Gara, mais je n'ai pas compris le coup du 18 h 30.

– C'est l'heure à laquelle la moitié de la planète se connecte sur AOL. Bien sûr, Chuck, vous pouvez rentrer chez vous. Reposez-vous. Je vais vous raccompagner. Nous devons d'abord passer par la chambre de décomposition.

J'avais ôté le tatouage de la plaque de liège et l'avais placé dans un bocal de formol.

Ruffin se mit à jacasser :

– Il paraît que l'hiver va être très bizarre. J'écoutais la radio ce matin dans la voiture en venant, ils disaient qu'il allait faire très froid à l'approche de Noël, et puis que ça redeviendrait printanier en février.

J'ouvris les portes automatiques de la chambre de décomposition. Le légiste spécialisé dans les traces, Larry Posner, y travaillait sur les vêtements du mort en compagnie d'un étudiant de l'Institut.

– Je suis toujours ravie de venir vous voir, lançai-je avec chaleur.

– À ce que je vois, vous nous avez encore lancé un de vos défis, dit Posner, qui prélevait de la poussière d'une chaussure à l'aide d'un scalpel et la déposait sur une feuille de papier blanc. Vous connaissez Carlisle ?

– Il vous apprend des choses ? demandai-je au jeune homme.

– Quelquefois.

– Comment ça va, Chuck ? demanda Posner. Vous n'avez pas l'air bien.

189

— Je me cramponne, fit celui-ci en persistant dans sa mise en scène.

— Désolé, au fait, pour la police, continua Posner avec un sourire compatissant.

— Pardon ? dit Ruffin, visiblement ébranlé.

— J'ai appris que vous n'aviez pas été accepté à l'école de police, expliqua Posner d'un air déconcerté. Je voulais juste vous dire qu'il ne fallait pas vous décourager.

Ruffin détourna le regard.

Posner attaqua l'autre chaussure et poursuivit :

— La plupart des gens l'ignorent, mais j'ai raté deux fois mon examen de chimie à l'université.

— Pas possible, murmura Ruffin.

Carlisle feignit l'horreur :

— C'est maintenant que vous me le dites ! Quand je pense qu'on m'avait assuré que j'aurais ici les meilleurs professeurs du monde. Qu'on me rende mon argent !

— J'ai quelque chose à vous montrer, docteur Scarpetta, dit Posner en remontant sa visière.

Il posa son scalpel, plia la feuille de papier exactement comme l'aurait fait un joaillier pour transporter des pierres, et se dirigea vers le jean noir sur lequel travaillait Carlisle. Le pantalon était soigneusement étalé sur le chariot recouvert d'un drap. La ceinture avait été retournée, et Carlisle récoltait des poils avec une pince à l'extrémité semblable au chas d'une aiguille.

— C'est un truc drôlement bizarre, dit Posner en me les désignant de son doigt ganté, tandis que son assistant repliait soigneusement le jean d'un centimètre supplémentaire, révélant encore d'autres poils. On en a déjà récolté des douzaines. En commençant à replier le pantalon, on a trouvé les poils pubiens à hauteur de l'entrejambe, mais, en plus, il y a ces trucs blonds. Et plus on descend, plus il y en a. Ça n'a pas de sens.

— Effectivement, c'est incompréhensible.

— Ce sont peut-être les poils d'un animal, comme un chat persan ? suggéra Carlisle.

— L'animal a pu se coucher dessus alors que le jean était à l'envers, par exemple ? continua Carlisle. Souvent, quand j'ai du mal à ôter mon jean, il atterrit à l'envers en boule sur une chaise. Et mon chien adore dormir sur mes vêtements.

– Je suppose qu'il ne vous vient pas à l'idée de les mettre sur des cintres, ou de les ranger dans un tiroir, remarqua Posner.

– Ah bon ? Ça fait partie de mes devoirs à la maison ?

– Je vais chercher un sac pour mettre ça là-dedans, annonça Ruffin en brandissant le bocal de formol. Si jamais ça fuyait...

– Bonne idée. Quand pouvez-vous examiner les résultats d'analyse ? demandai-je à Posner.

– Parce que c'est vous, je vais poser la question qui tue. Pour quand les voulez-vous ?

Je soupirai.

– D'accord, j'ai compris.

– Interpol essaye d'identifier ce type. Vous savez, je suis sous pression moi aussi, comme vous tous, Larry.

– Pas besoin d'explication. Je vous connais, je sais que, lorsque vous insistez, c'est que vous avez une bonne raison. Je crois que j'ai fait une bourde, ajouta-t-il en faisant allusion à Ruffin. Qu'est-ce qu'il a, ce gamin ? On aurait dit qu'il ne savait pas qu'il avait été recalé à l'école de police. Bon sang, tout l'immeuble ne parle que de ça.

– D'une part, j'ignorais qu'il avait été recalé. Et d'autre part, je ne comprends pas pourquoi tout le monde en parle.

À l'instant où je prononçais ces mots, je songeai à Marino. Il avait promis qu'il s'occuperait de Ruffin. C'était peut-être cela. Marino s'était peut-être chargé de répandre la nouvelle avec enthousiasme. Posner continua :

– On dit que c'est Bray qui l'a éjecté.

Quelques minutes plus tard, Ruffin revint, un sac en plastique à la main. Nous quittâmes la chambre de décomposition et allâmes nous laver dans nos vestiaires respectifs. Je pris mon temps et le fis attendre dans le couloir, sachant que son angoisse ne faisait qu'augmenter de minute en minute. Lorsque je sortis enfin, nous marchâmes tous deux en silence. Il s'arrêta à deux reprises pour se servir nerveusement un verre d'eau aux fontaines disposées le long des murs.

– J'espère que je n'ai pas de fièvre, remarqua-t-il.

Je m'arrêtai, le regardai, et il eut un geste de recul involontaire lorsque je frôlai sa joue du dos de ma main.

– Je crois que ça va, assurai-je.

Je l'accompagnai dans le hall, puis sur le parking. Sa panique devenait évidente.

— Quelque chose ne va pas ? demanda-t-il enfin en s'éclaircissant la gorge et en chaussant ses lunettes de soleil.

— Pourquoi me demandez-vous cela, Chuck ? dis-je d'un ton innocent.

— Eh bien, le fait que vous m'accompagniez jusqu'ici, tout ça...

— Je vais à ma voiture.

— Je regrette de vous avoir parlé des problèmes ici, et des histoires d'Internet. Je savais que j'aurais mieux fait de le garder pour moi, que vous alliez m'en vouloir.

— Pourquoi pensez-vous que je vous en veux ?

Il parut incapable de trouver une réponse. J'ouvris le coffre et y plaçai le sac en plastique.

— Votre peinture est éraflée, là. Un gravillon, probablement, mais ça commence à rouiller...

Je m'adressai à lui d'un ton calme :

— Chuck, écoutez avec attention ce que je vais vous dire. *Je sais.*

— Quoi ? Je comprends pas de quoi vous parlez, balbutia-t-il.

— Oh que si !

Je m'assis au volant et mis le moteur en route.

— Montez, Chuck. Inutile de rester là dans le froid. Surtout si vous ne vous sentez pas bien.

Il hésita. Lorsqu'il contourna la voiture pour s'installer sur le siège du passager, je sentis l'odeur de la peur, il l'exsudait.

— Je regrette que vous n'ayez pas pu venir au *Buckhead's*. Nous avons eu une conversation intéressante avec le directeur adjoint Bray, déclarai-je tandis qu'il fermait la portière.

Il en resta bouche bée et j'enfonçai le clou :

— C'est un soulagement pour moi de trouver enfin des réponses à tant de questions. Les e-mails, l'Internet, les rumeurs sur ma carrière, les fuites.

J'attendis de voir sa réaction. Je ne m'attendais pas à ce qu'il explose :

— C'est pour ça que d'un seul coup j'ai raté l'entrée à l'école de police, n'est-ce pas ? Vous l'avez vue hier soir, et ce matin, j'apprends la nouvelle. Vous avez raconté des horreurs sur moi, vous lui avez dit ne pas me prendre, et ensuite vous avez répandu la nouvelle partout pour me faire honte !

– Nous n'avons pas une seule fois prononcé votre nom, et je n'ai pas dit un mot à qui que ce soit à votre sujet.

– C'est des conneries !

Sa voix, d'abord furieuse, trembla comme s'il allait fondre en larmes. Il continua :

– Toute ma vie, j'ai voulu être flic, et vous avez tout foutu en l'air !

– Non, Chuck, c'est vous qui avez tout gâché.

– Appelez le directeur, dites-lui quelque chose, intervenez ! Vous pouvez faire ça, supplia-t-il comme un enfant affolé. S'il vous plaît.

– Pourquoi deviez-vous rencontrer Bray hier soir ?

– Parce qu'elle me l'a demandé. Je ne sais pas ce qu'elle voulait. Elle m'a juste envoyé un message en me demandant de me trouver sur le parking de *Buckhead's* à 17 h 30.

– Et bien entendu, elle a cru que vous n'étiez pas venu. À mon avis, cela a peut-être un rapport avec la mauvaise nouvelle que vous avez reçue ce matin. Qu'en pensez-vous ?

– Ouais, peut-être.

– Comment vous sentez-vous, Chuck ? Toujours malade ? Parce que je dois me rendre à Petersburg, et je crois qu'il serait bon que vous veniez avec moi, pour que nous poursuivions cette conversation jusqu'à son terme.

– Eh bien, je...

– Eh bien, quoi, Chuck ?

– Moi aussi, je veux aller jusqu'au bout.

– Commencez par m'expliquer comment vous connaissez le directeur adjoint Bray. Je ne vous cacherai pas que je trouve plutôt extraordinaire que vous entreteniez une relation, comment dire... personnelle avec la personne la plus influente de toute la police.

Non sans une certaine innocence, il se lança :

– Imaginez l'effet que ça m'a fait quand tout a commencé. Vous voyez, il y a quelques mois, l'inspecteur Anderson m'a appelé en disant qu'elle était nouvelle, qu'elle voulait me poser des questions sur le bureau du médecin expert, se renseigner sur les procédures. Elle m'a invité à déjeuner avec elle au *River City Diner* pour qu'on discute de tout ça. C'est là que j'ai mis le doigt dans l'engrenage. Je sais que j'aurais dû vous parler de cet appel, j'aurais dû vous dire ce que je faisais. Mais la plupart du temps, vous donniez des cours, je ne voulais pas vous déranger, et le docteur Fielding était au tribunal. Alors, j'ai dit à Anderson que je serais content de l'aider.

— De toute évidence, elle n'a pas retenu grand-chose de vos leçons.

— Oh, c'était un coup monté, et quand je suis entré au *River City Diner*, j'en ai pas cru mes yeux. Elle était là dans un box, avec le directeur adjoint Bray, et elle m'a dit qu'elle voulait tout savoir sur la façon dont marche notre bureau.

— Qui a dit ça ?

— Bray.

— Je vois. Quelle surprise !

— J'étais vraiment flatté, mais nerveux aussi, parce que je comprenais pas ce qui se passait. Ensuite, elle m'a invité à revenir au quartier général de la police avec Anderson et elle !

— Pourquoi ne m'en avez-vous pas parlé à ce moment-là ? demandai-je tandis que nous roulions en direction de l'Interstate 95.

— Je sais pas...

— Je crois que vous le savez parfaitement.

— J'avais peur.

— Y avait-il un rapport avec votre ambition de devenir officier de police ?

— Ben, faut dire..., admit-il. Je n'aurais pas pu avoir de meilleur contact. Je sais pas comment, mais elle savait que j'étais intéressé, et quand on est arrivés, elle a fermé la porte et m'a fait asseoir de l'autre côté de son bureau.

— Anderson était présente ?

— Non, il n'y avait que Bray et moi. Elle m'a dit qu'avec mon expérience je pouvais envisager de devenir technicien de scène du crime. J'ai eu l'impression que je venais de décrocher le gros lot.

Je faisais de mon mieux pour maintenir une distance raisonnable entre ma voiture, les rails de ciment et les conducteurs agressifs, tandis que Ruffin me jouait la grande scène de l'enfant de chœur.

— Je dois reconnaître que, après ça, j'avais l'impression d'être dans un rêve, j'ai perdu tout intérêt pour mon travail, et je le regrette. Mais c'est que deux semaines plus tard que Bray m'a expédié un e-mail.

— Comment a-t-elle eu votre adresse ?

— Heu, je la lui avais donnée. Donc, elle m'a ordonné de passer chez elle à 17 h 30, parce qu'elle avait quelque chose de confidentiel à discuter avec moi. Docteur Scarpetta, je vous assure, je voulais pas y aller. Je savais que quelque chose de moche se préparait.

— C'est-à-dire ?

— Je me suis à moitié demandé si elle n'allait pas me draguer, un truc dans ce genre-là.

— Et alors ? Que s'est-il passé quand vous êtes arrivé chez elle ?

— Bon sang, c'est pas facile à raconter.

— Allez-y.

— Elle m'a offert une bière, et puis elle a rapproché son siège très près du canapé où j'étais assis. Elle m'a posé plein de questions sur moi, comme si elle était vraiment intéressée par moi, personnellement. Et...

Un camion de transport de bois déboîta devant moi, et je le dépassai en accélérant.

— Je déteste ces machins !

— Moi aussi, acquiesça Chuck d'un ton servile qui me révulsa.

— Ensuite ? Vous disiez ?

Il inspira profondément, et se plongea dans la contemplation attentive des camions et des ouvriers qui travaillaient sur le bas-côté, au milieu de petites montagnes d'asphalte. Cette portion de l'Interstate 95 près de Petersburg est sans cesse en travaux, au moins depuis la guerre de Sécession.

— Elle n'était pas en uniforme, si vous voyez ce que je veux dire, reprit-il. Elle, enfin, elle portait un tailleur très professionnel, mais pas de soutien-gorge ; en tout cas, le chemisier... le chemisier était assez transparent.

— A-t-elle essayé de vous séduire, vous a-t-elle fait des avances, outre la façon dont elle était habillée ?

— Non, mais c'était comme si elle espérait que j'allais lui en faire. Aujourd'hui, je sais pourquoi. Elle n'aurait pas cédé, mais elle m'aurait tenu comme ça. Un autre truc pour me contrôler. Elle m'a apporté une seconde bière, et elle a fini par lâcher le morceau. Elle a dit que c'était important que je connaisse la vérité à propos de vous.

— C'est-à-dire ?

— Elle m'a dit que vous étiez instable, que tout le monde savait que vous étiez « en baisse », ce sont les termes qu'elle a employés, que votre situation financière était catastrophique parce que vous claquiez votre argent de façon compulsive...

— Compulsive ?

— Elle a parlé de votre maison et de votre voiture.

— Comment connaît-elle ma maison ? dis-je tout en réalisant que Ruffin pouvait lui donner des renseignements là-dessus.

— Je sais pas. Mais le pire, c'est ce qu'elle a dit de votre travail. Que vous aviez fichu en l'air des affaires, et que les flics commençaient à se plaindre, à l'exception de Marino. Elle a dit qu'il vous protégeait, et que c'était la raison pour laquelle elle allait s'occuper de lui.

— Et c'est ce qu'elle a fait, remarquai-je sans la moindre trace d'émotion.

— Bon sang, est-ce que je dois continuer ? Je veux pas vous dire tous ces trucs !

Je lui tendis mon piège.

— Chuck, voulez-vous avoir une chance de repartir à zéro, et de défaire une partie du mal que vous avez fait ?

— Seigneur, si seulement c'était possible ! répondit-il avec une sincérité feinte.

— Alors, dites-moi la vérité. Racontez-moi tout. Nous devons vous ramener sur le droit chemin, que vous puissiez être heureux, l'encourageai-je.

Je savais que ce petit salopard trahirait n'importe qui si c'était dans son intérêt.

— Elle m'a raconté qu'une des raisons pour lesquelles elle avait été nommée était que le directeur de la police, le maire et le conseil municipal voulaient se débarrasser de vous, mais qu'ils ne savaient pas comment faire, poursuivit-il comme si ces révélations le dévastaient. Vous ne dépendez pas de la ville, y a que le gouverneur qui puisse vous virer. Elle m'a expliqué que c'est comme quand on engage un nouvel administrateur municipal pour se débarrasser d'un mauvais chef de la police. C'était dingue. Elle était tellement convaincante, je me suis laissé avoir. Et puis, ensuite, et ça je ne l'oublierai jamais, elle s'est levée et s'est assise à côté de moi. Elle m'a regardé dans les yeux, et elle m'a dit : « Vous comprenez, Chuck, votre patronne va foutre votre vie en l'air. Elle va tout démolir autour d'elle, et vous en particulier. »

« Je lui ai demandé : "Pourquoi moi ?" et elle m'a répondu : "Parce que pour elle vous êtes une quantité négligeable. Les gens comme elle donnent peut-être l'impression d'être gentils, mais au fond d'eux-mêmes ils se prennent pour Dieu, et n'éprouvent que du mépris pour les laquais." Elle m'a demandé si je savais ce que c'était qu'un laquais, et je lui ai dit que non. Alors, elle m'a dit que c'était un *domestique*. Ça, ça m'a foutu en colère.

— Je m'en doute. Chuck, je ne vous ai jamais traité comme un domestique, ni vous ni personne.

— Je sais ! Je sais !

J'étais convaincue que certains aspects de son récit étaient vrais, mais qu'il avait beaucoup déformé les faits pour se donner le beau rôle. Il continua :

— Alors j'ai commencé à faire des choses pour elle. Des petites, d'abord, mais à chaque fois il devenait plus facile d'accomplir la suivante. C'était comme si à l'intérieur je devenais de plus en plus dur, que je me persuadais que tout ce que je faisais était justifié, et même bien. Peut-être que c'était la seule façon de dormir en paix. Et puis ce qu'elle a demandé a pris des proportions gigantesques, comme les e-mails, mais c'était Anderson qui me confiait ces missions-là. Bray, elle, elle vous glisse entre les doigts.

— Qu'avez-vous fait d'autre, par exemple ?

— Eh bien, la balle que j'ai laissée tomber dans l'évier, ça, c'était grave.

— Oui, c'est vrai, dis-je en faisant un effort surhumain pour ne pas laisser transparaître le mépris qu'il m'inspirait.

— C'est pour ça que je me suis dit qu'elle devait avoir un gros truc en tête quand elle m'a envoyé ce message pour le rendez-vous chez *Buckhead's*. Elle disait d'en parler à personne et de pas lui répondre, sauf en cas de problème, simplement de venir, point.

« Là, j'avais une trouille bleue d'elle, continua-t-il. Elle me tenait, vous comprenez. J'étais dedans jusqu'au cou, et elle me tenait. J'osais pas penser à ce qu'elle allait bien me demander en plus.

— Et qu'est que cela aurait pu être ?

Il hésita. Un camion devant moi fit une embardée, et je freinai doucement. Des bulldozers déplaçaient de la terre sur le remblai, et il y avait de la poussière partout.

— Foutre en l'air l'affaire de l'Homme du conteneur. Je savais que c'était l'étape suivante. Elle allait m'obliger à falsifier des indices pour déclencher un tel scandale que vous seriez lessivée. Et quoi de mieux qu'une affaire à laquelle est mêlé Interpol, et qui excite tout le monde ?

— Et vous avez agi dans ce sens, Chuck ?

— Non, madame.

— Êtes-vous intervenu sur un autre cas ?

— Rien d'autre que l'histoire de la balle, madame.

— Bien entendu, vous réalisez que, en détruisant ou en modifiant une pièce à conviction, vous commettiez un délit grave ? Avez-vous compris que Bray vous expédie tout droit en prison, et que c'est tout à fait volontaire de sa part ? Ainsi, une fois qu'elle en aurait fini avec moi, elle se serait également débarrassée de vous ?

— Au fond de moi-même, je crois pas qu'elle me ferait une chose pareille.

Il n'était rien pour elle. Il n'était qu'un larbin avec trop peu de jugeote pour éviter de tomber dans un piège, tant son ego et son ambition l'aveuglaient.

— Vous en êtes certain ? Vous êtes certain qu'elle ne vous transformerait pas en bouc émissaire ?

Je le vis flancher, et en profitai pour l'attaquer de front :

— C'est vous l'auteur des vols au bureau ?

— J'ai tout gardé. Elle voulait que je fasse... tout ce qui pouvait donner l'impression que vous ne contrôliez plus la situation. Tout est chez moi, dans une boîte. J'avais l'intention de la déposer quelque part dans l'immeuble, pour qu'on puisse la retrouver et que les gens puissent tout récupérer.

— Pourquoi l'avez-vous laissée prendre tant d'ascendant sur vous ? lui demandai-je. Au point de mentir, voler, envisager de falsifier des pièces à conviction ?

— Par pitié, ne me faites pas arrêter et aller en prison, gémit-il d'une voix paniquée qui sonnait faux. J'ai une femme, et bientôt un enfant. Je me suiciderais, je vous le jure ! Je connais des tas de façon d'y arriver.

— N'y pensez même pas. Ne répétez jamais une chose pareille.

— Je vous jure que je le ferais. Je suis fini, et c'est entièrement de ma faute !

— Vous ne serez fini que si vous le décidez.

— Ça n'a plus aucune importance, murmura-t-il, et je commençai à craindre qu'il ne soit sérieux.

Il passait sans interruption sa langue sur ses lèvres, et semblait avoir la bouche tellement sèche qu'il parvenait de plus en plus difficilement à articuler.

— Ma femme s'en ficherait complètement, et le bébé serait bien mieux qu'avec un père en prison.

— Ne me faites pas ça ! lui dis-je avec colère. Ne m'expédiez pas votre corps, que je n'aie pas à entrer un jour dans la morgue pour vous trouver sur l'une de mes tables !

Il se retourna vers moi, pétrifié.

— Devenez adulte, grandissez ! On ne se fait pas sauter la cervelle quand tout tourne mal, vous m'entendez ? Vous savez ce que c'est que le suicide ?

Il me fixa, les yeux écarquillés.

— C'est une façon de faire un dernier caprice. Une façon de dire un grand « Na ! ».

22

Le *Pit Stop* se trouvait juste après un institut de beauté et un salon de voyance. Je me garai à côté d'un pick-up noir aux pare-chocs constellés d'autocollants qui me donna quelques vagues idées sur la personnalité de M. Pit.

La porte de la boutique s'ouvrit instantanément, et je fus accueillie par un homme dont le moindre centimètre carré de peau visible, tête et cou y compris, était tatoué. Quant à ses piercings, leur vue me hérissa, au sens propre.

Il était plus vieux que je ne m'y attendais, probablement une cinquantaine d'années. C'était un homme noueux, barbu, avec une longue queue-de-cheval grise, et son visage gardait le souvenir de plusieurs bagarres. Il portait une veste de cuir noir par-dessus un T-shirt, et son portefeuille était accroché par une chaîne à son jean.

— Vous devez être Pit, dis-je en ouvrant le coffre pour en sortir le sac en plastique.

— Entrez.

Son ton était détendu, celui du monsieur qui trouve qu'il faut rester zen en toutes circonstances.

Il passa devant Ruffin et moi et haussa la voix :

— Taxi, assise, ma fille ! Ne vous inquiétez pas, nous rassura-t-il, elle est douce comme un agneau.

Je pressentais que je n'allais pas apprécier l'intérieur de sa boutique.

— Je ne savais pas que vous alliez venir avec quelqu'un, remarqua-t-il, et je m'aperçus que sa langue était également piercée. Comment vous vous appelez ?

— Chuck.

— C'est un de mes assistants, expliquai-je. Si vous avez un siège, il va nous attendre.

Taxi était un pitbull, un bloc de muscles noir et marron monté sur quatre pattes.

— Là-bas, dit-il en désignant un coin où étaient installés des sièges et une télévision. On a un endroit pour que les clients patientent avant leur rendez-vous. Chuck, servez-vous. Dites-moi si vous avez besoin de monnaie pour le distributeur de Coca.

— Merci, dit celui-ci, soumis.

Je n'aimais pas la façon dont Taxi me regardait. Les propriétaires avaient beau m'assurer de la gentillesse de leur animal, je me méfiais toujours des pitbulls. À mon avis, le croisement du bouledogue et du terrier avait créé le Frankenstein de l'élevage de chiens. J'avais assez vu de gens déchiquetés, surtout des enfants.

— Allez, Taxi, câlin, ma fille, dit Pit en roucoulant.

Taxi se roula sur le dos, les quatre pattes en l'air, et son maître s'accroupit pour lui caresser le ventre. Il leva les yeux sur nous :

— Vous savez, ces chiens ne sont mauvais que quand leurs maîtres le veulent bien. Ce sont des gros bébés. Hein, Taxi ? Je l'ai appelée comme ça parce qu'il y a un an un chauffeur de taxi est venu pour un tatouage. Il m'a proposé un chiot pitbull en échange d'une Faucheuse avec le nom de son ex-femme en dessous. Alors, j'ai accepté, hein, ma fille ? C'est rigolo qu'elle soit une pit, et moi aussi. Mais on n'a pas de lien de parenté.

J'avais visité des endroits vraiment étranges au cours de ma carrière, mais ce magasin était un univers ahurissant et que je n'aurais certainement jamais imaginé. Les murs étaient recouverts de flashs, les uns à côté des autres. Il y avait des milliers d'Indiens, de chevaux ailés, de dragons, de poissons, de grenouilles et de symboles de cultes qui n'évoquaient rien dans mon esprit. Partout, des panneaux proclamaient les devises de Pit : *Ne faites confiance à personne*, ou *J'y étais, je m'en branle*. Des crânes en plastique grimaçaient sur les tables et les étagères, et des magazines spécialisés étaient à la disposition des cœurs courageux qui les feuilletaient en attendant l'aiguille du tatoueur.

Curieusement, ce que j'aurais trouvé extrêmement choquant une heure auparavant avait revêtu l'autorité et l'authenticité d'un credo. Les gens comme Pit, et probablement l'essentiel de sa clientèle, étaient des marginaux qui rejetaient tout ce qui pouvait entamer le droit des gens à être eux-mêmes. Le mort dont je transportais la peau dans un bocal était déplacé au milieu de cet univers. Il serait abusif de tenir quelqu'un qui s'habillait en Armani et en chaussures en croco pour un adepte de la contre-culture ou un provocateur.

— Comment êtes-vous devenu tatoueur ? demandai-je à Pit.

— Par les graffitis. Ils ont une grande influence sur mon style, un peu comme Grime chez *Primal Urge* à San Fran, sans que j'aie la prétention de me comparer à lui. Mais si vous combinez des images colorées, genre graffiti, avec les lignes audacieuses de la vieille école, le résultat, c'est moi.

Il tapota du doigt une photo encadrée représentant une femme nue qui souriait avec espièglerie, les bras croisés sur les seins de façon provocante. Sur son ventre était tatoué un phare devant un coucher de soleil.

— Cette fille-là, elle est venue un jour avec son petit copain, qui lui offrait un tatouage pour son anniversaire. Morte de trouille, elle a commencé par un tout petit papillon sur la hanche. Depuis, elle vient toutes les deux semaines pour s'en faire refaire un autre.

— Pourquoi ?

— C'est une drogue.

— La majorité des gens en ont plus d'un ?

— Ceux qui s'en font faire un seul le veulent en général dissimulé quelque part. Du genre un cœur sur la fesse ou sur le sein. En d'autres termes, ce tatouage-là revêt une signification particulière. Ou bien, ils se sont retrouvés avec après une cuite – ça arrive aussi, mais pas chez moi. Si vous sentez l'alcool, je vous touche pas.

— Et si quelqu'un porte un tatouage sur le dos, et nulle part ailleurs ? C'est important ? C'est plus que de la provocation ou une cuite ?

— À mon avis, oui. À moins de ne jamais ôter sa chemise, le dos est un endroit visible. Effectivement, je dirais qu'il y a une signification.

Il jeta un regard au sac sur le comptoir.

— Donc, le tatouage que vous voulez me montrer vient du dos du type.

— Deux points jaunes ronds, à peu près aussi gros qu'une tête de clou.

Il réfléchit, immobile, le visage tordu dans une grimace, comme s'il souffrait.

– Ils ont des pupilles, comme des yeux ?

– Non, répondis-je tout en vérifiant d'un coup d'œil si nous étions à portée de voix de Chuck.

Mais il était assis sur un canapé et feuilletait une revue.

– Mince, ça, c'est la colle, remarqua Pit. Pas de pupilles. Si c'est un animal ou un oiseau, je ne vois rien qui n'ait pas de pupilles. À mon avis, on ne parle pas de flashs, mais plutôt d'un truc original, sur mesure.

Il désigna le magasin d'un geste ample, comme s'il dirigeait son propre orchestre de dessins extravagants :

– Tout ça, ce sont des feuilles de flashs, par opposition au travail original d'un artiste du tatouage, comme Grime. Ce que je veux dire, c'est qu'on peut identifier un style particulier, pareil qu'avec Van Gogh ou Picasso. Par exemple, je reconnaîtrais n'importe où un Jack Rudy ou un Tin Tin, c'est le plus beau travail sur les gris que vous verrez jamais.

Il me fit traverser la boutique et pénétrer dans une pièce qui ressemblait comme deux gouttes d'eau au cabinet d'examen d'un médecin traditionnel. Elle était équipée d'un autoclave, d'un stérilisateur à ultrasons, de savon de chirurgie, de crèmes, d'abaisse-langue et de paquets d'aiguilles stériles dans de grands flacons de verre. La machine à tatouage elle-même ressemblait à du matériel d'échographiste.

Il y avait un chariot chargé de pulvérisateurs contenant des peintures de couleurs vives et des soucoupes de mélange. Au centre de tout cela se trouvait un siège de gynécologue. Je supposai que les étriers devaient faciliter le travail sur les jambes et sur d'autres parties de l'anatomie auxquelles je préférais ne pas penser.

Pit étala une serviette sur le comptoir, et nous enfilâmes des gants. Il alluma une lampe chirurgicale et la rapprocha, tandis que je dévissais le couvercle du bocal et que l'odeur âcre du formol me sautait à la gorge. Je plongeai dans le liquide rose et en sortis le morceau de peau. Sans attendre, Pit me prit des mains le tissu caoutchouteux et l'exposa à la lumière. Il le tritura dans tous les sens et l'examina à l'aide d'une loupe.

– D'accord, dit-il, je les vois, ces petits rigolos. Ouais, il y a des griffes sur une branche. Si on essaye de détacher l'image de l'arrière-plan, on voit les plumes de la queue.

— Ce serait un oiseau ?

— C'est un oiseau. Peut-être un hibou, parce que ce sont les yeux qui ressortent, et je crois qu'ils ont dû être plus gros que ça, à un moment donné. On le voit à cause de l'ombre, là.

Je me penchai, tandis que son doigt ganté imitait le mouvement d'un pinceau.

— Vous voyez ?

— Non.

— C'est à peine visible. Les yeux ont des cercles sombres, comme une tête de bandit, mais un peu irréguliers, ils ne sont pas très bien dessinés. Quelqu'un a essayé de rapetisser les points jaunes, et il y a des raies qui partent des contours de l'oiseau. C'est tellement sombre et en mauvais état qu'il faut vraiment s'y connaître, sans ça on se plante.

« Mais regardez vraiment bien. Vous voyez que c'est plus foncé et creusé autour de ce qu'on appellera les yeux, en attendant de trouver mieux. Ouais, plus je le regarde, plus je pense qu'il s'agit d'un hibou, et on a essayé de cacher les points jaunes en les transformant en yeux de hibou, ou quelque chose dans ce goût-là.

Je commençai à distinguer les raies et les plumes dans les ombres qu'il décrivait, et la façon dont les yeux jaunes brillants avaient été cerclés d'encre noire, comme pour les rendre plus petits.

— Un type s'est fait faire un truc avec des points jaunes, mais un jour il n'en a plus voulu, et s'est fait tatouer autre chose par-dessus, continua Pit. Comme la couche supérieure de peau est partie, l'essentiel du nouveau tatouage – celui du hibou – a disparu. Je crois bien que les aiguilles n'ont pas dû aller aussi profond sur celui-là. Mais à l'inverse, avec les points jaunes, elles ont pénétré très profondément, beaucoup plus que nécessaire. Conclusion : il y a eu deux artistes différents.

Il étudia encore davantage le lambeau de peau.

— On peut jamais véritablement recouvrir un vieux tatouage, reprit-il. Mais si vous connaissez votre boulot, vous pouvez travailler autour et par-dessus, pour détourner l'attention. C'est ça, le truc. On pourrait presque dire que c'est une illusion d'optique.

– Existe-t-il un moyen de découvrir à quel type de dessin appartenaient à l'origine les yeux jaunes ?

Il prit un air déçu et soupira.

– Quel dommage que ce soit en si mauvais état, murmura-t-il en plaçant la peau sur la serviette et en clignant des yeux à plusieurs reprises. Bon Dieu, ces vapeurs, c'est dur. Comment vous faites pour travailler là-dedans tout le temps ?

– En prenant des précautions, beaucoup. Puis-je utiliser votre téléphone ?

– Allez-y.

Je m'approchai du comptoir, tout en jetant un œil inquiet à Taxi, qui s'assit sur son coussin et me jeta un regard torve, me défiant de faire un geste qui n'aurait pas l'heur de lui plaire.

– Tout va bien, lui dis-je d'une voix rassurante. Pit ? Est-ce que je peux envoyer un message sur un *pager* et donner votre numéro ?

– C'est pas un secret, allez-y !

Je contournai le comptoir pour utiliser le téléphone, et tâchai de convaincre Taxi de rester calme. Ses petits yeux ternes me faisaient penser à ceux d'un requin, et sa grosse tête triangulaire évoquait un serpent. Elle donnait le sentiment d'une chose primitive qui n'avait pas évolué depuis l'aube des temps, et je pensai brusquement à l'inscription sur le carton, à l'intérieur du conteneur.

– Est-ce que ce pourrait être un loup ? demandai-je à Pit. Ou même un loup-garou ?

Pit soupira, les yeux encore cernés de ses fêtes du week-end.

– C'est vrai que la figure du loup est très populaire. L'instinct de meute, le loup solitaire, tout ça, vous voyez. Mais c'est difficile à recouvrir avec un oiseau, un hibou, ou un truc de ce genre.

La voix de Marino résonna dans le combiné :

– Ouais ?

Pit continuait à parler d'une voix forte :

– Bon sang, ça pourrait représenter tellement de trucs ! Un coyote, un chien, un chat. Un truc qui a de la fourrure et des yeux jaunes sans pupilles. Mais ça devait être petit pour qu'on puisse le recouvrir avec un hibou. Très petit.

— Putain, qui est-ce qui parle de fourrure ? demanda gros-sièrement Marino.

Je lui expliquai où je me trouvais et pourquoi, pendant que Pit continuait à discourir en me désignant des tas d'animaux à fourrure, sur un mur.

Marino explosa :

— Génial ! Pourquoi est-ce que vous ne vous faites pas tatouer, pendant que vous y êtes ?

— Une autre fois, peut-être.

— Je peux pas croire que vous soyez allée toute seule chez un tatoueur ! Vous avez une idée des gens qui vont là-dedans ? Des trafiquants de drogue, des connards en liberté surveillée, des gangs de motards !

— Rassurez-vous, tout va bien.

— Non, tout ne va pas bien ! rugit-il.

Je compris que ses éructations n'avaient que peu de rapport avec ma présence dans un salon de tatouage.

— Qu'est-ce qui ne va pas, Marino ?

— Tout va parfaitement bien, enfin, du moins, si vous considérez qu'être suspendu sans salaire est cool !

— Il n'y a aucune raison valable pour ça, protestai-je avec colère.

Cela faisait pourtant quelque temps que je me doutais qu'une telle punition était inévitable.

— Ce n'est pas ce que pense Bray. J'ai dû lui gâcher son dîner, hier soir. Elle dit que si je fais un truc de plus, elle me vire. La bonne nouvelle, c'est que je me marre en cherchant ce que pourrait être ce truc de plus.

Pit m'appela de la pièce voisine :

— Venez ! Je vais vous montrer quelque chose !

Je promis à Marino :

— Nous allons agir.

— Ouais.

Taxi me suivit du regard tandis que je raccrochais et la contournais avec précaution. Je contemplai les flashs sur le mur et me sentis découragée. J'avais tellement envie qu'il s'agisse d'un loup, d'un loup-garou, même tout petit, mais il s'agissait probablement de tout autre chose. Je ne supportais pas qu'un problème ne trouve pas de réponse, que la science et le raisonnement finissent par se révéler inefficaces après être allés aussi loin que possible.

Je n'avais pas le souvenir d'avoir jamais été à ce point abattue et déboussolée. Les murs paraissaient vouloir m'écraser, et les feuilles de flashs m'étourdissaient. Des cœurs et des crânes transpercés de poignards, des pierres tombales, des squelettes, des monstres et des goules maléfiques semblaient me narguer.

— Pourquoi les gens éprouvent-ils le besoin de porter la mort en bandoulière ? dis-je en haussant la voix.

Taxi leva la tête.

— Il ne leur suffit pas de vivre avec ? Pourquoi peut-on avoir envie de passer sa vie à regarder la mort sur son bras ?

Pit haussa les épaules, sans paraître le moins du monde perturbé par ma remise en cause de son art.

— Vous savez, doc, à y réfléchir, on n'a peur que de sa propre peur. Alors, les gens veulent des tatouages qui représentent la mort pour ne pas en avoir peur. C'est comme ceux que les serpents terrifient et qui vont au zoo en toucher un. D'une certaine façon, vous aussi, vous portez la mort sur vous tous les jours. Vous ne croyez pas qu'elle vous effraierait encore beaucoup plus si vous n'en étiez pas témoin jour après jour ?

Il marquait un point et je gardai le silence, incapable de répondre. Il continua :

— Regardez, vous avez un bout de peau de cadavre dans ce bocal, et vous n'en avez pas peur. Mais une autre personne qui entrerait et verrait ça ici se mettrait à hurler ou à dégueuler. Je ne suis pas spécialement psychologue, dit-il en mâchant vigoureusement son chewing-gum, mais il y a une signification très importante derrière ce qu'on choisit de se faire dessiner sur le corps de façon définitive. Tenez, prenez ce type, là. Le hibou nous apprend quelque chose sur lui, sur ce qu'il avait à l'intérieur de lui. Et plus encore, sur ce qu'il craignait, qui était sans doute plus en rapport avec ce qui se trouve sous le hibou.

— Il semblerait alors que nombre de vos clients aient peur des femmes nues et sensuelles, remarquai-je.

Pit mâchait son chewing-gum comme s'il lui en voulait personnellement, et réfléchit un moment à mes paroles.

— J'avais pas pensé à ça comme ça, mais c'est vrai. La plupart de ces types qui ont des filles à poil tatouées partout ont très peur des femmes, très peur de l'aspect émotionnel.

Chuck avait allumé la télévision et baissé le son.

J'avais contemplé des centaines de tatouages sur des cadavres. Pourtant, jusqu'à aujourd'hui, l'idée ne m'avait jamais effleurée qu'il puisse s'agir d'exorcismes ou d'exutoires. Pit tapota le couvercle du bocal de formol :

— Ce type avait peur de quelque chose, conclut-il, et on dirait bien qu'il n'avait pas tort.

23

J'AVAIS À PEINE eu le temps de suspendre mon manteau et de poser ma serviette près de la porte que le téléphone sonna. Il était 20 h 20, et ma première pensée fut qu'il s'agissait de Lucy. La dernière information qu'on m'avait transmise était que Jo serait transférée au MCV ce week-end, j'ignorais quand au juste.

Bien sûr, j'étais inquiète, mais le ressentiment commençait à me gagner. Peu m'importaient les procédures, les protocoles ou même le bon sens. Lucy aurait pu me contacter, me faire savoir si Jo et elle allaient bien. Elle aurait pu me dire où elle se trouvait.

Je décrochai et fus à la fois surprise et déconcertée d'entendre la voix de l'ancien directeur adjoint Al Carson. Je le connaissais assez pour savoir qu'il ne m'aurait jamais appelée, surtout chez moi, si le sujet n'avait été important, et les nouvelles très mauvaises.

— Je ne suis pas censé vous prévenir, mais il faut bien que quelqu'un le fasse, me dit-il sans ambages. Il y a eu un homicide au *Quik Cary*, l'épicerie dans Cary, près de Libbie. Vous voyez de quoi je veux parler ? Un magasin de quartier.

Son débit était nerveux et sec, et il me sembla qu'il était effrayé.

— Oui, c'est près de chez moi.

Je pris un bloc et commençai à noter les indications.

— Un hold-up, à première vue. Quelqu'un est entré, a vidé la caisse et tué l'employée.

L'enregistrement vidéo que j'avais regardé hier me revint en mémoire.

— Quand est-ce arrivé ?

– Nous pensons qu'elle a été tuée il y a moins d'une heure. Je vous appelle moi-même parce que votre bureau n'est pas encore au courant.

Je ne répondis rien, ne comprenant pas vraiment ce qu'il voulait dire tant cela semblait invraisemblable. Il continua :

– J'ai aussi contacté Marino. Je ne pense pas qu'ils puissent me faire grand-chose de plus, maintenant.

– Que voulez-vous dire par « mon bureau n'est pas encore au courant » ?

– La police n'est plus censée prévenir le médecin légiste avant que nous n'en ayons fini avec la scène du crime. Pas avant que les techniciens soient partis, et ils viennent tout juste d'arriver. Alors, ce ne sera pas avant des heures...

– Et d'où sort cette nouveauté ? demandai-je tout en me doutant bien de la réponse.

– Docteur Scarpetta, on m'a pour ainsi dire démissionné, mais je serais parti de toute façon. Il y a des changements auxquels je ne veux pas participer. Vous savez que mes hommes se sont toujours très bien entendus avec votre administration, mais Bray a mis en place tous ces nouveaux... et je n'ai pas digéré ce qu'elle a fait à Marino. Mais ce qui compte aujourd'hui, c'est que nous avons eu deux hold-up d'épicerie en un mois, et je ne veux pas que l'enquête soit bâclée. Si c'est le même type, il va recommencer.

J'appelai Fielding chez lui et l'informai de ce qui se passait.

– Vous voulez que je... ? commença-t-il.

– Non, l'interrompis-je. J'y vais tout de suite. Jack, on est en train de nous baiser.

Je conduisis à toute vitesse, tandis que Bruce Springsteen chantait *Santa Claus is coming to town*, et je pensai à Bray. Je n'avais encore jamais détesté quelqu'un. La haine est un poison auquel j'avais jusqu'à présent toujours résisté. Haïr, c'était perdre, et à cet instant je faisais de mon mieux pour résister à cette pente.

Les informations succédèrent à la musique. L'homicide faisait la une, avec un reportage sur les lieux du crime.

– *... dans ce qui constitue le deuxième meurtre dans une épicerie en trois semaines. Directeur adjoint Bray, que pouvez-vous nous en dire ?*

Sa voix résonna à l'intérieur de ma voiture.

— *Nous avons pour l'instant peu de détails. La seule chose que nous sachions, c'est qu'il y a quelques heures, un homme non identifié a pénétré dans le* Quik Cary, *a dérobé la caisse et abattu l'employée.*

Mon téléphone de voiture sonna.

— Où êtes-vous ? demanda Marino.

— J'approche de Libbie.

— Je vais me garer sur le parking de Cary Town. Faut que je vous raconte ce qui se passe, parce que personne va vous en filer une miette quand vous arriverez.

— C'est ce qu'on va voir.

Quelques minutes plus tard, je pénétrai dans le petit centre commercial et me garai en face de *Schwarzchild Jewelers*. Marino m'attendait, assis dans son pick-up. Il monta dans ma voiture, en jean et en bottes. La fermeture Éclair de son blouson de cuir élimé était cassée et la doublure en molleton aussi élimée qu'il était chauve. Il s'était abondamment aspergé d'eau de Cologne, ce qui signifiait qu'il avait bu beaucoup trop de bière. Il jeta son mégot, et des cendres rougeoyantes brillèrent dans l'obscurité.

— On contrôle la situation, annonça-t-il d'un ton sardonique. Anderson est là-bas.

— Et Bray.

— Elle tient une putain de conférence de presse devant l'épicerie, dit-il d'un air dégoûté. Allons-y.

Je repris le chemin de Cary Street.

— Premier point, doc, commença-t-il. Le connard descend la fille au comptoir d'une balle dans la tête. Ensuite, apparemment, il met le panneau « Fermé », la tire dans l'arrière-boutique, et la bat comme plâtre.

— Il la tue et la frappe ensuite ?

— Ouais.

— Quand et comment la police a-t-elle été avertie ?

— À 7 h 16, l'alarme s'est déclenchée. La porte de derrière est sécurisée, même quand la boutique est ouverte. Les flics arrivent, trouvent la porte d'entrée fermée, comme je vous ai dit. Ils font le tour et trouvent la porte de derrière grande ouverte. Ils entrent, elle est par terre, il y a du sang partout. Identité présumée : Kim Luong, de sexe féminin, de type asiatique, âgée de trente ans.

211

Bray continuait d'envahir les ondes, et un journaliste lui demanda :

— *Plus tôt, vous avez parlé d'un témoin...*

— *Quelqu'un a affirmé avoir vu un homme en vêtements sombres dans les parages à peu près au moment où nous pensons que l'agression a eu lieu. Il s'engouffrait dans une allée au bout du pâté de maisons, là-bas. La personne qui a témoigné ne l'a pas bien distingué. Nous espérons que si quelqu'un d'autre l'a vu, il nous contactera. Le moindre détail peut être révélateur. Protéger la communauté est l'affaire de tous.*

— Elle se met en piste pour les élections ? dit Marino.

— Il y a un coffre-fort à l'intérieur de la boutique ? demandai-je.

— À l'arrière, là où le corps a été découvert. Mais il n'a pas été ouvert, d'après ce qu'on m'a dit.

— Des caméras ?

— Non. Peut-être que, après avoir démoli Gant, il a pigé le truc. Il attaque plus que des taules qui lui jouent pas la Caméra invisible.

— C'est Carson qui vous a dit tout cela ?

— En tout cas, c'est pas les flics qui m'ont suspendu, répliqua-t-il. Je sais : vous pensez que ce coup-là le mode opératoire est légèrement différent. Mais c'est pas une science exacte, doc, vous le savez.

Benson avait pour habitude de nous lancer cette réflexion, avec son sourire désabusé. Il était profileur, expert en modus operandi, en schémas et en prévisions. Mais chaque crime a sa scénographie particulière, parce que chaque victime est différente. Les circonstances, les humeurs, et même la météo, sont différentes, et un tueur modifie souvent ses habitudes. Benton détestait les clichés dont Hollywood se servait pour décrire le travail des chercheurs en sciences du comportement. Il disait qu'il n'avait pas de dons de voyance, et que les agresseurs n'obéissent pas à des règles aussi immuables que celles des logiciels informatiques.

— Elle l'a peut-être fait chier, continua Marino. Il venait peut-être de se disputer avec sa mère, allez savoir !

— Que se passera-t-il quand des gens comme Al Carson ne nous appelleront plus ?

— C'est ma putain d'affaire, poursuivit-il comme s'il

n'avait rien entendu. Gant, c'était mon enquête, et celle-ci aussi, de quelque façon qu'on la considère. Même s'il ne s'agit pas du même tueur, qui est-ce qui va s'en apercevoir avant moi, étant donné que c'est moi qui sais tout ce qu'il y a à savoir ?

– Vous ne pouvez pas toujours débouler l'arme au poing, remarquai-je. Cela ne marchera pas avec Bray. Vous devez trouver un moyen pour qu'elle vous tolère, et vous avez intérêt à le trouver dans les cinq minutes qui viennent.

Il ne répondit rien, tandis que je tournais dans Libbie Avenue. J'ajoutai :

– Vous êtes intelligent, Marino. Servez-vous de votre tête. Ceci n'a rien à voir avec une bataille d'ego, mais avec une femme morte assassinée.

– Et merde ! Bordel, mais qu'est-ce qu'ils ont tous ?

Le Quik Cary était un petit magasin assez anodin, sans grande vitrine ni pompe à essence. Il n'était pas brillamment éclairé, ni situé à un endroit facile d'accès pour les automobilistes qui empruntaient les grandes artères. La boutique fermait à 18 heures, sauf durant les périodes de vacances.

Des lumières rouges et bleues zébraient le parking. Au beau milieu de moteurs ronronnants, de flics et d'une équipe de sauvetage en attente, Bray était à son affaire, enveloppée d'une aura de projecteurs de télévision. En talons aiguilles, vêtue d'une longue cape de laine rouge, elle faisait étinceler ses boucles d'oreilles en diamant à chaque mouvement de sa très jolie tête. Elle sortait sans doute d'une soirée habillée.

Une sorte de neige fondue se mit à tomber, tandis que je sortais mon matériel du coffre de la voiture. Bray me remarqua avant les journalistes, puis son regard se posa sur Marino, et la colère crispa son visage.

– ... ne vous sera pas communiquée avant que la famille n'ait été informée, disait-elle à la presse.

– Regardez bien, maintenant ! me lança Marino dans un souffle.

Il se dirigea d'un pas pressé vers le magasin, et il fit ce qu'il s'était toujours refusé à faire : il se jeta délibérément dans la gueule des médias. Il sortit son émetteur, un air tendu et affairé sur le visage. Il leur balança tous ces petits gestes, tous ces tics qui font croire à la presse que quelqu'un est l'homme de la situation et détient de nombreux secrets.

Sa voix me parvint, tandis que je fermais ma voiture :

— Vous êtes là, 2-0-2 ?

— 10-4, répondit quelqu'un.

— Je suis devant, je rentre, marmonna Marino.

— À tout de suite.

Une dizaine de reporters et de cameramen l'entourèrent instantanément, se déplaçant à une vitesse foudroyante.

— Capitaine Marino ?

— Capitaine Marino !

— Quelle somme d'argent a été volée ?

Marino ne fit rien pour les repousser. Toute l'attention se focalisa sur lui. Le regard haineux de Bray déchiqueta cet homme qu'elle tenait sous sa botte.

— Est-ce qu'ils gardaient moins de 60 dollars dans la caisse, comme toutes les autres épiceries ?

— Croyez-vous que les épiceries devraient avoir des vigiles, principalement au moment des fêtes ?

Marino, mal rasé et puant la bière, fixa les caméras et répondit :

— Si c'était mon magasin, ça, c'est ce que je ferais !

Je verrouillai ma portière. Bray se dirigeait vers moi.

— Vous attribuez donc ces deux hold-up avec homicides à la période des fêtes ? demanda un autre reporter.

— Je les attribue à un taré psychopathe sans aucune conscience. Il recommencera, dit Marino. Nous devons l'arrêter, et c'est ce que nous allons faire.

Je contournai les voitures de police et Bray me fit face, enroulée dans sa cape, aussi glaciale et mordante que le temps :

— Pourquoi ne l'avez-vous pas empêché de faire cela ? me demanda-t-elle.

Je m'arrêtai net et la regardai droit dans les yeux, soufflant dans l'air froid comme une locomotive.

— « Empêcher » n'est pas un mot que j'emploie avec Marino. Peut-être êtes-vous en train de le découvrir à vos dépens ?

Un journaliste d'un magazine de potins local haussa la voix par-dessus le brouhaha et jeta :

— Capitaine Marino ! La rumeur dit que vous n'êtes plus enquêteur. Qu'est-ce que vous faites ici ?

— Le directeur adjoint Bray m'a confié une mission

spéciale, annonça-t-il au micro d'un ton dur. Je suis en charge de cette enquête.

— Il est fini, me dit Bray.

— Il ne partira pas sur la pointe de pieds. Jamais, de votre vie, vous n'entendrez un tel ramdam, lui assurai-je en m'éloignant.

24

Marino me rejoignit à l'entrée du magasin. En pénétrant à l'intérieur, nous tombâmes sur Anderson. Debout devant le comptoir, elle enveloppait dans du papier kraft le tiroir vide de la caisse enregistreuse, tandis que le technicien de scène du crime Al Eggleston saupoudrait la caisse de poudre à empreintes. La surprise et le déplaisir se succédèrent sur le visage d'Anderson lorsqu'elle nous aperçut.

— Que faites-vous ici ? demanda-t-elle à Marino d'un ton agressif.

— Je suis venu acheter un pack de bière. Comment ça va, Eggleston ?

— On fait aller, Pete.

— Vous arrivez trop tôt, nous n'avons pas terminé, dit Anderson en s'adressant à moi.

Je me demandai quels ravages elle avait déjà pu occasionner sur le lieu du crime. Dieu merci, c'était Eggleston qui effectuait le travail le plus important. Je remarquai immédiatement le siège renversé derrière le comptoir.

— La chaise était déjà comme cela lorsque la police est arrivée ? demandai-je à Eggleston.

— Oui, pour autant que je sache.

Anderson sortit brusquement de la boutique, probablement à la recherche de Bray.

— Oh, oh, dit Marino, c'est l'heure d'aller rapporter.

— Tu ne crois pas si bien dire.

Des arcs de sang, caractéristiques d'une hémorragie artérielle, maculaient le mur situé derrière le comptoir.

— Ravi de ta présence, Pete, mais là, tu es en train de titiller un serpent à sonnette, mon vieux.

Les grandes traînées contournaient le comptoir et se poursuivaient dans la travée la plus éloignée de la porte d'entrée du magasin.

— Venez ici, Marino.

— Hé, Eggleston, pourquoi tu nous déniches pas l'ADN de ce type quelque part ? On le mettra en bouteille et on fabriquera son clone au labo, comme ça, on saura qui est ce putain d'enfoiré ! lança-t-il en se dirigeant vers moi.

— Pete, un jour, tu auras le prix Nobel !

Je lui désignai du doigt les arcs, les dernières traces du rythme cardiaque systolique de Kim Luong, alors que tout son sang fuyait par la carotide.

Les marques ne dépassaient pas une certaine hauteur et se prolongeaient le long de cinq ou six mètres d'étagères pleines de serviettes en papier, de papier toilette et de divers articles ménagers.

— Seigneur ! s'exclama Marino lorsqu'il comprit. Il l'a tirée sur le sol pendant qu'elle se vidait de son sang ?

— Oui.

— Combien de temps a-t-elle pu survivre en saignant comme ça ?

— Quelques minutes. Dix au maximum.

Elle n'avait pas laissé d'autre sillage, sinon les légères empreintes parallèles et étroites tracées dans son sang par ses cheveux et ses doigts. J'imaginai l'homme la traînant d'abord par les pieds. Les bras de la jeune femme se dépliaient, comme des ailes, ses cheveux balayaient le sol ensanglanté, comme des plumes.

— Il la tenait par les chevilles, dis-je. Et elle a de longs cheveux.

Anderson était revenue et nous observait. Je détestais devoir faire attention au moindre mot que je prononçais en présence de la police. Néanmoins, le problème s'était déjà posé, et il m'était arrivé, au cours de ma carrière, de travailler avec des flics à l'origine de fuites terribles. Je n'avais pas eu d'autre choix que de les traiter en ennemis.

— Ça, on peut dire qu'elle n'est pas morte sur le coup, ajouta Marino.

— Une rupture de la carotide ne vous réduit pas nécessairement à l'impuissance instantanément, remarquai-je. Vous pouvez avoir la gorge tranchée et composer le numéro de la police. Elle n'aurait pas dû être immobilisée tout de suite, et pourtant il est clair que c'est ce qui s'est passé.

Plus nous avancions le long de la travée, plus la hauteur et la puissance des jets systoliques s'amenuisaient. Les petites éclaboussures étaient déjà sèches, tandis que les flaques de sang n'avaient pas encore fini de coaguler.

Nous suivîmes les traînées le long de vitrines réfrigérées pleines de canettes de bière, puis au-delà de la porte qui menait à la réserve où le technicien Gary Ham se tenait à genoux, tandis qu'un autre officier prenait des photos. Tous deux me tournaient le dos, me bouchant la vue.

Lorsque je les contournai, je demeurai pétrifiée. Le blue-jean et la culotte de Kim Luong avaient été baissés sur ses genoux, et un thermomètre inséré dans son rectum. Ham leva les yeux sur moi et se figea comme quelqu'un pris la main dans le sac. Il y avait des années que nous travaillions ensemble.

— Je peux savoir ce que vous êtes en train de faire ? lui dis-je d'un ton dur auquel il n'avait jamais eu droit de ma part.

— Je prends sa température, doc.

— Vous avez effectué un prélèvement avant d'insérer le thermomètre ? Au cas où elle aurait été sodomisée ? demandai-je du même ton furieux tandis que Marino arrivait et contemplait le cadavre.

Ham hésita :

— Non, madame.

— Putain, il te reste encore beaucoup à apprendre ! lui dit Marino.

Ham était un homme d'une bonne trentaine d'années, grand et beau, aux cheveux bruns et aux grands yeux marron frangés de longs cils. Il n'était pas exceptionnel que quelqu'un comme lui, avec un peu d'expérience, se laisse convaincre qu'il pouvait assumer le travail d'un médecin légiste ou d'un chercheur en médecine légale. Pourtant, jusqu'à présent, il n'avait jamais dépassé ses limites, et s'était toujours montré très respectueux.

— Et maintenant que vous avez introduit un objet solide dans l'un de ses orifices, comment allez-vous interpréter les lésions que vous trouverez ?

Il déglutit.

— Si je découvre une contusion dans le rectum, poursuivis-je, serai-je en mesure de jurer au tribunal qu'elle n'a pas été infligée par le thermomètre ? De plus, à moins que vous ne puissiez justifier de façon probante de la stérilité de vos instruments, n'importe quelle trace d'ADN relevée sera également sujette à caution.

Le sang lui empourprait les joues.

– Avez-vous la moindre idée du nombre d'artefacts que vous venez d'introduire dans cette scène du crime, officier Ham ?

– J'ai pris toutes les précautions d'usage.

– Écartez-vous. Tout de suite.

J'ouvris ma mallette et enfilai des gants d'un geste irrité, étirant les doigts en faisant claquer le latex.

Je tendis une lampe torche à Marino et, avant toute autre chose, examinai les alentours. La réserve était chichement éclairée. Le sang avait éclaboussé des centaines de packs de bière et de soda dans un rayon de six mètres. À quelques centimètres du corps, le bas de cartons contenant des boîtes de Tampax et des paquets de serviettes en papier était trempé de sang. Rien ne semblait, *a priori*, indiquer que le tueur ait pu s'intéresser à autre chose qu'à sa victime dans cette pièce.

Je m'accroupis et étudiai le corps, m'imprégnant de la moindre texture, de la moindre ombre de sa chair et de son sang, de chaque touche monstrueuse qui signait le tueur. Je ne touchai à rien dans un premier temps.

– Bon Dieu, il l'a vraiment battue à mort, remarqua le policier qui prenait des photos.

On aurait dit qu'un animal sauvage avait traîné son corps agonisant à l'intérieur de sa tanière pour le déchiqueter. Son pull et son soutien-gorge avaient été déchirés, ses chaussures et ses chaussettes ôtées et jetées à côté. C'était une femme bien en chair, aux hanches et aux seins généreux. Mais il avait fallu que l'on me montre son permis de conduire pour que je sache à quoi elle avait ressemblé. Kim Luong avait été jolie, avec un sourire timide et de longs cheveux noirs brillants.

– Son pantalon était remonté lorsqu'on l'a trouvée ? demandai-je à Ham.

– Oui, madame.

– Et ses chaussures et ses chaussettes ?

— Elles étaient exactement comme vous les voyez. Nous n'y avons pas touché.

Je n'avais pas besoin de les ramasser pour voir qu'elles étaient souillées de sang.

— Pourquoi lui ôter ses chaussures et ses chaussettes et pas son pantalon ? interrogea un des policiers.

— Oui, pourquoi faire un truc aussi bizarre ?

Je jetai un coup d'œil à la plante de ses pieds, recouverte d'une pellicule de sang séché.

— Quand nous l'amènerons à la morgue, je l'examinerai sous une meilleure lumière.

La blessure par balle de son cou était patente. C'était une plaie d'entrée, et je fis pivoter sa tête très légèrement, juste assez pour distinguer la plaie de sortie, derrière, avec un angle sur la gauche. C'était ce projectile qui avait perforé la carotide.

— Vous avez retrouvé une balle ? demandai-je à Ham.

— On en a extrait une du mur derrière le comptoir, répondit-il, osant à peine me regarder. Pour l'instant, nous n'avons pas retrouvé de douille, s'il y en avait une.

Si elle avait été abattue avec un revolver, il n'y en aurait pas. Les pistolets, eux, éjectent leurs douilles. C'est à peu près leur seul avantage lors d'actes de violence.

— À quel endroit, dans le mur ?

— À gauche de l'endroit où devait se trouver le siège si elle était assise à la caisse, quand vous vous placez face au comptoir.

— La plaie de sortie est également légèrement à gauche. S'ils se trouvaient face à face quand elle a été tuée, il est possible que nous ayons affaire à un gaucher.

Le visage de Kim Luong était épouvantablement lacéré et écrasé, la peau déchirée et arrachée par des coups assénés avec un ou des instruments ayant provoqué des plaies au dessin arrondi et linéaire. Elle avait également été battue à coups de poing. J'effectuai une palpation afin de détecter d'éventuelles fractures et des éclats d'os crissèrent sous mes doigts. Ses dents étaient brisées et enfoncées.

— Éclairez par ici, demandai-je à Marino.

Je fis doucement pivoter la tête de la jeune femme sur la droite puis sur la gauche, palpai le cuir chevelu, vérifiai la nuque et les côtés du cou. Où que je regarde s'étalaient des traces de coups de poing, des lésions rondes et linéaires et, par endroits, des écorchures striées.

Il me fallait une certitude et je demandai à nouveau à Ham :

— À l'exception du pantalon baissé pour prendre sa température, elle était exactement comme cela ?

— Oui, madame, avec la fermeture Éclair remontée et la ceinture boutonnée. Son pull et son soutien-gorge étaient dans cet état, déchirés par le milieu, précisa-t-il en les désignant du doigt.

Marino s'accroupit près de moi.

— Il a fait ça à mains nues. Bordel, il est fort ! Doc, quand il l'a ramenée ici, elle devait être morte, non ?

— Pas tout à fait. Les tissus réagissaient encore aux blessures. Elle a des ecchymoses.

— Mais si on se place d'un point de vue « pratique », il s'est déchaîné sur une morte. Je veux dire qu'on peut être sûr qu'elle était pas assise là à discuter avec lui, elle se débattait pas. Il n'y a qu'à regarder autour pour le constater. Rien n'a été déplacé ou renversé, et y a pas d'empreintes de pieds ensanglantées dans tous les sens.

La voix d'Anderson s'éleva derrière moi :

— Il la connaissait. Ça ne pouvait être que quelqu'un qu'elle connaissait, sinon il se serait probablement contenté de l'abattre, de prendre l'argent et de s'enfuir.

Marino était toujours à mes côtés, les coudes posés sur ses gros genoux, la torche pendant dans une main. Il leva les yeux sur Anderson et la détailla comme si son quotient intellectuel était à peine supérieur à celui d'une banane.

— Je savais pas que tu étais aussi profileur, déclara-t-il. Tu prends des cours du soir ?

— Marino, est-ce que vous pouvez éclairer par là, je ne vois rien.

Le faisceau illumina un motif étrange dessiné sur le corps, que je n'avais pas remarqué parce que j'étais plongée dans la constatation des blessures. Presque chaque centimètre carré de peau nue avait été peint avec du sang, étalé du bout du doigt en touches et en volutes. Il avait séché et commençait à se craqueler, mais des poils jaune pâle y demeuraient collés, les mêmes longs poils jaunes.

Je les désignai à Marino, qui se pencha plus avant.

Lorsqu'il comprit ce que je lui montrais, je l'exhortai à la prudence :

— Du calme.

— Voilà le patron, annonça Eggleston en franchissant le seuil avec précaution.

La pièce était dépourvue d'air et encombrée. Et ces traces de sang séchaient autour de nous, comme une pluie après la tempête.

— On va passer tout ça au fil, me dit Ham.

— On a récupéré une douille, transmit Eggleston à Marino d'un air ravi.

— Marino, si vous voulez faire une pause, je lui tiens la lampe, offrit Ham, qui essayait de racheter son impardonnable bourde.

Je ne pensais pas que le test du fil soit utile dans ce cas précis, et je précisai :

— Il est assez évident qu'elle était étendue, là, immobile lorsqu'il l'a frappée.

— Le test le déterminera avec certitude, assura-t-il.

Il s'agit d'une technique française, qui consiste à coller une extrémité d'un fil à une tache de sang, tandis que l'autre bout du fil est relié à l'origine théorique de la plaie, calculée mathématiquement par un ordinateur. L'opération est répétée plusieurs fois et finit par générer une représentation en trois dimensions qui indique combien de coups ont été assénés et où se trouvait la victime à ce moment-là.

— Il y a trop de monde, ici, dis-je à voix haute et forte.

La sueur dégoulinait du visage de Marino. Il travaillait coude à coude avec moi et je sentais sa chaleur corporelle et son haleine.

— Transmettez cela tout de suite à Interpol, murmurai-je à son oreille pour que personne n'entende.

— Ça marche.

— Une douille Speer 380. Tu connais ? demanda Eggleston à Marino.

— Ouais. Une merde sacrément performante. Une balle expansive Gold Dot. Ça ne colle pas avec le reste.

Je sortis mon thermomètre et l'installai sur un carton d'assiettes jetables afin de relever la température ambiante.

— Je peux vous la donner, doc, intervint Ham. Il fait 24 °C, ici. Il fait chaud.

Marino déplaçait la torche en même temps que j'examinais le corps du regard et du bout des doigts.

— Les gens normaux ont pas des munitions Speer, remarqua-t-il. Une boîte de vingt projectiles tape dans les 10, 11 dollars. Sans parler du fait que votre arme a pas intérêt à être une merde, sinon le truc vous pète dans la main.

— C'est une arme de délinquant, des trucs de rue, la drogue, sans doute, annonça Anderson en se matérialisant à côté de moi.

— Chic, l'affaire est élucidée ! répliqua Marino. Bordel, alors là, merci, Anderson. Hé, les mecs, on peut rentrer à la maison !

Je sentais l'odeur douceâtre et vaguement écœurante du sang de Kim Luong en train de coaguler, le sérum et l'hémoglobine se séparant, ses cellules se lysant.

Je retirai le thermomètre que Ham avait inséré. Sa température interne était de 33,5 °C. Je levai les yeux. Il y avait trois personnes dans cette pièce, sans compter Marino et moi. Ma colère et ma frustration ne cessaient de monter.

— On a trouvé son sac et son manteau, continua Anderson. Il y avait 16 dollars dans son portefeuille, donc il ne l'a apparemment pas fouillé. Ah, et puis il y avait à côté un sac en papier avec un récipient en plastique et une fourchette. Elle a dû apporter son dîner avec elle et le réchauffer au micro-ondes.

— Comment est-ce que tu sais qu'elle l'a réchauffé ? demanda Marino, prenant Anderson en faute. Deux et deux, ça fait pas toujours vingt-deux, ajouta-t-il.

La lividité cadavérique en était à ses premiers stades. Sa mâchoire avait durci, ainsi que les petits muscles de son cou et des mains.

— Elle est trop raide pour que sa mort soit intervenue il y a seulement deux heures, déclarai-je.

— À quoi est due cette raideur, d'ailleurs ? demanda Eggleston.

— Oui, moi aussi, je me le suis toujours demandé.

— Une fois, à Bon Air, j'en ai eu un...

— Qu'est-ce que tu faisais à Bon Air ? demanda celui qui prenait des photos.

— C'est une longue histoire. Mais, bref, ce type avait eu une crise cardiaque en baisant. Sa petite amie pense juste qu'il s'est endormi, d'accord ? Le lendemain, elle se réveille... Plus mort que ça, tu meurs ! Comme elle ne veut pas qu'on croie qu'il est mort au lit, elle essaye de le mettre sur une chaise. Quand on l'a trouvé, il était appuyé dessus, raide comme une planche à repasser.

— Doc, je ne plaisante pas. C'est dû à quoi ? répéta Eggleston.

— Moi aussi, j'ai toujours voulu savoir, intervint la voix de Diane Bray.

Debout sur le seuil de la pièce, elle ne me quittait pas des yeux.

— Quand vous mourez, votre corps cesse de produire de l'adénosine triphosphate, c'est pour cela que vous devenez raide, expliquai-je sans lui jeter un regard. Marino, vous pouvez la tenir comme cela, que je prenne une photo ?

Il se rapprocha et glissa ses grosses mains gantées sous le côté gauche de la victime tandis que je sortais mon appareil. Je pris un cliché d'une lésion située sous son aisselle gauche, sur le côté charnu de son sein, tout en calculant le rapport entre la température corporelle et la température ambiante, et l'état d'avancement de la lividité et de la rigidité cadavériques.

Je percevais des bruits de pas, des murmures, quelqu'un qui toussait, et je transpirais sous mon masque.

— J'ai besoin d'espace.

Personne ne bougea. Je regardai Bray et m'interrompis dans ma tâche.

— J'ai besoin d'espace, répétai-je d'un ton sec. Faites sortir ces gens.

Elle adressa un signe de tête à tout le monde. Les flics jetèrent leurs gants dans un sac à déchets biologiques dangereux de couleur rouge avant de sortir.

— Vous aussi, intima Bray à Anderson.

Marino se conduisait comme si Bray n'existait pas ; quant à elle, elle ne mc quittait pas des yeux.

— Je ne veux plus jamais avoir à débarquer de cette façon sur le lieu d'un crime, lui dis-je tout en continuant à travailler. Qu'il s'agisse de vos officiers ou de vos techniciens, personne, et je dis bien *personne*, ne touche au corps ou ne le déplace d'aucune façon avant mon arrivée ou celle de l'un de mes médecins légistes.

Je levai les yeux vers elle.

— Suis-je parfaitement claire ?

Elle parut accorder toute sa considération à mes paroles. Je chargeai une pellicule dans l'appareil. Mes yeux commençaient à fatiguer à cause du manque de lumière, et je pris la torche des mains de Marino. Je dirigeai le faisceau sur la zone proche du sein gauche, puis sur l'épaule droite. Bray se rapprocha, me frôlant pour distinguer ce que je regardais. Le mélange de son parfum et de l'odeur du sang qui s'oxydait était étrange, surprenant.

— La scène du crime nous appartient, Kay. Je comprends bien que vous n'ayez pas eu l'habitude de travailler de cette façon par le passé – probablement même jamais ici ni nulle part ailleurs. C'est de cela que je voulais parler lorsque j'ai fait allusion au fait que...

— Ce sont des conneries ! lui jeta grossièrement Marino au visage.

— Capitaine, ne vous mêlez pas de cela ! rétorqua-t-elle.

Il éleva la voix :

— C'est à vous de pas vous mêler de ça !

— Directeur adjoint Bray, suivant la loi de l'État de Virginie, le médecin expert est responsable du corps. Celui-ci dépend de ma juridiction, rappelai-je.

J'achevai de prendre des photos, et croisai son pâle regard glacial.

— On ne doit en aucune façon intervenir sur le cadavre, le toucher ou modifier quoi que ce soit qui le concerne. Est-ce clair ? répétai-je.

Je retirai mes gants et les jetai avec colère dans le sac rouge.

— Directeur adjoint Bray, en ce qui concerne la recherche des preuves, vous venez de saccager les chances de cette femme.

Je fermai ma mallette, dont je fis claquer les verrous.

— Vous allez drôlement bien vous entendre avec le procureur sur ce coup-là, ajouta Marino d'un ton furieux en ôtant ses gants à son tour. Ce genre d'affaire, c'est ce qu'on appelle une tournée gratis.

Il pointa son gros doigt sur la morte comme si Bray l'avait personnellement massacrée, et se mit à hurler :

— Vous venez juste de le laisser s'en tirer, cet enfoiré !

Vous, avec vos petits jeux de pouvoir et vos gros nibards !
Qui est-ce que vous avez baisé pour en arriver là ?

Bray devint livide.

— Marino ! dis-je en l'attrapant par le bras.

— Et je vais vous dire un truc...

Il était déchaîné, et se dégagea en soufflant comme un ours blessé.

— Le visage défoncé de cette fille n'a rien à voir avec la politique ou les sondages, espèce de grosse salope de merde ! Qu'est-ce que vous diriez s'il s'agissait de votre sœur ? Merde ! Qu'est-ce que je raconte ? dit-il en levant au ciel ses mains enduites de talc. Vous n'avez pas la moindre putain d'idée de ce que c'est de tenir à quelqu'un !

— Marino, allez me chercher l'équipe d'enlèvement tout de suite.

— Marino ne va chercher personne ! jeta Bray d'un ton métallique et coupant.

Mais celui-ci continua de la défier :

— Qu'est-ce que vous allez me faire ? Me virer ? Eh bien, allez-y ! Et je raconterai pourquoi à tous les journalistes, d'ici jusqu'au putain de pôle Nord !

— Vous virer est encore trop bon. Mieux vaut vous laisser souffrir, sans mission et sans salaire. Croyez-moi, cela peut continuer encore très, très longtemps ! conclut-elle avant de tourner les talons dans un envol de sa cape rouge.

— Oh, non ! brailla Marino de toutes ses forces. Vous vous trompez, ma poule ! Putain, j'ai dû oublier de vous prévenir que *je démissionnais* !

Il prit son émetteur et contacta Ham, lui demandant de faire venir l'équipe d'enlèvement. Des formules de calcul défilaient dans mon esprit, mais aucune ne collait.

— Je lui en ai bouché un coin, hein, doc ?

Mais je ne l'écoutais pas.

L'alarme du magasin s'était déclenchée à 19 h 16, et il était maintenant à peine 21 h 30. L'heure de la mort est un facteur insaisissable et trompeur si l'on ne prend pas en compte toutes les données. En l'occurrence, la température corporelle de Kim Luong, la lividité, la rigidité et l'état du sang répandu étaient incompatibles avec un décès remontant à seulement deux heures.

— Doc, je suis en train de devenir dingue dans cette pièce.

– Elle est morte depuis au moins quatre ou cinq heures, dis-je.

Les yeux presque vitreux, il essuya son visage trempé de sueur avec sa manche. Incapable de rester tranquille, il tapotait avec nervosité le paquet de cigarettes dans la poche de son jean.

– Depuis 13 heures ou 14 heures ? Vous rigolez. Qu'est-ce qu'il a fait pendant tout ce temps ?

Il ne cessait de regarder la porte, attendant de voir qui allait apparaître.

– Je pense qu'il a fait beaucoup de choses.

– Je crois que je me suis vraiment foutu dans la merde, dit Marino.

Le cliquetis d'une civière et des bruits de pas résonnèrent dans la boutique, couvrant le murmure des voix.

– Oui, lui répondis-je. Il serait peut-être judicieux d'en rester là.

– Vous croyez qu'il est resté aussi longtemps à l'intérieur parce qu'il ne voulait pas sortir en plein jour, avec du sang partout sur ses vêtements ?

– Je ne pense pas que ce soit l'unique raison.

Deux infirmiers en survêtement tournèrent la civière sur le côté pour lui faire franchir la porte.

– Il y a beaucoup de sang, leur dis-je. Passez plutôt par là.

– Mince, lâcha l'un d'eux.

J'attrapai les draps jetables posés sur la civière, et Marino m'aida à en déplier un sur le sol.

– Vous allez la soulever de quelques centimètres, et nous allons glisser ce drap sous elle, leur dis-je. Bien, c'est bon.

Elle était sur le dos. De leurs orbites fracassées, ses yeux ensanglantés fixaient le vide. Il y eut un froissement de papier plastifié lorsque je la recouvris de l'autre drap. Nous la soulevâmes et la plaçâmes dans une housse rouge sombre, dont je remontai la fermeture Éclair.

– Il commence à geler, dehors, nous informa l'un des infirmiers.

Marino parcourut le magasin du regard, puis l'extérieur et le parking où clignotaient toujours des lueurs rouges et bleues, mais l'agitation s'était singulièrement calmée. Les journalistes étaient retournés en hâte vers leurs radios et leurs salles de rédaction, et seuls demeuraient les techniciens et un officier en uniforme.

— D'accord, marmonna Marino. Je suis suspendu de mes fonctions, mais vous voyez un seul autre enquêteur ici en train de travailler sur cette affaire ? Je ferais bien mieux de m'en foutre, de laisser pisser !

Nous nous dirigions tous les deux vers ma voiture quand une vieille Coccinelle bleue pénétra sur le parking. Le moteur fut coupé si brusquement que la voiture eut un hoquet, la portière s'ouvrit à toute volée, et une adolescente aux cheveux bruns courts et à la peau pâle faillit tomber du véhicule, tant elle était pressée d'en sortir. Elle courut vers le corps que les infirmiers chargeaient dans l'ambulance, tellement vite qu'on aurait dit qu'elle voulait les plaquer au sol.

— Hé ! hurla Marino en se précipitant à sa suite.

Elle atteignit l'ambulance au moment où la porte arrière se refermait. Marino l'agrippa.

— Laissez-moi la voir ! cria-t-elle. Lâchez-moi, s'il vous plaît ! Je veux la voir !

— Je ne peux pas, mademoiselle, dit Marino.

Les infirmiers grimpèrent dans l'ambulance.

— *Laissez-moi la voir !*

— Ça va aller, ça va aller.

— Non ! Non ! Oh, mon Dieu, je vous en prie ! cria-t-elle d'une voix hachée de chagrin.

Marino la retint par-derrière, se cramponnant à elle. Le moteur diesel se mit en marche, et je ne pus saisir ce qu'il lui disait ensuite, mais il finit par la relâcher tandis que l'ambulance s'éloignait.

Elle tomba à genoux, serrant ses mains sur ses tempes et fixant l'obscurité glaciale, criant le prénom de la morte :

— KIM ! KIM ! KIM !

25

MARINO DÉCIDA DE RESTER avec Eggleston et Ham, également appelés les Breakfast Boys à cause de leurs noms de famille[1], tandis qu'ils se chargeaient de relier tous les points de sang avec du fil, ce qui n'avait pas grande utilité.

Je rentrai chez moi. Une couche de givre couvrait les arbres et les pelouses. Il ne manquait plus au tableau qu'une coupure d'électricité, et ce fut exactement ce qui arriva.

Lorsque je pénétrai dans ma résidence, toutes les maisons étaient plongées dans l'obscurité, et Rita, chargée de la sécurité, environnée de toutes ses bougies dans le pavillon de garde, avait l'air d'une spirite en pleine méditation.

— Pas un mot, j'ai compris, lui dis-je.

La lueur des bougies vacillait derrière les vitres lorsqu'elle sortit en resserrant sa veste d'uniforme contre le froid.

Elle secoua la tête :

— Plus d'électricité depuis 21 h 30. Tout ce qu'on a dans cette foutue ville, c'est du gel.

Le quartier entier semblait obéir à un couvre-feu total, comme si nous étions en guerre, et le ciel était trop couvert pour distinguer quoi que ce soit, même un rayon de lune.

J'éprouvai beaucoup de difficultés à trouver mon allée et faillis tomber sur les marches de mon perron à cause du verglas.

Je m'accrochai à la rampe, et parvins à mettre la main sur la bonne clé. L'alarme était toujours branchée, puisqu'elle fonctionnait sur une batterie de secours, mais celle-ci ne durerait pas plus de douze heures. Nous avions déjà connu des coupures d'électricité dues au gel durant plusieurs jours.

---

1. *Egg* : œuf, et *ham* : jambon ou bacon. *(N.d.T.)*

Je composai mon code, puis remis l'alarme en marche. J'avais besoin d'une douche. Il était hors de question que je me rende dans le garage pour jeter mes vêtements dans la machine à laver, et la simple idée de traverser la maison plongée dans le noir en courant toute nue jusqu'à la salle de bains me terrorisa. Le silence était absolu, à l'exception du bruit étouffé de la neige fondue.

Je dénichai toutes les bougies possibles et entrepris de les placer aux endroits stratégiques de la maison. Je trouvai des lampes torches, puis allumai un feu de cheminée. L'intérieur de la maison ne fut plus que poches d'obscurité que les minces langues de feu léchant les bûches repoussaient un peu. Au moins le téléphone fonctionnait-il, même si, bien entendu, le répondeur s'était désactivé.

J'étais incapable de me détendre. Je finis par me déshabiller dans ma chambre et me laver au gant. J'enfilai une robe de chambre et des chaussons en me demandant ce que je pourrais bien faire pour m'occuper, n'étant pas du genre à rester l'esprit vide. J'espérais qu'il y avait un message de Lucy, mais que je ne pouvais pas l'écouter pour l'instant. J'écrivis des lettres que je froissai aussitôt pour les jeter au feu. Je regardai le papier devenir brun sur les bords, prendre feu puis noircir.

La neige continuait de tomber, et il se mit à faire froid à l'intérieur.

La température continua de tomber lentement dans la maison, tandis que les heures s'écoulaient. Je tentai de dormir, sans parvenir à me réchauffer. Mon esprit ne cessait de vagabonder, passant de Lucy à Benton, puis à la scène du crime que je venais de quitter. Je voyais une femme se vidant de son sang, traînée sur le sol, et des petits yeux de hibou qui me fixaient dans une chair putréfiée. Je me tournais et me retournais sans interruption. Lucy n'appela pas.

Lorsque je jetai un coup d'œil par la fenêtre dans ma cour obscure, la peur me vint, et mon souffle embua la vitre.

Je sombrai ensuite dans une sorte de somnolence, et le son de la neige qui tombait se transforma en un bruit d'aiguilles à tricoter. Ma mère, à Miami, tricotant pendant que mon père mourait, tricotant sans fin des écharpes pour des pauvres.

Pas une voiture ne passa. J'appelai Rita au pavillon de garde, mais elle ne répondit pas.

Vers 3 heures du matin, je tentai de nouveau de dormir, et mes yeux se brouillèrent. L'écho de branches d'arbres qui craquaient se transforma en coups de feu, et au loin un train remonta le long de la rivière. Son malheureux sifflet parut donner le signal d'un concert de grincements, de grondements et de cliquètements qui ajoutèrent à mon angoisse.

Je demeurai étendue dans le noir, enveloppée dans une couette, et, lorsque l'aube se dessina à l'horizon, le courant fut rétabli. Marino appela quelques minutes plus tard.

— À quelle heure vous voulez que je vienne vous chercher ? demanda-t-il d'une voix rauque de sommeil.

— Me chercher pour quoi ? lui dis-je en me dirigeant vers la cuisine d'un pas indécis pour faire du café.

— Aller travailler.

Je ne comprenais rien à ce qu'il me racontait.

— Doc, vous avez regardé par la fenêtre ? Vous n'irez nulle part avec votre bagnole de nazi !

— Je vous ai déjà dit d'éviter ce genre de commentaires. Ce n'est pas drôle.

J'allai ouvrir les stores. Le monde dehors semblait figé par le gel. Aucun arbre, aucun buisson n'y avait échappé. La pelouse était raide, glacée elle aussi. Des yuccas pendaient de longues stalactites transparentes, et je compris que ma voiture ne bougerait pas avant un moment.

— En effet, j'ai besoin d'un brin de conduite.

L'énorme pick-up de Marino avec ses grosses chaînes broya les rues de Richmond pendant presque une heure avant que nous n'atteignions mon bureau. Il n'y avait pas une voiture sur le parking. Nous nous dirigeâmes vers l'entrée avec précaution, manquant plusieurs fois de glisser sur le sol gelé. Nous étions les premiers à nous risquer sur le macadam.

Je posai mon manteau sur mon fauteuil dans mon bureau, et nous nous rendîmes tous les deux dans les vestiaires pour nous changer.

L'équipe d'enlèvement avait utilisé une table d'autopsie portative, ce qui nous évita d'avoir à soulever le corps du chariot.

L'insondable silence de ce théâtre de mort nous environnait. Je descendis la fermeture Éclair et écartai les draps ensanglantés.

Les plaies de Kim apparurent, encore plus épouvantables sous la lumière impitoyable des néons du plafond. Je rapprochai une loupe fluorescente dont j'ajustai le bras articulé.

Sous la lentille grossissante, sa peau n'était plus qu'un désert de sang séché et craquelé, couverte de plaies béantes et d'entailles.

Je récupérai des douzaines de poils, ces mêmes poils soyeux, jaune pâle. La plupart d'entre eux mesuraient quinze, dix-sept et vingt centimètres, et adhéraient à son ventre, à ses épaules et à ses seins. Je n'en trouvai aucun sur son visage, et je les plaçai dans une enveloppe en papier pour les faire sécher.

Les heures de cette matinée passèrent à la vitesse de l'éclair. Quelle que soit l'hypothèse que j'explorais pour expliquer que son pull à mailles serrées et son soutien-gorge à armature métallique aient été déchirés, une seule subsistait, qui correspondait à la réalité : le tueur avait fait tout cela à mains nues.

— Je n'ai jamais vu cela, remarquai-je. Il faut une force incroyable.

— Il était peut-être sous cocaïne, ou poussière d'ange, suggéra Marino. Ça pourrait expliquer ce qu'il lui a fait, et ça expliquerait aussi la balle Gold Dot. Vous savez, si c'est un dealer.

— Je crois que Lucy m'a parlé de ce genre de munition.

— C'est très prisé dans le milieu.

— Mais s'il était complètement camé, soulignai-je en plaçant des fibres dans une autre enveloppe, il me paraît hautement improbable qu'il ait pu faire preuve d'une réflexion aussi structurée. Il a mis le panneau « Fermé », verrouillé la porte, et n'est pas sorti par l'arrière, placé sous alarme, avant d'avoir été prêt. Peut-être s'est-il même lavé pour se débarrasser du sang.

— Rien ne le prouve, m'informa-t-il. Il y a rien dans les canalisations, l'évier ou les toilettes. Pas de servicttes en papier pleines de sang, rien. Même pas sur la porte qu'il a utilisée pour sortir de la réserve. Moi, ce que je pense, c'est qu'il s'est servi de quelque chose, un pan de vêtement, du papier, je ne sais quoi, pour ouvrir sans mettre de sang ou d'empreintes sur le bouton.

– C'est faire preuve de beaucoup d'organisation. Ça ne ressemble pas à quelqu'un sous l'emprise de la drogue.

– Eh bien, je préfère penser qu'il était camé, dit Marino d'un ton sinistre. Parce que sinon, c'est pire. Je veux dire, si c'est l'incroyable Hulk, ou un truc dans ce genre-là. Si seulement...

Il s'interrompit, et je sus qu'il avait failli dire qu'il aurait aimé que Benton soit là pour nous faire profiter de son avis éclairé. C'était tellement plus facile de s'appuyer sur quelqu'un d'autre, même lorsqu'il n'était pas nécessaire d'être expert pour tirer un certain nombre de conclusions. Chaque scène du crime, chaque blessure renvoyaient l'écho de l'émotion qui avait animé le meurtre. Dans le cas de cet homicide, c'était une frénésie sexuelle, une rage, qui apparurent encore plus clairement lorsque je découvris de grandes contusions irrégulières. En les examinant à travers la lentille, je distinguai de petites marques curvilignes.

– Des morsures, annonçai-je.

Marino se rapprocha pour regarder.

– Ce qui en reste, en tout cas, appliquées avec une force brute, ajoutai-je.

Je déplaçai la lampe à la recherche d'autres traces. J'en découvris deux autres sur le côté de la paume droite de Kim, une sur la plante de son pied gauche et deux sur le pied droit.

– Seigneur ! murmura Marino d'une voix atone que je lui entendais rarement.

Il fixa alternativement les mains et les pieds.

– Bordel, à quoi vous croyez qu'on a affaire, doc ?

Toutes les morsures étaient tellement contusionnées que je distinguais à peine autre chose que les écorchures provoquées par les dents. Les indentations qui nous auraient servi à faire des moulages avaient disparu. Il n'y avait rien qui puisse nous aider, et trop peu pour pouvoir jamais procéder à une comparaison avec des éléments existants.

J'effectuai un prélèvement de salive, puis entrepris de prendre des photos pour composer un panoramique. Que pouvait bien symboliser dans la tête du tueur ce besoin de mordre les paumes et la plante des pieds de la victime ? La connaissait-il, après tout ? Ses pieds et ses mains revêtaient-ils pour lui une signification particulière, lui rappelaient-ils qui elle était, tout comme son visage ?

— Donc, il fait attention aux indices, remarqua Marino.

— À n'en pas douter, il sait que les morsures permettent d'identifier quelqu'un, confirmai-je tout en passant le corps au jet d'eau.

— Brrr, fit-il, ça me donne toujours froid, ce truc.

— Elle ne sent plus rien, vous savez.

— Putain, j'espère surtout pour elle qu'elle n'a rien senti de ce qui lui est arrivé.

— Dieu merci, je crois que, lorsqu'il a commencé, elle était déjà morte ou, en tout cas, c'était tout comme.

L'autopsie révéla quelque chose qui ne fit qu'ajouter à l'horreur. La balle qui avait pénétré dans le cou de Kim Luong et sectionné la carotide avait également abîmé sa colonne vertébrale entre les cinquième et sixième disques cervicaux, provoquant une paralysie instantanée. Lorsqu'il l'avait traînée dans l'allée, son sang arrosant les étagères, elle pouvait encore respirer et parler, mais plus bouger. Ses bras écartés ne lui servaient plus à rien, elle n'avait pas pu tenter d'obturer la blessure de son cou. J'imaginai la terreur dans son regard, je l'entendis gémir alors qu'elle se demandait ce qu'il allait lui faire, tandis qu'elle se regardait mourir.

— Enfoiré de merde !

— Putain, dit Marino d'une voix dure, haineuse, qu'est-ce que je regrette qu'ils soient passés à l'injection létale. Des connards comme ça devraient griller sur la chaise. Ils devraient s'étouffer au gaz cyanhydrique jusqu'à ce que les yeux leur sortent de la tête. Au lieu de ça, on les expédie faire une petite sieste.

D'un rapide coup de bistouri, je pratiquai l'incision habituelle en Y, des clavicules au sternum puis jusqu'au pelvis. Marino demeura un moment muet.

— Doc, vous croyez que vous pourriez lui enfoncer cette aiguille dans le bras, à ce type ? Vous croyez que vous pourriez tourner la manette du gaz, ou l'attacher sur cette chaise et actionner l'interrupteur ?

Je ne répondis rien.

— Je pense beaucoup à ça, continua-t-il.

— À votre place, j'essaierais de moins y penser.

Il insista :

— Je sais que vous en seriez capable. Et vous savez quoi,

je suis sûr que ça vous plairait, mais que vous ne l'admettrez jamais, même pas dans votre tête. Quelquefois, j'ai vraiment envie de tuer quelqu'un.

Je levai les yeux pour le regarder. Le sang constellait ma visière et imbibait les longues manches de ma blouse.

— Vous commencez vraiment à m'inquiéter, lui dis-je avec conviction.

— Vous savez, je crois qu'il y a des tas de gens qui ressentent ça, mais qui refusent de l'admettre.

Le cœur et les poumons étaient de proportions normales.

— Je crois que la plupart des gens ne ressentent *pas du tout* cela, rétorquai-je.

Marino se fit de plus en plus belliqueux, comme si l'impuissance de Kim Luong face à son agresseur le contaminait et le mettait en rage.

— Moi, je pense que Lucy est comme ça.

Je le regardai, refusant d'en croire mes oreilles.

— Je crois qu'elle n'attend qu'une occasion, insista-t-il. Et si elle ne se débarrasse pas de ce truc, elle va finir serveuse quelque part.

— Taisez-vous, Marino.

— La vérité fait mal, hein ? En tout cas, moi, je le reconnais. Prenez le salopard qui a fait ça. Moi, je le menotterais à une chaise, je lui entraverais les pieds, je lui fourrerais le canon de mon pistolet dans la bouche et je lui demanderais s'il connaît un bon orthodontiste, parce que, bordel, il va en avoir besoin !

La rate, les reins et le foie étaient de proportions normales.

— Ensuite, je le lui mettrais dans l'œil, et je lui demanderais s'il pense que je dois nettoyer le canon de mon arme.

L'estomac contenait ce qui ressemblait à des restes de poulet, de riz et de légumes, et je repensai au récipient et à la fourchette trouvés dans un sac en papier près de son sac et de son manteau.

— Putain, peut-être que simplement je me reculerais, et que je ferais comme au stand de tir, je m'en servirais comme d'une cible. On verrait bien s'il aime...

— Ça suffit, Marino !

Il se tut.

— Bon sang, qu'est-ce qui vous prend ? demandai-je, le bistouri dans une main et les pinces dans l'autre.

Un lourd silence s'abattit, tandis que je me remettais à travailler et que je l'occupais à des tâches diverses.

Au bout d'un moment, il déclara :

— La jeune femme qui courait vers l'ambulance, hier soir, c'était une amie de Kim. Elle travaille comme serveuse chez *Shoney's*, elle suit des cours du soir à l'université. Elles étaient colocataires. Donc, elle rentre chez elle après un cours, sans avoir la moindre idée de ce qui s'est passé. Le téléphone sonne, et ce connard de journaliste lui demande : « Quelle a été votre réaction quand vous avez appris la nouvelle ? »

Il s'interrompit. Je levai les yeux sur lui. Il fixait le corps ouvert, la cage thoracique vide, rouge sombre, les côtes pâles gracieusement recourbées partant de la colonne vertébrale parfaitement droite. Je branchai la scie Stryker.

— D'après cette amie, apparemment, Kim ne connaissait personne du genre bizarre. Personne qui soit venu l'embêter au magasin ou qui lui ait flanqué la trouille. Mardi dernier, il y a eu une fausse alerte à la porte de derrière, mais ça arrive tout le temps, les gens oublient qu'elle est sécurisée, continua-t-il, les yeux vagues. C'est comme un démon, un truc qui sortirait tout droit de l'enfer.

J'entrepris de scier le crâne en dépit des fractures esquilleuses et des zones enfoncées par les coups violents assénés avec un ou des objets que j'étais encore incapable d'identifier. Une poudre d'os brûlante, chauffée par le frottement de la scie, se répandit dans l'air.

26

EN DÉBUT D'APRÈS-MIDI, les routes avaient suffisamment dégelé pour que d'autres experts en médecine légale, zélés mais terriblement en retard, fassent leur apparition. Je décidai d'effectuer mes rondes dans l'espoir de me calmer les nerfs.

Mon premier arrêt fut pour la section de biologie légale, un espace de mille mètres carrés auquel seules quelques personnes autorisées avaient accès.

Les gens ne s'arrêtaient jamais là pour faire un brin de causette. Ils traversaient le couloir, regardaient les chercheurs en blanc affairés derrière une baie vitrée, mais ne s'en approchaient pas.

Je pressai le bouton de l'Interphone pour savoir si Jamie Kuhn était là.

– Je vais voir, me répondit une voix.

En ouvrant la porte, Kuhn me tendit une longue blouse blanche de labo immaculée, des gants et un masque. Le risque de contamination est l'ennemi absolu de l'ADN, surtout dans un endroit où chaque pipette, chaque microtome, chaque gant, chaque réfrigérateur, et même chaque crayon utilisé pour l'étiquetage peuvent être mis en cause par un tribunal. Les précautions exigées en laboratoire sont devenues aussi rigoureuses et contraignantes que les procédures de stérilisation d'un bloc opératoire.

– Désolée de vous embêter, Jamie.

– Vous dites toujours ça. Entrez.

Il fallait franchir trois portes successives, et des blouses de labo neuves étaient suspendues dans chacun des sas pour être sûr que vous retiriez la précédente avant d'en enfiler une autre. Le sol était recouvert de papier adhésif qui nettoyait en quelque sorte les semelles des chaussures. Le processus était encore répété deux fois pour réduire au maximum les risques de transport d'agents contaminants d'une zone à l'autre.

L'espace dans lequel s'affairaient les chercheurs était une grande pièce ouverte, meublée de paillasses noires, d'ordinateurs, de bains-marie, de hottes de confinement ou à flux laminaire. Sur chaque paillasse, des petits flacons d'huile à immersion pour les microscopes, des pipettes automatiques, des tubes à essai en polypropylène et des porte-tubes. Les solutions mères de réactifs ou de tampons étaient préparées en grande quantité à partir de produits chimiques réservés à la biologie moléculaire, c'est-à-dire de la plus grande pureté. On leur attribuait des numéros d'identification spécifiques. Ces solutions étaient divisées en plus petits volumes et conservées à l'écart des produits chimiques classiques.

Tous les moyens de lutte contre des contaminations éventuelles étaient mis en jeu, depuis la stérilisation jusqu'à des digestions enzymatiques en passant par les dénaturations thermiques et l'irradiation aux ultraviolets. On contrôlait l'efficacité de ces procédés en criblant des échantillons et en les comparant à des témoins. En cas d'échec, l'expert laissait tout simplement tomber l'examen de certains prélèvements, quitte à le reprendre un peu plus tard.

La *polymerase chain reaction*, ou PCR, permettait d'obtenir les résultats d'un test d'ADN en quelques jours au lieu de plusieurs semaines. Maintenant, avec le STR, *short tandem repeat typing*, encore appelé « technique des microsatellites », Kuhn pouvait en théorie obtenir des résultats en une journée pourvu qu'il dispose de cellules, ce qui n'était apparemment pas le cas dans l'affaire de l'inconnu du conteneur et de ses poils clairs.

— C'est dommage, remarquai-je, parce que je viens d'en trouver d'autres, qui adhéraient cette fois-ci au corps d'une femme assassinée hier soir au Quik Cary.

— Attendez. Vous voulez dire que les poils des vêtements du type du conteneur correspondent à d'autres retrouvés sur elle ?

— On le dirait bien. Vous comprenez mon insistance.

— Qui ne va faire qu'augmenter, quand je vous aurai dit qu'il ne s'agit ni de poils de chien ni de poils de chat. Le poil n'est pas animal, mais humain.

238

– Ce n'est pas possible !

– Si, sans aucun doute.

Kuhn était un jeune homme noueux que l'excitation gagnait rarement, et c'était la première fois depuis bien longtemps que je lui voyais cet éclair dans le regard. Il continua :

– Fin, rudimentaire, sans pigmentation. Comme des cheveux de bébé. Je me suis dit que le type avait un bébé chez lui. Et maintenant, vous avez deux cas ? Et le même type de poils sur cette femme assassinée ?

– Les cheveux de bébé ne font pas vingt centimètres de long, contrairement à ceux que j'ai trouvés sur elle.

– Peut-être que les bébés belges ont les cheveux qui poussent plus vite, remarqua-t-il, pince-sans-rire.

– Parlons d'abord de l'inconnu du conteneur. Pourquoi aurait-il sur lui des cheveux de bébé ? Même avec un bébé chez lui, et même si les cheveux de ce bébé sont aussi longs ?

– Ils ne sont pas tous si longs que ça. Il y en a de très courts, comme le résidu d'un rasage.

– Certains ont-ils été arrachés ?

– Je n'ai pas trouvé de racines qui comportent encore de tissus folliculaires. C'est la raison pour laquelle je ne peux pas procéder à une recherche d'ADN.

Déçue, je réfléchis à haute voix :

– Mais certains de ces poils ont été coupés ou rasés ?

– Exactement. Certains l'ont été, et pas d'autres, comme dans ces coupes de cheveux bizarres, vous savez : court sur le dessus et long et ondulé sur les côtés.

– En tout cas, je n'ai jamais vu ça sur un bébé, rétorquai-je.

– Tout ce que je peux vous dire, docteur Scarpetta, c'est que visuellement les poils se ressemblent ; en d'autres termes, ils ont la même morphologie.

– Comme les poils retrouvés sur cette femme.

– Il y en avait de plus courts, comme s'ils avaient été coupés ?

– Non, répondis-je.

– Désolé de n'avoir rien de plus à vous apprendre.

– Croyez-moi, vous m'en avez appris beaucoup. Malheureusement, je ne sais pas ce que cela signifie.

– Eh bien, quand vous aurez trouvé, dit-il en essayant de voir le bon côté des choses, on publiera un article là-dessus.

Je passai ensuite au labo d'examen des traces et empreintes, et ne pris même pas la peine de dire bonjour à Larry Posner. Il était penché sur un microscope. Lorsqu'il leva les yeux vers moi, il avait ce regard flou des gens qui ont passé beaucoup de temps les yeux collés à un binoculaire.

— Larry, c'est l'enfer ! lui annonçai-je.

— Rien de neuf sous le soleil.

— Vous avez des nouvelles de notre inconnu ? Quoi que ce soit ? Je peux vous dire que je tâtonne dans le noir absolu.

— Vous me rassurez. Je croyais que vous passiez me demander des nouvelles de notre cliente en bas, et j'allais devoir vous annoncer une triste nouvelle : je ne suis pas Mercure aux pieds ailés.

— Il y a peut-être un lien entre les deux affaires. On a trouvé les mêmes poils bizarres sur les corps. Des poils d'origine humaine.

Il réfléchit un bon moment.

— Je ne comprends pas, dit-il enfin. Et désolé de vous le dire, mais je n'ai rien d'aussi spectaculaire à vous annoncer.

— Aucun détail à me donner ?

— Commençons par les échantillons de sol du conteneur. Le microscope à lumière polarisée a détecté les trucs habituels : quartz, sable, diatomite, silex, et des éléments genre fer et aluminium. Plus des tas de saletés : verre, éclats de peinture, débris de légumes, poils de rongeurs. Inutile d'essayer d'imaginer toutes les saloperies qui peuvent se trouver dans un conteneur de cargo dans ce genre-là. En plus, c'est bourré de diatomées. La seule chose un peu originale, c'est ce que j'ai découvert quand j'ai examiné celles ramassées sur le plancher du conteneur et celles prélevées sur le corps et les vêtements. C'est un mélange de diatomées d'eau salée et d'eau douce.

— C'est logique si le bateau a appareillé d'Anvers, depuis l'Escaut, et qu'il a ensuite effectué l'essentiel du voyage en mer, remarquai-je.

— Il y a des diatomées d'eau douce sur la peau, ce qui est étrange, et à l'extérieur des vêtements, un mélange de diatomées d'eau douce et d'eau salée, ce qui paraît normal, étant donné les circonstances. On peut admettre qu'il ait récolté sur ses vêtements les diatomées d'eau salée en se promenant sur le quai, puisqu'elles flottent dans l'atmosphère.

– Et sur la colonne vertébrale ? demandai-je alors.

– Des diatomées d'eau douce. C'est cohérent avec une noyade en eau douce, peut-être dans l'Escaut. En plus, les diatomées sur les cheveux sont uniquement d'eau douce. Pas trace d'eau salée.

Posner ouvrit grands les yeux, puis se les frotta, comme s'ils étaient fatigués.

– Je me suis vraiment trituré les méninges dans tous les sens. Des diatomées qui ne collent pas ensemble, des cheveux de bébé bizarres et la colonne vertébrale. On dirait un biscuit chocolat d'un côté, vanille de l'autre, avec un glaçage au chocolat et à la vanille au milieu et une cuillerée de vanille sur le dessus.

– Larry, épargnez-moi vos comparaisons, je suis déjà suffisamment dans le brouillard.

– Alors comment expliquez-vous tout ça ?

– Je ne peux vous offrir qu'un scénario.

– Allez-y.

– Il pourrait avoir des diatomées d'eau douce sur les cheveux si on lui avait immergé la tête dans l'eau. Par exemple, si on l'avait plongé tête la première dans un tonneau contenant de l'eau au fond. Si vous faites cela à quelqu'un, il ne peut plus sortir, exactement comme les gamins qui tombent en avant dans des barils d'eau – vous savez, comme ces trucs en plastique de vingt litres dans lesquels il y a du détergent. Un tonneau vous arrive à la taille, c'est très stable et impossible à renverser. Ou bien on l'a noyé en le maintenant dans un seau d'eau douce de taille normale.

– Arrêtez, je vais faire des cauchemars !

– Partez avant que les routes ne recommencent à verglacer, Larry.

Marino me raccompagna à la maison, et j'emportai le bocal de formol. Je ne pouvais pas renoncer à l'espoir que le morceau de chair à l'intérieur allait me révéler autre chose. J'allais le garder sur ma table, dans mon bureau, et l'étudier sous une lumière rasante, un peu comme un archéologue tentant de faire parler les inscriptions usées d'une tablette.

– Vous entrez ? proposai-je à Marino.

– Mon foutu *pager* n'arrête pas de vibrer, et je n'arrive pas à savoir qui c'est, remarqua-t-il.

Il contempla son *pager* et plissa les yeux.

— Vous pourriez peut-être allumer la veilleuse ? suggérai-je.

— Sûrement un indic trop camé pour faire le bon numéro, répliqua-t-il. Je veux bien manger un morceau, si vous m'invitez, mais je dois partir après.

Lorsque nous pénétrâmes dans la maison, son *pager* résonna de nouveau. Il l'arracha de sa ceinture d'un geste exaspéré et l'inclina dans tous les sens pour parvenir à déchiffrer ce qui apparaissait à l'écran.

— Encore foiré ! C'est quoi, 5, 3, 1 ? Vous connaissez un numéro avec ces trois chiffres dedans ? demanda-t-il, à bout de patience.

— Le numéro de téléphone de Rose.

27

Rose avait longtemps porté le deuil à la mort de son mari, et quand ensuite elle avait été obligée de faire piquer un de ses lévriers, j'avais eu le sentiment qu'elle allait craquer. Pourtant, elle avait toujours conservé une dignité qui ressemblait à la façon dont elle s'habillait : discrète et convenable. Ce matin-là, néanmoins, lorsqu'elle avait entendu aux informations que Kim Luong avait été assassinée, Rose avait sombré dans une crise de nerfs.

– Si j'avais su, si j'avais su..., ne cessait-elle de répéter en pleurant dans son fauteuil, près du feu.

– Rose, vous devez cesser de penser ça, lui dit Marino.

Rose avait connu Kim Luong, car elle faisait souvent des courses au Quick Cary. La veille au soir, elle y était passée, probablement à l'heure à laquelle le tueur se trouvait encore là, frappant, mordant, répandant le sang. Dieu merci, il avait fermé et verrouillé la porte du magasin.

J'apportai deux tasses de thé au ginseng dans le salon de Rose. Marino préférait le café.

Des tremblements convulsifs secouaient ma secrétaire, et avec ce visage gonflé par les larmes et ses cheveux gris pendant sur le col de sa robe de chambre, elle ressemblait à ces vieilles femmes négligées oubliées dans les maisons de retraite. Elle ne cessait de raconter, encore et encore, la même histoire :

– Je n'avais pas allumé la télévision, je lisais. Je ne l'ai su que ce matin, en écoutant les informations. Je ne savais pas, je lisais au lit et je m'inquiétais à cause des problèmes du bureau. Surtout à cause de Chuck. Je suis persuadée que ce garçon est mauvais, et je vais essayer de le prouver.

Je posai sa tasse de thé à côté d'elle.

— Rose, dit Marino, on parlera de Chuck une autre fois. Il faut que vous nous racontiez exactement ce qui s'est passé...

— Vous devez d'abord m'écouter ! s'exclama-t-elle. Et vous devez obliger le docteur Scarpetta à m'écouter, capitaine Marino ! Ce garçon la déteste ! Il nous déteste tous les trois. Ce que j'essaye de vous dire, c'est que vous devez trouver un moyen de vous débarrasser de lui avant qu'il ne soit trop tard.

— Je m'en occuperai dès que..., commençai-je.

Elle secoua la tête.

— C'est le mal incarné. Je crois qu'il me suit, ou en tout cas, quelqu'un qui a un rapport avec lui, affirma-t-elle. Peut-être même cette voiture que vous avez vue sur le parking, devant chez moi, et celle qui vous a suivie. Comment savez-vous que ce n'est pas lui qui l'a louée sous un faux nom, pour éviter d'être reconnu ? Comment savez-vous qu'il ne s'agit pas d'un de ses complices ?

— Ouh la la, une seconde ! l'interrompit Marino avec un geste de la main. Pourquoi irait-il suivre qui que ce soit ?

— Les médicaments, répondit-elle, comme si c'était pour elle une certitude. Lundi dernier, un cas d'overdose est arrivé, et il se trouve que j'avais décidé d'arriver une heure et demie à l'avance parce que je comptais prendre une longue pause déjeuner pour aller chez le coiffeur.

Je ne croyais pas à ce prétexte. Je lui avais demandé de m'aider à découvrir ce que manigançait Ruffin, et, bien entendu, elle en avait fait une affaire personnelle.

— Vous n'étiez pas là, ce jour-là, continua-t-elle. Vous aviez égaré votre carnet de rendez-vous, et nous l'avions cherché partout sans le trouver. Lundi matin, je ne pensais qu'à une chose, le retrouver, parce que je savais à quel point vous en aviez besoin. Je me suis dit que j'allais de nouveau vérifier à la morgue.

« J'y suis allée avant même d'avoir ôté mon manteau, et ne voilà-t-il pas que jc trouve Chuck, à 6 heures moins le quart, assis à un bureau avec le compteur de comprimés et des douzaines de flacons alignés. Il a réagi comme si je venais de le surprendre avec le pantalon baissé. Je lui ai demandé pourquoi il commençait aussi tôt, il m'a dit que la journée était chargée, et qu'il essayait de prendre de l'avance.

— Sa voiture était sur le parking ? demanda Marino.

– Il se gare du côté du quai de déchargement, expliquai-je. Sa voiture n'est pas visible depuis l'immeuble.

– Les médicaments étaient ceux d'un cas du docteur Fielding, reprit Rose, et, par curiosité, j'ai jeté un coup d'œil sur le rapport. Mon Dieu, cette femme stockait à peu près tous les médicaments de la terre. Tranquillisants, antidépresseurs, somnifères. Je ne vous mens pas, un total de mille trois cents comprimés !

– Malheureusement, je vous crois.

Les cas d'overdoses et de suicides nous arrivaient habituellement accompagnés de réserves de médicaments pour des mois, et parfois même pour des années. Codéine, Percocet, morphine, méthadone, PDC, Valium et patches de Fentanyl, pour ne citer que ceux-là. Il n'y avait rien de plus ennuyeux que de les compter pour arriver à déduire combien le sujet en avait avalé en tout.

– Alors, il fauche des médicaments au lieu de les jeter dans l'évier, dit Marino.

– Je ne peux pas le prouver, répondit Rose, mais lundi n'était pas un jour aussi chargé que d'habitude. L'overdose a été le seul cas de la journée. Après ça, Chuck m'a évitée autant que possible. Ensuite, à chaque fois que des médicaments sont arrivés, je me suis demandé s'ils n'avaient pas atterri dans sa poche plutôt qu'à la poubelle.

– On peut brancher un magnétoscope sans qu'il s'en aperçoive. Vous avez déjà des caméras, en bas. Ce serait un bon moyen de lui mettre la main au collet, suggéra Marino.

– Il ne manquerait plus que cela ! Si ça se savait, la presse se déchaînerait. Cela pourrait même finir aux informations nationales si un journaliste d'investigation se mettait à fouiner et découvrait mes prétendus refus de parler aux familles, le forum sur Internet, et même le subterfuge pour coincer Bray sur le parking !

La paranoïa me submergea, et je pris une profonde inspiration. Marino m'observait.

– Vous ne croyez pas que Bray ait quelque chose à voir là-dedans ? dit-il avec scepticisme.

– Seulement dans le sens où elle a contribué à pousser Chuck sur la mauvaise pente. Il m'a même avoué que plus il s'enfonçait, plus les saloperies qu'il faisait devenaient faciles.

– Pour ma part, je crois que le petit Chuckie agit seul en matière de vol de médicaments. C'est un truc trop facile pour qu'une vermine de son espèce puisse résister à la tentation. Comme les flics qui empochent des liasses de billets au cours de descentes pour trafic de drogue, des merdes dans ce genre-là. Bon sang, des médicaments comme le Lortab, le Lorcet, et même le Percocet, ça peut valoir 2 à 5 dollars la dose, sur le trottoir. Ce que je me demande, c'est où il se débarrasse de sa came.

– Vous pouvez peut-être demander à sa femme s'il s'absente souvent la nuit, suggéra Rose.

– Chérie, les méchants font des trucs comme ça en plein jour, vous savez, dit Marino.

Rose eut l'air abattue et un peu gênée, comme si elle craignait d'avoir poussé trop loin ses accusations. Marino se leva pour se verser de nouveau du café.

– Vous croyez qu'il vous suit parce que vous avez des soupçons sur son trafic de médicaments ? demanda-t-il à Rose.

– Oh, c'est vrai que ça a l'air tellement tiré par les cheveux quand je m'entends raconter ça !

– Si on veut continuer sur cette hypothèse, ça pourrait également être un complice de Chuck. Je crois pas qu'il faille écarter aucune théorie, ajouta Marino. Si Rose est au courant, alors vous l'êtes aussi, doc. Et ça, Chuck le sait.

– Si tout cela a un rapport avec un trafic de médicaments, et si Chuck est impliqué, pour quelle raison nous suivrait-on ? Pour nous faire du mal ? Nous intimider ?

– Ce que je peux vous assurer, répliqua Marino depuis la cuisine, c'est qu'il est en cheville avec des gens qui jouent dans la cour des grands. On parle pas de petites sommes de fric, ici. Pensez à la quantité de pilules qui sont récupérées avec les corps. Les flics doivent donner le moindre flacon qu'ils trouvent. Pensez à tous les vieux antidouleurs, ou à tous les médicaments entassés dans les placards à pharmacie de n'importe qui.

Il revint s'asseoir au salon, soufflant dans sa tasse comme si cela pouvait instantanément refroidir son café. Il continua :

– Ajoutez à tout ça les tonnes d'autres trucs qu'ils prennent vraiment, ou qu'ils sont censés prendre, et qu'est-ce que vous en concluez ? Que la seule raison pour laquelle le petit Chuckie travaille à la morgue, c'est pour pouvoir piquer des médicaments. Putain, il a pas besoin de son salaire, et c'est peut-être pour ça qu'il fait un travail de merde depuis quelques mois.

— Cela pourrait lui rapporter des milliers de dollars chaque semaine, dis-je.

— Doc, vous croyez qu'il pourrait être en cheville avec vos autres bureaux, avec quelqu'un qui ferait la même chose ? Que Chuck lui fournirait les comprimés, et que l'autre lui donnerait un pourcentage ?

— Je n'en ai aucune idée.

— Vous avez quatre bureaux de district. Si vous piquez des médicaments dans les quatre, là, on parle d'un paquet de fric. Putain, ce petit merdeux est peut-être même impliqué avec le crime organisé, un de ces tocards qui ramènent des trucs à la ruche. Le problème, c'est que ça n'a rien à voir avec les courses au supermarché. Chuck trouve ça cool de dealer avec un mec en costard ou une femme un peu classe. Mais son acheteur refile la marchandise au maillon suivant de la chaîne, et, pour ce qu'on en sait, ça finit peut-être échangé contre des armes qui atterrissent à New York.

Ou Miami, songeai-je.

— Heureusement que vous nous avez prévenus, Rose. Je ne tolérerai pas que quelque chose sorte de chez nous pour atterrir entre les mains de truands ou de tueurs, déclarai-je.

— Sans oublier que les jours de Chuck sont peut-être comptés, aussi, ajouta Marino. Les gens comme lui ne font en général pas de vieux os.

Il se leva et s'installa sur le canapé, tout près de Rose.

— Maintenant, dit-il gentiment, qu'est-ce qui vous fait croire que ce que vous venez de nous dire a un rapport avec le meurtre de Kim Luong ?

Elle inspira profondément et éteignit la lampe à ses côtés, comme si celle-ci la gênait. Elle tremblait tant que, lorsqu'elle tendit la main pour attraper sa tasse, elle renversa un peu de thé. Elle tapota la tache humide sur ses genoux avec un mouchoir en papier.

— Hier soir, en rentrant du bureau, j'ai décidé d'acheter des biscuits et d'autres petites choses, commença-t-elle d'une voix hachée.

— Savez-vous exactement quelle heure il était ? demanda Marino.

– Pas à la minute près. À peu près 6 heures moins 10, je dirais.

– Voyons si je ne me suis pas trompé, dit-il en prenant des notes. Vous vous êtes arrêtée au Quick Cary un peu avant 18 heures. C'était fermé ?

– Oui. Ça m'a un peu agacée parce que d'habitude, le magasin ferme à 18 heures pile. J'ai rouspété, et je regrette tellement maintenant. Elle était morte à l'intérieur, et moi j'étais là à lui en vouloir parce que je ne pouvais pas acheter mes petits gâteaux !

Elle se mit à sangloter.

– Avez-vous remarqué des voitures sur le parking ? Quelqu'un, plusieurs personnes ?

– Pas un chat.

– Réfléchissez bien, Rose. S'est-il produit quelque chose d'inhabituel ?

– Oh, oui ! C'est ce que j'essayais de vous dire. J'ai vu depuis Libbie Street que l'épicerie était fermée, parce que toutes les lumières étaient éteintes. J'ai donc fait demi-tour sur le parking, et remarqué le panneau « Fermé ». J'ai repris Libbie Street, et j'avais à peine dépassé le magasin *ABC* que cette voiture a déboulé derrière moi avec ses feux de route allumés.

– Vous retourniez chez vous ?

– Oui. Et je n'ai pas pensé à mal jusqu'au moment où j'ai tourné sur Grove et qu'il a fait de même, collé à mon pare-chocs avec ses fichus feux qui m'aveuglaient. Les voitures dans l'autre sens lui adressaient des appels de phares pour le prévenir, mais il était évident que c'était volontaire de sa part, et j'ai commencé à avoir peur.

– Vous avez une idée du genre de voiture ? Vous pouviez voir quelque chose ? demanda Marino.

– J'étais pratiquement aveuglée, et en même temps déboussolée. J'ai immédiatement pensé à la voiture sur mon parking, le mardi soir où vous êtes venue, me dit-elle. Et puis, vous m'aviez raconté que vous aviez été suivie. Et j'ai commencé à penser à Chuck, au trafic de médicaments, et aux gens affreux mêlés à ce genre de chose.

Marino lui fit reprendre le fil de son récit :

– Donc, vous étiez sur Grove ?

– Bien sûr, j'ai dépassé mon immeuble, en cherchant un moyen de me débarrasser de lui. Je ne sais pas comment cela m'est venu, mais j'ai brusquement tourné à gauche et effectué un demi-tour. Puis j'ai continué jusqu'à Three Chopt, là où finit Grove, et j'ai tourné à gauche. Il était toujours derrière moi. La première à droite était l'accès du Country Club de Virginie, je me suis engouffrée là, jusqu'à l'entrée, où se trouvent les voituriers. Inutile de dire qu'il s'est évanoui dans la nature.

– Ça, c'était malin de votre part, dit Marino, très malin. Mais pourquoi n'avez-vous pas appelé la police ?

– Cela n'aurait servi à rien. Ils ne m'auraient pas crue, et de toute façon je n'aurais pas pu décrire grand-chose.

– Eh bien, vous auriez au moins dû m'appeler, moi, lui reprocha-t-il.

– Je sais.

– Où êtes-vous allée ensuite ? demandai-je.

– Je suis rentrée ici.

– Rose, vous êtes folle. Et s'il vous avait attendue quelque part ?

– Je ne pouvais pas rester dehors toute la nuit, et j'ai pris un autre itinéraire pour rentrer.

– Vous avez une idée de l'heure qu'il était lorsqu'il a disparu ? demanda Marino.

– Entre 18 heures et 18 h 15. Seigneur, je n'arrive pas à croire qu'elle était là-dedans quand je me suis arrêtée devant le magasin. Et peut-être qu'il y était, lui aussi ? Si j'avais su... Je n'arrête pas de me dire qu'il doit bien y avoir quelque chose que j'aurais dû remarquer. Même quand je suis allée là-bas mardi soir.

– Rose, à moins d'une boule de cristal, vous n'aviez aucun moyen de deviner quoi que ce soit, lui dit Marino.

Elle eut un long soupir et serra sa robe de chambre contre elle.

– Je n'arrive pas à me réchauffer. Kim était tellement gentille.

Elle s'interrompit de nouveau, le visage déformé par le chagrin. Ses yeux s'emplirent de larmes, qui dégoulinèrent le long de ses joues.

– Elle était tellement polie avec tout le monde, et travaillait si dur. Comment peut-on faire une chose pareille ! Elle voulait être infirmière ! Elle voulait passer sa vie à aider les autres ! Mon Dieu, je me souviens que cela m'inquiétait de la savoir seule là-bas. J'y ai même pensé, mardi, quand j'étais sur place, mais je n'ai rien dit !

Sa voix se brisa. Je m'approchai et m'agenouillai près d'elle, la serrant contre moi.

— Comme quand Sassy ne se sentait pas bien... qu'elle était tellement léthargique, et que j'ai juste pensé qu'elle avait mangé quelque chose qui ne passait pas...

— Ce n'est rien, Rose, ce n'est rien, dis-je.

— Et en fait, elle avait avalé un morceau de verre... Mon bébé avait une hémorragie interne... Et je n'ai rien fait !

— Vous ne saviez pas. On ne peut pas toujours tout savoir, Rose.

Alors que je tentais de la consoler, une boule de chagrin m'étouffait.

— Si seulement je l'avais emmenée plus tôt chez le vétérinaire... Je ne me le pardonnerai jamais, jamais ! Cette pauvre petite fille, qui était prisonnière dans cette cage minuscule, avec sa muselière, et ce tordu qui lui a cassé le museau... sur ce maudit champ de courses ! Tout ça pour que je la laisse souffrir et mourir !

Elle pleurait. C'était comme si toutes les cruautés, tous les deuils de ce monde la désespéraient. Je serrai ses poings crispés dans mes mains.

— Rose, écoutez-moi. Vous avez sauvé Sassy de l'enfer, comme vous en avez sauvé d'autres. Vous n'auriez rien pu faire pour Sassy, comme vous ne pouviez rien faire lorsque vous vous êtes arrêtée pour vos biscuits. Kim était morte. Elle était morte depuis des heures.

— Et lui ? cria-t-elle. Et s'il avait été à l'intérieur, et qu'il soit sorti au moment où j'arrivais ? Je serais morte également, n'est-ce pas ? Abattue et balancée quelque part comme un paquet d'ordures. Ou bien peut-être m'aurait-il aussi fait des choses affreuses, comme à elle.

Elle ferma les yeux, épuisée, le visage ruisselant de larmes. Son corps se détendit ensuite progressivement, au fur et à mesure que sa crise de sanglots s'éloignait.

Marino se pencha sur le canapé et posa la main sur son genou.

— Vous devez nous aider, Rose. Dites-nous pourquoi vous pensez qu'il y a un lien entre le meurtre et le fait que vous ayez été suivie.

— Pourquoi ne venez-vous pas à la maison avec moi ? offris-je.

Son regard s'éclaircit, tandis qu'elle reprenait ses esprits.

— Cette voiture qui est apparue derrière moi à l'endroit où elle a été assassinée ? Pourquoi n'a-t-il pas commencé à me suivre avant ? Tout ça une heure, ou une heure et demie avant que l'alarme ne se déclenche ? Vous ne trouvez pas la coïncidence stupéfiante ?

— Juste, acquiesça Marino. Mais j'ai vu beaucoup de coïncidences étonnantes dans ma carrière.

— Je me sens bête, dit Rose en regardant ses mains.

— Nous sommes tous fatigués, dis-je. J'ai toute la place nécessaire...

— On va piquer le petit Chuckie pour trafic de médicaments, dit Marino. Il n'y a rien de bête là-dedans, vous savez.

— Je vais rester ici et me coucher, conclut Rose.

Tandis que nous descendions l'escalier pour regagner le parking, je continuai de réfléchir à ce qu'elle nous avait raconté.

— Écoutez, dit Marino en ouvrant sa portière, vous avez fréquenté Chuck beaucoup plus que moi, malheureusement pour vous.

— Et vous allez me demander si c'était lui qui nous suivait dans une voiture de location ? remarquai-je tandis qu'il reculait et mettait une cassette de Randy Travis. La réponse est non. C'est un mouchard, un menteur et un voleur, mais c'est également un lâche, vous savez. Il faut beaucoup de culot pour suivre quelqu'un tous feux allumés. Celui qui fait ce genre de chose est arrogant, sûr de lui. Il n'a pas peur de se faire prendre parce qu'il se croit le plus malin.

— Ça ressemble pas mal à la définition du psychopathe, remarqua-t-il. Merde, c'est pas fait pour me rassurer. Je ne tiens pas à penser que le type qui a tué Kim est celui qui vous suit, je veux dire Rose et vous.

Les routes étaient de nouveau verglacées, et les conducteurs de Richmond qui n'avaient pas eu assez de jugeote pour rester chez eux patinaient et tournoyaient dans tous les sens. Marino avait allumé l'émetteur de la police et écoutait les rapports d'accidents.

— Quand est-ce que vous allez rendre ce truc ? lui demandai-je.

— Quand ils viendront essayer de me le prendre, rétorqua-t-il. C'est pas moi qui irai rendre un seul putain de truc !

— Bravo.

— Ce qu'il y a de plus dur dans toutes les affaires sur lesquelles on a travaillé, c'est qu'y a jamais un seul truc à la fois, remarqua-t-il. Les flics essayent de relier entre eux tellement de détails merdiques que, quand on boucle l'affaire, on pourrait écrire la biographie de la victime. Et la moitié du temps, quand on trouve un lien, c'est pas celui qui compte vraiment. Comme le mec qui engueule sa femme, elle se tire, énervée, et elle se fait enlever, violer et tuer sur un parking de centre commercial. C'est pas parce qu'elle s'est engueulée avec son mari que c'est arrivé ; elle serait peut-être allée faire ses courses de toute façon.

Il s'engagea dans mon allée et gara son pick-up. Je lui lançai un long regard entendu :

— Marino, comment allez-vous vous en sortir financièrement ?

— Je vais me débrouiller.

Je savais que c'était faux.

— Vous pourriez m'aider en tant qu'enquêteur sur le terrain, suggérai-je. Pendant un moment, le temps que cette histoire idiote de suspension se calme.

Il demeura silencieux. Rien ne se calmerait tant que Bray serait là. Le suspendre sans salaire était pour elle un moyen de l'obliger à démissionner, et s'il faisait cela, il était fini, comme Al Carson.

— J'ai deux solutions pour vous embaucher, continuai-je. Au cas par cas, et vous touchez 50 dollars par...

— 50 dollars, mon cul ! grogna-t-il.

— Ou bien je peux vous embaucher à temps partiel ; ensuite, il faudra que je crée le poste et que vous posiez votre candidature, comme n'importe qui.

— Ça me fait gerber.

— Combien est-ce que vous gagnez, actuellement ?

— À peu près 62 000, plus les primes.

— Le mieux que je puisse faire, c'est un échelon P-14, grade senior. Trente heures par semaine, pas de prime, 35 000 par an.

— Elle est bien bonne, celle-là ! C'est la meilleure que j'aie entendue depuis longtemps.

– Je peux également vous prendre comme instructeur et coordinateur sur les enquêtes à l'Institut, à 35 000 également. Ça fait 70 000, sans prime. En fait, vous gagneriez même plus qu'à l'heure actuelle.

Il réfléchit un moment en tirant sur sa cigarette.

– J'ai pas besoin de votre aide pour le moment, lâcha-t-il avec une certaine grossièreté. Et me trimballer avec des médecins légistes et des cadavres, ça fait pas partie de mon plan de carrière.

Je descendis du pick-up en lui lançant :

– Bonne nuit !

Il s'éloigna dans un rugissement de moteur furieux, mais je savais que sa colère n'était pas dirigée contre moi. Il était déprimé et furieux. Il avait l'impression de s'être mis à nu devant moi, et il ne le supportait pas. Néanmoins, ce qu'il venait de me dire m'avait fait de la peine.

Je jetai mon manteau sur une chaise dans l'entrée et retirai mes gants de cuir. La *Symphonie héroïque* de Beethoven eut rapidement un effet relaxant sur mes nerfs. J'avalai une omelette et m'installai au lit avec un livre que j'étais trop fatiguée pour lire.

Je m'endormis la lumière allumée et fus réveillée en sursaut par le hurlement de mon alarme.

Je sortis mon pistolet Glock d'un tiroir et luttai contre l'envie de désarmer le système. Cette sonnerie était insupportable, mais j'ignorais ce qui avait pu la déclencher. Le téléphone sonna quelques minutes plus tard :

– Ici ADT...

– Oui, oui ! criai-je. Je ne sais pas pourquoi elle s'est déclenchée !

– Nous avons un signal en zone 5, me dit l'homme. La porte de la cuisine, derrière.

– Je n'ai pas la moindre idée de ce qui a pu arriver.

– Alors, vous voulez qu'on envoie la police ?

– Je crois que ce serait préférable, acquiesçai-je tandis que la sirène continuait de retentir.

28

J'EN ARRIVAI à la conclusion qu'une forte rafale de vent avait sans doute déclenché le système d'alarme, et je l'arrêtai quelques minutes plus tard pour pouvoir entendre l'arrivée de la police.

Je m'assis sur mon lit en attendant. Je n'avais aucune envie de me lancer dans l'opération redoutée qui consistait à passer au crible le moindre centimètre carré de la maison, à visiter chambres, douches et tous ces effrayants recoins obscurs.

J'écoutai. Le moindre bruit qui perçait le silence prenait une ampleur inhabituelle. Le vent, le son presque imperceptible de ma pendule digitale, le souffle du chauffage, ma propre respiration.

Une voiture s'engagea dans mon allée et je me précipitai vers l'entrée. Un des officiers tapait sur la porte avec sa matraque, au lieu d'utiliser la sonnette.

— Police, annonça une voix de femme décidée.

Je les fis entrer. Ils étaient deux, une jeune femme et un homme plus âgé. La plaque d'identité de la jeune femme portait le nom de J. F. Butler et quelque chose en elle me toucha, sans que je sache quoi exactement.

— C'est au niveau de la porte de la cuisine, les informai-je. Merci d'être venus si vite.

— Comment vous appelez-vous ? me demanda son partenaire, R. I. McElwayne.

Il faisait comme s'il ne me connaissait pas, comme si je n'étais qu'une dame entre deux âges en robe de chambre dans une jolie maison, dans une résidence où la police était rarement requise.

— Kay Scarpetta.

Il se détendit un peu, et remarqua :

– Je n'étais pas sûr que vous existiez vraiment. J'ai beaucoup entendu parler de vous, mais je n'ai jamais mis les pieds à la morgue en dix-huit ans, et je peux vous dire que ça ne me manque pas.

Butler le taquina :

– Tout ça, c'est parce qu'à ton époque tu n'étais pas obligé d'aller à des stages de formation et d'apprendre tous ces trucs scientifiques.

McElwayne réprima un sourire tout en examinant la maison avec curiosité.

– Si vous voulez venir à un stage, vous êtes le bienvenu, lui dis-je.

Les sens en éveil, Butler prêtait attention à tout. Elle n'était pas encore blasée par le poids d'une longue carrière, contrairement à son partenaire, qui s'intéressait surtout à moi et ma maison. Pour un maigre salaire et un respect encore plus chiche, il avait probablement arrêté des milliers de voitures et répondu à des milliers de fausses alertes.

Butler ferma à clé la porte d'entrée et me dit :

– On va faire un tour, en commençant par là.

– Je vous en prie. Vous pouvez tout visiter.

– Ne bougez pas d'ici, dit-elle en se dirigeant vers la cuisine.

Ce fut à cet instant que cela me frappa, me prenant totalement au dépourvu : elle me rappelait Lucy. Le regard, le nez bien droit, la façon dont elle se déplaçait. Lucy ne pouvait pas parler sans bouger, et ses mains dessinaient l'espace, comme si elle orchestrait une conversation plutôt que d'y participer.

Je restai dans l'entrée, suivant le bruit de leurs pas sur le plancher, leurs voix étouffées et le claquement des portes. Ils prenaient leur temps, et je fus persuadée que c'était Butler qui veillait à passer soigneusement en revue le moindre recoin où aurait pu se dissimuler un être humain.

Ils descendirent l'escalier puis sortirent dans la nuit glaciale, le faisceau de leurs puissantes lampes torches balayant les fenêtres, s'infiltrant entre les lames des stores.

La ronde dura encore un quart d'heure, et, lorsqu'ils frappèrent à la porte pour rentrer, ils m'emmenèrent dans la cuisine. McElwayne soufflait dans ses mains froides et rougies, et Butler avait apparemment quelque chose en tête.

– Savez-vous que le montant de la porte de votre cuisine est tordu ? me demanda-t-elle.

– Non, dis-je avec surprise.

Elle déverrouilla la porte située près de la table à côté de la fenêtre, où je prenais mes repas. Un courant d'air glacé s'engouffra dans la pièce tandis que je me rapprochais pour voir ce dont elle parlait. Elle dirigea sa lampe vers une petite marque dentelée sur la ferrure et le bord du montant de bois. Il semblait bien que quelqu'un avait essayé de forcer la porte.

– C'est peut-être là depuis un moment, sans que vous l'ayez remarqué, dit-elle. On n'a pas vérifié mardi quand votre alarme s'est déclenchée, parce que ce jour-là c'était la porte du garage.

– *Mon* alarme s'est déclenchée mardi ? demandai-je, stupéfaite. Je ne suis pas au courant !

– Je vais à la voiture, lui lança McElwayne, qui sortit de la cuisine en continuant de se frotter les mains. Je reviens.

– Je faisais ma ronde de jour, continua-t-elle. Apparemment, votre femme de ménage l'a mise en route accidentellement.

Je ne comprenais pas comment Marie aurait pu déclencher l'alarme dans le garage, à moins qu'elle ne soit sortie par là pour une raison quelconque et qu'elle ait ignoré trop longtemps le signal d'avertissement.

– Elle était dans tous ses états, continua Butler. Elle a été incapable de se souvenir du code pour l'arrêter avant notre arrivée.

– Quelle heure était-il ?

– À peu près 11 heures.

À ce moment-là, Marino se trouvait à la morgue avec moi, il n'avait donc pas pu entendre l'appel à la radio. Le souvenir de l'alarme débranchée lorsque j'étais rentrée ce soir-là, des serviettes sales et de la poussière sur le tapis me revint. Pourquoi Marie ne m'avait-elle pas laissé de mot pour me prévenir ?

– Nous n'avions aucune raison de vérifier la porte de la cuisine, expliqua Butler. Je ne peux donc pas affirmer que cette marque ne se trouvait pas déjà là mardi.

– Quoi qu'il en soit, quelqu'un a de toute évidence essayé d'entrer à un moment donné.

Butler prit son émetteur :

– Unité 3-20. Relayez à un poste avec inspecteur.

– Unité 7-92, dit une nouvelle voix.

– Pouvez-vous répondre à une tentative d'effraction ? demanda-t-elle en donnant mon adresse.

– 10-4. Dans un quart d'heure, environ.

Butler posa son émetteur debout sur la table de la cuisine et examina de nouveau la serrure de la porte. Un souffle d'air froid expédia un paquet de serviettes sur le sol et fit s'envoler les pages d'un journal.

– Il vient de Meadow et de Cary, m'informa-t-elle comme si je devais le savoir. C'est là que se trouve le poste de police.

Elle referma la porte.

– Ils ne font plus partie de la section des enquêtes, continua-t-elle en observant ma réaction. Alors ils ont déménagé, ils sont avec les opérations en tenue, maintenant. Depuis à peu près un mois, ajouta-t-elle tandis que je commençais à entrevoir le sens de la conversation.

– Je suppose que les inspecteurs chargés des cambriolages sont maintenant sous l'autorité du directeur adjoint Bray.

Elle hésita, puis répliqua avec un sourire ironique :

– Comme tout le monde, non ?

– Voulez-vous une tasse de café ?

– Avec plaisir, mais je ne veux pas vous déranger.

Je sortis un paquet de café du réfrigérateur. Butler s'assit et commença la rédaction de son rapport d'intervention, pendant que je sortais des tasses, du lait et du sucre. Les échanges de codes entre policiers crachouillaient sur l'émetteur.

On sonna à la porte d'entrée, et j'allai ouvrir à l'inspecteur, que je ne connaissais pas. J'avais l'impression de ne plus connaître personne depuis que Bray déplaçait de leurs postes des gens qui avaient pourtant fait la preuve de leur compétence.

– C'est cette porte-là ? demanda-t-il à Butler.

– Oui. Hé, Johnny, tu as un stylo qui marche mieux que le mien ?

Une migraine me serra les tempes.

– Est-ce que tu en as un qui marche, tout simplement ?

Je commençais à en avoir assez.

– Quelle est votre date de naissance ? me demanda McElwayne.

— Peu de gens ont des alarmes sur leur porte de garage, remarqua Butler. À mon avis, les contacts sont moins solides que sur une porte normale. C'est du métal plus léger, une surface beaucoup plus grande. Avec une grosse rafale de vent...

— Aucune rafale de vent n'a jamais déclenché l'alarme du garage, rétorquai-je.

— Si vous êtes un cambrioleur, vous pouvez penser que la maison a un système d'alarme, mais pas nécessairement le garage, continua de raisonner Butler. Et vous vous dites qu'il y a peut-être là-dedans quelque chose à faucher.

— En plein jour ?

L'inspecteur répandait de la poudre à empreintes sur le montant de la porte, et l'air froid s'engouffrait sans interruption.

— Bien, voyons ça, dit McElwayne en reprenant la rédaction du rapport. J'ai votre adresse personnelle. J'ai besoin de celle du bureau, et de vos deux numéros de téléphone, personnel et professionnel.

— Je ne tiens pas à ce que mon numéro personnel se retrouve dans la corbeille destinée aux journalistes, remarquai-je, de plus en plus énervée par cette ingérence, motivée ou pas. Je suis sur liste rouge.

— Docteur Scarpetta, vos empreintes sont fichées quelque part ? demanda l'inspecteur, la brosse suspendue en l'air.

La porte était noire de poudre magnétique.

— Oui, à des fins d'élimination dans les dossiers.

— Je m'en doutais. À mon avis, il faudrait que ce soit le cas pour tous les médecins légistes, au cas où ils touchent des trucs qu'ils ne devraient pas.

Le commentaire n'était pas destiné à être injurieux, mais le résultat fut le même.

— Vous avez compris ce que je voulais dire ? demandai-je en tentant d'obliger McElwayne à m'écouter et à me regarder. Je ne veux pas que ça se retrouve dans le journal. Je ne tiens pas à ce qu'un journaliste ou Dieu sait qui m'appelle chez moi, en sachant mon adresse exacte, mon numéro de sécurité sociale, ma date de naissance, ma race, mon sexe, où je suis née, ma taille, mon poids, la couleur de mes yeux, le nom de mes proches parents !

— Y a-t-il un incident récent dont nous devrions avoir

connaissance ? continua-t-il, imperturbable, tandis que Butler tendait à l'enquêteur un ruban à relever les empreintes.

Je répondis à contrecœur :

— Une voiture m'a suivie, mercredi soir.

Je sentis tous les regards se poser sur moi.

— Ma secrétaire a elle aussi été suivie, la nuit dernière.

McElwayne nota tout cela avec application. On sonna de nouveau à la porte d'entrée, et je distinguai Marino sur l'écran du visiophone installé près du réfrigérateur.

— Et vous avez intérêt à ce que ces informations non plus ne se retrouvent pas dans le journal ! lui intimai-je tout en sortant de la cuisine.

— Non, madame, ce sera dans le rapport additionnel, qui ne va pas dans la corbeille destinée à la presse, répondit-il en haussant la voix.

— Bon sang, faites quelque chose ! dis-je à Marino en lui ouvrant la porte. Quelqu'un essaye d'entrer chez moi par effraction, et maintenant c'est ma vie privée qu'on est en train d'envahir !

Marino avait l'air de penser que c'était moi qui avais commis un crime.

— Ce serait bien que vous me disiez quand quelqu'un essaye de s'introduire chez vous. C'est pas par ce putain de scanner que je devrais l'apprendre ! fulmina-t-il en se dirigeant à grandes enjambées vers l'endroit d'où provenaient les voix.

J'en avais soupé, et battis en retraite dans mon bureau pour appeler ma femme de ménage. Un enfant me répondit, puis Marie.

— Je viens d'apprendre que l'alarme s'est déclenchée, mardi, pendant que vous étiez là, lui dis-je.

— Je suis vraiment désolée, madame Scarpetta, dit-elle d'une voix implorante. Je ne savais pas quoi faire. Je n'ai rien fait pour la déclencher ! Je passais l'aspirateur, et puis ça s'est mis en marche. J'avais tellement peur que je n'arrivais plus à me souvenir du code.

— Je comprends, Marie, moi aussi, j'ai eu peur. Elle s'est de nouveau mise en route ce soir, et je vous comprends très bien. Mais il faut que vous me préveniez quand ce genre de chose arrive.

— La police ne m'a pas crue, mais je sais bien ce que

j'ai fait ! Je leur ai dit que je n'étais pas allée dans le garage et...

— Ce n'est pas grave, la rassurai-je.

— J'avais peur que vous ne soyez en colère contre moi à cause de la police... que peut-être vous ne voudriez plus que je travaille pour vous... J'aurais dû vous le dire. Maintenant, je le ferai toujours, je vous le promets !

— Inutile d'avoir peur, Marie. Ici, la police ne vous fera pas de mal, ce n'est pas comme dans votre pays d'origine. Et je veux que vous fassiez très attention lorsque vous êtes chez moi. Laissez l'alarme branchée, et assurez-vous qu'elle l'est toujours lorsque vous partez. Quelqu'un ou quelque chose, une voiture, peut-être, a-t-il attiré votre attention pour une raison quelconque ?

— Je me souviens qu'il pleuvait très fort et qu'il faisait très froid. Je n'ai vu personne.

— À l'avenir, n'hésitez pas à me prévenir en cas de problème.

29

IL N'EN DEMEURA pas moins que le fameux rapport additionnel sur la tentative d'effraction échoua bien dans la corbeille destinée à la presse, juste à temps pour les journaux télévisés du samedi soir. Les journalistes commencèrent à nous harceler, Rose et moi, nous appelant directement chez nous, insistant pour tout savoir des filatures dont nous avions été l'objet.

Il ne faisait aucun doute dans mon esprit que la responsable de cette fuite était Bray. Elle avait dû trouver là un petit sujet de distraction pour meubler un week-end par ailleurs froid et sinistre. Bien entendu, elle se fichait pas mal que ma secrétaire de soixante-quatre ans vive seule dans une propriété non gardée.

Dimanche, tard dans l'après-midi, j'étais installée dans mon salon devant un grand feu, et je travaillais sans aucun enthousiasme à un article que j'aurais dû rendre depuis longtemps. Le temps était épouvantable et semblait ne pas vouloir s'améliorer. J'avais du mal à me concentrer, et mes pensées se mirent à vagabonder.

Je supposais que Jo devait déjà avoir été transférée au Medical College of Virginia, et que Lucy se trouvait sans doute à Washington. Ce dont j'étais certaine, en tout cas, c'est que Lucy était en colère contre moi. Comme à chaque fois, elle ne me donnait plus de nouvelles. Cela pouvait durer des mois, une année même.

Je m'étais débrouillée jusque-là pour éviter de joindre ma mère ou Dorothy. Ce n'était pas de la froideur de ma part, je n'avais simplement pas envie d'ajouter à mon stress. Pourtant, je changeai d'avis en début de soirée. Ma sœur n'était pas chez elle, aussi appelai-je ma mère.

— Non, Dorothy n'est pas là, m'apprit-elle. Elle est à Richmond, ce que tu aurais pu savoir si tu avais pris la peine de nous téléphoner plus tôt, à ta sœur ou à moi. Lucy a été prise dans une fusillade, mais, évidemment, on ne peut pas te déranger...

— Dorothy est à Richmond ? dis-je, incrédule.

— Évidemment ! C'est sa mère !

L'idée me transperça comme une lame :

— Lucy est aussi à Richmond ?

— Bien sûr que Lucy est à Richmond. C'est pour cela que sa mère y est.

Cela n'aurait pas dû me surprendre. Je connaissais assez ma sœur. Dorothy était une narcissique. Dès qu'un drame avait lieu quelque part, il fallait qu'elle en soit le centre. Elle n'hésiterait pas, pour l'occasion, à endosser le rôle de la mère, bien qu'elle ne se soit jamais intéressée à sa fille.

— Elle est partie hier et n'a pas pris la peine de te demander si elle pouvait descendre chez toi. Il est vrai que tu ne sembles guère te préoccuper de ta famille !

— Dorothy refuse toujours de séjourner à la maison.

Ma sœur appréciait énormément les bars d'hôtels et savait que, chez moi, elle ne risquait pas de rencontrer beaucoup d'hommes.

— Où est-elle descendue ? demandai-je. Lucy est avec elle ?

— Personne ne veut me le dire. Avec tous leurs secrets... Je suis tout de même sa grand-mère !

J'en avais assez entendu.

— Maman, il faut que je te laisse.

Je lui raccrochai presque au nez, puis appelai chez lui le docteur Graham Worth, directeur du département d'orthopédie.

— Graham, j'ai besoin de vous.

— Ne me dites pas qu'un de mes patients est mort, répondit-il, pince-sans-rire.

— Vous savez que je ne vous demanderais pas votre aide si ce n'était pas important.

Le silence succéda à la plaisanterie.

— Une de vos patientes est inscrite sous un faux nom. Elle appartient à l'ATF et a été blessée à Miami. Vous savez de qui je veux parler.

Il ne répondit rien, et je continuai :

– Ma nièce, Lucy, était impliquée dans la même fusillade.

– Je suis au courant, on en a parlé aux informations.

– C'est moi qui ai demandé au superviseur de Jo Sanders de la transférer ici. J'ai promis de veiller sur elle personnellement, Graham.

– Écoutez, Kay, j'ai reçu pour instructions de ne laisser personne d'autre que ses parents proches lui rendre visite, en aucune circonstance.

– Personne d'autre ? répétai-je sans en croire mes oreilles. Même pas ma nièce ?

Il fit une pause, puis répondit :

– Je suis désolé d'avoir à vous dire cela, mais *surtout pas* votre nièce.

– Pourquoi ? C'est ridicule !

– Je ne suis pas responsable.

Je n'osais même pas imaginer la réaction de Lucy si on l'empêchait de voir Jo. Il m'expliqua :

– Elle souffre d'une fracture du fémur gauche. J'ai dû lui poser une plaque. Elle est immobilisée, sous morphine, Kay, et ne reprend conscience que par moments. Seuls ses parents sont auprès d'elle. Je ne suis même pas certain qu'elle comprenne où elle se trouve, ni ce qui lui est arrivé.

– Et sa blessure à la tête ?

– Une simple plaie ouverte.

– Lucy lui a-t-elle rendu visite ? Elle a peut-être attendu à l'extérieur de la chambre ? Avec sa mère ?

– Lucy est venue plus tôt, et seule, dans la matinée. Je doute qu'elle soit encore là.

– Donnez-moi au moins une chance de parler aux parents de Jo.

Il demeura muet.

– Graham ?

Un silence.

– Pour l'amour de Dieu ! Elles sont camarades, amies.

Le silence s'éternisa.

– Vous êtes toujours là ?

– Oui.

– Bon sang, Graham, elles s'aiment ! Jo ne sait peut-être même pas que Lucy est en vie.

– Jo est parfaitement au courant, et Jo ne veut pas la voir, dit-il.

263

Je raccrochai et regardai fixement le téléphone.

Ma sœur se trouvait dans un hôtel, quelque part dans cette foutue ville, et elle savait où était Lucy. Je parcourus les Pages jaunes en commençant par les hôtels les plus évidents. Je découvris rapidement que Dorothy était descendue au *Berkeley*, dans le quartier historique de la ville, le Shockhoe Slip.

Le téléphone de sa chambre ne répondait pas. Il n'y avait pas beaucoup d'endroits où elle pouvait faire la bringue à Richmond un dimanche soir. Je sortis en coup de vent et pris ma voiture. Les nuages s'amoncelaient à l'horizon lorsque je laissai ma voiture au voiturier devant le Berkeley.

En entrant dans le bar, je sus tout de suite que je n'y trouverais pas Dorothy. L'atmosphère intime de ce charmant petit hôtel raffiné ne devait pas lui convenir. De profonds fauteuils de cuir accueillaient une clientèle paisible. Le barman en veste blanche se montra très prévenant.

— Je cherche ma sœur, et je me demandais si vous l'aviez vue, lui dis-je en la lui décrivant.

Il secoua la tête.

Je ressortis et traversai la rue pavée en direction de la *Tobacco Company*, un ancien entrepôt de tabac qui avait été transformé en restaurant. On y accédait grâce à un ascenseur, une sorte de nacelle en cuivre et en verre qui montait et descendait sans interruption au milieu d'un atrium orné de fleurs exotiques et d'une végétation luxuriante. Un piano-bar avec une piste de danse était situé juste à l'entrée, et je repérai tout de suite Dorothy assise à une table avec cinq hommes. Je marchai vers eux d'un pas décidé.

Aux tables voisines, les gens se turent, et tous les regards convergèrent sur moi, comme si j'étais un cow-boy débarquant dans un saloon.

— Excusez-moi, dis-je poliment à l'homme assis à la gauche de Dorothy. Cela ne vous ennuie pas si je m'assieds un moment ?

Cela l'ennuyait manifestement, mais il m'abandonna néanmoins sa chaise et s'éloigna en direction du bar. Les autres se tortillèrent, mal à l'aise.

— Je suis venue te chercher, déclarai-je à Dorothy, qui de toute évidence buvait depuis un moment.

— Ça alors, regardez qui est là ! s'exclama-t-elle en levant son verre pour porter un toast. Ma grande sœur ! Je vais vous présenter, leur dit-elle.

— Tais-toi et écoute-moi, lui dis-je à voix basse.

— Ma légendaire grande sœur !

Dorothy devenait toujours agressive quand elle buvait. Son élocution ne s'en ressentait pas, elle ne titubait pas, mais elle devenait venimeuse et allumait les hommes avec un malin plaisir. J'avais honte de son attitude et de la façon dont elle s'habillait, qui paraissait quelquefois une parodie délibérée de la mienne.

Ce soir-là, elle portait un superbe tailleur bleu foncé très professionnel, mais, sous sa veste, son pull rose moulant ne cachait rien de ses seins. Dorothy avait toujours été obsédée par sa petite poitrine. Rien ne la rassurait plus que l'insistance des regards masculins contemplant fixement son décolleté.

Je me penchai à son oreille, submergée par une vague de Coco de Chanel :

— Dorothy, il faut que tu viennes avec moi. Nous avons à parler.

— Vous savez qui c'est ? s'exclama-t-elle tandis que l'envie de rentrer sous terre me gagnait. Le médecin expert général de Virginie ! Ça vous en bouche un coin, hein ? J'ai une grande sœur qui est médecin légiste !

— Waouh ! Ça doit être drôlement intéressant, remarqua un des assistants.

— Qu'est-ce que je peux vous offrir à boire ? dit un autre.

— Alors, quel est votre avis sur l'affaire Ramsey ? Vous croyez que ce sont les parents qui ont fait le coup ?

— Moi, j'aimerais que quelqu'un prouve que ce sont bien les ossements d'Amelia Earhart qu'on a retrouvés.

— Où est la serveuse ?

Je pris Dorothy par le bras et nous nous levâmes. Une chose était certaine : ma sœur avait trop d'orgueil pour provoquer une scène si elle n'y tenait pas le meilleur rôle.

Je la fis sortir et nous nous retrouvâmes dans la nuit, au milieu du brouillard. Toutes les fenêtres étaient plongées dans une obscurité déprimante.

— Je ne rentre pas avec toi ! annonça-t-elle maintenant que nous étions seules. Et lâche mon putain de bras !

Elle cherchait à m'entraîner en direction de son hôtel tandis que je la tirais dans l'autre sens, vers ma voiture.

– Tu viens avec moi, et nous allons réfléchir à ce qu'il faut faire pour Lucy.

– Je l'ai vue à l'hôpital.

Je l'installai sur le siège du passager.

– Elle ne m'a pas du tout parlé de toi, remarqua-t-elle avec le tact qui la caractérisait.

Je montai et verrouillai les portières.

– Les parents de Jo sont adorables, ajouta-t-elle tandis que nous démarrions. J'ai été estomaquée qu'ils ne connaissent pas la vérité sur la relation de Lucy et Jo.

– Qu'est-ce que tu as fait ? Tu le leur as dit, Dorothy ?

– Pas de façon claire, mais comme je pensais qu'ils savaient, j'ai sans doute fait quelques allusions. Tu sais, quand on est habitué à Miami, ce ciel est vraiment bizarre.

J'avais envie de la gifler.

– Enfin, après avoir discuté un moment avec les Sanders, j'ai compris que c'était le genre prêcheurs réacs, et qu'ils n'allaient pas accepter une relation lesbienne.

– Je préférerais que tu n'utilises pas ce terme.

– C'est pourtant le terme consacré. Ça vient de ces Amazones sur l'île de Lesbos, dans la mer Égée, au large de la Turquie. Tu as déjà remarqué comme les femmes turques sont poilues ?

– Tu as déjà entendu parler de Sapho ?

– Bien sûr que je le connais.

– *Elle*. C'était une lesbienne qui vivait sur l'île de Lesbos. Un des grands poètes lyriques de l'Antiquité.

– Alors ça, il n'y a rien de poétique chez ces joueuses de hockey râblées et piercées que je peux voir ! Bien entendu, les Sanders n'ont pas dit tout de go qu'ils pensaient que Lucy et Jo étaient lesbiennes. Ils ont expliqué que Jo avait été horriblement traumatisée et que voir Lucy lui rappellerait tout, que c'était trop tôt. Ils se sont montrés très catégoriques, tout en étant très gentils, et quand Lucy est arrivée, ils lui ont dit tout ça très gentiment, de façon très chouette.

Je franchis le péage.

– Malheureusement, tu connais Lucy. Elle leur est rentrée dedans, a crié qu'elle ne les croyait pas, en étant très grossière. J'ai mis ça sur le compte du traumatisme qu'elle avait subi. Ils ont été très patients, ils ont dit qu'ils allaient prier pour elle, et deux secondes plus tard une infirmière a demandé à Lucy de quitter les lieux. Elle est partie en fulminant.

Ma sœur me regarda et ajouta :

— Évidemment, qu'elle t'en veuille ou pas, c'est toi qu'elle va venir chercher, comme d'habitude.

— Comment as-tu pu lui faire une chose pareille ? Comment as-tu pu t'interposer entre elle et Jo ? Mais quelle sorte de femme es-tu donc ?

Elle demeura interloquée, et je la sentis se hérisser.

— Tu as toujours été tellement jalouse de moi, parce que tu n'es pas sa mère ! répondit-elle.

Je pris la sortie de Meadow Street au lieu de continuer en direction de chez moi.

— Pourquoi est-ce qu'on ne règle pas cette situation une bonne fois pour toutes ? continua Dorothy. Tu n'es qu'une machine, un ordinateur, un de ces trucs high-tech que tu adores tellement ! Du reste, il y a de quoi se demander ce qui ne tourne pas rond chez quelqu'un qui choisit de passer son temps avec des morts. Des morts réfrigérés, puants, pourris, et en plus des vermines, pour la plupart d'entre eux !

Je repris la voie express en direction du centre.

— Alors que moi, au contraire, je crois aux relations. Je passe mon temps en explorations créatrices, en réflexion, en relations. Mon idée, c'est que le corps est un temple dont nous devons prendre soin, dont nous devons être fiers. Regarde-toi, ajouta-t-elle après une pause dramatique : tu fumes, tu bois, je parie que tu n'es même pas inscrite dans un club de gym ! Pourquoi tu n'es pas grasse et molle, ça, c'est un mystère, à moins que ce ne soit parce que tu passes ton temps debout dans cette foutue morgue, à découper les gens en morceaux, ou à cavaler d'un meurtre à l'autre ! Mais venons-en au pire, ajouta-t-elle en se penchant sur moi, l'haleine chargée d'aigres vapeurs de vodka.

— Dorothy, attache ta ceinture, lui dis-je calmement.

— C'est ce que tu as fait à ma fille, mon enfant unique ! Tu n'as jamais eu d'enfant parce que tu étais trop occupée. Alors, tu m'as pris le mien ! me souffla-t-elle à la figure. Je n'aurais jamais, jamais dû la laisser venir te voir. Mais qu'est-ce qui m'a pris de la laisser passer des étés avec toi ?

Elle se prit la tête à deux mains dans un geste théâtral.

— Tu lui as farci la tête de toutes ces saloperies d'enquêtes,

267

d'armes, de munitions ! À dix ans, tu l'avais transformée en une putain de cinglée d'informatique, à l'âge où les petites filles devraient faire des goûters, monter à dos de poney et se faire des amis !

Attentive à la route, je la laissais délirer.

— Tu lui as fait rencontrer cette espèce de gros plouc de flic hideux ! Le seul homme avec lequel tu aies une relation intime. J'espère au moins que tu ne couches pas avec ce porc ! Et même si je suis désolée de ce qui est arrivé à Benton, il faut reconnaître que c'était un faible ; il manquait d'énergie, de vitalité !

« C'était toi l'homme de la relation, toi, *madame le docteur-avocat-grand chef* ! Je te l'ai déjà dit, et je te le répète, tu n'es qu'un homme avec des gros seins. Tu trompes ton monde avec tes fringues Ralph Lauren et ta bagnole de luxe ! Tu te crois tellement sexy avec tes gros nichons. Tu m'as toujours fait sentir que je n'étais pas normale, tu te moquais de moi quand je commandais tous ces trucs, ces soutiens-gorge à balconnets. Et tu te souviens de ce que maman m'a dit quand elle m'a donné la photo d'une main d'homme poilue : "Voilà ce qui fait grossir les seins d'une femme" !

— Tu es soûle.

— On était adolescentes, et tu te moquais de moi !

— Je ne me suis jamais moquée de toi.

— Tu me donnais l'impression d'être laide et stupide, toi avec tes cheveux blonds, ta poitrine, et tous les garçons qui parlaient de toi. Et en plus, bien sûr, il fallait que tu sois intelligente. D'ailleurs, tu l'as toujours pensé, que tu étais tellement plus intelligente, parce que moi, je n'ai rien fait d'autre que de l'anglais !

— Arrête, Dorothy.

— Je te déteste.

— Non, tu ne me détestes pas.

— Mais tu n'as jamais réussi à me tromper, oh non !

Elle secouait la tête dans tous les sens, m'agitant un doigt sous le nez.

— Oh non, moi je vois clair, et j'ai toujours soupçonné la vérité !

J'arrivais près du *Berkeley Hotel,* et elle ne l'avait même pas remarqué. Elle criait, le visage ruisselant de larmes.

— Tu n'es qu'une gouine planquée, un jules ! *Et c'est à*

cause de toi que ma fille est comme ça ! Aujourd'hui, elle manque de se faire tuer, et elle me regarde comme si j'étais une merde !

— Rentre à l'hôtel, et va dormir.

Elle s'essuya les yeux et regarda à travers la vitre, comme si l'hôtel était un vaisseau spatial qui venait de se poser en silence.

— Je ne te laisse pas sur le bord de la route, Dorothy. Mais là, je crois qu'il vaut mieux que nous nous quittions.

Elle renifla. Sa fureur retomba d'un coup.

— Je te raccompagne à ta chambre.

Elle secoua la tête, les mains immobiles sur ses genoux, les larmes roulant doucement sur son visage défait.

— Elle ne voulait pas me voir, dit-elle dans un souffle de voix. À l'instant où je suis sortie de l'ascenseur dans cet hôpital, elle m'a regardée comme si je puais.

Des gens sortaient de la *Tobacco Company*. Je reconnus les hommes qui se trouvaient à la table de Dorothy ; ils s'éloignaient d'une démarche peu assurée, riant trop bruyamment.

— Elle a toujours voulu te ressembler, Kay. Est-ce que tu as la moindre idée de ce que ça m'a fait ? cria-t-elle. Moi aussi, je suis quelqu'un ! Pourquoi ne voudrait-elle pas me ressembler ?

Soudain, elle se pencha et me serra contre elle. Elle pleura dans mon cou, sanglota en tremblant. Je voulais l'aimer, mais je ne l'aimais pas. Je n'avais jamais pu.

— Moi aussi, je veux qu'elle m'adore ! s'exclama-t-elle, emportée par l'émotion, l'alcool et sa propension au drame. Moi aussi, je veux qu'elle m'admire ! Je veux qu'elle soit fière de moi, comme elle l'est de toi ! Je veux qu'elle pense que je suis forte et brillante, que tout le monde se retourne quand j'entre dans une pièce. Je veux qu'elle pense et qu'elle dise de moi tout ce qu'elle pense et dit de toi ! Je veux qu'elle me demande *mon* avis, et qu'elle veuille me ressembler !

J'actionnai le levier de vitesse et la déposai juste devant l'entrée de l'hôtel.

— Dorothy, tu es la personne la plus égoïste que je connaisse.

30

IL ÉTAIT PRESQUE 21 heures lorsque je rentrai à la maison. Je me demandais si je n'aurais pas mieux fait de ramener Dorothy avec moi au lieu de la laisser à l'hôtel. Je n'aurais pas été le moins du monde surprise si elle avait illico retraversé la rue en direction du bar. Peut-être y avait-il encore là-bas quelques hommes esseulés qu'elle pourrait divertir.

Je consultai mes messages, irritée par le nombre de personnes qui avaient raccroché. Il y en avait sept. Le numéro du correspondant était à chaque fois « non identifié ». Les journalistes n'aimaient pas laisser de messages, même à mon bureau, sachant que je ne rappellerais pas. J'entendis une portière claquer dans l'allée et me demandai un instant s'il ne s'agissait pas de Dorothy. Je vis s'éloigner un taxi jaune, et Lucy sonna à la porte.

Elle portait une petite valise et un sac fourre-tout qu'elle posa dans l'entrée, fermant la porte d'une poussée. Elle ne se pencha pas pour m'embrasser.

Sa joue gauche n'était qu'une énorme ecchymose rouge foncé, et plusieurs autres plus petites commençaient à virer au jaune. J'avais suffisamment vu ce type de blessures pour savoir qu'elle avait reçu des coups de poing.

— Je la déteste, attaqua-t-elle en me foudroyant du regard comme si j'étais responsable de quoi que ce soit. Qui lui a dit de venir ici ? C'est toi ?

— Tu sais très bien que je ne ferais jamais une chose pareille. Entre, nous allons parler. Mon Dieu, je commençais à croire que je ne te reverrais plus jamais.

Je l'installai devant le feu, dans lequel je jetai une nouvelle bûche. Lucy avait une mine épouvantable. Des cernes affreux soulignaient ses yeux, ses cheveux bruns tirant sur le roux lui tombaient dans la figure, et elle flottait dans son jean et son pull. Elle posa un pied sur ma table basse et ôta son arme et son holster de cheville dans un bruit de Velcro.

— Tu as quelque chose à boire dans cette maison ? demanda-t-elle. Du bourbon ? Il n'y avait pas de chauffage dans ce foutu taxi, et la fenêtre ne fermait pas, je suis gelée. Regarde.

Ses ongles étaient tout bleus. Elle tendit ses mains vers moi et je les pris dans les miennes. Je me rapprochai d'elle sur le canapé et l'entourai de mes bras. Elle paraissait si mince.

— Où sont donc passés tous tes muscles ? dis-je en plaisantant.

— Je n'ai pas beaucoup mangé..., répondit-elle en fixant le feu.

— Ils n'ont rien à manger, à Miami ?

Impossible de la faire sourire.

— Pourquoi maman est-elle venue ? Pourquoi est-ce qu'elle ne peut pas simplement me laisser tranquille ? Toute ma vie, elle n'a rien fait, pas un seul foutu truc, sinon me flanquer à la figure tous ses mecs, se pavaner avec toutes ces bites à ses pieds, alors que moi, je n'avais personne.

— Tu m'as toujours eue, moi.

Elle repoussa ses cheveux sans paraître m'entendre.

— Tu sais ce qu'elle a fait, à l'hôpital ?

— Comment a-t-elle réussi à te trouver ?

Il me fallait d'abord une réponse à cette question, et Lucy comprenait pourquoi je la posais.

— Parce que c'est ma mère biologique, dit-elle avec un chantonnement sarcastique. Que ça me plaise ou non, elle figure sur plusieurs formulaires, et, bien entendu, elle sait qui est Jo. Alors, elle s'est débrouillée pour trouver les parents de Jo à Richmond, et pour tout découvrir, parce que c'est une manipulatrice et que les gens la trouvent toujours merveilleuse. Les Sanders lui ont donné le numéro de chambre de Jo, et maman a débarqué à l'hôpital ce matin. Je ne savais même pas qu'elle était là, j'étais assise dans la salle d'attente, et la voilà qui arrive, comme une prima donna.

Elle serrait et desserrait les poings machinalement.

— Et devine ce qui s'est passé ensuite ? Maman a joué la grande scène du II avec les Sanders. Leur a apporté du café,

271

des sandwiches, les a fait bénéficier de ses perles philosophiques. Ils parlent, ils parlent, je suis assise là comme si je n'existais pas, et voilà que maman arrive, et qu'elle me tapote la main en me disant que « Jo ne reçoit pas de visites aujourd'hui ». Je lui demande pour qui elle se prend ? Elle me répond que les Sanders lui ont demandé de me prévenir, parce qu'ils ne voulaient pas me blesser. Alors, putain, j'ai fini par partir, et peut-être que maman est encore là-bas !

— Non, elle n'y est plus.

Lucy se leva et donna un coup de tisonnier dans le feu, qui parut protester dans une gerbe d'étincelles.

— Elle est allée trop loin. Cette fois-ci, c'est fini, dit ma nièce.

— Ne parlons pas d'elle, mais de toi. Raconte-moi ce qui s'est passé à Miami.

Elle s'assit sur le tapis, appuyée au canapé, les yeux fixés sur le feu. Je me levai et allai lui servir un bourbon au bar.

— Tante Kay, il faut que je la voie.

Je lui tendis son verre, me rassis, puis lui massai les épaules. Elle commença à se détendre, sa voix se fit un peu somnolente.

— Elle est là-dedans sans même savoir que je l'attends. Elle pense peut-être que je m'en fiche.

— Pourquoi irait-elle penser une chose pareille, Lucy ?

Elle ne répondit pas, le regard rivé sur les flammes et la fumée, et sirota son bourbon.

— Quand on est parties là-bas dans mon petit bolide Mercedes, dit-elle d'une voix lointaine, Jo m'a dit qu'elle avait un mauvais pressentiment. Je lui ai dit que c'était normal, quand on se prépare à faire une descente. Je me suis même moquée d'elle à cause de ça.

Elle s'arrêta, sans quitter les flammes des yeux, comme si elle en attendait un signe, puis reprit :

— On est arrivées à la porte de l'appartement que ces connards de Cent soixante-cinq utilisent pour se réunir, et Jo est entrée la première. Ils étaient six au lieu de trois. On s'est tout de suite dit qu'on s'était fait avoir, et je savais ce qu'ils allaient faire. L'un des types a attrapé Jo et lui a pointé une arme sur la tempe, pour lui faire avouer l'endroit où nous avions prévu de faire la descente sur Fisher Island.

Après une profonde inspiration, elle se tut, comme si elle

était incapable de continuer. Elle prit une autre gorgée de bourbon.

– Seigneur, qu'est-ce que c'est que ce truc ? Rien que les vapeurs m'assomment.

– Du pur 50 degrés. D'habitude, je ne pousse pas à la consommation, mais je crois que là ça ne te ferait pas de mal d'être un peu assommée. Reste avec moi.

– L'ATF et la DEA n'ont commis aucune erreur, me dit-elle.

– Ces choses-là arrivent, Lucy.

– J'ai dû réfléchir à toute blinde. La seule chose que j'aie trouvée, c'était de faire comme si je me fichais pas mal qu'ils lui fassent sauter la cervelle. Ils étaient là à lui coller un flingue sur la tempe, et je me suis mise à faire comme si elle me faisait chier. Ils ne s'y attendaient pas du tout.

Elle prit une nouvelle gorgée de bourbon. L'alcool lui faisait un effet foudroyant.

– J'ai marché sur ce connard de Marocain avec le flingue, et, sous son nez, je lui ai dit d'y aller, de la flinguer, que c'était une connasse et que j'en avais marre de l'avoir toujours dans les pattes. Mais que s'il faisait ça, il se baisait, lui et les autres.

Les yeux écarquillés, sans un battement de cils, elle regardait le feu, revivant la scène.

– Je lui ai dit : « Tu crois que je savais pas que vous alliez vous servir de nous pour faire ça ? Tu me prends pour une conne ? Eh bien, j'en ai une bien bonne pour vous ! J'ai oublié de vous dire que M. Tortora nous attend – et là j'ai regardé ma montre – dans exactement une heure et seize minutes. J'ai pensé que ce serait bien de le mettre un peu au courant avant que vous débarquiez pour lui faire la peau, lui piquer tous ses putains de flingues, son putain de fric et sa putain de cocaïne, espèces d'enfoirés ! Alors, qu'est-ce qui va se passer s'il ne nous voit pas débarquer ? Vous ne croyez pas qu'il va s'énerver un peu ? »

Impossible de détacher mon regard de Lucy, impossible d'échapper aux visions qui m'envahissaient malgré moi. Je l'imaginais jouant le tout pour le tout, je la revoyais en tenue de combat sur des champs de tir, aux commandes d'un hélicoptère ou programmant des ordinateurs. Je me remémorais l'enfant insupportable et déchaînée que j'avais presque élevée. Marino avait raison. Lucy était persuadée d'avoir tout à prouver, et sa première réaction avait toujours été de se battre.

— Je n'ai pas eu l'impression qu'ils gobaient vraiment mon histoire. Alors, je me suis retournée vers Jo. Je n'oublierai jamais son regard, le canon du pistolet contre sa tempe. Ses yeux. (Elle s'interrompit un instant.) Ses yeux étaient tellement calmes quand elle me regardait, parce que...

Sa voix se mit à trembler.

— Parce qu'elle voulait que je sache qu'elle m'aimait...

Les sanglots l'étouffèrent.

— Qu'elle m'aimait ! Elle voulait que je le sache parce qu'elle était persuadée... (Elle haussa le ton puis s'arrêta.) Elle était persuadée qu'on allait mourir. C'est là que j'ai commencé à lui crier dessus. Je la traitais de connasse stupide, et je la giflais tellement fort que je ne sentais plus ma main.

« Et elle me regardait comme s'il n'existait plus rien d'autre que moi, le sang dégoulinait de son nez et de sa bouche, un filet rouge striait son visage, gouttait de son menton. Elle ne pleurait même pas. Elle était *out*, complètement absente, elle avait oublié son rôle, son entraînement, tous ces putains de trucs qu'elle sait qu'elle doit faire ! Je l'ai attrapée, je l'ai poussée brutalement par terre, à califourchon sur elle, j'ai hurlé, je l'ai giflée...

Elle s'essuya les joues et regarda droit devant elle.

— Et le plus terrible, tante Kay, c'est que tout ça est en partie sincère. Je lui en voulais tellement de m'avoir laissée tomber comme ça, d'avoir baissé les bras. Bon sang, elle allait mourir, comme ça !

— Comme Benton, remarquai-je doucement.

Lucy s'essuya le visage sur sa chemise sans paraître m'entendre.

— Putain, j'en ai marre des gens qui baissent les bras et m'abandonnent, dit-elle d'une voix brisée. Les gens qui renoncent alors que j'ai besoin d'eux, putain !

— Benton n'avait pas renoncé, Lucy.

— Je continuais à hurler contre Jo, à la frapper et à lui dire que j'allais la tuer, assise là à califourchon sur elle, en la tirant par les cheveux ! Ça l'a réveillée, ça l'a même foutue en rogne, et elle s'est mise à me rendre mes coups. Elle m'a traitée de salope de Cubaine, m'a craché du sang à la figure, m'a balancé des coups de poing... À ce moment-là, les mecs ont rigolé et sifflé en se prenant l'entrejambe...

Elle prit une profonde inspiration, ferma les yeux et s'appuya contre mes jambes. La lueur du feu jouait sur son beau visage aux traits marqués.

– Elle a vraiment commencé à lutter. J'ai tellement serré les genoux que je me demande encore comment je ne lui ai pas brisé les côtes, et pendant qu'on se battait comme ça, j'ai déchiré sa chemise. Là, les mecs se sont vraiment déchaînés, et ils ne m'ont pas vu sortir mon arme de mon étui de cheville. Je me suis mise à tirer, et je n'ai fait que ça, tirer, tirer, tirer...

Sa voix retomba. Je me penchai et l'entourai de mes bras.

– Tu sais, je portais un de ces jeans amples, pour dissimuler mon Sig-Sauer. Ils disent que j'ai tiré onze coups. Je ne me souviens même pas d'avoir éjecté le chargeur vide pour en glisser un autre. Il y a des agents partout, je me retrouve à tirer Jo vers la porte, et elle perd beaucoup de sang à la tête.

Sa lèvre inférieure trembla, et elle continua d'une voix lointaine. Elle n'était plus là, mais là-bas, au milieu de ces hommes, au milieu de ce sang.

– Tirer, tirer, tirer. Et son sang sur mes mains.

Sa voix monta, presque incantatoire.

– Je l'ai frappée, frappée, je sens encore la brûlure de sa joue contre la paume de ma main.

Elle regarda ses doigts, comme si elle les détestait.

– Sa peau était si douce, et elle a saigné. J'ai versé son sang. J'ai fait saigner la peau que j'avais touchée et aimée. Puis les flingues, les flingues, la fumée, le bourdonnement dans mes oreilles, quand c'est comme ça, ça pète dans tous les sens. C'est fini, et on ne sait jamais quand ça a commencé. Je savais qu'elle était morte.

Elle baissa la tête et pleura doucement tandis que je lui caressais les cheveux.

– Tu lui as sauvé la vie, et tu as sauvé la tienne, dis-je enfin. Jo sait ce que tu as fait, et pourquoi tu l'as fait. Elle ne peut que t'en aimer encore plus.

– Cette fois-ci, je vais avoir des ennuis, tante Kay.

– Tu es une héroïne, rien d'autre.

— Non, tu ne comprends pas. Que la fusillade ait été justifiée, que l'ATF me donne une médaille, tout ça n'a aucune importance.

Elle se redressa et se leva, puis me lança un regard où le sentiment d'échec le disputait à une autre émotion que je n'identifiai pas. Peut-être était-ce le chagrin. Elle n'avait jamais montré de chagrin à la mort de Benton, je ne lui avais jamais vu que de la rage.

— Tu sais, la balle qu'ils ont extraite de sa jambe ? C'est une Hornady Custom à tête creuse chemisée, 90 grains. Une des miennes.

Je ne sus que répondre.

— C'est moi qui lui ai tiré dessus, tante Kay.

— Même si c'est le cas...

— Et si elle ne remarche plus jamais ? Si j'ai fichu son avenir en l'air ?

— Elle ne sautera plus d'hélicoptère avant un moment, mais elle va se remettre.

— Et si je l'ai défigurée avec mes putains de poings ?

— Lucy, écoute-moi. Tu lui as sauvé la vie, et si pour cela, tu as tué deux personnes, eh bien tant pis. Tu n'avais pas le choix. Tu ne le voulais pas vraiment.

— Et comment que si ! J'aurais voulu les tuer tous.

— Tu ne le penses pas sérieusement.

— Je devrais peut-être devenir mercenaire, dit-elle avec amertume. Vous voulez vous débarrasser des meurtriers, des violeurs, des voleurs de voitures, des pédophiles, des trafiquants de drogue ? Composez le 3615-L-U-C-Y.

— Ce n'est pas en tuant que tu ramèneras Benton à la vie.

On aurait dit qu'elle ne m'entendait pas.

— Il ne voudrait surtout pas que tu réagisses ainsi.

Le téléphone sonna.

— Il ne t'a pas abandonnée, Lucy, ne sois pas en colère contre lui parce qu'il est mort.

Le téléphone sonna une troisième fois, et elle ne put se contenir. Elle s'empara du combiné, incapable de dissimuler l'espoir et la peur dans son regard. Je ne me décidais pas à lui dire ce que m'avait confié le docteur Worth. Ce n'était pas le moment.

— Bien sûr, ne quittez pas, dit-elle en me tendant le téléphone avec une expression déçue et blessée.

– Oui ? demandai-je à contrecœur.

Une voix d'homme que je ne connaissais pas demanda :

– C'est bien le docteur Scarpetta ?

– Qui êtes-vous ?

– Il est important que je vérifie votre identité, continua-t-il.

– Si vous êtes journaliste...

– Je vais vous donner un numéro de téléphone.

– Et moi, je vais vous promettre quelque chose : si vous ne me dites pas qui vous êtes, je raccroche.

– Je vais vous donner le numéro.

Et il entreprit de me le dicter avant que je puisse refuser. Je reconnus l'indicatif de la France.

– Il est 3 heures du matin, en France ! lui dis-je comme s'il l'ignorait.

– Aucune importance. Nous avons reçu de votre part des informations que nous avons entrées dans notre système informatique.

– Pas de ma part.

– Non, effectivement, pas au sens strict, vous ne l'avez pas tapé sur votre clavier, docteur Scarpetta, dit-il d'une voix chaude et enveloppante de baryton. Je suis au secrétariat d'Interpol à Lyon, m'informa-t-il. Appelez le numéro que je vous ai donné, vous tomberez sur notre messagerie vocale.

– C'est une blague... ?

– Je vous en prie.

Je raccrochai et composai le numéro. Une voix de femme à l'accent français très prononcé dit « Bonjour, hello », et donna les horaires d'ouverture dans les deux langues. Puis je composai le numéro de poste qu'il m'avait donné et me retrouvai de nouveau en ligne avec lui.

– *Bonjour, hello* ? C'est censé vous identifier ? Pour ce que j'en sais, ce pourrait être un restaurant.

– Faxez-moi une page de votre papier à en-tête. Ensuite, je vous expliquerai.

Il me donna le numéro. Je le mis en attente et retournai dans mon bureau, puis lui expédiai une feuille de mon papier à en-tête tandis que Lucy demeurait devant le feu, le menton dans une main, le coude posé sur son genou, amorphe.

– Je m'appelle Jay Talley, je suis l'agent de liaison de l'ATF à Interpol, m'expliqua-t-il lorsque je le repris en ligne.

277

Vous devez immédiatement venir nous retrouver ici, vous et le capitaine Marino.

— Je ne comprends pas. Vous devez avoir eu connaissance de mes rapports, je n'ai rien à y ajouter pour l'instant.

— Nous ne vous demanderions pas cela si ce n'était pas important.

— Marino n'a pas de passeport.

— Il s'est rendu aux Bahamas il y a trois ans.

J'avais oublié que Marino avait emmené l'un de ses nombreux mauvais choix en matière de femmes pour une croisière de trois jours. Leur relation n'avait pas duré plus longtemps.

— Je me fiche de l'importance que vous y accordez. Il n'est pas question que je monte dans un avion pour la France tant que je ne saurai pas ce que...

— Une seconde, s'il vous plaît, me coupa-t-il, poliment mais avec autorité. Sénateur Lord ? Vous êtes là, monsieur ?

— Je suis là.

— Frank ? dis-je, abasourdie. Où êtes-vous ? En France ?

Je me demandai depuis combien de temps il s'était joint à notre conversation.

— Écoutez, Kay, c'est important, me dit-il d'une voix destinée à me rappeler qui il était. Allez-y, et allez-y maintenant. Nous avons besoin de votre aide.

— Nous ?

Talley reprit la parole :

— Vous devez vous trouver avec Marino au terminal privé Millionnaire à 4 h 30 du matin, heure locale. Dans moins de six heures.

— Je ne peux pas partir tout de suite..., commençai-je, tandis que Lucy apparaissait dans l'encadrement de la porte.

— Ne soyez pas en retard. Votre correspondance à New York est à 8 h 30.

Je croyais que le sénateur Lord avait raccroché, mais sa voix résonna de nouveau :

— Merci, agent Talley. Je vais lui parler, maintenant.

J'entendis Talley raccrocher.

— Je veux savoir comment vous allez, Kay, demanda mon ami.

— Je n'en ai pas la moindre idée.

— Kay, j'ai de l'affection pour vous, je ne veux pas qu'il

vous arrive quoi que ce soit. Faites-moi confiance. Maintenant, dites-moi comment vous allez.

— Eh bien, à part le fait qu'on me somme de partir pour la France, que je suis sur le point d'être virée, et que...

J'allais ajouter ce qui était arrivé à Lucy, mais elle se trouvait là, devant moi.

— Tout se passera bien, dit le sénateur Lord.

— C'est vous qui le dites, répliquai-je.

— Faites-moi confiance.

Ce que j'avais toujours fait.

— On va vous demander de faire des choses auxquelles vous allez vous opposer. Des choses qui vont vous effrayer.

— On ne m'effraie pas facilement, Frank.

31

MARINO VINT ME CHERCHER à 3 h 45. C'est une heure cruelle, une heure qui me rappelait les gardes de nuit à l'hôpital, les premières années de ma carrière, lorsque l'on m'appelait pour ceux dont personne ne voulait s'occuper.

— Maintenant, vous savez l'effet que ça fait de se taper les rondes de nuit, remarqua Marino tandis que nous roulions sur des routes verglacées.

— Je le savais déjà.

— Ouais, mais la différence, c'est que quand vous voulez pas y aller, vous n'y allez pas. Vous expédiez quelqu'un d'autre sur le lieu du crime, et vous restez chez vous. Vous êtes le chef.

— Marino, pourquoi faut-il toujours que j'abandonne Lucy lorsqu'elle a besoin de moi ?

— Croyez-moi, doc, elle comprend très bien. De toute façon, elle va probablement partir pour Washington se coltiner toutes ces conneries d'auditions.

Je ne lui avais pas parlé de la visite de Dorothy, sachant qu'elle l'énerverait.

— Vous faites partie du collège de la faculté, au MCV. Je veux dire, vous êtes un vrai docteur.

— Au bout de tant d'années, c'est gentil de vous en apercevoir, Marino !

— Vous pouvez pas parler à l'administrateur, je sais pas, moi, un truc comme ça ? dit-il en enfonçant l'allume-cigares. Vous pouvez pas utiliser vos relations pour que Lucy puisse la voir ?

— Tant que Jo est incapable de décider ce qu'elle souhaite, sa famille exerce un contrôle absolu sur les gens qui peuvent lui rendre visite.

– Putains de cinglés de fanatiques religieux ! Espèces de fachos qui ne savent que brandir la Bible !

– Il fut un temps où vous aussi étiez assez étroit d'esprit, Marino, lui rappelai-je. Je crois me souvenir que vous parliez de pédés et de tapettes, et d'autres appellations injurieuses que je ne veux même pas répéter !

– Ouais, eh ben, je le pensais pas vraiment.

Il régnait une température polaire au terminal des jets Millionnaire. Un coup de vent cinglant me fit perdre l'équilibre lorsque je sortis les bagages de l'arrière du pick-up.

Nous fûmes accueillis par deux pilotes assez peu loquaces qui nous ouvrirent une grille, nous précédant sur le tarmac où attendait un Learjet. Une épaisse enveloppe en kraft portant mon nom était posée sur l'un des sièges.

J'éteignis les lumières de la cabine dès le décollage et dormis jusqu'à notre atterrissage à Teterboro, dans le New Jersey.

Nous descendîmes les marches métalliques tandis qu'un Ford Explorer roulait silencieusement dans notre direction. Une neige fine mais têtue me brûlait le visage.

– Un flic, remarqua Marino avec un signe de tête lorsque l'Explorer s'arrêta près de l'avion.

– Comment le savez-vous ?

– Je le sais toujours.

Le conducteur, en jean et blouson de cuir, avait cette attitude que j'avais vue mille fois, celle des gens blasés, qui ne s'étonnent plus de rien. Il rangea nos bagages dans le coffre, Marino monta à l'avant, et ils se lancèrent dans une série de considérations et d'anecdotes : le conducteur appartenait à la police de New York, et Marino en avait autrefois fait partie. Je somnolai, saisissant de temps en temps des bribes de conversation.

– ... Adams, de la section des enquêtes, il a appelé vers 11 heures. Je suppose qu'Interpol l'avait eu d'abord. Je ne savais pas qu'il avait quoi que ce soit à voir avec eux.

– Ah ouais ? Une grande gueule, je parie...

Sa voix me parvenait assourdie.

– Oh, non, il est réglo...

Je flottais dans un demi-sommeil, amorphe. Je sentais les lumières de la ville sur mes paupières, et ce creux douloureux qui se nichait à nouveau dans ma poitrine.

– ... tellement bourré une nuit que, quand je me suis réveillé, je ne savais plus où étaient ma voiture ni mon badge. Ça, c'était la goutte d'eau...

La seule fois de ma vie où j'avais pris un vol supersonique, c'était avec Benton. Je me souvenais de son corps contre moi, de la chaleur intense de mes seins contre lui. Nous étions installés sur de petits sièges de cuir gris, savourant un vin français et contemplant les petits pots de caviar que nous n'avions pas l'intention de manger.

Je me souvenais d'un échange de paroles blessantes qui s'était soldé par une nuit d'amour désespérée, à Londres, dans un appartement près de l'ambassade américaine. Peut-être Dorothy n'avait-elle pas tort. Peut-être étais-je quelquefois trop distante. Mais elle se trompait sur Benton. Il n'avait jamais été faible, et nos nuits avaient été passionnées.

– Docteur Scarpetta ?

Une voix me ramena à la réalité.

– Nous y sommes, dit le chauffeur en me regardant dans le rétroviseur.

Je me frottai le visage et réprimai un bâillement. Le vent soufflait encore plus fort, et la température était presque polaire. Je procédai à l'enregistrement au comptoir d'Air France. Ma confiance en Marino était plus que limitée dès qu'il s'agissait de billets, de passeports, ou de trouver la bonne porte d'embarquement sans se faire remarquer.

Le vol n° 2 partait dans une heure et demie. Lorsque je m'assis dans le salon d'attente du Concorde, les yeux me brûlaient, et une chape de fatigue me tomba sur les épaules. Marino était impressionné. D'une voix trop forte pour être discrète, il tenta de murmurer :

– Regardez-moi ça ! Vous avez vu le bar ? Le type là-bas s'envoie une bière, et il est à peine 7 heures du matin.

Cette idée réveilla Marino.

– Vous voulez quelque chose ? demanda-t-il. Un journal ?

– Pour être tout à fait franche, en ce moment, je me fiche pas mal de ce qui se passe dans le monde.

J'aurais préféré qu'il me laisse tranquille.

Il revint avec deux assiettes sur lesquelles s'empilaient des pâtisseries, du fromage et des crackers, une canette de Heineken coincée sous l'aisselle.

– Devinez quoi, dit-il en posant son en-cas sur la table basse à côté de lui. Il est presque 15 heures, en France.

Il ouvrit sa bière.

– Y a des gens qui mélangent du champagne et du jus d'orange, vous saviez ça ? Et je suis presque sûr qu'il y a quelqu'un de célèbre, là-bas. Elle porte des lunettes de soleil et tout le monde la regarde.

Je m'en fichais.

– Le type qui l'accompagne a l'air célèbre aussi, le genre Mel Brooks.

– Est-ce que la femme ressemble à Anne Bancroft ? murmurai-je.

– Ouais !

– Alors c'est bien Mel Brooks.

D'autres passagers, vêtus de façon beaucoup plus luxueuse que nous, nous jetèrent des regards vaguement interrogatifs. Un homme déplia *Le Monde* avec bruit et but son café.

– Je l'ai vue dans *Le Lauréat*. Vous vous en souvenez ? continua Marino.

J'étais maintenant bien réveillée et j'aurais préféré disparaître sous terre.

– Merde, c'était mon fantasme, ça ! La prof qui vous donne des cours *particuliers*, celle qui vous fait croiser les jambes.

Je tendis le doigt :

– Vous pouvez voir le Concorde à travers la vitre, là.

– Quand je pense que j'ai pas apporté d'appareil photo, dit-il en avalant une gorgée de bière.

– Vous devriez essayer d'en trouver un, suggérai-je.

– Vous croyez qu'ils vendent de ces petits appareils jetables, ici ?

– Des français, seulement.

Il hésita un moment, puis me jeta un regard torve.

– Je reviens.

Bien entendu, il avait laissé son billet et son passeport dans la poche de son manteau sur son siège, et lorsqu'on nous annonça qu'on allait procéder à l'embarquement, je reçus sur mon *pager* un message texte urgent, m'informant qu'on l'empêchait de réintégrer le salon. Il attendait au comptoir, rouge de colère, un vigile à ses côtés.

— On ne va pas commencer le voyage comme ça ! lui dis-je à voix basse tandis que nous regagnions le salon et suivions les autres passagers en direction de l'avion.

— Je leur ai expliqué que j'allais le chercher ! Saloperies de Français ! Si ces gens parlaient anglais comme tout le monde, ce genre de conneries n'arriverait pas !

Nous avions des sièges voisins, mais heureusement l'avion n'était pas bondé, aussi allai-je m'installer de l'autre côté de l'allée. Marino parut se vexer, mais retrouva sa bonne humeur lorsque je lui donnai la moitié de mon poulet au citron, mon roulé à la vanille et mes chocolats. Je n'ai pas la moindre idée du nombre de bières qu'il ingurgita, mais il effectua un certain nombre d'allées et venues dans l'allée étroite, tandis que nous volions à deux fois la vitesse du son. Nous atteignîmes l'aéroport Charles-de-Gaulle à 18 h 20, heure locale.

Une Mercedes bleu foncé nous attendait à l'extérieur du terminal. Marino essaya d'entamer la conversation avec le chauffeur, qui refusa qu'il s'asseye à l'avant et parut ne pas lui prêter la moindre attention. Marino baissa sa vitre pour souffler sa fumée à l'extérieur, un air maussade sur le visage, laissant un vent glacial s'engouffrer dans la voiture. Des immeubles misérables défigurés par les graffitis défilaient, puis se dessina la ligne d'horizon illuminée d'une ville moderne. Les dieux de l'entreprise, Hertz, Honda, Technics et Toshiba, brillèrent de tous leurs feux dans la nuit, depuis les hauteurs de leur Olympe.

— Bon sang, ça pourrait aussi bien être Chicago, se plaignit Marino. Je me sens vraiment bizarre.

— C'est le décalage horaire.

— Je suis déjà allé sur la côte Ouest, je n'ai jamais éprouvé ça.

— Ce décalage-là est pire.

— Je crois que ça tient de la vitesse, continua-t-il, si vous réfléchissez bien. Quand vous regardez à travers ce tout petit hublot, c'est comme si vous étiez dans une navette spatiale, non ? Vous voyez même pas ce foutu horizon. Y a pas de nuages à cette hauteur, l'air est trop raréfié, il fait probablement moins 80 degrés. Y a pas d'oiseaux, pas d'avions normaux, rien.

Un policier dans une Citroën blanche rayée de rouge et

de bleu arrêtait un automobiliste près de la Banque de France. Les magasins se transformèrent en boutiques chics, et je me souvins que j'avais oublié de demander le taux de change.

Marino continua ses explications scientifiques :

— C'est pour ça que j'ai encore faim. Quand vous allez à cette vitesse, il faut que le métabolisme compense. Combien ça peut représenter de calories ? Quand on a passé la douane, je sentais rien du tout, pas vous ? J'avais pas l'impression d'avoir trop bu ou trop mangé.

Il n'y avait pas beaucoup de décorations de Noël, même au cœur de la ville. Les Parisiens avaient suspendu de modestes guirlandes électriques et des branches de sapin à l'extérieur des magasins et des bistrots, et jusqu'à présent je n'avais pas vu un seul père Noël, à l'exception d'un gigantesque bonhomme gonflable qui, à l'aéroport, battait des bras comme s'il faisait sa gymnastique.

Dans le hall de marbre du *Grand Hôtel*, où notre guide nous apprit que nous allions séjourner, des poinsettias et un arbre de Noël marquaient un peu plus la venue des fêtes.

— Nom de Dieu ! dit Marino en regardant les colonnes et un gigantesque lustre. Qu'est-ce que ça peut coûter, une chambre dans cette taule ?

D'incessantes sonneries de téléphone trouaient le brouhaha, et la queue à la réception était effroyablement longue. Il y avait des bagages partout, et je compris avec un abattement croissant qu'un groupe de touristes venait d'arriver.

— Vous savez quoi, doc ? Je vais même pas pouvoir me payer une bière, ici !

— Il faudrait déjà que vous arriviez à atteindre le bar. J'ai l'impression qu'on en a pour la nuit.

À l'instant où je disais cela, quelqu'un m'effleura le bras, et je me retrouvai face à un homme souriant en costume sombre.

— Madame Scarpetta ? Monsieur Marino ?

Il nous fit sortir de la queue.

— Je suis désolé, je ne vous avais pas repérés dans la foule. Je m'appelle Ivan. Vous êtes déjà enregistrés. Venez, je vais vous montrer vos chambres.

Je n'arrivais pas à déterminer l'origine de son accent, mais il n'était pas français. Il nous fit traverser le hall, nous conduisit à des ascenseurs de cuivre rutilants et appuya sur le bouton du troisième étage.

— D'où êtes-vous originaire ? lui demandai-je.

— Oh, d'un peu partout, mais je suis à Paris depuis de nombreuses années.

Nous longeâmes à sa suite un grand couloir, jusqu'à des chambres voisines. Je fus surprise et déconcertée de voir nos bagages déjà à l'intérieur.

— Si vous avez besoin de quoi que ce soit, appelez-moi, dit Ivan. Vous avez probablement intérêt à prendre vos repas au restaurant de l'hôtel. Une table vous est réservée, et, bien entendu, il existe un service de chambre.

Il nous quitta aussitôt, avant que j'aie eu le temps de lui donner un pourboire. Marino et moi demeurâmes sur le seuil de nos chambres respectives.

— Ça me défrise, ça, dit-il. J'aime pas ces cachotteries de merde d'agent secret. D'abord, comment est-ce qu'on sait qui c'est ? Je parie qu'il ne travaille même pas à l'hôtel.

— Marino, inutile d'avoir ce genre de conversation dans le couloir, dis-je calmement.

Si je ne disposais pas bientôt d'un moment de solitude, j'allais devenir violente.

— Alors, quand est-ce que vous voulez manger ?

— Je vous appelle quand je suis prête, d'accord ?

— Ben, j'ai vraiment faim.

— Pourquoi n'allez-vous pas au restaurant ? suggérai-je en priant le ciel pour qu'il s'y rende. Je mangerai un morceau plus tard.

— Non, je crois qu'on devrait rester ensemble, doc.

Je pénétrai dans ma chambre et refermai la porte.

Je découvris avec stupéfaction que ma valise avait été défaite, mes vêtements soigneusement pliés et rangés dans les tiroirs. Pantalons, chemisiers et tailleurs étaient suspendus dans le placard, et mes affaires de toilette soigneusement alignées sur le bord du lavabo, dans la salle de bains. Mon téléphone sonna, et je devinai instantanément l'identité de mon correspondant.

— Quoi ?

Marino se mit à beugler à l'autre bout de la ligne :

— Ils ont ouvert mes trucs et tout sorti ! J'en ai ma claque. J'aime pas qu'on fouille dans mes affaires ! Putain, pour qui se prennent-ils ? C'est une coutume française ou quoi ? Vous débarquez dans un hôtel de luxe et ils vous défont les bagages ?

— Non, ce n'est pas une coutume française.

— Alors, ça doit être une coutume d'Interpol !

— Je vous rappelle plus tard.

Au centre de la table se trouvaient une corbeille de fruits et une bouteille de vin. J'épluchai une orange sanguine et me servis un verre de merlot. Je tirai les lourdes tentures et contemplai par la fenêtre des gens en tenue de soirée, des files de voitures de luxe. Les statues dorées du vieil opéra de l'autre côté de la rue jetaient leur beauté à la tête des dieux, et les conduits de cheminée pointillaient la ligne des toits à perte de vue. J'avais le sentiment qu'on s'immisçait dans ma vie, je me sentais à la fois inquiète et solitaire.

Je pris un long bain chaud et songeai à abandonner Marino pour le reste de la soirée, mais la décence l'emporta. Il n'était jamais venu en Europe, encore moins à Paris, et je craignais de le laisser seul. Je l'appelai et lui demandai s'il voulait que nous nous fassions monter un dîner léger. Il opta pour une pizza, spécialité parisienne bien connue, et vida mon minibar de ses bouteilles de bière. Je commandai des huîtres et baissai la lumière. J'en avais assez vu pour la journée.

— J'ai réfléchi à un truc, me dit-il lorsque le repas arriva. Ça m'embête de parler de ça, doc, mais j'ai vraiment une drôle d'impression, vraiment bizarre, continua-t-il en engouffrant une bouchée de pizza. Je voudrais savoir si vous sentez pas le même truc, vous aussi. Si ça vous trotte pas dans la tête aussi, comme un truc venu de nulle part, un peu comme un ovni.

Je posai ma fourchette. Les lumières de la ville étincelaient derrière mes fenêtres, et même dans la pénombre, je voyais qu'il avait peur. Je pris mon verre de vin :

— Je n'ai pas la moindre idée de ce dont vous parlez, Marino.

Pourtant, la peur s'insinuait en moi aussi.

— D'accord, je crois qu'il faut qu'on réfléchisse une minute à un truc.

Je ne tenais pas à entendre ce qu'il allait dire.

— Primo, vous recevez cette lettre d'un sénateur des États-Unis, qui se trouve justement être président de la Commission judiciaire, ce qui signifie qu'il a plus de pouvoir sur les forces de police fédérale que n'importe qui d'autre. Donc, il est au courant de toutes les merdes des services secrets, ATF, FBI, et tout ce que vous voulez.

Un signal d'alarme résonna dans ma tête.

— Vous devez reconnaître que ça tombe à pic. Le sénateur Lord vous donne cette lettre de Benton, et maintenant, nous sommes là, en route pour Interpol...

— Arrêtons cela tout de suite, l'interrompis-je tandis que mon estomac se nouait et que mon cœur se soulevait.

— Faut que vous m'écoutiez, doc. Dans la lettre, Benton vous dit qu'il faut que vous cessiez d'avoir du chagrin, que tout va bien et qu'il sait ce que vous êtes en train de faire à cet instant...

— Arrêtez ! criai-je en jetant ma serviette sur la table.

Les émotions défilaient à toute vitesse, me terrorisant.

— Regardez les choses en face, continua Marino. (Il perdait progressivement son contrôle, je le sentais à sa voix.) Comment savez-vous... ? Je veux dire, et si la lettre n'avait pas été écrite il y a plusieurs années ? Si elle avait été écrite maintenant... ?

— Non ! Comment osez-vous !

Je repoussai ma chaise et me levai, tentant de contenir les larmes qui m'aveuglaient.

— Sortez d'ici, je ne veux pas entendre parler de vos foutues théories extraterrestres ! Mais qu'est-ce que vous voulez, Marino ? Que je replonge dans cet enfer ? Que je m'accroche à une lueur d'espoir alors que je me suis donné un mal de chien pour accepter la réalité ? Sortez de ma chambre !

Marino bondit sur ses pieds, faisant tomber sa chaise. Il ramassa son paquet de cigarettes sur la table et haussa le ton sans même s'en apercevoir :

— Putain, et s'il était toujours vivant ? Comment est-ce que vous pouvez être sûre qu'il n'a pas été obligé de disparaître un moment à cause d'un gros truc qui mêle l'ATF, le FBI, Interpol, peut-être même la NASA, on n'en sait rien !

Je m'emparai de mon verre, tremblant tellement que j'éprouvai toutes les peines du monde à ne pas le renverser. J'avais l'impression que ma vie entière volait à nouveau en éclats. Marino arpentait la pièce dans tous les sens, accompagnant ses pas de grands gestes avec sa cigarette.

– Vous n'êtes sûre de rien, répéta-t-il.

– Salaud ! Espèce d'enfant de salaud ! Après tout ce que j'ai enduré, il faut que vous...

– Vous n'êtes pas la seule à avoir souffert ! Vous savez, c'est pas parce que vous couchiez avec lui qu'il vous appartenait, bordel !

Je fis deux pas en avant et me repris juste au moment où j'allais le gifler de toutes mes forces.

– Oh, Seigneur ! murmurai-je en plongeant mon regard dans ses yeux stupéfaits. Seigneur !

Je pensai à Lucy frappant Jo, et m'éloignai de lui. Il se détourna et tira sur sa cigarette, planté devant la fenêtre. Une infinie tristesse, un remords épouvantable alourdissaient l'air de la pièce. J'appuyai ma tête contre le mur et fermai les yeux. Jamais je n'avais à ce point failli céder à la violence, jamais avec quelqu'un comme lui, que je connaissais et pour qui j'avais de l'affection.

– Nietzsche avait raison, dis-je dans un murmure défait. Prends soin de bien choisir ton ennemi, car c'est à lui que tu finis par ressembler.

– Je suis désolé, dit-il platement.

– Comme mon ex-mari, comme mon idiote de sœur, comme tous les gens cruels, égoïstes et incapables de se maîtriser avec lesquels j'ai frayé, je suis devenue comme eux.

– Non, c'est faux.

Le front pressé contre le mur, comme en prière, j'étais heureuse de lui tourner le dos, que nous soyons dans la pénombre, qu'il ne puisse pas contempler le désespoir qui s'emparait de moi.

– Doc, je ne pensais pas vraiment ce que je vous ai dit, je vous le jure. Je ne sais même pas pourquoi j'ai dit ça.

– Ce n'est pas grave.

– J'essaie simplement de tout envisager, parce qu'il y a des trucs qui ne collent pas.

Il écrasa sa cigarette dans un cendrier.

– Je ne sais pas pourquoi nous sommes là.

– Sûrement pas pour avoir ce genre de dispute, rétorquai-je.

– Je ne comprends pas pourquoi ils n'auraient pas pu échanger des informations avec nous par ordinateur, ou par téléphone, comme ils le font toujours. Vous avez une explication ?

— Non, murmurai-je en prenant une profonde inspiration.

— Alors, j'ai commencé à gamberger... Peut-être qu'il se passait quelque chose, et que Benton était un témoin protégé, pendant quelque temps. Qu'il avait changé d'identité, tout ça. On savait pas toujours tout ce qu'il faisait. Même vous, vous le saviez pas, il ne pouvait pas toujours vous le dire, et il n'aurait jamais voulu nous faire courir un risque en nous confiant des choses que nous ne devions pas savoir. Surtout vous, il ne voulait pas que vous passiez votre temps à vous inquiéter.

Je ne répondis rien.

— Je n'essaye pas de remuer quoi que ce soit. Je dis juste que c'est un truc auquel il faudrait penser, ajouta-t-il maladroitement.

— Non, répliquai-je en m'éclaircissant la voix, le corps endolori. Ce n'est pas un truc auquel il faudrait penser. Marino, il a été identifié de toutes les façons possibles. Carrie Grethen ne l'a pas tué fort à propos pour lui permettre de disparaître. Vous ne voyez pas à quel point c'est impossible ? Il est mort, Marino, vous comprenez ? Mort.

— Est-ce que vous êtes allée à son autopsie ? Est-ce que vous avez vu son rapport d'autopsie ? insista-t-il.

Les restes de Benton avaient été envoyés au bureau du médecin légiste de Philadelphie. Je n'avais jamais demandé à voir son dossier.

— Non, vous n'êtes pas allée à son autopsie, et, si vous l'aviez fait, je vous aurais prise pour la personne la plus timbrée que je connaisse, dit-il. Donc, vous n'avez rien vu. Vous ne savez que ce qu'on vous a dit. Je ne tiens pas à vous bassiner avec ça, mais c'est la vérité. Et si quelqu'un voulait dissimuler que ces restes n'étaient pas les siens, comment est-ce que vous le sauriez ?

— Servez-moi un whisky.

32

JE ME RETOURNAI vers Marino, le dos collé au mur, recherchant quelque chose de solide auquel m'appuyer.

— La vache, vous avez vu combien coûte le whisky ici ? remarqua-t-il en fermant la porte du minibar.

— Je m'en fiche.

— De toute façon, ça doit être Interpol qui paie, décida-t-il.

— Et j'ai besoin d'une cigarette.

Il m'alluma une Marlboro, et la première bouffée me déchira les poumons. Il me tendit d'une main un verre de single malt sec avec des glaçons, tenant une bière de l'autre.

— Ce que j'essaye de vous dire, reprit Marino, c'est que si Interpol est capable de faire tous ces trucs secrets avec billets électroniques, hôtels de luxe et Concorde, sans que personne ait jamais rencontré aucun de ces gens, qui qu'ils puissent être, alors qu'est-ce qui vous fait croire qu'ils n'auraient pas pu truquer tout le reste ?

— Ils n'auraient pas pu truquer le fait que Benton a été assassiné par une psychopathe, répliquai-je.

— Si, ils auraient pu. C'était peut-être le moment idéal, dit-il en soufflant sa fumée et en ingurgitant sa bière. Moi, doc, je crois qu'on peut tout truquer, si on réfléchit bien.

— L'identification par l'ADN...

Je m'interrompis, car cela ramenait à la surface des souvenirs que je réprimais depuis longtemps.

— Vous ne pouvez pas assurer que les rapports étaient authentiques.

— Assez !

Mais la bière avait eu raison de ses dernières barrières, et il refusait de mettre un terme à ses théories extravagantes, à ses déductions et surtout à ce fol espoir. L'écho de sa voix continuait de résonner, de plus en plus lointain et irréel. Un frisson me parcourut. Une étincelle venait de jaillir, luttant contre l'obscurité totale qui régnait au fond de moi. Mon Dieu, comme j'avais envie de croire ce qu'il racontait.

Je me réveillai vers 5 heures du matin, toujours habillée. Je m'étais endormie sur le canapé. Une épouvantable migraine me martelait les tempes, ma bouche était pâteuse, avec un arrière-goût de tabac froid et d'alcool.

Je pris une douche, puis contemplai longuement le téléphone près de mon lit. La décision que j'avais prise me nouait l'estomac.

Il était presque minuit à Philadelphie, et je laissai un message au docteur Vance Harston, le médecin expert général. Je lui transmis le numéro du fax de ma chambre et accrochai le panneau « Ne pas déranger » sur ma porte. Marino me retrouva dans le hall, et je lui adressai un bonjour inaudible.

Le rez-de-chaussée résonnait de bruits d'assiettes tandis qu'on installait le buffet. Un homme nettoyait les portes en verre avec un chiffon et une brosse. Il était encore trop tôt pour obtenir du café, et la seule autre cliente debout à cette heure-ci était une femme dont le manteau de vison reposait sur une chaise. Une Mercedes nous attendait devant l'hôtel.

Notre chauffeur était maussade et pressé. Je me frottai les tempes tandis que des motards passaient à toute vitesse, zigzaguant entre les voitures et faisant vrombir leurs moteurs le long des tunnels étroits. Le souvenir de l'accident de voiture qui avait coûté la vie à la princesse Diana me déprima.

Je me souvins d'avoir appris la nouvelle en me réveillant. Il nous est si difficile d'admettre que nos idoles puissent être fauchées par des morts accidentelles, aussi banales. Il n'y a ni noblesse ni gloire à être tué par un chauffeur ivre. Mais la mort frappe, irrespectueuse de nos différences.

L'aube se levait sur un ciel bleu. Les trottoirs fraîchement nettoyés étaient encore humides, et des poubelles vertes s'alignaient le long des trottoirs. Nous longeâmes la Seine, cachée derrière les murs de pierres qui la protégeaient. À la gare de Lyon, une horloge digitale indiquait 7h20; l'intérieur de la gare résonnait de pas pressés.

Je patientai au guichet derrière une femme qui tenait en laisse un caniche. L'espace d'un éclair, la silhouette d'un homme bien habillé, aux traits anguleux et aux cheveux gris, accrocha mon regard et me fit sursauter. Mon cœur s'affola à m'étouffer. De loin, il ressemblait à Benton. Et je scrutai tous ces visages anonymes comme si, peut-être, j'allais le découvrir.

– J'ai besoin d'un café, dis-je à Marino.

Nous nous installâmes au comptoir de *L'Embarcadère*, et on nous servit des expressos dans de minuscules tasses marron.

– Qu'est-ce que c'est que ce truc ? râla Marino. Je voulais juste du vrai café. Et du sucre, dit-il à la serveuse.

Elle lui en déposa plusieurs paquets sur le comptoir.

– Je crois qu'il préférerait un crème, lui dis-je.

Elle eut un hochement de tête. Il but quatre crèmes, engloutit quatre sandwiches au jambon et fuma trois cigarettes en moins de vingt minutes.

– Vous savez, lui dis-je tandis que nous embarquions à bord du TGV, je ne tiens pas à ce que vous vous démolissiez complètement.

– Oh, vous inquiétez pas ! répliqua-t-il en s'asseyant en face de moi. Si j'essayais de mener une vie plus saine, c'est le stress qui aurait ma peau.

Notre voiture était au tiers pleine, et les autres voyageurs plongés dans leurs journaux. Le silence du wagon nous incita à parler très bas.

Le TGV démarra soudain sans le moindre bruit. Il glissa hors de la gare, puis les arbres défilèrent. Je tentai de dormir, mais la lumière parvenait à s'infiltrer au travers de mes paupières fermées.

J'émergeai lorsqu'une Anglaise, deux rangées derrière moi, appela quelqu'un de son téléphone portable. Un vieil homme, de l'autre côté de l'allée, remplissait des grilles de mots croisés. Une bourrasque d'air ballotta notre voiture lorsque nous croisâmes un autre train. Notre approche de Lyon fut saluée par la neige. Le ciel s'était fait laiteux.

Marino regardait fixement par la fenêtre, de plus en plus crispé, et lorsque nous débarquâmes à la gare de Lyon Part-Dieu, il devint presque grossier. Il ne desserra pas les dents de tout le trajet en taxi, et en repensant aux paroles qu'il m'avait jetées la nuit dernière, ma colère contre lui monta.

Nous approchâmes de la vieille ville, où le Rhône et la Saône se rejoignent et où les immeubles et les murailles construites à flanc de colline me firent penser à Rome. J'étais dans un état épouvantable, écrasée par le désespoir et la solitude. J'avais l'impression que mon existence devenait de plus en plus floue, comme si je n'appartenais qu'aux cauchemars de quelqu'un d'autre.

— J'espère rien, lâcha brusquement Marino à brûle-pourpoint. Je pourrais dire : « et si ? », mais non, j'espère rien. C'est inutile. Ma femme m'a quitté il y a longtemps, et je n'ai toujours pas trouvé quelqu'un qui m'aille. Aujourd'hui, je suis suspendu, et j'envisage de travailler pour vous. Mais si je fais ça, ben, vous me respecterez plus.

— Bien sûr que si !

— Non, c'est des conneries. Quand on travaille pour quelqu'un, ça change tout, et vous le savez.

Marino était épuisé et abattu. Son visage et sa posture avachie portaient les marques de cette vie de galère qu'il avait menée.

Il avait renversé du café sur sa chemise en jean froissée, et son treillis était ridiculement ample. Plus il grossissait, plus il achetait des pantalons de grande taille, pour donner le change, aux autres ou à lui-même.

— Vous savez, Marino, ce n'est pas très gentil de sous-entendre que le pire qui pourrait vous arriver serait de travailler pour moi.

— Ce serait peut-être pas le pire. Mais pas loin.

33

LE QUARTIER GÉNÉRAL d'Interpol était une forteresse de verre, entourée de plans d'eau. L'immeuble se dressait solitaire, dans le parc de la Tête d'or, et rien dans son architecture ne trahissait la nature des secrets qu'il abritait. J'étais bien sûre que les signes discrets de l'activité qui y régnait échappaient à presque tous ceux qui passaient devant en voiture. Le nom de la rue bordée de platanes n'était indiqué nulle part, et, à moins de savoir exactement où vous alliez, vous ne risquiez pas d'y aboutir. Aucun fronton, aucun panneau signalétique n'indiquait « Interpol ».

Les paraboles, les antennes, les barrières de béton et les caméras étaient discrètes, et la grille de métal vert surmontée de fil de fer barbelé se fondait dans le paysage. Il émanait du secrétariat de l'unique organisme international de police une atmosphère paisible et instructive, et la disposition des lieux permettait à ceux qui travaillaient de voir à l'extérieur sans être vus.

Par ce matin froid et couvert, un petit sapin de Noël saluait avec ironie les fêtes approchantes.

Lorsque je pressai le bouton de l'Interphone de la grille d'entrée pour nous annoncer, je ne vis personne. Une voix nous demanda de nous identifier, puis la serrure se déverrouilla dans un cliquetis. Je suivis avec Marino un trottoir qui nous conduisit à un autre bâtiment, où nous fûmes accueillis par un garde en costume cravate à la carrure suffisante pour soulever Marino et le ramener par le col à Paris. Un autre garde installé derrière une vitre pare-balles prit nos passeports en échange de badges de visiteurs.

Nos affaires personnelles passèrent aux rayons X sur un tapis, et le garde qui nous avait reçus nous intima, par gestes plutôt que par la parole, de pénétrer l'un après l'autre dans ce qui ressemblait à un tube transparent qui montait du sol au plafond. J'obéis, m'attendant un peu à être aspirée quelque part, et une porte de Plexiglas incurvée se referma. Une autre, identique, me fit ressortir de l'autre côté, après que la moindre de mes molécules eut été examinée.

— Qu'est-ce que c'est que ce putain de truc ? *Star Trek* ? me dit Marino. Comment est-ce qu'on peut savoir si un machin comme ça ne file pas le cancer ? Ou d'autres maladies quand vous êtes un homme ?

— Taisez-vous.

Après ce qui me sembla une longue attente, un homme apparut au bout du passage couvert qui reliait la zone de sécurité au bâtiment principal. Il ne ressemblait pas du tout à l'idée que je m'en étais faite. La souplesse de l'athlète se lisait dans sa démarche, et un luxueux costume de flanelle gris anthracite tombait à la perfection sur son corps musclé. Il portait une chemise blanche sans le moindre faux pli et une somptueuse cravate Hermès marron, vert et bleu. Lorsque nous échangeâmes une solide poignée de main, je remarquai également sa montre en or.

— Jay Talley. Désolé de vous avoir fait attendre, s'excusa-t-il.

Son regard noisette était si pénétrant qu'il me mit mal à l'aise. Il avait une beauté troublante, presque ténébreuse, et je le cataloguai instantanément. Tous les hommes beaux se ressemblent. Je sentis qu'il déplaisait aussi à Marino.

— Nous nous sommes parlé au téléphone, me dit-il comme si je ne m'en souvenais pas.

— Et je n'ai pas dormi depuis, rétorquai-je, incapable de le quitter des yeux, malgré tous mes efforts.

— Je vous en prie, suivez-moi.

Marino me jeta un coup d'œil et agita la main derrière le dos de Talley, du geste qu'il avait toujours lorsqu'il décidait sur-le-champ que quelqu'un était gay. Talley avait les épaules larges et pas de hanches, le profil parfait d'un dieu grec, les lèvres pleines et la mâchoire carrée.

Quel âge pouvait-il avoir ? Les postes à l'étranger sont d'habitude très convoités et attribués aux agents les plus anciens et les plus gradés ; pourtant, Talley semblait avoir à peine trente ans.

Il nous guida jusqu'à un atrium de marbre, haut de quatre étages, qu'une mosaïque baignée de lumière, représentant le monde, décorait en son centre. Même les ascenseurs étaient en verre.

Après toute une série de verrous électroniques, de sonneries, de codes et de caméras surveillant le moindre de nos mouvements, nous nous arrêtâmes au troisième étage. J'éprouvais le sentiment de me trouver à l'intérieur d'un cristal taillé. Talley était resplendissant, et moi, j'étais hébétée et irritée parce que je n'étais pas venue ici de mon plein gré, et que je me sentais dénuée de toute responsabilité.

— Et qu'est-ce qu'il y a là-haut ? demanda Marino, toujours aussi poli, en désignant du doigt l'étage supérieur.

— Le quatrième étage, répondit Talley, impassible.

Marino continua, contemplant le plafond de l'ascenseur :

— Ben, il n'y a pas de numéro sur le bouton, et on dirait qu'il faut une clé pour monter. Je me demandais juste si c'était là que vous gardiez tous les ordinateurs.

— C'est là que vit le secrétaire général, répondit Talley d'un ton prosaïque, comme s'il n'y avait là rien d'anormal.

— Sans déconner ?

— Raisons de sécurité. Il réside dans l'immeuble avec sa famille, continua Talley. C'est lui que nous allons rencontrer.

Nous dépassâmes des rangées de bureaux parfaitement banals, occupés par des gens tout aussi normaux.

— Bien. Peut-être que ça ne l'embêtera pas de nous expliquer ce qu'on fout ici, reprit Marino.

Talley ouvrit une autre porte de bois massif et sombre, et nous fûmes reçus par un homme à l'accent anglais qui se présenta comme le directeur de la communication. Il nous demanda si nous désirions des cafés, et informa le secrétaire général, Georges Mirot, de notre arrivée. Quelques minutes plus tard, il nous fit pénétrer dans le bureau privé de celui-ci.

Mirot était un homme imposant, aux cheveux gris. Il était installé derrière un bureau recouvert de cuir noir, au centre d'une pièce dont les murs étaient décorés d'armes anciennes et de médailles. Il se leva et nous serra la main.

— Installons-nous confortablement, suggéra-t-il.

Il nous indiqua une sorte de salon aménagé devant une fenêtre donnant sur le Rhône. Talley alla chercher sur une table un épais classeur à soufflets.

— Le voyage a dû être éprouvant, et vous devez être épuisés, commença Mirot dans un anglais parfait. Je ne sais comment vous remercier d'être venus, surtout aussi rapidement.

Ses manières de militaire, son visage indéchiffrable ne laissaient rien transparaître, et sa présence semblait rapetisser tout ce qui l'entourait. Il s'installa dans un fauteuil et croisa les jambes. Marino et moi choisîmes le canapé, et Talley s'installa en face de moi, posant le classeur sur le tapis.

— Agent Talley, je vous laisse commencer, dit Mirot. Vous m'excuserez si j'en viens tout de suite au vif du sujet ? ajouta-t-il en s'adressant à nous. Nous disposons de très peu de temps.

— D'abord, nous dit Talley, je voudrais vous expliquer pourquoi l'ATF est impliqué dans votre affaire de corps non identifié. Peut-être votre nièce Lucy vous a-t-elle parlé du HIDTA ?

— Lucy n'a rien à voir là-dedans, non ? avançai-je avec inquiétude.

— Comme vous le savez probablement, le HIDTA dispose de forces d'intervention pour traquer les criminels fugitifs, dit-il au lieu de répondre à ma question. Le FBI, la DEA, les forces de police locales et bien entendu l'ATF, rassemblent leurs forces dans des affaires prioritaires particulièrement difficiles.

« Il y a environ un an, continua-t-il, nous avons formé une équipe pour travailler sur des meurtres à Paris, dont nous pensons qu'ils sont tous commis par le même individu.

— Je n'ai pas entendu parler d'une affaire de meurtres en série à Paris.

— En France, nous maîtrisons beaucoup mieux les médias que vous, remarqua le secrétaire général. Comprenez-moi, docteur Scarpetta, on a bien parlé des meurtres dans les journaux, mais avec très peu de détails, en évitant le sensationnalisme. Les Parisiens savent qu'il y a un assassin en liberté, on a recommandé aux femmes de ne pas ouvrir leurs portes aux inconnus, etc. Mais c'est tout. Il nous paraît inutile de révéler le côté horrible, les os fracturés, les vêtements déchirés et les morsures, comme dans le cas de votre cadavre.

– Pourquoi ce nom de Loup-Garou que nous avons trouvé à côté du corps ? demandai-je.

– C'est ainsi que s'est baptisé le tueur, répondit Talley, dont le regard effleura mon corps, puis se détourna.

– Bordel, comment est-ce que vous pouvez savoir un truc comme ça ? intervint Marino.

Je sentais, rien qu'à sa façon de se tenir, qu'il allait mettre les pieds dans le plat.

Talley hésita, et jeta un coup d'œil à Mirot.

– Qu'est-ce qu'il a fait, ce connard ? continua Marino. Il a laissé des mots avec son petit nom sur les lieux du crime ? Il les épingle peut-être sur les corps, comme on voit au cinéma, hein ? Je déteste quand des grandes organisations se retrouvent embringuées dans ce genre de merde.

« Les meilleurs pour travailler sur les crimes, c'est les ploucs comme moi, qui mouillent leur chemise sur le terrain. Une fois que les forces d'intervention et les ordinateurs s'en mêlent, tout ça décolle dans la stratosphère. Ça devient bien trop futé, alors que le meurtrier, lui, il est pas futé, pas au sens où on l'emploie à l'école...

– C'est là que vous vous trompez, l'interrompit Mirot. Loup-Garou est très futé. Croyez-moi, il avait d'excellentes raisons de nous envoyer son nom par courrier.

– Une lettre adressée à qui ? demanda Marino.

– À moi, dit Talley.

– Et quand ?

– Il y a à peu près un an, après son quatrième meurtre, me répondit-il.

Il ouvrit le dossier et en tira une lettre protégée par un étui de plastique. Il me la tendit, et ses doigts effleurèrent les miens. La lettre était écrite en français, et je reconnus la même étrange écriture carrée que celle retrouvée à l'intérieur du conteneur. L'en-tête gravé sur la feuille de papier tachée de sang était un nom de femme.

– « Car pour racheter les péchés d'un seul, ils mourront tous. Le Loup-Garou », traduisit Talley. Le papier à lettres appartenait à la victime, et il s'agit de son sang. Mais à l'époque, je n'ai pas compris comment il savait que j'étais mêlé à l'enquête. Ce qui nous amène à une théorie qui constitue la raison essentielle de votre présence ici. Nous avons de bonnes raisons de penser que le tueur appartient à une famille puissante, qu'il est le fils de gens qui savent très exactement ce qu'il fait et qui ont pris toutes les précautions nécessaires pour qu'on ne puisse pas l'arrêter. Pas nécessairement parce qu'ils tiennent à lui, mais parce qu'ils veulent se protéger eux-mêmes.

— Y compris l'expédier dans un conteneur ? demandai-je. Mort, sans possibilité d'identification, à des milliers de kilomètres de Paris, simplement parce qu'ils en ont assez ?

Mirot m'étudiait en triturant un stylo en argent.

— Probablement pas, répondit Talley. C'est ce que nous avons pensé au début, car chaque détail penchait en faveur de cette hypothèse : le nom de Loup-Garou inscrit sur le carton, la description physique approximative, étant donné l'état du corps, ses vêtements coûteux. Mais lorsque vous nous avez fourni une information supplémentaire à propos du tatouage, je cite : « des yeux jaunes qui ont pu être modifiés pour les faire apparaître plus petits »...

— Hou la, hou la ! intervint Marino. Vous êtes en train de nous dire que ce garou a un tatouage avec des yeux jaunes ?

— Non, dit Talley. Pas lui, mais son frère en avait un.

— *En avait ?* demandai-je.

— Nous allons y venir, et vous allez peut-être comprendre pourquoi ce qui est arrivé à votre nièce est lié indirectement à tout ceci, répondit Talley, faisant renaître mon inquiétude. Connaissez-vous un cartel criminel international que nous appelons les Cent soixante-cinq ?

— Mon Dieu !

— Ainsi surnommés parce qu'ils prisent particulièrement les balles Speer Gold Dot de 165 grains dont ils contrôlent le trafic, expliqua Talley. Ils les utilisent en exclusivité pour leurs propres armes, et on reconnaît généralement leurs victimes lorsqu'on récupère des balles Gold Dot.

Je songeai à la douille Gold Dot retrouvée au *Quik Cary*.

— Lorsque vous nous avez communiqué les informations sur le meurtre de Kim Luong — et je remercie le ciel que vous l'ayez fait —, les pièces du puzzle ont commencé à s'assembler.

Mirot prit la parole :

— Tous les membres de ce cartel portent un tatouage avec deux points jaune vif, expliqua-t-il en dessinant sur un bloc deux ronds de la taille d'une pièce de monnaie. C'est le symbole d'appartenance à ce club puissant et redoutable, qui vous rappelle que, une fois que vous en faites partie, c'est pour la vie, car les tatouages ne s'effacent pas. Seule la mort vous fait quitter le cartel des Cent soixante-cinq. À moins que vous ne réussissiez à réduire la taille des points jaunes, et à les transformer en deux yeux. Les yeux d'un petit hibou – une idée ingénieuse. Ensuite, vous prenez la fuite, vers une destination où personne n'aura l'idée de vous chercher.

– Comme un port improbable de Virginie, ajouta Talley.

Mirot acquiesça de la tête :

– Exactement.

– Mais pourquoi ? demanda Marino. Pourquoi est-ce que ce type pète les plombs d'un seul coup et s'enfuit ? Qu'est-ce qu'il a fait ?

– Il a trahi le cartel, répondit Talley. En d'autres termes, il a trahi sa famille. Nous sommes convaincus que votre cadavre X, dit-il en s'adressant à moi, est Thomas Chandonne, dont le père est le « parrain », faute de nom plus approprié, des Cent soixante-cinq. Thomas a commis une petite erreur le jour où il a décidé de dealer sa propre drogue, de monter son propre trafic d'armes et d'escroquer le cartel.

– Attention, intervint Mirot, la famille Chandonne vit sur l'île Saint-Louis, l'un des plus anciens et des plus riches quartiers de Paris, depuis le XVIIᵉ siècle. Les « Louisiens », comme ils se baptisent eux-mêmes, sont extrêmement fiers et élitistes. Nombre d'entre eux ne se considèrent pas comme des Parisiens, même si l'île est en plein milieu de la Seine, au cœur de la capitale. Balzac, Voltaire, Baudelaire, Cézanne ont résidé dans l'île Saint-Louis. Et c'est là que la famille Chandonne se dissimule derrière ses titres de noblesse, sa philanthropie ostentatoire et ses hautes fonctions politiques, alors qu'elle dirige un des plus puissants et des plus sanglants cartels du crime organisé au monde.

– Nous n'avons jamais réussi à réunir suffisamment d'éléments contre eux, dit Talley. Avec votre aide, nous disposons peut-être d'une chance.

– Comment ? demandai-je, alors que je ne voulais rien avoir à faire avec une famille meurtrière de ce genre.

– Pour commencer, nous devons procéder à des vérifications. Nous avons besoin de prouver que le corps est bien celui de Thomas. Je n'en doute pas une seconde, mais nous autres, membres des forces de l'ordre, devons nous plier aux exigences de la loi en la matière, dit-il avec un sourire.

— Avons-nous un quelconque point de comparaison ? ADN, empreintes digitales, radios ?

— Les criminels professionnels mettent un point d'honneur à éviter ce genre de choses, remarqua Mirot.

— Nous n'avons rien trouvé, répondit Talley. Et c'est là que le Loup-Garou intervient. Son ADN pourrait servir à identifier celui de son frère.

— Alors, il suffit de mettre une annonce dans le journal lui demandant de nous fournir un petit échantillon sanguin ? suggéra Marino, de plus en plus revêche.

Talley l'ignora.

— Nous pensons que les choses se sont passées ainsi : le 24 novembre, deux jours avant que le *Sirius* n'appareille pour Richmond, l'homme qui se fait appeler le Loup-Garou a commis ce que nous croyons être sa dernière tentative de crime à Paris. Notez bien que j'ai dit *tentative*. La femme en a réchappé.

« Vers 20 h 30, on a frappé à sa porte. Elle a donc ouvert, à un homme poli, s'exprimant très bien, l'air très raffiné. Elle croit se souvenir d'un long manteau élégant de couleur foncée, peut-être en cuir, et d'une écharpe sombre nouée autour du col. Il a dit qu'il venait d'avoir un accident de voiture et a demandé s'il pouvait utiliser le téléphone pour appeler la police. Il était très convaincant, et elle se préparait à le laisser entrer, lorsque son mari l'a appelée d'une pièce voisine. L'homme s'est enfui instantanément.

— Elle l'a bien vu ? demanda Marino.

— Le manteau, l'écharpe, peut-être un chapeau. Elle est à peu près sûre qu'il avait les mains dans les poches et les épaules voûtées, dit Talley. Elle n'a pas vu son visage dans la pénombre. Mais, d'une façon générale, elle a eu l'impression d'un homme bien élevé, au langage raffiné.

Il s'interrompit.

— Un peu plus de café ? Un peu d'eau ? demanda-t-il à la ronde tout en me regardant.

Je remarquai que son oreille droite était percée. Je n'avais pas vu le minuscule diamant, que la lumière venait de faire

302

briller tandis qu'il se penchait pour remplir mon verre. Il reprit en se rasseyant :

– Deux jours après la tentative du 24 novembre, le *Sirius* devait quitter Anvers, de même que l'*Exodus*, un navire marocain qui transporte régulièrement du phosphate en Europe. Mais Thomas Chandonne avait mis au point une manœuvre de diversion, et l'*Exodus* a débarqué à Miami, rempli d'armes et d'explosifs dissimulés dans des sacs de phosphate. Nous étions au courant, et peut-être commencez-vous à comprendre le lien avec l'HIDTA ? La descente dans laquelle était impliquée votre nièce ? Ce n'était qu'une des facettes des activités de Thomas.

– Et, de toute évidence, sa famille a découvert le pot aux roses, dit Marino.

– Nous pensons qu'il a réussi à passer entre les mailles du filet pendant longtemps en utilisant des itinéraires détournés, en falsifiant les comptabilités. En affaires, ça s'appelle du détournement de fonds. Mais, chez les Chandonne, cela s'épelle plutôt comme « suicide ». Nous ne savons pas exactement ce qui s'est produit, toujours est-il que quelque chose a dérapé, parce que nous l'attendions sur l'*Exodus*, et qu'il n'y était pas.

« Et pourquoi ? continua Talley. Parce qu'il se savait coincé. Il a modifié son tatouage et a choisi un port où personne n'irait chercher un passager clandestin, dit-il en me regardant. Richmond était un bon choix. Il ne reste plus beaucoup de zones portuaires de ce genre aux États-Unis et les liaisons sont régulières entre Richmond et Anvers.

– Donc Thomas, en utilisant une fausse identité..., commençai-je.

– Une de ses nombreuses identités, rectifia Mirot.

– Il s'était déjà inscrit comme membre d'équipage sur le *Sirius*. Le but était d'accoster à bon port, en sûreté, à Richmond, tandis que l'*Exodus* poursuivait sans lui sa route vers Miami.

– Et quand est-ce que le Loup-Garou intervient là-dedans ? demanda Marino.

– Nous ne pouvons que bâtir des hypothèses, répondit Mirot. Le Loup-Garou est de plus en plus incontrôlable, sa dernière tentative de meurtre a échoué, peut-être même l'a-t-on identifié. Peut-être sait-il que sa famille en a assez, qu'elle a décidé de se débarrasser de lui, que son frère a l'intention de quitter le pays sur le *Sirius*, qu'il a fait modifier son tatouage, etc. Il noie Thomas, enferme le corps dans le conteneur, et essaye de faire croire que le mort est le Loup-Garou.

— Il échange leurs vêtements ? suggéra Talley.

— S'il avait l'intention de prendre la place de Thomas sur un bateau, il n'allait pas débarquer en Armani.

Même assis bien droit, Talley donnait l'impression de se pencher vers moi.

— Qu'avez-vous trouvé dans ses poches ? demanda-t-il.

— Ce qu'il y avait mis. Un briquet, de l'argent et le reste. Sorti des poches de Thomas et transféré dans les poches du jean que portait son frère.

— Le contenu des poches a été interverti, mais il n'y avait aucun moyen d'identification.

— Exactement. Et on ne sait pas si cet échange de vêtements s'est bien déroulé après la mort de Thomas. C'est très lourd, un cadavre, vous savez. Il vaut mieux obliger sa victime à se déshabiller.

— Oui, dit Mirot avec un hochement de tête, j'allais arriver à cette hypothèse.

Je songeai aux sous-vêtements retournés, à la poussière sur les genoux et sur les fesses. Les éraflures à l'arrière des chaussures avaient pu être causées plus tard, une fois Thomas noyé, lorsque son corps avait été traîné dans un coin du conteneur.

— Combien d'hommes d'équipage étaient censés se trouver à bord du *Sirius* ? demandai-je.

— Il y en avait sept, répondit Marino. Ils ont tous été interrogés, mais pas par moi, puisque je ne parle pas leur langue. C'est à un type des douanes qu'est revenu cet honneur.

— Les marins se connaissaient tous ?

— Non, répondit Talley. Ce qui est tout à fait banal, quand on sait que ces bateaux ne gagnent de l'argent que lorsqu'ils sont en mer. Deux semaines aller, deux semaines retour, non-stop, il y a plusieurs équipages, par roulements. Sans parler du fait qu'on a affaire à des types qui ne restent jamais très longtemps au même endroit. Il n'est pas rare que, dans un équipage de sept personnes, seuls deux marins aient déjà navigué ensemble.

— Est-ce que les sept se trouvaient à bord quand le bateau est reparti pour Anvers ?

— D'après Joe Shaw, intervint Marino, aucun d'eux n'a quitté le port de Richmond. Ils mangeaient et dormaient sur le bateau, ils ont déchargé et sont repartis.

— Ah, ce n'est pas tout à fait exact, intervint Talley. L'un d'eux a soi-disant été appelé pour une urgence familiale. L'agent maritime l'a accompagné à l'aéroport de Richmond, mais ne l'a pas réellement vu monter dans l'avion. Il était inscrit sur le journal de bord sous le nom de Pascal Léger. Ce M. Léger ne semble pas avoir d'existence légale, c'était peut-être le faux nom de Thomas, celui qu'il portait lorsqu'il a été tué et que le Loup-Garou a endossé après l'avoir noyé.

— Comment êtes-vous aussi sûrs que le frère de Thomas Chandonne est un serial killer psychopathe ? demandai-je.

— Le tatouage modifié, comme je vous l'ai dit. Vos dernières informations sur l'assassinat de Kim Luong. Les coups, les morsures, la façon dont elle était déshabillée, tout le reste. C'est un modus operandi extrêmement singulier, et horrible. Docteur Scarpetta, quand Thomas était petit, il racontait à ses camarades qu'il avait un frère aîné qui était une *espèce de sale gorille*[1]. Un singe laid et stupide qui était obligé de vivre chez eux sans sortir.

— Mais notre tueur n'est pas stupide, soulignai-je.

— Loin de là, acquiesça Mirot.

— Nous n'avons trouvé aucune trace de ce frère, aucun nom, rien. Mais nous sommes convaincus qu'il existe, souligna Talley.

— Vous comprendrez tout cela bien mieux en analysant les dossiers, ajouta Mirot.

— Oui, j'aimerais les consulter dès maintenant.

1. En français dans le texte. *(N.d.T.)*

34

JAY TALLEY RAMASSA le classeur à soufflets et en retira de nombreux et épais dossiers, qu'il posa sur la table basse devant moi.

— Nous les avons fait traduire en anglais. Toutes les autopsies ont été pratiquées à l'Institut médico-légal, à Paris.

J'entrepris de parcourir les documents. Chaque victime avait été battue au point d'être méconnaissable, et les rapports et photos d'autopsies montraient des ecchymoses et des lacérations en étoile là où la peau avait éclaté sous le choc d'une arme. *A priori*, il ne me semblait pas qu'il s'agisse de la même que celle utilisée contre Kim Luong.

— Ces zones enfoncées sur le crâne, commentai-je en tournant les pages, c'est un marteau, quelque chose dans ce genre-là. Je présume qu'on n'a pas retrouvé l'instrument ?

— Non.

Les os de la face étaient brisés. Il y avait des hématomes subduraux et le sang s'était répandu dans le cerveau et la cage thoracique. L'âge des victimes variait de vingt et un à cinquante-deux ans, et toutes avaient été sauvagement mordues.

— Fractures comminutives massives de l'os pariétal gauche, fractures ayant enfoncé la table interne du crâne dans l'encéphale.

Je les déclinai à haute voix, passant en revue les rapports d'autopsie les uns après les autres. Hématome subdural bilatéral. Éclatement du tissu cérébral correspondant accompagné d'hémorragie subarachnoïde... fractures en coquilles d'œuf... fracture de l'os frontal droit s'étendant par le milieu jusqu'à l'os pariétal droit... Les caillots laissent à penser que la victime a survécu au moins six minutes après que la blessure a été infligée.

Je levai les yeux et contemplai mes compagnons à tour de rôle :

— C'est de la rage pure. Un acharnement délirant.

— À connotation sexuelle ? demanda Talley en soutenant mon regard.

— Comme tout, non ? remarqua Marino.

Chacune des victimes était dénudée jusqu'à la taille. Elles étaient toutes pieds nus.

— C'est étrange, il ne paraît pas s'intéresser aux fesses ni aux parties génitales, soulignai-je.

— Il a l'air d'un fétichiste des seins, commenta Mirot.

— Un symbole de la mère, sans aucun doute. Et s'il est vrai qu'il est resté confiné chez lui lorsqu'il était enfant, nous avons sûrement là une pathologie intéressante.

— Est-ce qu'il y a eu vol ? demanda Marino.

— Ce n'est pas sûr dans tous les cas, mais pour certains, oui. Uniquement de l'argent. Rien dont on puisse remonter la trace, comme des bijoux qu'il pourrait mettre au clou, par exemple, répondit Talley.

Marino tapota son paquet de cigarettes d'un geste qui signifiait qu'il mourait d'envie de fumer.

— Je vous en prie, ne vous gênez pas, lui dit Mirot.

— Où a-t-il tué ? Je veux dire à part en France et à Richmond, si c'est bien lui qui a assassiné Kim Luong ?

— Oh ça, c'est bien lui, intervint Marino. J'ai jamais vu un modus operandi comme ça.

— Nous ignorons combien de fois il a tué, et où, dit Talley.

— S'il existe un rapport, notre base de données peut effectuer le rapprochement en moins de deux minutes, expliqua Mirot. Mais il y a toujours des affaires dont nous ne sommes pas informés. Cent soixante-dix-sept pays sont membres d'Interpol, docteur Scarpetta, mais certains ont recours à nos services plus souvent que d'autres.

— Ce n'est qu'une opinion, remarqua Talley, mais j'ai l'impression que ce type n'est pas un grand voyageur, surtout s'il est affligé d'un handicap qui l'a obligé à rester chez lui. À mon avis, quand il a commencé à tuer, il vivait encore dans la demeure familiale.

— Est-ce que la fréquence des meurtres est plus rapprochée ? Est-ce qu'il attend toujours aussi longtemps entre chaque ? demanda Marino.

— Les deux derniers meurtres dont nous ayons eu connaissance ont eu lieu en octobre, ensuite, il y a eu la dernière tentative, ce qui signifie qu'il a frappé trois fois en l'espace de cinq semaines. Ce qui ne fait que renforcer notre conviction qu'il est devenu incontrôlable, que la situation est devenue intenable pour lui, et qu'il s'est enfui.

— Peut-être espérait-il repartir de zéro quelque part et cesser de tuer, dit Mirot.

— C'est pas comme ça que ça se passe, rétorqua Marino.

— On ne mentionne rien là-dedans sur des indices confiés pour analyse à des laboratoires, remarquai-je en entrevoyant avec un frisson où tout cela nous menait. Je ne comprends pas. Rien n'a été examiné, dans ces affaires ? Il n'y a pas eu de prélèvements de fluides corporels ? Des cheveux, des fibres, un ongle cassé ? Rien ?

Mirot jeta un coup d'œil à sa montre.

— Même pas un relevé d'empreintes digitales ? demandai-je, incrédule.

Mirot se leva de son siège.

— Agent Talley, voulez-vous accompagner nos invités à la cafétéria pour le déjeuner ? Je ne peux malheureusement pas me joindre à vous.

Il nous raccompagna jusqu'à la porte de son majestueux bureau, et nous remercia encore une fois d'être venus, Marino et moi.

— Je sais que votre travail ne fait que commencer, mais dans une direction qui, je l'espère, permette de bientôt clore cette horrible affaire. Ou en tout cas, de lui porter un coup fatal.

Sa secrétaire enfonça une touche sur son téléphone.

— Vous êtes là, sous-secrétaire Arvin ? dit-elle en s'adressant à son interlocuteur invisible. Je peux vous mettre en conférence avec le secrétaire général ?

Mirot lui adressa un hochement de tête, puis retourna dans son bureau, dont il referma doucement la porte.

— Vous ne nous avez pas fait venir jusqu'ici simplement pour passer en revue vos dossiers, dis-je à Talley tandis qu'il nous guidait à travers une succession de couloirs labyrinthiques.

— Venez, je vais vous montrer quelque chose.

Au détour d'un corridor, nous nous retrouvâmes nez à nez avec une monstrueuse galerie de portraits de cadavres.

– Corps en attente d'identification, dit-il. Les avis noirs d'Interpol.

Les affichettes mal imprimées en noir et blanc incluaient les empreintes digitales et autres caractéristiques pouvant servir à l'identification. Toutes les informations étaient inscrites en anglais, français, espagnol et arabe. La plupart de ces gens n'avaient pas connu une mort paisible.

– Vous reconnaissez le vôtre ? demanda Talley en pointant du doigt le dernier de la liste.

Heureusement, le visage grotesque de mon individu non identifié ne nous regardait pas depuis ce tableau. Il n'y avait que ses empreintes dentaires, ses empreintes digitales et un descriptif.

Talley expliqua en nous accompagnant à l'ascenseur :

– À l'exception de ces affichettes, Interpol est un organisme qui fonctionne sans papier. Les dossiers sur papier sont régulièrement scannés et intégrés dans notre base générale, gardés pendant un laps de temps limité, puis détruits.

Il appuya sur le bouton du premier étage.

– Prions pour que le bug de l'an 2000 ne vous tombe pas dessus, remarqua Marino.

Talley se contenta de sourire.

À l'extérieur de la cafétéria, des armures et un aigle de cuivre montaient la garde. Plusieurs centaines d'hommes et de femmes en uniforme occupaient les tables. Les membres des différentes polices du monde étaient envoyés ici pour combattre des activités criminelles organisées allant des cartes de crédit volées à la fausse monnaie aux États-Unis, en passant par les opérations bancaires destinées au trafic de cocaïne en Afrique.

Talley et moi nous décidâmes pour du poulet rôti et une salade. Marino opta pour les barbecue ribs.

Nous nous installâmes dans un coin.

– D'habitude, le secrétaire général n'intervient pas comme cela, nous informa Talley. Je vous le dis pour que vous ayez conscience de l'importance de l'affaire.

– Je suppose qu'on doit se sentir honorés, dit Marino.

Talley découpa un morceau de poulet, puis continua :

– Je ne veux pas que nous nous laissions aveugler par notre désir d'identifier ce corps comme celui de Thomas Chandonne.

– Ouais, ça pourrait être vachement embarrassant si vous enleviez votre avis de recherche de votre chouette ordinateur, et qu'on découvre quoi ? Que ce salopard n'est pas mort, et que le Loup-Garou n'est qu'un taré du coin qui continue à tuer, sans aucune relation entre les deux, dit Marino. Peut-être que certains des membres d'Interpol refuseraient de payer leurs cotisations, qui sait ?

– Capitaine Marino, tout ceci n'a rien à voir avec des cotisations, répondit Talley en le fixant. Vous avez travaillé sur d'innombrables affaires difficiles dans votre carrière. Vous savez à quel point cela peut totalement bouffer le temps d'un agent. Nous avons besoin de libérer nos hommes afin qu'ils travaillent sur d'autres affaires. Il faut abattre ceux qui protègent ce salopard. Il faut les démolir.

Il repoussa son plateau sans finir son repas et sortit un paquet de cigarettes de la poche intérieure de sa veste.

– Voilà un truc de bien en Europe, dit-il en souriant. Fumer est peut-être mauvais pour la santé, mais pas anti-social.

Marino continua sur sa lancée :

– Alors, dites-moi, si ça n'a rien à voir avec les cotisations, qui est-ce qui paye pour toutes ces conneries ? Les Learjets, le Concorde, les hôtels de luxe, sans parler des taxis Mercedes ?

– Ici, les taxis sont souvent des Mercedes.

– Chez nous, on préfère les Chevrolet et les Ford pourries, répliqua Marino d'un ton sarcastique. Il faut acheter américain, vous savez.

– Interpol n'a pas pour habitude d'offrir des Learjets et des hôtels de luxe.

– Qui, alors ?

– Je crois que vous feriez mieux de demander ça au sénateur Lord. Mais je vais vous rappeler quelque chose. Le crime organisé, c'est l'argent, et la plus grande partie de cct argent est volée à des gens honnêtes, à des affaires et à des entreprises honnêtes qui veulent se débarrasser de ces cartels tout autant que nous.

Je voyais palpiter les muscles de la mâchoire de Marino.

– Tout ce que je peux suggérer, continua-t-il, c'est que pour une compagnie qui fait partie des cinq cents premières du classement du magazine *Fortune*, deux billets de

Concorde ne sont pas cher payés quand des millions de dollars d'équipement électronique, ou même d'armes et d'explosifs, sont détournés.

– Alors, c'est un truc du genre Microsoft qui paye?

La patience de Talley était à bout, et il ne répondit pas.

– Je voudrais une réponse. Je veux savoir qui a payé mon billet. Putain, je veux savoir qui a fouillé ma valise! Un agent d'Interpol? insista Marino.

– Interpol n'a pas d'agents propres, uniquement des agents de liaison provenant des diverses agences de maintien de l'ordre : l'ATF, le FBI, les services postaux, les services de police, etc.

– Ouais, c'est ça. Tout comme la CIA ne dessoude personne.

– Marino, pour l'amour de Dieu!

– Bordel, je veux savoir qui a fouillé ma valise! répéta-t-il en virant à l'écarlate. Ça, ça me fait plus chier que n'importe quoi depuis bien longtemps!

– Je vois ça, répliqua Talley. Vous devriez peut-être vous plaindre auprès de la police parisienne. Mais à mon avis, s'ils ont eu quoi que ce soit à voir là-dedans, c'était dans votre propre intérêt. Au cas où vous auriez apporté une arme avec vous, par exemple?

Marino ne répondit rien et contempla son assiette.

– Vous n'avez pas fait cela! m'exclamai-je, incrédule.

– Lorsque l'on n'est pas familier des voyages internationaux, ma foi, on peut commettre d'innocentes bévues, ajouta Talley. Surtout un policier américain, habitué à porter une arme en toute circonstance, et qui ne comprend peut-être pas qu'il pourrait se fourrer ici dans un drôle de guêpier.

Marino demeurait muet.

– À mon avis, c'était uniquement pour vous éviter des désagréments, conclut Talley en secouant la cendre de sa cigarette.

– D'accord, d'accord, marmonna Marino.

– Docteur Scarpetta, êtes-vous familiarisée avec le système des juges, ici?

– Assez pour savoir que je suis ravie de ne pas en avoir en Virginie.

– Le juge d'instruction est inamovible. Le médecin légiste est nommé par le juge d'instruction, qui décide des indices qui doivent être soumis aux examens. C'est même lui qui détermine la cause de la mort, expliqua Talley.

— Exactement comme notre système de coroners, qui est encore pire. Lorsque la politique et les élections s'en mêlent...

— C'est le pouvoir, intervint Talley. La corruption. Politique et enquête criminelle ne devraient jamais se mélanger.

— Mais elles le sont toujours, et tout le temps, agent Talley. Et peut-être même ici, dans votre organisation.

— À Interpol ? (Il parut trouver la réflexion amusante.) Interpol n'a aucune raison valable de se laisser corrompre, si pompeux que cela puisse paraître. Le mérite ne nous revient jamais. Nous ne voulons pas de publicité, de voitures, d'armes ou d'uniformes ; nous ne nous disputons pas pour des histoires de juridictions. Et pour le travail que nous accomplissons, nous disposons d'un budget étonnement réduit. Pour la plupart des gens, nous n'existons même pas.

— Vous dites *nous* comme si vous en faisiez partie, commenta Marino. Je n'y comprends rien. Il y a cinq minutes, vous étiez de l'ATF, maintenant vous êtes un de ces putains de cinglés planqués.

Talley haussa un sourcil et souffla sa fumée :

— Des *cinglés planqués* ? demanda-t-il.

— Et puis, comment est-ce que vous avez atterri ici ? persista Marino, qui ne voulait pas lâcher le morceau.

— Mon père est français et ma mère américaine. J'ai passé presque toute mon enfance à Paris, puis ma famille a déménagé à Los Angeles.

— Et après ?

— La faculté de droit. Je n'aimais pas trop, et j'ai fini à l'ATF.

Marino continua son interrogatoire :

— Combien de temps ?

— Je suis agent depuis cinq ans.

— Ah ouais ? Et combien de temps ici ?

Marino devenait plus belliqueux à chaque question.

— Deux ans.

— C'est sympa, ça. Trois ans sur le terrain, et vous aboutissez ici, à boire du vin et à vous pavaner dans ce grand château en verre avec tous ces cracks.

— Vous avez raison, répondit Talley avec une amabilité cinglante, j'ai eu énormément de chance. Je suppose que le fait de parler quatre langues et d'avoir beaucoup voyagé m'a aidé. Et j'ai aussi étudié l'informatique et la politique internationale à Harvard.

– Je vais pisser, déclara Marino en se levant brusquement.

– C'est le coup de Harvard qui l'a achevé, dis-je à Talley tandis qu'il s'éloignait.

– Je ne voulais pas le vexer.

– Bien sûr que si !

– Oh ? Vous avez déjà une aussi mauvaise opinion de moi ?

– Il est moins fatigant, d'habitude, continuai-je. Mais un nouveau directeur adjoint vient de le renvoyer aux patrouilles en uniforme avant de finir par le suspendre. On peut dire qu'à part lui tirer une balle dans la tête, cet officiel a tout fait pour le détruire.

– Comment s'appelle-t-il ?

– *Elle*. Les *elles* sont quelquefois pires que les *ils*, si j'en juge d'après mon expérience. Elles sont plus menacées, se sentent moins sûres d'elles. Les femmes ont tendance à se tirer dans les pattes, alors que nous devrions nous entraider.

Il m'observa :

– Vous ne m'avez pas l'air d'être de ce genre-là.

– C'est très long, un sabotage, et je n'ai pas de temps à perdre.

De toute évidence, il ne savait trop comment interpréter ma réflexion.

– Agent Talley, je suis très directe parce que je n'ai rien à cacher. Je me concentre sur une seule chose, et je ne plaisante pas. Je lutterai contre vous, ou pas. Je vous affronterai, ou pas, et je le ferai suivant une stratégie, mais avec miséricorde, car voir quelqu'un souffrir ne présente aucun intérêt à mes yeux. Contrairement à Diane Bray. Elle empoisonne les gens, puis s'installe pour savourer le spectacle tandis que sa victime souffre et agonise lentement.

– Tiens, tiens, Diane Bray ! Déchets toxiques en tailleur ajusté.

– Vous la connaissez ? dis-je avec surprise.

– Elle a fini par quitter Washington pour aller faire la peau à un autre département de police. J'ai effectué un bref passage au quartier général avant d'être nommé ici. Elle essayait de coordonner le travail de ses flics avec le nôtre. Nous, le

FBI, les services secrets, nous tous. Il n'y a rien de mal à ce que les gens travaillent d'un commun accord, mais ce n'était pas là son ambition. Elle voulait simplement se concilier les puissants, et Dieu sait qu'elle y a réussi.

— Je ne veux pas gâcher mon énergie à parler d'elle. Elle ne m'a déjà que trop pris de temps.

— Voulez-vous un dessert ?

J'en revins au sujet qui me préoccupait :

— Pourquoi n'a-t-on procédé à aucun examen des indices ?

— Vous préférez du café ?

— Je préférerais une réponse, agent Talley.

— Appelez-moi Jay.

— Pourquoi suis-je ici ?

Il hésita et jeta un regard en direction de la porte, comme s'il s'inquiétait de voir apparaître quelqu'un dont il ne souhaitait pas la présence. Il devait s'agir de Marino.

— Si le tueur est bien ce cinglé de Chandonne, ainsi que nous le soupçonnons, sa famille ne tient pas du tout à ce que ses sales petites manies avec les femmes soient déballées en public.

Il s'interrompit et plongea son regard dans le mien avec insistance :

— En fait, il semble que sa famille n'ait jamais tenu à ce qu'on soupçonne ne serait-ce que son existence sur cette planète. C'est leur petit secret pourri.

— Alors comment savez-vous qu'il existe ?

— Mme Chandonne a donné naissance à deux fils. Et il n'y a pas trace du fait que l'un des deux soit mort.

— On dirait qu'il n'y a trace de rien !

— Pas sur le papier. Mais il y a d'autres moyens de découvrir les choses. La police a passé des centaines d'heures à interroger les gens, particulièrement sur l'île Saint-Louis. En plus de ce que racontent les anciens camarades de classe de Thomas, il existe également une légende qui veut qu'un homme se promène régulièrement sur les berges de l'île à la nuit ou au petit matin, quand il fait encore sombre.

— Est-ce que ce mystérieux personnage se contente de se promener, ou est-ce qu'il nage également ? demandai-je en pensant aux diatomées d'eau douce trouvées dans les vêtements du mort.

Talley me lança un regard surpris.

– C'est drôle que vous parliez de ça. Oui. Des rumeurs racontent qu'on a vu un homme blanc nager nu dans la Seine, devant l'île Saint-Louis. Même par temps très froid, et toujours de nuit.

– Et vous croyez à ces rumeurs ?

– Mon travail ne consiste pas à croire ou ne pas croire.

– C'est-à-dire ?

– Notre rôle ici consiste à faciliter la tâche de tout le monde, à faire que toutes les équipes réfléchissent et travaillent ensemble, quelles qu'elles soient et où qu'elles se trouvent. Nous sommes le seul organisme capable d'une telle coordination. Je ne suis pas là pour jouer à l'enquêteur.

Il demeura un long moment silencieux, plongeant dans mon regard pour y trouver des choses que je craignais de partager avec lui.

– Je ne prétends pas être profileur, Kay.

Il était au courant pour Benton. Bien sûr, c'était logique.

– Je n'ai pas les talents nécessaires, et encore moins l'expérience, ajouta-t-il. Je ne me risquerai certainement pas à tracer une sorte de portrait psychologique de ce type. Je n'ai aucune idée de ce à quoi il ressemble, de la façon dont il marche, dont il parle – excepté que je sais qu'il parle français, et peut-être d'autres langues. Une de ses victimes était italienne, continua-t-il. Elle ne parlait pas anglais. Peut-être s'est-il exprimé en italien pour entrer chez elle, ou peut-être connaissait-elle assez de français, qui sait ?

Talley s'adossa à sa chaise et leva son verre d'eau.

– Ce type a eu toutes les occasions de la terre de faire sa propre éducation. Il s'habille peut-être avec recherche. En tout cas, Thomas est réputé pour son penchant pour les voitures de sport, les vêtements de marque, les bijoux. Peut-être le misérable frère enfermé dans la cave recevait-il les rogatons de Thomas.

– Le jean que portait l'inconnu était un peu grand à la taille, me rappelai-je.

– On peut supposer que le poids de Thomas a varié. Il faisait beaucoup d'efforts pour rester mince, était très soucieux de son apparence. Alors ? dit-il en haussant les épaules. Une chose est sûre, si son supposé frère est aussi bizarre que le disent les gens, je doute qu'il aille faire du shopping.

315

– Vous croyez vraiment que ce type rentre chez lui après avoir massacré quelqu'un, et que ses parents lavent ses vêtements imbibés de sang et le protègent?

– Quelqu'un le protège, insista-t-il. C'est la raison pour laquelle ces affaires à Paris ne sont pas allées plus loin que la porte de la morgue. À l'exception de ce que nous vous avons montré, nous ne savons pas ce qui s'est passé ensuite.

– Vous croyez que ça vient du juge d'instruction?

– En tout cas, quelqu'un qui a beaucoup d'influence. Il y a beaucoup de gens dans ce cas.

– Comment avez-vous mis la main sur les rapports d'autopsie?

– La procédure habituelle. Nous avons demandé les rapports à la police parisienne. Et nous n'avons rien d'autre que ce que vous avez vu. Aucun indice n'a été examiné, Kay. Il n'y a eu aucun suspect. Aucune inculpation. Rien, sinon le fait que la famille en a probablement eu assez de protéger son fils psychopathe. Il n'est pas seulement gênant, c'est aussi une très sérieuse menace.

– Et comment le fait de prouver que le Loup-Garou est le fils psychopathe des Chandonne vous aidera-t-il à faire tomber ce cartel des Cent soixante-cinq?

– Premièrement, nous espérons que le Loup-Garou parlera. Si on le coince pour une série de meurtres, particulièrement celui en Virginie... Eh bien, nous aurons un moyen de pression. Sans parler du fait, ajouta-t-il avec un sourire, que si nous identifions les fils de M. Chandonne, nous disposons de suffisamment de présomptions pour fouiller leur magnifique résidence de l'île Saint-Louis vieille de trois siècles, leurs bureaux, etc.

– À condition d'avoir mis la main sur le Loup-Garou.

– Il le faut.

Il soutint mon regard pendant un long moment, des secondes intenses.

– Kay, vous devez prouver que le tueur est le frère de Thomas.

Il me tendit son paquet de cigarettes, mais je n'y touchai pas.

– Vous êtes peut-être notre seul espoir, continua-t-il. La seule chance que nous ayons eue jusqu'à présent dans cette affaire.

— En nous embarquant là-dedans, nous pourrions nous retrouver en danger, Marino et moi.

— La police ne peut pas débarquer à la morgue pour poser des questions. Même pas des policiers infiltrés. Et personne ici à Interpol ne le peut non plus, cela va sans dire.

— Pourquoi ? Pourquoi la police française ne peut-elle pas y aller ?

— Parce que le médecin légiste qui a travaillé sur ces affaires refuse de leur parler. Elle se méfie de tout le monde, et je ne peux pas lui en vouloir. Mais elle semble vous faire confiance, à vous.

Je ne répondis rien.

— Ce qui est arrivé à Lucy et Jo devrait vous motiver.

— Cette tactique manque d'élégance.

— Tous les moyens sont bons, Kay, parce que ces gens-là, eux, ne reculent devant rien. Ils ont d'abord essayé d'abattre votre nièce, ensuite ils ont essayé de faire sauter sa voiture. Vous ne pouvez pas ne pas vous sentir concernée.

— Je me sens toujours concernée par la violence.

Une sueur froide coulait le long de mes côtes.

— Mais quand il s'agit de quelqu'un que vous aimez, c'est différent, non ? demanda-t-il.

— Ne me dites pas ce que je ressens.

Mais il ne renonçait pas :

— La souffrance devient insoutenable lorsque cela touche quelqu'un que vous aimez. Ne laissez pas ces salopards broyer encore quelqu'un d'autre. Vous avez une dette à payer. Lucy a été épargnée.

— Je devrais me trouver à ses côtés.

— Vous l'aiderez davantage par votre présence ici. Et Jo également.

— Vous n'avez pas à me dire ce qui convient le mieux à Lucy ou à Jo. Ni à moi, d'ailleurs.

— À nos yeux, Lucy est un de nos meilleurs agents. À nos yeux, elle n'est pas votre nièce.

— Je suppose que cela devrait me rassurer ?

— Certainement.

Son regard descendit le long de mon cou. Je sentis ses yeux me parcourir, telle une brise qui ne faisait trembler que moi. Puis il contempla mes mains.

— Mon Dieu, quelle force elles dégagent, dit-il en en

prenant une entre les siennes. Le corps du conteneur, Kim Luong, ce sont vos affaires, Kay, continua-t-il en examinant mes doigts et ma paume, vous en connaissez tous les détails. Vous savez quelles sont les questions à poser, ce qu'il faut chercher. Il est tout à fait logique que vous passiez la voir.

— La voir ? Qui ça ? dis-je en retirant ma main.

— Mme Stvan. Le docteur Ruth Stvan. La directrice de l'Institut médico-légal et de la police scientifique française. Vous vous êtes déjà rencontrées.

— Bien sûr, je la connais de nom, mais nous ne sommes jamais rencontrées.

— À Genève, en 1988. Elle est suisse. Elle n'était pas mariée à l'époque. Son nom de jeune fille est Dürenmatt.

Il me regarda pour voir si la mémoire me revenait, mais ce n'était pas le cas.

— Vous participiez ensemble à une table ronde sur le syndrome de mort subite chez le nourrisson.

— Et comment diable pouvez-vous savoir cela ?

— C'est dans votre CV, dit-il d'un air amusé.

— Elle n'est certainement pas mentionnée dans mon CV ! rétorquai-je sur la défensive.

Il ne me quittait pas des yeux. Je ne pouvais m'empêcher de le regarder, et j'avais du mal à réfléchir.

— Vous irez la voir ? demanda-t-il. Cela n'aurait rien d'anormal que vous passiez dire bonjour à une vieille amie pendant votre visite à Paris. Elle a accepté de vous parler. C'est pour cela que nous vous avons fait venir.

— Merci de me tenir au courant ! répliquai-je, indignée.

— Vous ne pourrez peut-être rien faire. Peut-être ne sait-elle rien. Peut-être n'a-t-elle pas un seul détail supplémentaire à nous offrir pour nous aider à résoudre notre problème. Mais nous sommes convaincus du contraire. C'est une femme très intelligente, extrêmement morale, qui a dû se battre contre un système qui n'est pas toujours du côté de la justice. Vous pouvez peut-être établir un lien avec elle ?

— Mais pour qui vous prenez-vous ? protestai-je. Vous croyez qu'il vous suffit de prendre votre téléphone, de me convoquer ici et de me demander d'aller faire un tour à la morgue pendant qu'un cartel criminel a le dos tourné ?

Il ne dit rien et me regarda sans ciller. Le soleil inondait la fenêtre à côté de lui et donnait à ses yeux le reflet ambré d'un regard de fauve.

— Je me fiche pas mal que vous soyez Interpol, Scotland Yard ou la reine d'Angleterre ! Il est hors de question que vous nous mettiez en danger, le docteur Stvan, Marino ou moi.

— Marino ne se rendra pas à la morgue.

— C'est vous qui allez le lui dire.

— S'il vous accompagnait, cela éveillerait les soupçons, d'autant qu'il n'est pas un modèle de convenances, remarqua Talley. De plus, je ne pense pas que le docteur Stvan l'apprécie beaucoup.

— Et si des indices existent, que se passera-t-il en suite ?

Il ne répondit rien, et je savais pourquoi.

— Vous me demandez de subtiliser des indices, c'est bien cela ? Je ne sais pas comment vous qualifiez cela ici, mais aux États-Unis cela s'appelle un délit.

— Altération ou falsification de preuves, selon le nouveau code pénal. C'est comme cela que ça s'appelle. 300 000 francs d'amende, trois ans de prison. Vous pourriez peut-être être inculpée de manque de respect dû au mort, je suppose, si on voulait vraiment aller jusqu'au bout, c'est-à-dire 100 000 francs d'amende supplémentaires, et une autre année de prison.

Je repoussai ma chaise et remarquai froidement :

— J'avoue que, dans ma profession, ce n'est pas tous les jours qu'un agent fédéral me supplie d'enfreindre la loi.

— Je ne vous demande rien. C'est entre vous et le docteur Stvan.

Je me levai sans l'écouter.

— Peut-être avez-vous abandonné la faculté de droit, moi pas. Peut-être pouvez-vous me réciter le code pénal, mais voyez-vous, moi, je sais ce qu'il signifie dans la réalité.

Il demeura impassible. Le sang battait dans ma nuque, et le soleil m'aveuglait. Je continuai :

— Durant la moitié de ma vie, j'ai servi la loi, la pensée scientifique et les principes de la médecine. La seule chose que vous ayez faite, vous, agent Talley, c'est sauter de l'adolescence à votre monde universitaire.

— Il ne vous arrivera rien de grave, répondit-il avec calme

comme s'il n'avait pas entendu un mot des sarcasmes que je venais de lui lancer.

— Demain matin, je reprends l'avion avec Marino.

— Asseyez-vous, je vous en prie.

— Alors comme ça, vous connaissez Diane Bray ? C'est quoi, tout ça ? Le dernier acte de son petit jeu ? Me faire expédier dans une prison française ? continuai-je.

— Asseyez-vous.

Je m'exécutai à contrecœur.

— Si vous faites ce que vous demande le docteur Stvan, et que vous vous faites prendre, nous interviendrons. Exactement comme nous l'avons fait avec ce que Marino avait planqué dans sa valise. Remarquez, je m'en doutais.

— Et je suis censée vous croire ? dis-je, incrédule. La police française m'attend à l'aéroport avec des pistolets-mitrailleurs, et je leur dis : « Tout va bien, je suis en mission secrète pour Interpol » ?

— Nous ne faisons rien d'autre que vous prier de rencontrer le docteur Stvan.

— Foutaises ! Je sais exactement ce que vous êtes en train de faire. Et si jamais j'ai des ennuis, vous vous conduirez exactement comme n'importe quelle agence partout dans le monde. Vous direz que vous ne me connaissez pas !

— Je ne dirai jamais une chose pareille.

Il soutint mon regard, et j'éprouvai le besoin d'une bouffée d'air frais, tant il faisait chaud dans la pièce.

— Kay, nous ne ferions jamais une chose pareille. Le sénateur Lord ne ferait jamais cela. Je vous en prie, ayez confiance en moi.

— Je ne peux pas.

— Quand voulez-vous retourner à Paris ?

Je dus faire un effort pour réfléchir, tant il m'avait irritée et embrouillé les idées.

— Vous avez une place dans un train en fin d'après-midi, me rappela-t-il. Mais si vous voulez passer la nuit à Lyon, je connais un charmant petit hôtel rue du Bœuf, *La Tour rose*. Je suis sûr que vous adoreriez.

— Non, merci.

Il soupira et se leva en ramassant nos deux plateaux.

Marino était absent depuis longtemps.

— Où est Marino ? demandai-je.

– Je me posais la même question, répondit-il tandis que nous traversions la cafétéria. Je crois qu'il ne m'apprécie pas beaucoup.

– C'est votre plus brillante déduction de la journée.

– Je crois qu'il n'apprécie pas qu'un autre homme s'intéresse à vous.

Je ne sus que répondre.

Il posa les plateaux sur un tapis roulant.

– Vous allez lui téléphoner ? demanda-t-il, impitoyable. Vous voulez bien ?

S'arrêtant au milieu de la cafétéria, il effleura mon épaule d'un geste presque enfantin, et répéta sa question.

– J'espère que le docteur Stvan parle toujours l'anglais, répondis-je.

35

L E DOCTEUR STVAN me reconnut sans aucune hésitation, ce qui ne fit que confirmer ce que Talley m'avait dit. Elle attendait mon appel et voulait me voir.

— Je donne des cours demain après-midi à l'université, mais vous pouvez venir demain matin, me dit-elle dans un anglais dont il était évident qu'elle ne l'avait pas pratiqué depuis longtemps. Je suis là à partir de 8 heures.

— 8 h 15. Cela vous donnera le temps de souffler.

— Bien sûr. Si je peux vous rendre service pendant votre séjour à Paris, n'hésitez pas, me dit-elle d'un ton qui me fit soupçonner que d'autres personnes écoutaient la conversation.

— Eh bien, je m'intéresse à la façon dont fonctionne votre système de médecine légale, répondis-je en saisissant la perche tendue.

— Pas très bien, parfois, répondit-elle. Nous sommes quai de la Rapée, près de la gare de Lyon. Si vous venez en voiture, vous pouvez vous garer derrière, là où arrivent les corps. Sinon, venez par-devant.

Talley leva les yeux des messages téléphoniques qu'il consultait.

— Merci, dit-il lorsque je raccrochai.

— Où croyez-vous que Marino ait pu aller se promener ?

— Il ne peut pas aller bien loin.

Je m'inquiétai. Je connaissais trop l'animal et ne lui faisais aucune confiance. Il était parfaitement capable d'insulter quelqu'un.

Il était assis en bas, dans le hall, près d'un palmier en pot, l'air sinistre. À ce que je compris, il avait franchi un peu trop de portes et s'était retrouvé enfermé à l'extérieur de chaque étage. Il avait fini par prendre l'ascenseur et redescendre sans se donner la peine d'appeler la sécurité.

Je ne l'avais pas vu d'aussi mauvaise humeur depuis bien longtemps, et il se montra tellement renfrogné pendant le voyage de retour que je finis par changer de siège et lui tourner le dos. Je fermai les yeux et m'assoupis. Puis je me rendis au wagon-bar et achetai un Pepsi sans même lui demander s'il en voulait un. J'achetai mon propre paquet de cigarettes et ne lui en offris pas.

Lorsque nous pénétrâmes dans le hall de l'hôtel, je cédai :

— Je vous paye un verre ? suggérai-je.

— Je monte dans ma chambre.

— Ça ne va pas ?

— C'est plutôt à vous qu'il faudrait demander ça, rétorqua-t-il.

— Marino, je ne vois pas du tout de quoi vous voulez parler. Allons nous détendre au bar un petit moment. On pourrait essayer de réfléchir au pétrin dans lequel nous nous sommes fourrés.

— Moi, je vais dans ma chambre. Et c'est pas moi qui nous ai fourrés dans le pétrin.

Les portes en cuivre de l'ascenseur se refermèrent sur lui, m'épargnant la vision de son visage buté.

Je grimpai le grand escalier aux marches incurvées et recouvertes d'un tapis, ce qui eut pour conséquence de me rappeler à quel point la cigarette est redoutable. J'ouvris ma porte, guère préparée à ce que je découvris.

Je m'approchai du fax, la gorge serrée de peur, et contemplai le flot de feuilles que m'avait envoyé le docteur Harston, médecin expert général de Philadelphie. Je m'assis sur le lit, pétrifiée.

Les lumières de la ville brillaient de tous leurs feux. Un gigantesque panneau lumineux vantant le Grand Marnier s'était allumé, et le *Café de la Paix* bruissait d'animation.

Je ramassai les fax sans parvenir à contrôler le tremblement de mes mains, les nerfs à vif. J'avais presque l'impression d'être malade.

Je sortis trois whiskies du minibar, les mélangeant dans mon verre sans prendre la peine d'y verser de la glace. Je me fichais pas mal de l'effet désastreux de ce cocktail. De toute façon, je me préparais un véritable petit enfer.

La première page était de la main du docteur Harston :

Kay, je me demandais quand vous alliez finir par me le demander. Sans doute attendiez-vous d'être prête. Si vous avez des questions, dites-le-moi, je suis à votre disposition. Vance.

J'étais dans un état second, engourdie ; le temps s'écoulait selon un rythme bizarre tandis que je lisais le premier rapport du médecin légiste. Il s'agissait du rapport *in situ*, réalisé dès la découverte du corps dans le bâtiment ravagé par l'incendie où Benton avait trouvé la mort. Tout y était, la description du corps de Benton, ce qu'il en restait. Des bribes de phrases se formaient dans mon cerveau sans que je parvienne à les comprendre vraiment. « Corps carbonisé avec fractures des poignets », « mains manquantes », « le crâne porte des fractures avec desquamation due aux brûlures », et « poitrine et abdomen carbonisés jusqu'au muscle ».

La plaie d'entrée du coup de feu à la tête avait laissé dans le crâne un trou de 1,2 cm et se signait par une autre fracture osseuse. Le projectile avait pénétré derrière l'oreille droite, provoquant des fractures radiales, et avait achevé sa course dans la région pétreuse.

Le rapport décrivait *un léger diastème entre les incisives*. J'avais toujours adoré ce petit espace entre ses dents, qui rendait son sourire d'autant plus séduisant que le reste de sa dentition était parfait. Ses parents avaient veillé à ce qu'il porte des appareils.

« ... traces de bronzage d'un caleçon de bain ». Il était parti sans moi pour Hilton Head car j'avais été appelée sur une scène de crime. Si seulement j'avais refusé, si j'étais partie avec lui. Si seulement. Mais j'avais accepté de travailler sur ce premier cas d'une série de crimes épouvantables dont Benton deviendrait, pour finir, l'ultime victime.

Rien de ce que j'avais sous les yeux n'aurait pu être contrefait. C'était impossible. Nous étions les deux seuls, Benton et moi, à connaître la cicatrice de cinq centimètres qui zébrait son genou gauche. Il s'était coupé avec un morceau de verre à Black Mountain, en Caroline du Nord, là où nous avions fait l'amour pour la première fois. Cette trace fine nous était toujours apparue comme un stigmate d'adultère. Et elle avait été préservée lors de l'incendie parce qu'une lourde plaque d'isolant était tombée dessus.

Cette cicatrice, c'était l'incessant rappel du péché. Et je la détestais maintenant parce qu'elle transformait sa mort en punition, d'autant plus inacceptable que les détails s'étalaient devant mes yeux. Je savais tout cela, la moindre phrase de ces rapports signifiait quelque chose d'effroyablement précis pour moi.

Toutes ces images achevèrent de me démolir, et je me retrouvai sur le sol, à pleurer en répétant le nom de Benton.

Je n'entendis les coups frappés à la porte que lorsqu'ils firent trembler le panneau.

— Qui est-ce ? demandai-je d'une voix rauque et incertaine.

— Qu'est-ce qui vous arrive ? hurla Marino de l'autre côté de la porte.

Je me levai avec difficulté et faillis perdre l'équilibre lorsque je lui ouvris.

— Ça fait cinq minutes que je tape..., commença-t-il. Putain de merde ! Qu'est-ce qui se passe ?

Je me détournai et allai me planter à la fenêtre.

— Doc, qu'est-ce qu'il y a ? Qu'est-ce qu'il y a ? répéta-t-il d'un ton effrayé. Il s'est passé quelque chose ?

Il s'approcha et me posa les mains sur les épaules. Étrange. Cela faisait très longtemps que nous nous connaissions, mais c'était la première fois qu'il avait un tel geste.

— Dites-moi ! C'est quoi tous ces graphiques et ces merdes sur le lit ? Lucy va bien ?

— Laissez-moi tranquille.

— Pas avant que vous m'ayez dit ce qui ne va pas !

— Allez-vous-en.

Il me lâcha, et j'éprouvai une sensation de fraîcheur à l'endroit que venaient d'abandonner ses mains. Il traversa la pièce et je l'entendis ramasser les fax sur le lit, sans un mot.

Puis il dit :

— Qu'est-ce que c'est que cette merde ? Vous essayez de vous rendre cinglée ? Bordel, pourquoi vous regardez un truc pareil ?

Il avait haussé le ton pour couvrir sa douleur et sa panique.

— Pourquoi ? Vous avez perdu les pédales !

— Parce que vous n'avez pas pu vous empêcher de le dire ! lui hurlai-je. Parce que vous n'avez pas pu vous empêcher d'ouvrir votre grande gueule obscène, et dire qu'il n'était pas mort ! Alors maintenant, on sait, d'accord ? Bon sang, allez-y, lisez-le vous-même, Marino !

Je m'assis sur le lit, essuyai de mes mains mon nez et mes yeux.

— Lisez-le, et ne m'en reparlez plus jamais ! Ne me redites plus jamais une chose pareille. Ne dites pas qu'il est vivant. Ne me refaites plus jamais ça !

Le téléphone sonna et il le décrocha brutalement.

— Quoi ? ! éructa-t-il. Ah ouais ? dit-il après un silence. Eh ben, ils ont raison ! C'est vrai qu'on dérange, bordel, et si vous envoyez un putain d'agent de sécurité, je vous le réexpédie en bas, parce que je suis un putain de flic, et que je suis d'une putain d'humeur de merde !

Il raccrocha violemment le combiné, puis s'assit à côté de moi sur le lit, les larmes aux yeux.

— Et maintenant, qu'est-ce qu'on fait, doc ? Putain, qu'est-ce qu'on fait ?

— Il voulait qu'on dîne ensemble pour qu'on se dispute, qu'on se déteste et qu'on pleure comme ça, murmurai-je, les joues dégoulinantes de larmes. Il savait qu'on se déchirerait, qu'on se balancerait des trucs à la figure, parce que nous n'avions pas d'autre moyen de tout faire sortir, et de continuer à vivre.

— Ouais, il nous a profilés. C'est comme s'il avait su que ça se passerait comme ça, d'une façon ou d'une autre, comment on allait réagir.

— Il me connaissait, murmurai-je. Mon Dieu, comme il me connaissait bien. Il savait que j'assumerais cela de la pire façon qui soit. Je refuse de pleurer. Je ne veux pas pleurer ! J'ai appris à ne pas pleurer quand mon père était en train de mourir, parce que pleurer, c'est sentir, et c'est trop ! C'était comme si je pouvais devenir quelqu'un que rien n'atteint, dessécher mes sentiments à l'intérieur, qu'ils deviennent tout petits, tout secs... Marino, je crois que je n'en peux plus. Je ne crois pas que je pourrai le surmonter. Ce serait peut-être une bonne chose si j'étais virée, moi aussi, ou si je donnais ma démission.

— Certainement pas.

Comme je ne répondis pas, il se leva et alluma une cigarette.

– Vous voulez dîner ? demanda-t-il.

– J'ai simplement besoin de dormir.

– Ce serait peut-être une bonne chose de sortir de cette pièce.

– Non, Marino.

Je m'assommai avec du Banedryl. Il me fallut toute la volonté du monde pour me lever le lendemain matin, la tête lourde, brumeuse. Je me regardai dans le miroir de la salle de bains. Mes yeux étaient bouffis, cernés.

Je m'aspergeai le visage d'eau froide, m'habillai et pris un taxi à 7 h 30, sans l'aide d'Interpol, cette fois-ci.

L'Institut médico-légal, un bâtiment en brique rouge et meulière, se trouvait à l'est de la ville. La voie express le séparait de la Seine. Ce matin-là, le fleuve s'irisait d'une couleur de miel. Le chauffeur de taxi me déposa devant l'Institut, et je traversai un charmant petit jardin orné de vieux platanes et planté de marguerites, de primevères, de pensées et de fleurs sauvages. L'odeur caractéristique de la mort, qui filtrait par les fenêtres à barreaux et la porte d'entrée métallique noire, ne semblait pas déranger un jeune couple enlacé sur un banc et un vieil homme qui promenait son chien.

Ruth Stvan était connue pour la façon inhabituelle dont elle opérait. Les visiteurs étaient accueillis par des hôtesses. Lorsqu'un parent en deuil franchissait le seuil, il était immédiatement intercepté par une personne compatissante qui l'aidait à trouver son chemin.

Une de ces hôtesses me guida le long d'un couloir carrelé où des enquêteurs attendaient, assis sur des chaises bleues, et je saisis suffisamment de leur conversation pour comprendre que quelqu'un s'était défenestré la veille.

Je dépassai avec mon guide silencieux une petite chapelle ornée de vitraux, où un couple pleurait un jeune garçon allongé dans un cercueil blanc ouvert. La mort n'est pas appréhendée ici de la même façon que chez nous. Aux États-Unis, nous ne disposons ni du temps ni de l'argent pour des hôtesses, des chapelles, ou même simplement de la compassion, parce que les décès par armes à feu arrivent par dizaines tous les jours, et que personne ne fait de lobbying pour les morts.

Le docteur Stvan travaillait dans la salle d'autopsie, qu'annonçait un panneau au-dessus de portes automatiques. L'inquiétude m'envahit de nouveau lorsque j'y pénétrai. Je n'aurais jamais dû venir, et j'ignorais ce que j'allais dire.

Ruth Stvan pesait un poumon, sa blouse verte tachée et ses lunettes éclaboussées de sang. Le cas sur lequel elle travaillait était celui de l'homme qui avait sauté par la fenêtre. Son visage était fracassé, ses pieds fendus, ses tibias enfoncés dans les cuisses.

— Accordez-moi une minute, me dit le docteur Stvan.

Deux médecins, en blanc, eux, travaillaient sur d'autres cas. Des noms et des numéros de dossiers étaient inscrits à la craie sur des tableaux. Une scie Stryker ouvrait un crâne, tandis que l'eau coulait à grand bruit dans les éviers.

Le docteur Stvan, blonde et bien charpentée, plus âgée que moi, était vive et débordait d'énergie. Je me souvins que lorsque nous nous étions rencontrées à Genève, elle s'était montrée réservée.

Elle recouvrit le corps d'un drap et retira ses gants. Elle entreprit de dénouer sa blouse dans son dos, marchant vers moi d'un pas ferme.

— Comment allez-vous ? demanda-t-elle.

— Je ne sais pas très bien.

Si elle trouva la réponse étrange, elle n'en laissa rien paraître.

— Suivez-moi, nous parlerons pendant que je me lave. Puis nous irons prendre un café.

Elle me conduisit dans un petit vestiaire où elle se débarrassa de sa blouse dans un sac à linge. Nous nous lavâmes toutes les deux les mains au savon désinfectant, elle se frotta également le visage et se sécha avec une serviette bleue rugueuse.

— Je ne vous surprendrai pas, j'en suis sûre. Je ne suis pas là pour une discussion amicale sur votre système de médecine légale. Nous le savons toutes les deux.

— Bien sûr, répondit-elle en me regardant dans les yeux. Je ne suis pas suffisamment chaleureuse pour qu'on me rende une visite amicale, ajouta-t-elle avec un léger sourire. C'est vrai, nous nous sommes rencontrées à Genève, docteur Scarpetta, mais nous ne nous sommes pas vraiment liées d'amitié. C'est dommage, d'ailleurs. Il y avait tellement peu de femmes dans ce métier, à l'époque.

Elle continua de parler tandis que nous reprenions le couloir.

— Je connais la raison de votre appel. C'est moi qui ai souhaité vous voir, ajouta-t-elle.

— Voilà qui me rend nerveuse, et je le suis déjà suffisamment.

— Nous avons la même conception de la vie. Si vous étiez à ma place, je serais venue vous voir, comprenez-vous ? Et je vous dirais qu'on ne peut pas laisser les choses continuer comme cela. Il faut empêcher que d'autres femmes meurent de cette façon. Maintenant, c'est en Amérique, à Richmond. Ce Loup-Garou est un monstre.

Nous pénétrâmes dans son bureau, une pièce sans fenêtre envahie de piles de dossiers, de revues et de mémos. Elle composa un numéro sur son téléphone et demanda qu'on nous apporte du café.

— Je vous en prie, installez-vous confortablement, si vous y arrivez. Je me débarrasserais bien d'un certain nombre de choses, mais je n'ai pas la place de les ranger.

Je rapprochai un siège de son bureau.

— Je me sentais tout à fait en porte-à-faux, à Genève, se remémora-t-elle en fermant la porte. En partie à cause de la singularité du système français, expliqua-t-elle. Ici, les médecins légistes sont complètement isolés, cela n'a jamais changé, et ne changera probablement jamais de mon vivant. Nous ne sommes autorisés à parler à personne, ce qui n'est pas toujours un mal, car j'aime travailler seule.

Elle alluma une cigarette.

— Mon travail consiste à dresser un inventaire des blessures, et c'est la police qui rédige le rapport final, lorsqu'elle le décide. Dans une affaire sensible, je parle directement au juge d'instruction. Je peux quelquefois obtenir de lui ce que je demande, pas toujours. Quelquefois, lorsque je soulève un problème, aucun laboratoire n'est désigné pour effectuer les examens, vous comprenez ?

— Dans un sens, votre seul travail consiste à déterminer la cause de la mort.

Elle acquiesça de la tête.

— Je suis mandatée par le juge d'instruction pour déterminer la cause de la mort, et c'est tout.

— Vous n'enquêtez pas vraiment.

— Pas de la même façon que vous, et pas comme je le voudrais, répondit-elle en exhalant sa fumée du coin des lèvres. Voyez-vous, le problème du système judiciaire français, c'est que le magistrat est indépendant. Je ne peux en référer qu'au juge qui m'a désignée. Seule la chambre d'accusation peut dessaisir un juge d'un dossier pour le confier à un autre. Le juge peut, lui-même, se dessaisir de son propre dossier, mais c'est tout. Je n'ai aucun pouvoir, vous comprenez, même en cas de litige. Le juge fait ce qu'il veut de mon rapport. Si je dis qu'il s'agit d'un homicide et qu'il n'est pas d'accord, tant pis. Ce n'est pas mon problème. La loi est ainsi faite.

— Il peut modifier votre rapport ?

Cette perspective me paraissait ahurissante.

— Bien sûr. Je suis seule contre tous. Et je suppose que vous êtes dans le même cas.

Je préférais ne pas y penser.

— Je suis parfaitement consciente du fait qui si on savait que nous discutons de tout ceci, ce pourrait être très ennuyeux, surtout pour vous..., commençai-je.

Elle leva la main pour m'intimer le silence. La porte s'ouvrit, et la jeune femme qui m'avait accompagnée entra avec un plateau chargé de café, de lait et de sucre. Le docteur Stvan la remercia et lui dit quelque chose d'autre que je ne compris pas. La femme hocha la tête, et sortit discrètement en refermant la porte derrière elle.

— Je lui ai demandé de ne pas nous déranger, m'informat-elle. Je dois vous prévenir tout de suite que le juge qui m'a désignée sur cette affaire est quelqu'un que je respecte énormément. Mais il subit de grosses pressions, si vous comprenez ce que je veux dire. J'ignore ce qui se passe, mais pas un seul examen de laboratoire n'a été commandé, dans aucune de ces affaires, je veux dire, et c'est pour cela que l'on vous a envoyée.

— Envoyée ? Je croyais que c'était vous qui aviez demandé à ce que je vienne ?

— Comment prenez-vous votre café ?

— Qui vous a dit qu'on m'avait « envoyée » ?

— En tout cas, on vous a envoyée me soulager de mes secrets, et je serai ravie de vous les confier. Du sucre et du lait ?

– Non, je le prends noir.

– Lorsque cette femme a été assassinée à Richmond, on m'a dit que l'on vous ferait venir si je voulais bien vous parler.

– Ce n'est donc pas vous qui avez demandé à ce que je vienne ?

– Je n'aurais jamais fait une chose pareille, pour la bonne raison que je n'aurais jamais imaginé que l'on puisse accéder à ma requête.

Je repensai au jet privé, au Concorde et à tout le reste.

– Auriez-vous une cigarette ?

– Pardonnez-moi de ne pas vous en avoir offert. Je ne savais pas que vous fumiez.

– Je ne fume pas, c'est juste une parenthèse qui dure depuis presque un an. Docteur Stvan, savez-vous qui m'a envoyée ?

– Que voulez-vous que je vous dise ? Quelqu'un qui dispose de suffisamment d'influence pour vous faire venir presque instantanément. À part cela, je n'en ai pas la moindre idée.

Je pensai au sénateur Lord.

– Je ne peux plus supporter ce que ce Loup-Garou m'envoie. Huit femmes, en tout, dit-elle en fixant un point dans l'espace, le regard douloureux et terne.

– Que puis-je faire ?

– Il n'y a pas trace de pénétration vaginale, ni de sodomie. J'ai effectué des prélèvements des traces de morsures, très étranges. Certaines des molaires sont manquantes. De petites dents largement espacées. J'ai collecté des poils, et tout le reste. Mais revenons au premier cas, quand tout est devenu bizarre.

« Comme prévu, le juge d'instruction m'a demandé de soumettre tous les indices à un laboratoire d'expertise. Des semaines se sont écoulées, des mois, aucun résultat n'est jamais revenu. À partir de là, j'ai compris : lorsque sont arrivées les affaires suivantes, dont on pensait qu'elles pouvaient être attribuées au Loup-Garou, je n'ai plus demandé d'analyses particulières.

Elle demeura un moment silencieuse, comme distraite, puis reprit :

– C'est dingue, ce type qui mord les paumes et les plantes

de pied. Cela doit avoir une signification pour lui. Je n'ai jamais rien vu de ce genre. Et maintenant, c'est vous qui avez affaire à lui.

Elle s'interrompit, comme si ce qu'elle avait à dire ensuite était très difficile.

— Je vous en prie, soyez très prudente, docteur Scarpetta. Il s'attaquera à vous comme il l'a fait avec moi. Voyez-vous, je suis celle qui s'en est sortie.

J'étais trop stupéfaite pour répondre.

— Mon mari est chef au *Dôme*, expliqua-t-elle. Le soir, il n'est quasiment jamais là, mais Dieu a voulu que ce jour-là il soit malade et au lit lorsque cette créature est venue à ma porte, il y a quelques semaines. Il pleuvait, il m'a dit qu'il avait eu un accident de voiture, et qu'il avait besoin d'appeler la police. Bien entendu, je n'ai pensé qu'à l'aider.

« C'est cela mon point faible, continua-t-elle. Je crois que les médecins ont le complexe du sauveteur, vous ne croyez pas ? Quels que soient les problèmes, nous pouvons nous en charger, et je m'aperçois avec le recul que, en ce qui me concerne, il a tablé sur cette impulsion. Il n'avait absolument rien de suspect, il savait que j'allais le laisser entrer, et c'est ce que j'aurais fait. Mais Paul a entendu nos voix, et a demandé qui était là. L'homme s'est enfui sans que j'aie pu le voir distinctement. L'éclairage extérieur ne fonctionnait pas, car il avait dévissé l'ampoule, comme je l'ai découvert plus tard.

— Vous avez appelé la police ?

— Seulement un inspecteur en qui j'ai confiance.

— Pourquoi ?

— Il faut toujours être prudent.

— Comment avez-vous su qu'il s'agissait du tueur ?

Elle but une gorgée de café. Il était froid maintenant, et elle nous resservit toutes les deux pour le réchauffer.

— Je l'ai *senti*. Je me souviens d'avoir senti une odeur d'animal mouillé, mais je pense maintenant que j'ai dû l'imaginer. J'ai senti le mal, la rage dans son regard. Et il ne s'est pas montré. Je n'ai pas vu son visage, juste le reflet de ses yeux.

— Une odeur d'animal mouillé ?

— Effectivement, pas comme une odeur corporelle. Plutôt une odeur de saleté, comme un chien qui a besoin d'être lavé.

Voilà ce dont je me souviens. Mais tout s'est passé tellement vite que je ne suis sûre de rien. Et le lendemain, j'ai reçu un mot de lui. Tenez, je vais vous montrer.

Elle se leva et alla ouvrir le tiroir fermé à clé d'un classeur métallique si plein de dossiers serrés les uns contre les autres qu'elle éprouva du mal à en extraire un.

Il ne portait ni mention ni étiquette d'aucune sorte. À l'intérieur était glissé un sac de plastique transparent réservé aux pièces à conviction. Un morceau de papier brun déchiré et constellé de sang y était aplati.

– « Pas la police. Ça va, ça va. Pas de problème, tout va bien. Le Loup-Garou », me lut-elle en français avant de me le traduire.

J'examinai les lettres carrées familières. Des lettres mécaniques et presque enfantines.

– Le papier ressemble à celui des sacs qu'on peut trouver au marché, remarqua-t-elle. Je ne peux pas, bien sûr, prouver que cela vient de lui, mais qui d'autre aurait pu l'envoyer ? Je ne sais pas à qui appartient ce sang. On prend les mêmes et on recommence : je ne peux pratiquer aucun examen. Seul mon mari sait que je détiens cet indice.

– Mais pourquoi vous ? Pourquoi s'en prendrait-il à vous ?

– La seule raison que je puisse trouver, c'est qu'il m'a vue sur l'une des scènes de crime. Je sais donc qu'il observe. Une fois qu'il a tué, il demeure là, caché dans l'ombre, à observer ce que font les gens comme nous. Il est très intelligent, et rusé. Je ne doute pas une seconde qu'il sache exactement ce qui se passe lorsque les femmes qu'il a tuées arrivent ici.

J'examinai le papier sous la lampe, à la recherche d'empreintes cachées laissées par le support sur lequel il avait pu s'appuyer pour écrire. Je n'en distinguai aucune.

– Lorsque j'ai lu ce mot, le soupçon de corruption est devenu une certitude, continua le docteur Stvan. Le Loup-Garou savait que je ne le montrerais pas à la police ou aux labos, parce que c'était inutile. Il voulait me prévenir, me menacer même, que cela ne servait à rien, et c'est très curieux, mais j'ai également le sentiment qu'il me disait qu'il ne recommencerait plus.

– Je me garderais de tirer une conclusion aussi hâtive.

– Comme s'il avait besoin d'un ami. Cette bête solitaire a besoin d'un ami. Peut-être pense-t-il avoir une importance à mes yeux, parce que je l'ai vu, et que je ne suis pas morte. Mais qui peut se vanter de comprendre un esprit comme celui-là?

Elle se releva et alla ouvrir un autre tiroir, dans un autre classeur. Elle en tira une boîte à chaussures dont elle ôta le Scotch et souleva le couvercle. À l'intérieur se trouvaient huit petites boîtes en carton et autant de petites enveloppes de papier bulle, qui portaient toutes des numéros de dossiers et des dates.

— On n'a procédé à aucun relevé des marques de morsures, dit-elle, c'est dommage. Mais j'aurais dû pour cela faire appel à un dentiste, et je savais que cela me serait refusé. J'ai quand même effectué des prélèvements. Cela peut nous être utile, l'espoir fait vivre.

— Il a tenté de faire disparaître les traces de morsures dans le cas de Kim Luong. Nous ne pouvons pas faire de plâtre, et même des photos ne serviraient à rien.

— Cela ne me surprend pas. Il sait que maintenant plus personne ne le protège. Il est sur votre terrain. Et je peux vous assurer que sa dentition nous permettrait de mettre très facilement la main sur lui. Il a des dents pointues très étranges, largement espacées, comme une sorte d'animal.

Une étrange sensation m'envahit.

— J'ai prélevé des poils sur tous les corps, continua-t-elle. Comme des poils de chat. Je me suis demandé s'il n'élevait pas des chats angoras, quelque chose dans ce genre-là.

— Comme des poils de chat? Vous les avez gardés?

Elle souleva le ruban adhésif d'un rabat, sortit une paire de pinces d'un tiroir de son bureau, qu'elle plongea dans l'enveloppe pour en retirer plusieurs poils si fins qu'ils flottèrent comme du duvet lorsqu'elle les posa sur le buvard.

— Ils sont tous pareils, voyez-vous? Neuf ou dix centimètres de long, blond pâle. Très fins, comme des cheveux de bébé.

— Docteur Stvan, il ne s'agit pas de poils d'animaux. Ils sont d'origine humaine. On en a trouvé sur les vêtements de l'inconnu du conteneur et sur le corps de Kim Luong.

Elle écarquilla les yeux de surprise.

— Dans la première affaire, lorsque vous avez envoyé des indices pour examens, avez-vous soumis ces poils? demandai-je.

– Oui.

– Et vous n'avez pas eu de nouvelles ?

– À ma connaissance, le laboratoire n'a jamais analysé ce que j'avais envoyé.

– Oh, je parie que si ! Je parie qu'ils savent parfaitement que ces poils sont d'origine humaine, et qu'ils sont trop longs pour provenir de la tête d'un bébé. Ils savent ce que signifient les morsures, et ont peut-être même pu procéder à une analyse d'ADN.

– Alors, nous devrions pouvoir faire la même chose avec les prélèvements que je vous donne, dit-elle, de plus en plus perturbée.

Mais cela n'avait plus d'importance, et je n'éprouvais plus d'hésitation.

Elle continuait à réfléchir à haute voix :

– Bien sûr, vous ne pouvez pas faire grand-chose avec les poils. Dépourvus de pigmentation, hirsutes. Mais vous pouvez vérifier qu'ils sont de même origine, n'est-ce pas... ?

Je n'écoutais plus. Je pensais à Kaspar Hauser, enfermé durant les seize premières années de sa vie dans un donjon parce que le grand-duc Charles de Bade voulait s'assurer qu'il ne prétendrait pas à la couronne.

– ... Et pas d'ADN sans racines, je suppose, continuait le docteur Stvan.

À l'âge de seize ans, on l'avait retrouvé devant une grille, un mot épinglé à son habit. Il était pâle comme un amblyopsis, un de ces poissons osseux qui nagent dans les eaux souterraines des États-Unis. Il était incapable de parler, grognant comme un animal. Une aberration, incapable d'écrire son nom sans quelqu'un pour lui tenir la main.

Je réfléchis à haute voix :

– Les lettres carrées tracées comme par une main d'enfant qui apprendrait l'écriture. Quelqu'un de protégé, qui n'a jamais été exposé au monde extérieur, qui n'a jamais été éduqué, sinon chez lui. Il a peut-être même appris ce qu'il sait tout seul. Seule une famille est capable de dissimuler quelqu'un en son sein depuis le jour de sa naissance. Et seule une famille très puissante peut circonvenir la loi, et permettre à une anomalie comme celle-ci de continuer à tuer sans être inquiétée. Oui, vraiment très puissante, pour éviter que l'on s'intéresse à elle.

Le docteur Stvan demeura muette. Et je sentis que sa peur se faisait plus dense, encore plus menaçante.

— La famille Chandonne sait parfaitement ce que signifient ces poils, ces dents anormales, tout. Et lui aussi. Bien sûr qu'il le sait, et même si les laboratoires ne vous disent rien, il doit soupçonner que vous le connaissez, que vous le sentez, docteur Stvan. Je crois qu'il est venu chez vous parce que vous aviez touché du doigt qui il est vraiment, en autopsiant le corps de ces femmes. Vous êtes le témoin de sa honte, ou en tout cas il en est convaincu.

— Sa honte... ?

— Je ne crois pas que le but de ce petit mot ait été de vous assurer qu'il ne recommencerait pas, continuai-je. Je crois qu'il se moquait de vous, qu'il vous disait qu'il pouvait faire ce que bon lui semblait, protégé par une immunité souveraine. Qu'il reviendrait, et que cette fois-ci il réussirait.

— Mais il semble bien qu'il ne soit plus là.

— De toute évidence, un élément imprévu a modifié ses plans.

— Et cette honte qu'il croit que j'ai perçue ? Je n'ai fait que l'entrevoir.

— Ce qu'il a fait à ses victimes est la seule chose que nous ayons besoin de voir, affirmai-je. Les poils ne proviennent pas de sa tête, ils tombent de son corps.

36

JE N'AVAIS RENCONTRÉ qu'un seul cas d'hypertrichose, lorsque j'étais interne à Miami, dans le service de pédiatrie. Une Mexicaine avait donné naissance à une petite fille, et, deux jours plus tard, le bébé s'était recouvert de fins poils gris clair de cinq centimètres de long. D'épaisses touffes poilues sortaient de ses oreilles et ses narines, et elle était photophobe, c'est-à-dire que ses yeux étaient hypersensibles à la lumière.

Chez la plupart des gens atteints d'hypertrichose, les poils ne cessent de pousser. Les seules zones du corps épargnées sont les muqueuses, les paumes et les plantes des pieds. Dans les cas extrêmes, à moins que la personne ne se rase souvent, les poils du visage et des sourcils deviennent si longs qu'il faut les friser pour dégager les yeux. D'autres symptômes sont fréquemment associés : dents anormales, appareil génital atrophié, doigts, orteils ou mamelons supplémentaires, et visage asymétrique.

Certaines de ces pauvres créatures étaient jadis vendues à des cirques ou à des cours royales en guise d'amusement ou de curiosité. On disait de certains qu'ils étaient des loups-garous.

— Des poils sales et mouillés, comme un animal, dit le docteur Stvan. Si je n'ai aperçu que ses yeux lorsqu'il s'est présenté à ma porte, c'est peut-être parce que son visage était entièrement recouvert de poils ? Et peut-être avait-il les mains dans les poches parce qu'elles sont aussi poilues ?

— Il ne peut certainement pas sortir dans cet état, répondis-je. Sauf la nuit, peut-être. La honte, la sensibilité à la lumière, et maintenant, le meurtre. Il n'agit peut-être que protégé par l'obscurité.

– Je suppose qu'il peut se raser, considéra Stvan. Au moins les endroits que l'on peut voir : le visage, le cou, le dessus des mains.

– Certains des poils que nous avons retrouvés semblaient en effet avoir été coupés, rappelai-je. De toute façon, pour pouvoir monter à bord d'un bateau, il devait faire quelque chose.

– Il doit se dévêtir, au moins en partie, lorsqu'il tue, si l'on songe à tous ces longs poils qu'il abandonne.

Je me demandai si son appareil génital était atrophié, et s'il y avait là un rapport avec le fait qu'il ne dévêtait que le torse de ses victimes. Peut-être la vue du sexe d'une femme adulte le renvoyait-elle à son impuissance, et j'imaginais son humiliation et sa rage.

J'imaginai ce fils torturé, cette « espèce de sale gorille », cloîtré dans un endroit sombre, au cœur de la résidence ancestrale, et ne sortant que la nuit. Cartel criminel ou pas, ce n'est pas le genre de descendant qu'une riche famille au nom respecté aime exhiber.

– Il nous reste un espoir, celui de pouvoir vérifier en France les dossiers des enfants nés avec cette maladie, dis-je. L'hypertrichose est extrêmement rare, je crois qu'elle n'affecte pas plus d'une personne sur un milliard, cela ne devrait pas être difficile à retrouver.

– Il n'y aura aucun dossier, affirma le docteur Stvan d'un ton neutre.

Je voulais bien le croire. Sa famille avait dû y veiller.

Il était près de midi lorsque je quittai le docteur Stvan, ma mallette pleine de pièces à conviction bien mal acquises. J'étais inquiète, tendue.

Je sortis par l'arrière du bâtiment, où des corbillards attendaient leur prochain voyage. Un homme et une femme en costume terne étaient assis sur un banc noir devant le vieux mur de brique. Lui fixait le sol, son chapeau à la main, et elle leva les yeux vers moi, le visage déformé par le chagrin.

Je marchai d'un pas rapide sur les pavés le long de la Seine ; des images terrifiantes m'assaillaient. J'imaginai son visage hideux jaillissant de l'ombre lorsqu'une femme lui ouvrait sa porte. Je l'imaginai rôdant comme un animal nocturne, choisissant sa proie, la suivant jusqu'à ce qu'il frappe et saccage, encore et encore. Sa vengeance, c'était d'obliger ses victimes à le regarder. Son pouvoir naissait de leur terreur.

Je m'arrêtai, dans l'espoir de héler un taxi. Les voitures passaient à toute vitesse, dans un grondement ininterrompu, et je n'avais pas la moindre idée de l'endroit où j'allais trouver un taxi. De toute façon, ils n'avaient pas la place de s'arrêter. Et les rues adjacentes étaient vides.

Un accès brutal de panique me poussa en avant. Je remontai en courant un escalier pour regagner le jardin et m'assis sur un banc pour reprendre mon souffle. L'odeur de la mort flottait toujours au milieu des arbres et des fleurs. Je fermai les yeux et tournai mon visage vers la chaleur du soleil d'hiver, attendant que les battements de mon cœur se calment. Des gouttes de sueur froide dégoulinaient sur mes hanches. Les pieds et les mains engourdis, je serrais ma mallette en aluminium entre mes genoux.

La voix de Jay Talley résonna brusquement au-dessus de ma tête :

– On dirait que vous avez besoin d'un ami.

Je fis un bond en étouffant un cri.

– Désolé, dit-il en s'asseyant à côté de moi. Je ne voulais pas vous faire peur.

– Que faites-vous ici ?

Mes pensées défilaient à toute vitesse.

– Je vous avais bien dit que nous veillions sur vous, non ?

Il déboutonna son manteau de cachemire couleur tabac et sortit un paquet de cigarettes d'une poche intérieure. Il en alluma une pour chacun de nous.

– Vous m'avez également expliqué qu'il était trop dangereux de vous montrer ici, rétorquai-je d'un ton accusateur. Comme ça, je fais le sale boulot, et vous, vous attendez là, dans ce foutu jardin, devant ce foutu Institut !

Je soufflai ma fumée avec colère et me levai en attrapant ma mallette.

– Bon sang, à quoi jouez-vous avec moi ?

Il plongea la main dans une autre poche et en sortit un téléphone portable. Puis il composa un numéro et s'adressa en français à son interlocuteur.

– Et maintenant, qu'est-ce qui se passe ? Napoléon Solo passe nous chercher ? demandai-je d'un ton aigre.

— Je viens d'appeler un taxi. Je crois que Napoléon Solo a pris sa retraite il y a quelques années.

Nous nous éloignâmes en direction d'une rue voisine tranquille et, quelques minutes plus tard, un taxi s'arrêta devant nous. Nous nous installâmes, et il regarda fixement la mallette sur mes genoux.

— Oui, répondis-je à la question qu'il n'avait pas formulée.

Lorsque nous atteignîmes mon hôtel, je le fis monter dans ma chambre, car il n'y avait pas d'autre endroit où nous pouvions parler sans risque d'être entendus. J'essayai de joindre Marino, mais il ne répondait pas.

— Je dois rentrer en Virginie.

— C'est assez facile à arranger. Quand vous voulez.

Il suspendit le panneau « Ne pas déranger » à l'extérieur de la chambre et ajusta la chaîne de la porte.

— Demain matin à la première heure.

Nous nous installâmes dans le coin salon devant la fenêtre, une petite table entre nous.

— Je suppose que Mme Stvan s'est confiée à vous, me dit-il. C'était elle, l'élément clé. La pauvre femme est en pleine paranoïa, et à juste titre. Nous avions peur qu'elle n'ose dire la vérité à personne. Je suis ravie de voir que mon instinct ne m'a pas trompé.

— *Votre* instinct ?

— Oui, dit-il sans me quitter des yeux. Je savais que si quelqu'un arrivait à la faire parler, ce serait vous. Votre réputation vous précède. Stvan ne peut que vous respecter. Mais il est vrai que le fait de vous connaître de façon un peu plus personnelle m'a servi. (Il s'interrompit.) À cause de Lucy.

Je n'en croyais pas mes oreilles :

— Vous connaissez ma nièce ?

— Nous avons participé aux mêmes programmes d'entraînement à Glynco..., expliqua-t-il.

Il faisait allusion à l'académie nationale de Glynco, en Georgie, où l'ATF, les Douanes, les services secrets et quelque soixante agences gouvernementales envoyaient leurs agents pour leur entraînement de base.

— ... D'une certaine façon, j'ai toujours éprouvé un peu de peine pour elle. Sa présence suscitait toujours beaucoup de discussions à votre propos, comme si elle n'avait pas eu de talents propres.

— Je suis incapable d'accomplir le dixième de ce qu'elle fait.

— C'est le cas de la plupart des gens.

— Et qu'est-ce que tout cela a à voir avec elle ?

— Je pense qu'elle se prend pour Icare, et qu'à cause de vous elle cherche à se rapprocher du soleil. J'espère qu'elle ne poussera pas trop loin l'imitation, et qu'elle ne se brûlera pas les ailes.

Sa réflexion m'inquiéta. Je n'avais aucune idée de ce que pouvait bien faire Lucy à cet instant. Et Talley avait raison : ma nièce éprouvait toujours le besoin de tout faire mieux que moi, d'aller plus haut, plus vite, en prenant plus de risques, comme si se mesurer à moi pouvait enfin lui faire gagner l'amour dont elle ne se sentait pas digne.

— Les poils du tueur retrouvés sur les victimes parisiennes ne sont pas ceux du cadavre X qui se trouve dans mon réfrigérateur, dis-je avant de lui expliquer le reste.

— Mais vous avez relevé ces poils bizarres sur ses vêtements ? demanda-t-il sans comprendre.

— *À l'intérieur* de ceux-ci. L'hypothèse est la suivante : supposons que les vêtements sont ceux du tueur, et qu'il a le corps recouvert de ces longs poils fins. Ceux-ci se collent à l'intérieur des vêtements, qu'il enlève pour les faire endosser à sa victime avant de la noyer.

— Ces poils recouvrent tout le corps du Loup-Garou ? demanda-t-il après un silence. Il ne se rase donc pas.

— Se raser régulièrement tout le corps n'est pas très pratique. Il est plus probable qu'il ne rase que les endroits que l'on peut voir.

— Et il n'existe aucun traitement efficace. Aucun médicament, rien.

— On utilise avec quelque résultat un traitement au laser. Mais il ne le sait peut-être pas. Ou plutôt, sa famille ne va pas le laisser débarquer dans une clinique, surtout depuis qu'il a commencé à tuer.

— Pourquoi croyez-vous qu'il ait échangé ses vêtements avec l'homme du conteneur ? Avec Thomas.

— On ne s'enfuit pas sur un bateau en vêtements de luxe, présumai-je. Or, selon vos explications, Thomas donnait à son frère les vêtements dont il ne voulait plus. Ou alors, c'est peut-être une preuve de mépris, une volonté de l'humilier, d'avoir le dernier mot. Nous pourrions bâtir des hypothèses toute la journée, sans avoir le fin mot de l'histoire.

— Vous voulez quelque chose à boire ? demanda-t-il.

— Non, je veux une réponse. Pourquoi ne m'avez-vous pas dit que la femme qui avait survécu était le docteur Stvan ? Le secrétaire général et vous, vous êtes restés assis là à me raconter cette histoire, tout en sachant très bien que vous parliez d'elle.

Talley demeura silencieux.

— Vous pensiez que cela pourrait m'effrayer, n'est-ce pas ? Le Loup-Garou l'a vue et a essayé de la tuer. Il pourrait récidiver avec moi, non ?

— Certains d'entre nous n'étaient pas sûrs que vous iriez jusqu'au bout si vous étiez au courant de tous les détails.

— Eh bien, ces personnes ne me connaissent pas très bien, lui dis-je. Au contraire, même, c'est le genre de chose qui m'aurait poussée à aller la voir. Je me moque de ce que vous pensez savoir sur mon compte, de ce que vous croyez être capable de prédire, tout cela parce que vous avez rencontré Lucy une ou deux fois !

— Kay, c'était sur la demande expresse du docteur Stvan. Elle avait une très bonne raison de vouloir vous en parler elle-même. Elle n'a jamais divulgué l'ensemble des détails à qui que ce soit, même pas à cet inspecteur de ses amis. Il n'a jamais eu qu'une connaissance partielle de la situation.

— Pourquoi ?

— Encore une fois, à cause des gens qui protègent le tueur. Si jamais ils apprenaient qu'elle peut potentiellement l'identifier... Elle craignait des représailles, contre elle, son mari ou ses enfants. Elle était persuadée que vous ne la trahiriez pas en parlant à quelqu'un qui pourrait la mettre en danger. Mais elle a dit qu'elle ne déciderait de l'étendue de ce qu'elle vous confierait que lorsqu'elle se trouverait en face de vous.

— Et si elle ne m'avait pas fait confiance ?

— Je savais que vous vous en tireriez très bien.

— Je vois. Donc, mission accomplie.

— Pourquoi êtes-vous tellement en colère contre moi ? demanda-t-il.

— Parce que vous êtes trop présomptueux.

— Je ne le fais pas exprès. Je veux simplement arrêter

ce Loup-Garou avant qu'il ne tue et ne mutile quelqu'un d'autre. Je veux découvrir ce qui le fait agir.

– La peur et le rejet. La douleur et la rage, parce qu'il a été puni pour quelque chose qui n'était pas sa faute. Il a souffert tout seul. Imaginez un peu ses réactions.

– C'est sa mère qu'il a dû détester le plus. Il a peut-être même rejeté la faute sur elle.

Ses cheveux, sous le soleil, avaient des reflets d'ébène, et ses prunelles devenaient presque mordorées. Je perçus ce qu'il ressentait avant qu'il ne puisse le dissimuler. Je me levai et regardai par la fenêtre, pour me donner une contenance.

– Il déteste les femmes qu'il rencontre, les femmes qu'il ne pourra jamais avoir. Les femmes qui hurleraient d'horreur à sa vue, si elles voyaient son corps.

– Et plus que tout, il se déteste lui-même, conclus-je.

– Je sais que je réagirais ainsi à sa place.

– C'est vous qui avez payé ce voyage, n'est-ce pas, Jay ?

Il se leva et s'appuya contre le montant de la fenêtre.

– Il ne s'agit pas d'une grosse entreprise qui veut abattre les Cent soixante-cinq, continuai-je. C'est vous qui nous avez réunies, le docteur Stvan et moi. Vous avez tout facilité, tout mis au point, et tout payé, dis-je, de plus en plus convaincue au fur et à mesure que je parlais. Et vous avez pu le faire parce que vous êtes très riche. Parce que votre famille est très riche. C'est pour cela que vous êtes entré dans ce métier, n'est-ce pas ? Pour échapper à votre milieu. Mais vous vous conduisez comme un riche, et vous avez l'air riche, malgré tout.

L'espace d'un instant, il se trouva déstabilisé.

– Avouez que vous n'appréciez pas de ne plus être celui qui pose les questions ?

– Ce qui est vrai, c'est que je ne voulais pas être comme mon père. Princeton, l'équipe idéale, le mariage idéal dans la famille idéale, les enfants parfaits. La perfection en tout.

Nous étions maintenant côte à côte, regardant dans la rue, comme si quelque chose d'intéressant se passait dans le monde, de l'autre côté de cette fenêtre.

– Je ne crois pas que vous ayez résisté à votre père, lui dis-je. Je crois que vous vous bernez vous-même en faisant preuve d'esprit de contradiction. Et si vous avez fait Harvard et que vous êtes millionnaire, c'est assurément faire preuve

343

d'esprit de contradiction que de porter une arme et un insigne, et d'avoir l'oreille percée.

— Pourquoi me dites-vous tout cela ?

Il se retourna pour me regarder, et nous étions si proches l'un de l'autre que je sentais la chaleur de son corps.

— Parce que je ne veux pas me réveiller demain matin pour m'apercevoir que je n'étais que le pion d'un scénario que vous avez bâti par envie de révolte. Il me serait intolérable de penser que je viens d'enfreindre la loi et tous les serments que j'ai prêtés parce que vous êtes un gosse de riches dont l'esprit de contradiction consiste à pousser quelqu'un comme moi à accomplir quelque chose qui ruinerait sa carrière. Ou ce qui reste de sa carrière. Et peut-être me faire expédier dans une putain de prison française.

— Je viendrais vous rendre visite.

— Ce n'est pas drôle.

— Je ne suis pas un enfant gâté, Kay.

Je pensai au panneau « Ne pas déranger », à la chaîne de la porte. J'effleurai son cou, suivis la ligne de sa mâchoire bien dessinée, m'attardant au coin de sa bouche. Il y avait plus d'un an que je n'avais pas senti la peau d'un homme contre la mienne. Je passai mes mains dans ses cheveux épais ; le soleil les avait réchauffés. Il plongea son regard dans le mien comme s'il attendait de voir ce que j'allais faire de lui.

Je l'attirai contre moi. Je l'embrassai et le touchai presque brutalement, caressant son corps musclé et parfait, tandis qu'il se battait avec mes vêtements.

— Tu es tellement belle, murmura-t-il dans un baiser, arrachant un bouton, tordant des agrafes. Tu m'as rendu dingue ! Rester assis devant ce putain de secrétaire général, en essayant de ne pas regarder tes seins !

Il les prit dans ses mains. Je voulais du sexe, brut, sans limites. Je voulais que la violence qui m'habitait fasse l'amour à sa violence à lui, parce que je ne voulais pas me souvenir de Benton, de ses tendres caresses et de nos joutes érotiques.

J'attirai Talley dans la chambre. Il n'était pas de taille à lutter, parce que j'avais une expérience et des talents dont il ignorait tout. Je le maîtrisais. Je le dominais. Je me rassasiai de lui jusqu'à ce que nous retombions épuisés, couverts de sueur. Benton ne se trouvait pas dans cette pièce. Mais s'il avait d'une façon ou d'une autre assisté à ce que je venais de faire, il aurait compris.

L'après-midi s'écoula, nous bûmes du vin en regardant les ombres se déplacer sur le plafond tandis que le soleil tombait progressivement. Lorsque le téléphone sonna, je ne répondis pas. Lorsque Marino tambourina sur la porte en m'appelant, je fis comme si je n'étais pas là. Lorsque le téléphone sonna de nouveau, je secouai la tête.

– Ah, Marino, Marino...

– Ton garde du corps.

– Il ne s'en est pas très bien sorti, cette fois-ci, remarquai-je tandis que Talley m'embrassait passionnément. Je suppose que je vais devoir le virer.

– J'aimerais bien.

– Rassure-moi, dis-moi que je n'ai pas commis encore un autre forfait aujourd'hui. Et que ton nom, agent Talley, n'a rien à voir avec un compte à régler[1].

– D'accord, mon nom n'a rien à voir avec ça. Mais pour le forfait, je ne suis pas trop sûr.

Marino parut renoncer, et lorsque la nuit tomba, Talley et moi prîmes une douche ensemble. Il lava mes cheveux et plaisanta sur notre différence d'âge. Il prétendit que c'était encore une manifestation de son esprit de contradiction. Je suggérai que nous allions dîner.

– Pourquoi pas au *Café Runtz* ? dit-il.

– Qu'est-ce que c'est que le *Café Runtz* ?

– Ce que les Français appellent un endroit *chaleureux, ancien et familial*[2]. C'est à côté de l'Opéra-Comique, il y a des photos de chanteurs lyriques sur tous les murs.

Je pensai à Marino. Il fallait que je le prévienne que je n'étais pas perdue quelque part dans Paris.

– C'est une promenade agréable, dit Talley, à un quart d'heure d'ici, vingt minutes maximum.

– Il faut d'abord que je trouve Marino. Il est probablement au bar.

– Tu veux que j'aille le chercher et que je te l'envoie ?

– Je suis sûre qu'il appréciera beaucoup, dis-je d'un ton facétieux.

---

1. *Tally* : « compte », *to keep a tally* : « tenir le compte (de) ». *(N.d.T.)*
2. En français dans le texte. *(N.d.T.)*

Mais Marino me trouva avant que Talley ne mette la main sur lui. Je me séchais les cheveux lorsqu'il fit son apparition. Je lus sur son visage qu'il savait pourquoi il n'avait pas réussi à me joindre.

— Bordel, où étiez-vous ? demanda-t-il en entrant.

— À l'Institut médico-légal.

— Toute la journée ?

— Non, pas toute la journée.

Marino regarda le lit. Nous l'avions refait, mais beaucoup plus approximativement qu'une femme de chambre.

— Je vais sortir..., commençai-je.

— Avec lui, dit-il en élevant la voix. Putain, je savais que ça arriverait ! Je peux pas croire que vous ayez craqué. Nom de Dieu ! Je vous pensais au-dessus...

— Mêlez-vous de vos affaires, Marino, l'interrompis-je avec lassitude.

Il demeura dans l'encadrement de la porte, les mains sur les hanches, comme une bonne d'enfants réprobatrice. Il avait l'air tellement ridicule que j'éclatai de rire.

— Qu'est-ce qui vous prend ? s'exclama-t-il. D'un côté vous regardez le rapport d'autopsie de Benton, et une minute plus tard, vous baisez avec une espèce de play-boy, snob et suffisant ! Vous n'avez même pas attendu vingt-quatre heures ! Comment vous avez pu faire ça à Benton ?

— Marino, pour l'amour de Dieu, cessez de hurler ! Il y a eu suffisamment de cris dans cette pièce !

Il me regarda avec dégoût, comme si j'étais une prostituée.

— Comment avez-vous pu ? Vous venez à peine de recevoir cette lettre, vous nous avez fait venir avec Lucy. Pas plus tard qu'hier soir, vous étiez là à pleurer. Et alors ? Rien de tout ça n'est arrivé ? Vous repartez à zéro comme s'il ne s'était rien passé ? Avec un séducteur à la gomme ?

J'en avais plus qu'assez.

— Marino, sortez de ma chambre !

— Ah ça non ! dit-il en faisant les cent pas. Ah ça, non, je vais nulle part ! Vous voulez baiser avec le joli cœur, eh ben, vous pouvez le faire devant moi ! Et vous savez pourquoi ? Parce que je vais vous en empêcher. Il faut bien que quelqu'un sache se conduire ici, et on dirait que c'est moi qui vais m'y coller !

Il devenait de plus en plus livide à chaque mot, à chaque pas.

— Vous n'avez pas à empêcher quoi que ce soit, dis-je avec une fureur grandissante. Pour qui vous prenez-vous, Marino ? Restez en dehors de mes affaires !

— Pauvre Benton. Heureusement qu'il est mort, hein ? Ça montre à quel point vous l'aimiez, non ?

Il cessa ses allées et venues et pointa son index sous mon nez.

— Et moi qui croyais que vous n'étiez pas comme les autres ! Qu'est-ce que vous faisiez quand Benton avait le dos tourné ? C'est ça que j'aimerais bien savoir ! Et moi qui vous plaignais, pendant tout ce temps !

Je perdis mon sang-froid :

— Sortez, espèce de connard jaloux ! Comment osez-vous parler de ma relation avec Benton ? Qu'en savez-vous ? Rien du tout, Marino, vous n'en savez rien ! Et il est mort. Il est mort depuis plus d'un an, Marino. Et moi je ne suis pas morte, et vous n'êtes pas mort !

— Eh ben, à cet instant précis, je préférerais que vous soyez morte.

— Vous vous conduisez comme Lucy quand elle avait dix ans.

Il sortit d'un pas furibond, et claqua la porte avec tant de force que le lustre trembla et que les tableaux glissèrent contre le mur. Je décrochai le téléphone et appelai la réception.

— Y a-t-il un certain Jay Talley dans le hall ? demandai-je. Un grand jeune homme brun, en jean et blouson de cuir beige ?

— Oui, je le vois, madame.

Quelques secondes plus tard, Talley était en ligne.

— Marino vient de sortir d'ici en tempêtant. Évite-le, Jay, il est déchaîné.

— Il sort de l'ascenseur. Tu as raison, il a l'air déchaîné. Je te laisse.

Je quittai ma chambre en courant, dévalai à toute vitesse le couloir puis l'escalier majestueux, sans prêter attention aux regards interloqués des gens civilisés et bien habillés qui marchaient à pas comptés. On ne se bat pas au *Grand Hôtel*. Je ralentis en atteignant le hall, à bout de souffle, les poumons douloureux. Je crus que j'allais me trouver mal lorsque je découvris Marino cognant à coups de poing sur Talley, tandis qu'un valet de chambre et deux chasseurs tentaient de s'interposer. À la réception, un homme composait frénétiquement un numéro.

Je me ruai vers Marino :

— Non, Marino ! *Non !* hurlai-je en lui agrippant le bras.

Il suait comme un bœuf, le regard vitreux, et je remerciai le ciel qu'il ne portât pas d'arme. Je lui maintins le bras tandis que Talley, à grand renfort de gestes, expliquait en français que tout allait bien et qu'il était inutile d'appeler la police. Je traversai le hall en tenant Marino par la main, comme une mère sur le point de corriger un très méchant petit garçon, passai devant des grooms éberlués et débouchai sur le trottoir, où je m'arrêtai.

— Mais vous êtes devenu complètement fou ?

Il s'essuya le visage d'un revers de main. Il haletait, la respiration sifflante. Un instant, je craignis une crise cardiaque.

Je le secouai par le bras :

— Marino ! Écoutez-moi. Ce que vous venez de faire là est insensé. Talley ne vous a rien fait, et je ne vous ai rien fait.

— Peut-être que je prends la défense de Benton parce qu'il est pas là pour le faire lui-même, dit-il d'une voix monotone et éreintée.

— Non. Vous étiez en train de frapper Carrie Grethen, Joyce. C'est eux que vous voulez réduire en bouillie, que vous voulez tuer.

Il inspira profondément à plusieurs reprises d'un air défait.

— Vous croyez que je ne sais pas ce que vous faites ? continuai-je d'un ton véhément.

Les gens nous dépassaient telles des ombres. Les brasseries étaient bondées, les cafés pleins, et leurs lumières inondaient le trottoir.

— Il faut que vous vous en preniez à quelqu'un ! C'est comme ça que ça marche. Et qui reste-t-il, maintenant que Carrie et Joyce sont morts ?

— Au moins, vous et Lucy, vous avez tué ces enfoirés, vous les avez expédiés en petits morceaux dans les airs ! dit-il en se mettant à sangloter.

— Venez.

Je lui pris le bras, et nous nous éloignâmes en marchant.

– Je ne les ai pas tués, Marino. Je n'aurais certainement pas hésité une seconde, mais c'est Lucy qui a appuyé sur la détente. Et vous savez quoi ? Ce n'est pas pour ça qu'elle se sent soulagée. La rage bouillonne toujours en elle, et elle fonce à travers la vie à coups de poing. Mais un jour, il faudra bien qu'elle accepte de faire le bilan de sa vie. Aujourd'hui, c'est vous. Laissez-vous aller.

– Pourquoi est-ce que vous avez fait ça avec lui ? demanda-t-il d'une petite voix peinée en essuyant ses larmes d'un revers de manche. Pourquoi, doc ? Pourquoi lui ?

– Personne n'est assez bon pour moi, c'est ça ?

Cela lui donna matière à réfléchir.

– Et personne n'est assez bon pour vous, poursuivis-je. Personne d'aussi bien que Doris. Vous en avez bavé lorsqu'elle a divorcé, hein ? Et je crois qu'aucune des femmes qui lui ont succédé ne lui arrivait à la cheville. Mais il faut continuer à chercher, Marino.

– Ouais, et elles m'ont toutes largué aussi. Toutes ces femmes qui n'étaient pas assez bonnes pour moi.

– Elles vous ont largué parce que c'étaient des pétasses de bowling, Marino.

Il eut un sourire dans l'obscurité.

37

LORSQUE TALLEY ET MOI partîmes pour le *Café Runtz*, les rues de Paris commençaient à s'animer. L'air frais me faisait du bien, mais j'étais de nouveau inquiète. Tous ces doutes que j'avais un moment réussi à écarter m'assaillaient à nouveau. Je regrettai d'être venue en France. Lorsque nous traversâmes la place de l'Opéra et qu'il me prit la main, je regrettai également d'avoir rencontré Jay Talley.

Ses doigts étaient minces, forts et tièdes. Pourtant, si affectueux qu'il fût, son geste me dérangea, alors que je n'avais éprouvé aucune gêne quelques heures plus tôt dans ma chambre. Je me sentais honteuse.

— Je veux que tu comprennes que ceci a une signification pour moi, dit-il. Je n'enchaîne pas les liaisons. Les coups d'une nuit ne m'intéressent pas, il est important que tu le saches.

Je le regardai :

— Ne tombe pas amoureux de moi, Jay.

Son silence fut sa réponse, une réponse très claire sur ce que venaient de provoquer mes mots.

— Jay, je ne veux pas dire que je me moque de ce qui s'est passé.

— Tu vas aimer ce café. C'est un lieu à part, tu verras. Personne n'y parle autre chose que le français, et il faudra que tu sortes ton dictionnaire ou que tu désignes les plats sur le menu, ce qui amusera la patronne. Odette ne fait pas de chichis, elle est très gentille.

J'entendais à peine ce qu'il me disait.

— Nous avons un accord, elle et moi. Si elle est aimable, je recommande son établissement, et si moi je suis aimable, elle me laisse le recommander.

– Je veux que tu m'écoutes, dis-je en glissant ma main le long de son bras et en m'appuyant contre lui. Faire du mal aux gens est la dernière chose que je désire. Je ne voulais pas te blesser, et c'est déjà fait.

– Comment pourrais-je me sentir blessé ? Cet après-midi était incroyable.

– Oui, c'est vrai. Mais...

Il s'arrêta sur le trottoir et me regarda dans les yeux ; le flot de la foule s'écoulait autour de nous et les lumières des magasins trouaient la nuit par endroits. Le souvenir de ses mains sur moi me mettait les nerfs à fleur de peau et me rendait ma vitalité.

– Je ne t'ai pas demandé de m'aimer, déclara-t-il.

– Ce n'est pas quelque chose que tu devrais avoir à demander.

Nous reprîmes notre marche.

– Kay, je pense que c'est une chose que tu n'offres pas facilement. L'amour est ton loup-garou, le monstre qui t'effraie. Et je comprends pourquoi, car il t'a traquée et blessée toute ta vie.

– Pas de psychanalyse, Jay. N'essaie pas de me faire changer.

La foule nous emportait dans son flot. Des adolescents piercés aux cheveux teints nous bousculèrent en riant. Les gens s'arrêtaient pour regarder un biplan jaune presque grandeur nature qui flottait au sommet d'un immeuble, publicité pour une exposition de montres Breitling. L'odeur de brûlé des marrons chauds flottait jusqu'à nous.

– Depuis la mort de Benton, je n'ai touché personne. Tu vois où tu te situes dans ma chaîne alimentaire ? demandai-je d'un ton narquois.

– Je ne voulais pas te braquer...

– Je reprendrai l'avion demain matin.

– J'aimerais que tu restes.

– Mais souviens-toi, je suis en mission, non ?

Ma colère revint, et lorsqu'il voulut me reprendre la main, je la retirai.

– Ou plus exactement, je vais m'esquiver demain matin, avec une mallette pleine de pièces à conviction obtenues de façon illégale, sans compter qu'elles représentent un danger biologique. En bon petit soldat, je vais obéir aux

351

ordres, et effectuer si possible un relevé d'ADN sur les prélèvements. Le comparer à l'ADN de l'inconnu, et en fin de compte, déterminer si le tueur et lui sont frères. Peut-être qu'après ça, les flics auront de la chance, dégotteront un loup-garou errant dans tres rues qui vous dira tout ce que vous voulez savoir sur le cartel Chandonne. Et peut-être qu'entre-temps, il n'aura massacré que deux ou trois femmes.

— Je t'en prie, ne sois pas si amère.

— Amère ? Je ne devrais pas ressentir d'amertume ?

Nous nous engageâmes dans la rue Favard.

— Je ne devrais pas être amère alors qu'on m'a *expédiée* ici pour résoudre des problèmes, que je n'ai été qu'un pion dans une machination dont j'ignorais tout ?

— Je suis désolé que tu considères les choses sous cet angle.

— Nous ne pouvons que nous faire du mal.

Le *Café Runtz* était petit et paisible, avec des nappes à carreaux verts et des verres de même couleur. Le lustre et les lampes rouges brillaient de tous leurs feux. Lorsque nous entrâmes, Odette préparait un verre au comptoir. Elle accueillit Talley en levant les mains au ciel avec un ton de reproche.

— Elle m'accuse de ne pas être venu depuis deux mois et de débarquer sans prévenir, me traduisit-il.

Il se pencha par-dessus le comptoir et l'embrassa sur les deux joues pour se faire pardonner. Bien que le café soit bondé, elle se débrouilla pour nous trouver une bonne table, dans un coin. Talley choisit une bouteille de santenay, parce qu'il se souvenait combien j'aimais le bourgogne. Je n'avais pas le souvenir du moment où je lui avais dit cela. Du reste, lui avais-je jamais confié ce détail ? Je ne parvenais plus à démêler ce qu'il savait déjà avant de me rencontrer de ce que je lui avais appris directement.

— Voyons, dit-il en examinant le menu. Je te recommande les spécialités alsaciennes. Pour commencer, peut-être la salade de gruyère ? C'est très copieux.

— Alors, je ne mangerai peut-être que ça, dis-je, car je n'avais pas très faim.

Il tira de sa poche intérieure un petit cigare et un coupe-cigare.

– Ça m'aide à diminuer les cigarettes, expliqua-t-il. Tu en veux un ?

– Tout le monde fume beaucoup trop, en France. Il est temps que j'arrête de nouveau.

– Ils sont très bons, dit-il en en tranchant l'extrémité. Plongés dans le sucre. Celui-ci est à la vanille, mais j'en ai aussi à la cannelle. Je préfère la vanille, ajouta-t-il en craquant une allumette. Tu devrais vraiment goûter.

– Non, merci.

– Je les commande à un détaillant de Miami, continua-t-il en rejetant la tête en arrière pour souffler la fumée. Des Cojimars. À ne pas confondre avec les Cohibas, superbes, mais interdits lorsqu'ils sont fabriqués à Cuba, et pas en République dominicaine. Enfin, interdits aux États-Unis. Et ça, je le sais parce que je fais partie de l'ATF. Ça oui, madame, je connais mes alcools, mes tabacs et mes armes sur le bout des doigts.

Il avait déjà terminé son premier verre de vin.

– Les trois « C », poursuivit-il. Courir, courir, et encore courir. Tu as déjà entendu parler de ça ? C'est ce qu'on apprend à l'école des coups durs.

Il remplit de nouveau son verre et me servit également.

– Si je revenais aux États-Unis, accepterais-tu de me revoir ? Par exemple, supposons que je sois transféré à... disons, Washington ?

– Je ne voulais pas te faire ça.

Ses yeux se remplirent de larmes et il détourna rapidement le regard.

– Je ne voulais pas. C'est ma faute, dis-je doucement.

– Ta faute ? Une *faute* ? Je n'avais pas compris qu'il y avait une faute là-dedans, comme s'il y avait une responsabilité quelque part, ou une erreur.

Il se pencha et eut un sourire suffisant, comme un détective qui vient de trouver une question astucieuse.

– Hmmm, une faute, médita-t-il en soufflant la fumée de son cigare.

– Jay, tu es tellement jeune. Un jour, tu comprendras...

– Je n'y peux rien.

Le ton sur lequel il m'avait coupé nous attira des coups d'œil en biais.

– Mais tu vis en France, bon sang !

– Il y a des endroits pires.

– Tu peux jouer sur les mots, Jay, mais la réalité nous rattrape toujours, tu sais.

– Tu regrettes, n'est-ce pas ? dit-il en s'adossant à son siège. Je savais tant de choses sur toi, et pourtant, il a fallu que je fasse ce truc stupide.

– Je n'ai jamais dit que c'était stupide.

– C'est parce que tu n'es pas prête.

Quelque chose dans tout cela me bouleversait.

– Tu n'as aucun moyen de savoir si je suis prête ou pas, lui rétorquai-je tandis que le serveur apparaissait pour prendre notre commande puis s'éclipsait discrètement. Tu passes un peu trop de temps à vouloir décrypter ce que j'ai dans la tête, tu ferais mieux de t'intéresser à la tienne.

– D'accord, ne t'inquiète pas. Je ne recommencerai plus à essayer d'anticiper tes réflexions ou tes sentiments !

– Ah, de l'irritation ! Tu te conduis enfin selon ton âge.

Il me foudroya du regard.

Je savourai mon vin. Il avait déjà terminé un autre verre.

– Moi aussi, je mérite le respect, dit-il enfin. Je ne suis pas un enfant. Qu'est-ce que c'était, cet après-midi ? Un boulot d'assistante sociale ? La charité ? Un cours d'éducation sexuelle ? Une garderie ?

– Je ne crois pas que ce soit l'endroit idéal pour discuter de cela.

– Ou bien tu m'as peut-être simplement manipulé, continua-t-il.

– Je suis trop vieille pour toi. Et baisse la voix, s'il te plaît.

– *Vieille*, c'est ma mère, ma tante. Ma voisine veuve et sourde est vieille.

Je réalisai que je n'avais aucune idée de l'endroit où il vivait. Je n'avais même pas son numéro de téléphone personnel.

– *Vieille*, c'est la façon dont *toi*, tu te conduis, protectrice, condescendante et comme une trouillarde, dit-il en me portant un toast.

– Une *trouillarde* ? On m'a déjà traitée de beaucoup de choses, mais jamais de cela.

– Tu es une trouillarde émotionnelle, déclara-t-il en continuant à boire. C'est pour ça que tu étais avec lui. C'était la sécurité. Tu peux répéter que tu l'aimais, cela ne change rien. Benton, c'était la sécurité.

— Ne parle pas de quelque chose que tu ne connais pas ! lui conseillai-je en même temps que je me mettais à trembler.

— Parce que tu as peur. Tu as peur depuis la mort de ton père, depuis que tu te sens différente des autres, parce que tu *es* différente des autres, et que c'est le prix à payer pour des gens comme nous. Nous sommes à part. Nous sommes seuls, et nous pensons rarement que c'est parce que nous sommes à part. Nous pensons simplement que quelque chose ne va pas chez nous.

Je posai ma serviette sur la table et repoussai ma chaise.

— Voilà le problème avec les connards des renseignements, déclarai-je à voix basse d'un ton calme. Vous vous appropriez les secrets, les trésors, les tragédies et les extases des gens comme s'ils vous appartenaient. Moi, au moins, je ne vis pas comme un voyeur à travers des gens que je ne connais pas. Moi, au moins, je ne suis pas un espion.

— Je ne suis pas un espion ! protesta-t-il. Mon travail consistait à découvrir sur toi tout ce que je pouvais.

— Et tu as parfaitement accompli ton boulot, rétorquai-je, piquée au vif. Surtout cet après-midi.

— Je t'en prie, ne pars pas, dit-il doucement en tendant la main vers moi.

Je reculai puis quittai le restaurant sous le regard des autres dîneurs. Il y eut un rire, et quelqu'un fit une remarque qui se passait de traduction. Le beau jeune homme et sa compagne plus âgée avaient une querelle d'amoureux. À moins qu'il ne s'agisse de son gigolo.

Il était presque 21 h 30. Je retournai à l'hôtel d'un pas vif. Toute la ville semblait de sortie. Une femme policier portant des gants blancs réglait la circulation à coups de sifflet, et je patientai avec la foule pour traverser le boulevard des Capucines. L'air résonnait de conversations sous la lumière froide de la lune. Les odeurs de crêpes et de beignets me soulevaient le cœur.

Je pressais le pas comme si je fuyais, craignant d'être rattrapée, et pourtant je m'attardais au coin des rues parce que je voulais être rattrapée. Mais Talley ne me rejoignit pas. Lorsque j'atteignis l'hôtel, j'étais à bout de souffle. Et l'idée de voir Marino ou de retourner dans ma chambre me parut insupportable.

Il me restait encore une chose à faire, et je sautai dans un taxi. J'allais le faire, et le faire seule, de nuit, par témérité sans doute et surtout parce que j'étais prête à tout.

— Oui ? demanda le chauffeur en se retournant. Madame ?

Des fragments de ma personnalité avaient changé soudain, se réorganisant selon une logique qui m'échappait. Et je ne savais pas comment revenir en arrière.

— Vous parlez anglais ?

— Oui.

— Vous connaissez bien la ville ? Vous pouvez m'expliquer ce qu'on voit ?

— Ce qu'on voit ? Vous voulez dire, là, maintenant ?

— En conduisant.

— Je ne suis pas guide, vous savez, dit-il.

J'eus le sentiment qu'il me trouvait très distrayante.

— Mais j'habite ici. Où voulez-vous aller ?

— Vous savez où se trouve la morgue ? Près de la gare de Lyon ?

— C'est là que vous voulez aller ?

Il se retourna avec un froncement de sourcils, en attendant de se couler dans la circulation.

— Je veux y aller après. Mais, d'abord, je veux aller dans l'île Saint-Louis, expliquai-je tout en essayant de percer l'obscurité à la recherche de Talley.

Il éclata de rire comme si j'étais une cinglée de première.

— Quoi ? Vous voulez aller à la morgue et dans l'île Saint-Louis ? Quel est le rapport ? Quelqu'un de riche est mort ?

Il commençait à m'énerver.

— Allons-y, s'il vous plaît.

— D'accord, si c'est ce que vous voulez.

Les pneus ronronnèrent sur les pavés. Les lumières des projecteurs qui caressaient la surface sombre de la Seine ressemblaient à des poissons d'argent. J'essuyai la buée de ma vitre, que j'ouvris suffisamment pour mieux voir lorsque nous traversâmes le pont Louis-Philippe et pénétrâmes dans l'île.

Je reconnus immédiatement ces immeubles du XVIIe siècle qui avaient été les anciens hôtels particuliers de la noblesse. J'étais déjà venue ici avec Benton.

Nous nous étions promenés dans ces étroites rues pavées, nous avions déchiffré les plaques apposées sur certains des murs, indiquant qui avait autrefois vécu en ces lieux. Nous nous étions installés à des terrasses de café, avions acheté des glaces chez Berthillon. Je demandai à mon chauffeur de faire le tour de l'île.

C'était comme une falaise de somptueuses demeures de pierre érodée par les siècles, aux balcons de fer forgé noir. En levant le regard vers les fenêtres éclairées, je parvenais à distinguer des poutres apparentes, des étagères chargées de livres et de magnifiques tableaux, mais pas un être humain. Comme si l'élite qui vivait là demeurait invisible au commun des mortels.

— Vous connaissez la famille Chandonne ? demandai-je au chauffeur.

— Bien sûr. Vous voulez voir où ils vivent ?

— Oui, merci, acquiesçai-je avec pas mal d'appréhension.

Il roula jusqu'au quai d'Orléans, puis s'engagea quai de Béthune, dépassant l'immeuble où Georges Pompidou était mort. Je plongeai dans mon sac et en tirai un flacon d'Advil.

La voiture s'arrêta, et je sentis que mon chauffeur ne tenait pas vraiment à se rapprocher davantage de la résidence des Chandonne.

— Vous tournez là et vous marchez jusqu'au quai d'Anjou, me dit-il. Vous verrez, il y a des chamois sculptés sur les portes. Ils sont un peu comme les armoiries des Chandonne. Même les gouttières sont décorées de chamois, vous verrez, c'est vraiment quelque chose, vous ne pouvez pas le rater. Mais ne vous attardez pas près du pont, là-bas, sur la rive droite. En dessous, il y a des sans-abri et des homos. C'est dangereux.

L'hôtel particulier où résidait depuis des siècles la famille Chandonne se dressait sur quatre étages. Les portes d'entrée étaient en bois sombre, ornées de chamois, et des boucs au pied léger formaient des guirlandes sur les gouttières.

J'eus la chair de poule. Je me rencognai dans l'ombre et contemplai de l'autre côté de la rue la tanière où avait été engendré ce monstre qui se baptisait le Loup-Garou. Des lustres brillaient derrière les fenêtres, illuminant des étagères chargées de livres. Je sursautai lorsqu'une femme apparut derrière une vitre. Elle était horriblement grosse, et portait une robe de chambre rouge à manches amples, en satin ou en soie. Je la regardai, pétrifiée.

L'impatience se lisait sur son visage, et ses lèvres remuaient à toute vitesse, s'adressant de toute évidence à quelqu'un. Une domestique apparut presque immédiatement avec un petit plateau d'argent sur lequel se trouvait un verre à liqueur.

Mme Chandonne, si c'était bien elle, dégusta sa liqueur, alluma une cigarette, puis disparut de ma vue.

Je marchai d'un pas rapide jusqu'à l'extrémité de l'île, c'est-à-dire quelques mètres plus loin. Il y avait un petit square, et de là je pouvais distinguer le bâtiment de la morgue, situé plusieurs kilomètres en amont, de l'autre côté du pont Sully. Je regardai la Seine, imaginant que le tueur était le fils de l'obèse que je venais d'apercevoir et que pendant des années il s'était baigné nu, sous ses fenêtres, sans qu'elle le sache, ses longs poils blonds nimbés par la clarté lunaire.

Je l'imaginai sortant discrètement de son hôtel particulier, déambulant jusqu'à ce square à la nuit tombée pour se plonger dans la Seine. Combien d'années avait-il nagé dans cette eau sale et glacée ? S'aventurait-il jusqu'à la rive droite, pour observer d'autres marginaux ? Peut-être se mêlait-il à eux.

Un escalier menait au quai, et le fleuve était si haut qu'il léchait les pavés en vaguelettes troubles aux relents d'égout. Les pluies incessantes avaient fait gonfler la Seine, et le courant était violent. De temps en temps, un canard passait, étrangement déplacé au milieu de cette obscurité. Des réverbères en fer forgé répandaient leur lumière en flaques dorées à la surface de l'eau.

Je dévissai le bouchon de mon flacon d'Advil, dont je vidai les comprimés sur le sol. Je descendis prudemment les marches de pierre glissantes jusqu'au quai. L'eau clapota autour de mes pieds lorsque je remplis le flacon d'eau glacée. Je regagnai ensuite mon taxi, me retournant plusieurs fois pour jeter un regard à l'hôtel des Chandonne, m'attendant presque à entendre arriver derrière moi les hommes de main du cartel.

— Emmenez-moi à la morgue, demandai-je au chauffeur.

Il faisait très sombre, et des fils de fer barbelés, invisibles dans la journée, accrochaient les phares des voitures qui passaient à toute vitesse.

— Garez-vous sur le parking derrière, lui indiquai-je.

Il quitta le quai de la Rapée pour s'engager sur la petite esplanade derrière le bâtiment où, plus tôt dans la journée, j'avais vu des corbillards et un couple triste sur un banc. Je descendis de la voiture.

— Restez là, lui demandai-je. Je vais juste faire un tour une minute.

Il était pâle, et lorsque je le regardai de plus près, je m'aperçus qu'il était très ridé, et qu'il lui manquait plusieurs dents. Il était mal à l'aise, jetait des coups d'œil aux alentours comme s'il songeait à partir à toute vitesse.

— Tout va bien, lui dis-je en sortant un carnet de notes de mon sac.

— Oh, vous êtes journaliste, dit-il avec soulagement. Vous travaillez sur une histoire.

— C'est ça, une histoire.

Il eut un grand sourire.

— Vous m'avez fait peur ! Je commençais à me demander si vous n'étiez pas une espèce de vampire !

— J'en ai pour une seconde.

L'humidité des vieilles pierres et l'air en provenance du fleuve me transpercèrent. Je fis le tour, me déplaçant dans l'obscurité peuplée d'ombres, m'intéressant au moindre détail, m'imaginant à la place du Loup-garou. Cet endroit avait dû le fasciner. C'était le musée qui exposait ses trophées et lui rappelait son immunité souveraine. Il pouvait faire ce qu'il voulait, quand il voulait. Il pouvait semer tous les indices, il était au-dessus des lois.

Marcher de chez lui à la morgue devait lui prendre vingt ou trente minutes. Je l'imaginais assis dans le square, fixant le vieux bâtiment de brique, suivant en pensée ce qui s'y déroulait, le travail qu'il avait donné au docteur Stvan. L'odeur de la mort l'excitait-elle ?

Une légère brise agita les acacias et m'effleura, tandis que je me remémorais ce que m'avait dit le docteur Stvan. Il avait tenté de la tuer, et avait échoué. Il était revenu ici même le lendemain pour lui laisser un mot.

Pas la police...

Nous avions peut-être eu tendance à trop compliquer son modus operandi.

Pas de problème... Le Loup-Garou.

Peut-être ne s'agissait-il en définitive que d'une rage meurtrière, d'une pulsion incontrôlable. Lorsque s'éveillait le monstre en lui, il n'avait plus d'issue que tuer. J'étais certaine que le docteur Stvan serait morte s'il n'avait pas quitté la France. Lorsqu'il avait fui à Richmond, peut-être avait-il pensé pouvoir se maîtriser pendant un moment. Et peut-être cela avait-il été le cas pendant trois jours. Peut-être avait-il observé Kim Luong pendant tout ce temps, peut-être avait-il fantasmé jusqu'au moment où il avait été incapable de résister plus longtemps à sa monstrueuse pulsion.

Je regagnai rapidement mon taxi. Les vitres étaient si embuées que je ne distinguai rien à l'intérieur avant d'avoir ouvert la portière arrière. Le chauffage était poussé à fond et le chauffeur somnolait.

38

LE VOL CONCORDE Nº 2 quitta Roissy à 11 heures et arriva à New York à 8 h 45 du matin, avant que nous ne soyons partis, en un certain sens.

Je retrouvai ma maison au cours de l'après-midi. J'étais désorientée, le corps perturbé par le décalage horaire et l'esprit agité par des émotions contradictoires.

Le temps empirait, on annonçait de nouveau du verglas et de la neige fondue, et j'avais des courses à faire. Marino rentra chez lui.

Le supermarché *Ukrops* était bondé, comme à chaque fois que l'on annonçait de la neige. Les habitants de Richmond perdaient les pédales en chœur, s'imaginant mourir de faim ou de soif. Lorsqu'enfin j'atteignis le rayon boulangerie, il ne restait plus une miche de pain. Plus une tranche de dinde ou de jambon à la charcuterie non plus. J'achetai ce que je pus trouver. Sans doute Lucy resterait-elle un moment avec moi.

Je repris le chemin de la maison peu après 18 heures. L'énergie pour une nouvelle bagarre avec ma porte de garage me faisant défaut, j'abandonnai la voiture devant la maison.

De fins nuages blancs balayaient la lune par intermittences, lui donnant parfois les contours d'une tête humaine. Ils s'éparpillèrent et disparurent tandis que le vent soufflait de plus en plus fort, faisant geindre les arbres. J'avais mal partout et me sentais au bord de l'abrutissement, presque malade. Lucy ne me donna aucune nouvelle et mon inquiétude grandit.

Persuadée qu'elle se trouvait à l'hôpital, j'appelai le service d'orthopédie, mais elle n'était pas passée depuis la veille au matin. La panique me gagna. Je déambulai dans le salon en réfléchissant, cherchant, analysant. Il était presque 22 heures lorsque je repris ma voiture pour prendre la direction du centre, les nerfs tendus à se rompre.

Il était possible que Lucy soit partie pour Washington, mais elle m'aurait au moins laissé un mot. Chacune de ses disparitions me laissait envisager le pire.

Je pris la sortie de la 9e Rue, traversai les rues désertes du centre-ville, et dus grimper plusieurs étages du parking de l'hôpital avant de trouver une place. J'attrapai la blouse de labo abandonnée sur le siège arrière.

Le service d'orthopédie se trouvait dans l'aile neuve de l'hôpital, au deuxième étage, et, lorsque j'atteignis la chambre de Jo, j'enfilai ma blouse avant d'ouvrir la porte. Un couple était assis près de son lit, les parents de Jo, sans doute. Jo avait la tête bandée, la jambe surélevée. Elle était réveillée, et son regard se fixa immédiatement sur moi.

— Monsieur et madame Sanders ? demandai-je en marchant vers eux. Je suis le docteur Scarpetta.

Si mon nom leur disait quelque chose, ils n'en laissèrent rien paraître, mais M. Sanders se leva poliment et me serra la main.

— Enchanté, dit-il.

Il ne ressemblait pas du tout à l'idée que je m'en étais faite. Je m'attendais à des visages sévères et à des regards moralisateurs. Mais M. et Mme Sanders étaient gros et mal fagotés, et certainement pas impressionnants. Ils furent polis, et même timides, lorsque je les interrogeai sur leur fille. Jo continuait à me dévisager d'un regard qui ressemblait à un appel au secours.

— Cela ne vous dérange pas si je parle un moment en privé à la malade ? demandai-je.

— Pas du tout, dit Mme Sanders.

— Jo, tu fais ce que te dit le docteur, n'est-ce pas ? lui dit son père d'un ton découragé.

Ils sortirent de la pièce et, à l'instant où la porte se referma, les yeux de Jo s'emplirent de larmes. Je me penchai pour l'embrasser.

— Tu nous as causé bien du souci.

— Comment va Lucy ? murmura-t-elle, secouée par les sanglots, le visage ruisselant de larmes.

Je fourrai des Kleenex dans sa main.

– Je ne sais pas. Je ne sais pas où elle est, Jo. Tes parents lui ont dit que tu ne voulais pas la voir, et...

Elle secoua la tête.

– Je savais qu'ils allaient faire ça, dit-elle d'un ton désespéré. Je le savais ! Ils m'ont dit qu'elle ne voulait pas me voir, qu'elle était trop traumatisée par ce qui s'était passé. Je ne les ai pas crus. Je savais bien qu'elle ne ferait jamais une chose pareille. Mais ils l'ont fait partir, et maintenant elle a disparu. Peut-être même a-t-elle cru ce qu'ils lui racontaient.

– Elle se rend responsable de ce qui est arrivé. Il est très possible que la balle qui t'a blessée à la jambe provienne de son arme.

– Je vous en prie, amenez-la ici. Je vous en prie.

– Est-ce que tu as la moindre idée de l'endroit où elle pourrait se trouver ? Selon toi, où peut-elle aller quand elle est dans cet état ? À Miami ?

– Non, pas là-bas. Ça, j'en suis certaine.

Je m'assis près du lit, laissant échapper un long soupir d'épuisement.

– Un hôtel, peut-être ? Une amie ?

– Peut-être à New York, répondit Jo. Il y a un bar, dans Greenwich Village, qui s'appelle le *Rubyfruit*.

– Tu penses qu'elle est allée à New York ?

L'abattement me gagnait.

– La propriétaire, Ann, est un ancien flic, expliqua-t-elle d'une voix tremblante. Oh, je ne sais pas, je ne sais pas ! Elle me fait peur quand elle disparaît comme ça. Quand elle est comme ça, elle est capable de faire n'importe quoi.

– Je sais. Et avec tout ce qui s'est passé, ça ne risque pas de s'arranger. Jo, tu devrais sortir d'ici dans un ou deux jours, si tu es sage, dis-je avec un sourire. Où veux-tu aller ?

– Je ne veux pas rentrer à la maison. Vous la retrouverez, n'est-ce pas ?

– Veux-tu rester avec moi ?

– Mes parents ne sont pas méchants, expliqua-t-elle dans un murmure. (La morphine commençait à faire son effet.) Mais ils ne comprennent pas. Ils pensent... Pourquoi est-ce que c'est mal... ?

– Ça n'a rien de mal. L'amour n'est jamais une mauvaise chose.

Je quittai la pièce, laissant Jo sombrer dans l'inconscience.

Ses parents attendaient devant la porte. Tous deux avaient l'air tristes et épuisés.

— Comment va-t-elle ? demanda M. Sanders.

— Pas très bien.

Mme Sanders se mit à pleurer.

— Vous avez le droit de croire ce que vous voulez, dis-je, mais empêcher Lucy et Jo de se voir est la dernière chose dont votre fille ait besoin. Je crois que cela ne peut qu'ajouter à son inquiétude et à sa dépression. Elle a besoin de toute sa volonté de vivre, monsieur et madame Sanders.

Ni l'un ni l'autre ne répondit.

— Je suis la tante de Lucy.

— De toute façon, elle a repris pied, maintenant, déclara M. Sanders. On ne peut pas l'empêcher de voir qui elle veut. On essayait juste de faire ce qui nous semblait le mieux.

— Jo en est parfaitement consciente, et elle vous aime.

Ils ne me dirent pas au revoir, mais me regardèrent monter dans l'ascenseur. Dès que je fus à la maison, j'appelai le *Rubyfruit* et demandai à parler à Ann. On entendait un brouhaha de voix et d'instruments de musique.

— Elle n'est pas en grande forme, me dit Ann, et je compris ce que cela signifiait.

— Vous voulez bien vous occuper d'elle ?

— C'est déjà fait. Attendez, ne quittez pas, je vais la chercher.

— J'ai vu Jo, annonçai-je immédiatement lorsque Lucy prit le combiné.

— Oh, se contenta-t-elle de répondre, mais je compris à ce seul mot qu'elle était ivre.

— Lucy !

— Je n'ai pas envie de parler.

— Jo t'aime. Reviens à la maison.

— Et après, qu'est-ce que je fais ?

— Nous la ramenons chez moi et tu prends soin d'elle, voilà ce que tu fais !

Je dormis à peine. À 2 heures du matin, je finis par me lever pour me préparer une tasse de thé dans la cuisine. Il pleuvait des cordes, l'eau dégoulinait avec fracas dans le patio, et je n'arrivais pas à me réchauffer. Je songeais aux prélèvements, aux poils, aux photos de morsures enfermés dans ma mallette, et je devais me défendre contre le fantasme que le tueur se trouvait à l'intérieur de la maison, chez moi.

Je sentais sa présence, comme si le mal émanait de ces fragments de lui que j'avais rapportés de l'autre côté de l'océan. Quelle ironie ! Interpol me convoquait en France, et la seule pièce à conviction légale que j'avais en ma possession était une bouteille d'Advil remplie d'eau et de vase de la Seine.

À 3 heures, je m'assis dans mon lit et tentai d'écrire une lettre à Talley. Mais rien ne convenait, les mots m'échappaient. Il me manquait à un point qui m'effrayait. J'avais cru pouvoir traiter cette relation à la légère et maintenant je m'en mordais les doigts ; je ne l'avais pas volé.

Je froissai une autre feuille de papier et contemplai le téléphone. Je calculai l'heure qu'il était à Lyon et l'imaginai à son bureau, tiré à quatre épingles. Je l'imaginai au téléphone, en réunion, peut-être en train d'accompagner quelqu'un, sans m'accorder la moindre pensée. Je pensai à son corps ferme et lisse. Où, quand, avec qui était-il devenu ce fabuleux amant ?

Je partis travailler. Il devait être à peu près 14 heures en France lorsque je décidai d'appeler Interpol.

– ... Bonjour, hello...

– Jay Talley, s'il vous plaît.

On transféra mon appel.

– HIDTA, me répondit une voix d'homme.

– C'est bien le poste de Jay Talley ? demandai-je, surprise.

– Qui le demande ?

Je me présentai.

– Il n'est pas là.

La peur me submergea. Je ne croyais pas un mot de cette excuse.

– Et qui est à l'appareil, je vous prie ? m'enquis-je.

– Agent Wilson. Agent de liaison du FBI. Je n'ai pas eu le plaisir de vous rencontrer, l'autre jour. Jay est sorti.

– Savez-vous quand il rentrera ?

– Je ne sais pas vraiment.

– Je vois. Est-il possible de le joindre quelque part ? Ou bien pouvez-vous lui demander de m'appeler ?

J'avais conscience que ma nervosité devait s'entendre.

— Je ne sais vraiment pas où il est. Mais si je le revois, je lui dirai que vous avez appelé. Puis-je vous aider ?

— Non.

Je raccrochai, prise de panique. Je me faisais jeter. Sans doute Talley avait-il laissé des instructions pour le cas où j'appellerais.

— Mon Dieu ! murmurai-je en passant devant le bureau de Rose. Qu'est-ce que j'ai fait ?

— C'est à moi que vous parlez ? demanda-t-elle en levant les yeux de son clavier et en me regardant par-dessus ses lunettes. Vous avez encore perdu quelque chose ?

— Oui.

À 8 h 30, je me rendis à la réunion du personnel et m'installai à ma place habituelle, en bout de table.

— Qu'est-ce que nous avons ? demandai-je.

— Victime de sexe féminin, de race noire, trente-deux ans, d'Albemarle County, commença Chong. Sortie de route, elle a fait un tonneau. Elle a perdu le contrôle et quitté la route. Fracture de la jambe droite, fracture du crâne basilaire. Le médecin légiste d'Albemarle County, le docteur Richards, souhaite que l'on procède à une autopsie. Je me demande pourquoi ? dit-il en me regardant. Tout ça me paraît très clair.

— Parce que la loi stipule que nous mettons nos services à la disposition du médecin légiste local, répondis-je. Ils demandent, nous faisons. On peut passer une heure à l'autopsier maintenant, ou dix heures beaucoup plus tard si jamais il y a des problèmes.

— Ensuite, sexe féminin, race blanche, quatre-vingts ans, vue hier matin pour la dernière fois aux alentours de 9 heures. Son conjoint l'a trouvée hier soir à 18 h 30...

En dépit de tous mes efforts, mon esprit vagabondait.

— ... pas de toxicomanie connue, ni rien d'autre de suspect. Bref, rien de bizarre, continuait Chong d'une voix monotone. Présence de nitroglycérine sur les lieux.

Jay faisait l'amour comme s'il allait mourir... Mais qu'est-ce qui me prenait de me laisser aller à ce genre de dérives érotiques en plein milieu d'une réunion du personnel ?

— Un examen rapide pour déterminer s'il y a des blessures, et un examen toxicologique, dit Fielding.

— Est-ce que quelqu'un sait quel est le cours que je

dois donner à l'Institut la semaine prochaine ? demanda le toxicologue Tim Cooper.

– Probablement un cours de toxicologie.

– Quel humour, soupira Cooper. J'ai besoin d'une secrétaire.

– Aujourd'hui, j'ai plusieurs comparutions, dit le directeur adjoint Riley. C'est matériellement impossible, parce que je ne peux pas être aux quatre coins de la ville en même temps.

La porte s'ouvrit, Rose passa la tête et me fit signe de venir la rejoindre dans le couloir.

– Larry Posner doit partir dans un petit moment, et il aimerait savoir si vous pouvez passer maintenant à son labo.

– J'y vais !

Je le trouvai en train de préparer une lame de conservation. Il soudait les quatre bords de la fine lamelle en déposant à l'aide d'une pipette une sorte de paraffine chaude et liquide qui scellerait l'ensemble une fois refroidie. D'autres lames chauffaient sur une plaque.

– Je ne sais pas si ça signifie quoi que ce soit, annonça-t-il tout de go. Jetez un œil au microscope. Les diatomées provenant de votre inconnu. Rappelez-vous que, à de rares exceptions près, la seule indication que puisse vous fournir une diatomée, c'est si elle provient d'eau douce, d'eau salée ou d'eau saumâtre.

Les yeux collés à l'objectif binoculaire, je contemplai de petits organismes, presque transparents et étonnement polymorphes. Leurs formes évoquaient des bateaux, des chaînes, des zigzags, des quartiers de lune, des rayures de tigre, des croix, et même des jetons. Certaines zones ressemblaient à des confettis, ou à des grains de sable, au milieu desquels brillaient des particules de couleur, probablement des minéraux.

Posner retira la lame du plateau et la remplaça par une autre.

– Voici l'échantillon que vous avez rapporté de la Seine. Cymbella, Melosira, Navicula, Fragilaria. Rien d'autre. Très banal. Toutes des diatomées d'eau douce, donc ça, au moins, ça correspond, mais en elles-mêmes, elles ne signifient rien d'autre.

Je me redressai et le regardai, déçue :

— Et c'est pour ça que vous m'avez demandé de venir ?

— Eh bien, je ne suis pas Robert McLaughlin, dit-il d'un ton pince-sans-rire, faisant allusion au diatomiste de réputation internationale qui avait été son maître.

Il se pencha sur le microscope, ajusta le grossissement au millième et fourragea dans ses lames.

— Mais non, je ne vous ai pas fait venir pour rien, continua-t-il. Là où nous avons eu de la chance, c'est avec la fréquence d'occurrence de chaque espèce dans la flore.

La flore est le répertoire botanique des plantes par espèces, et, dans ce cas précis, des diatomées.

— 51 p. 100 de Melosira, 15 p. 100 de Fragilaria. Je ne vais pas vous ennuyer avec tous les détails, mais, globalement, le pourcentage relatif des différentes espèces de diatomées donne une indication sur la provenance de l'échantillon et, dans notre cas, il existe une correspondance certaine entre les échantillons. À tel point que je les qualifierais d'identiques. Et cela, croyez-moi, c'est un vrai petit miracle, parce que la flore dans laquelle vous avez plongé votre bouteille d'Advil pourrait tout à fait être totalement différente à quelques mètres de là.

Un frisson me parcourut lorsque je repensai à l'île Saint-Louis. Cet homme qui se baignait nu la nuit, si près de la maison des Chandonne. Je l'imaginai s'habillant sans se doucher ou se sécher, et transférant des diatomées à l'intérieur de ses vêtements.

— S'il nage dans la Seine et que ces diatomées se trouvent partout sur ses habits, il ne se lave pas avant de s'habiller, dis-je. Et le corps de Kim Luong ?

— La flore est totalement différente. Mais j'ai prélevé un échantillon d'eau de la James River, près de chez vous d'ailleurs. Et nous avons là encore à peu près le même profil de répartition.

— La flore de son corps et celle de la James River sont compatibles ? m'assurai-je.

— La question que je me pose, dit Posner, c'est de savoir si les diatomées de la James River se retrouvent un peu partout ici.

— On va voir.

Je pris des Coton-Tige et effectuai des prélèvements sur mes avant-bras, la semelle de mes chaussures, et dans mes cheveux. Posner prépara plusieurs autres lames. Il n'y avait pas une seule diatomée.

Je suggérai :

— Peut-être dans l'eau du robinet ?

Il secoua la tête.

— Donc, on ne devrait pas en avoir sur le corps, à moins de s'être plongé dans une rivière, un lac, ou la mer...

Je m'interrompis, tandis qu'une drôle d'idée me venait à l'esprit.

— La mer Morte, le Jourdain, m'exclamai-je.

— Quoi ? demanda-t-il, éberlué.

— Lourdes, continuai-je, de plus en plus excitée, le Gange sacré ! Vous savez, tous ces endroits supposés miraculeux. Les aveugles, les paralytiques sont censés guérir en se plongeant dans l'eau.

— Il nage dans la James River en cette saison ? Il est cinglé !

— Il n'y a pas de remède à l'hypertrichose.

— Qu'est-ce que c'est que ça ?

— Une forme de ce que l'on appelle de façon générique l'hirsutisme. Une maladie terrible et extrêmement rare, des poils qui vous poussent partout sur le corps dès la naissance. Des poils fins comme des cheveux de bébé, qui peuvent atteindre quinze, vingt centimètres de long. Entre autres anomalies.

— Eh bien !

— Peut-être se baignait-il dans la Seine en espérant une guérison miraculeuse. Et peut-être fait-il maintenant la même chose dans la James River.

— Mince, ça fait froid dans le dos !

Lorsque je regagnai mon bureau, Marino était assis à côté de ma table de travail.

— On dirait que vous n'avez pas dormi de la nuit, remarqua-t-il en buvant son café à grand bruit.

— Lucy s'est enfuie à New York. J'ai parlé à Jo et à ses parents.

— Quoi ?

— Elle revient. Tout va bien.

— Elle devrait faire attention. Ce n'est pas le moment de péter un plomb.

— Marino, dis-je vivement, il est possible que le tueur se baigne dans les rivières, avec l'idée que cela pourrait guérir sa maladie. Je me demande s'il ne se cache pas quelque part près de la James River.

Il réfléchit un moment, et une curieuse expression se peignit sur son visage. On entendit un bruit de course dans le couloir.

— Reste plus qu'à espérer qu'on n'a pas dans les parages un vieux domaine dont le propriétaire n'a pas été vu depuis longtemps, remarqua-t-il. J'ai un sale pressentiment.

Fielding déboula dans mon bureau et se précipita en hurlant sur Marino :

— Non, mais qu'est-ce qui vous prend !

Il était écarlate, et les veines de son cou semblaient prêtes à éclater. Fielding n'était pourtant pas du genre à élever la voix contre qui que ce soit.

— Vous avez filé l'info à ces putains de journalistes avant qu'on puisse se rendre sur la scène du crime ! lança-t-il, fou de rage.

— Hé, calmez-vous ! Filé quelle info à ces putains de journalistes ?

— Diane Bray a été assassinée, annonça Fielding. On ne parle que de ça, et ils ont arrêté un suspect, l'enquêteur Anderson.

39

LE CIEL ÉTAIT très couvert et la pluie tombait lorsque nous atteignîmes Windsor Farms. C'était une sensation étrange que de passer devant des résidences de brique de style Tudor ou géorgien dans la Suburban noire de la morgue, au milieu de magnifiques étendues de pelouses plantées d'arbres séculaires.

Mes voisins ne s'étaient jamais beaucoup préoccupés du crime. Les rues élégantes aux noms bien anglais leur donnaient l'impression qu'ils étaient en sécurité. Quel leurre confortable. Tout cela changerait bientôt.

Diane Bray habitait à l'extrême limite de la résidence, là où le fracas de la voie express résonnait continuellement de l'autre côté d'un mur de brique. En arrivant dans sa rue étroite, je fus consternée. Les journalistes grouillaient. Les voitures, les camions de télévision bloquaient la circulation, trois fois plus nombreux que les véhicules de police garés devant une maison blanche au toit en croupe dont le style Cape Cod rappelait plutôt la Nouvelle-Angleterre que la Virginie.

– Je ne peux pas aller plus loin.

– C'est ce qu'on va voir ! déclara Marino en ouvrant sa portière.

Il sortit sous la pluie battante et fonça sur le van d'une radio, garé sur la pelouse devant la maison de Bray. Le conducteur baissa sa vitre et fut suffisamment stupide pour fourrer un micro sous le nez de Marino.

– Dégagez ! intima celui-ci.

– Capitaine Marino, pouvez-vous confirmer...

– Dégage ton putain de van, tout de suite !

Les pneus patinèrent, arrachant herbe et boue tandis que le

conducteur reculait. Il s'arrêta au milieu de la rue, et Marino flanqua un coup de pied dans le pneu arrière :

– *Dégage !*

Le van s'éloigna, les essuie-glaces battant à toute vitesse. Il se gara deux maisons plus loin, sur la pelouse de quelqu'un d'autre. Mon visage ruisselait de pluie et je dus lutter contre les bourrasques de vent pour sortir ma mallette de l'arrière de la Suburban.

– Tout ce que je souhaite, Marino, c'est que votre dernier acte de courtoisie envers la presse n'ait pas été enregistré.

– Bordel, qui est-ce qui dirige cette affaire ?

– Vous, j'espère, répondis-je en marchant rapidement, tête baissée.

Marino m'agrippa le bras et me désigna une Ford Contour bleu foncé garée dans l'allée de Bray. Une voiture de police stationnait derrière, un officier à l'avant et un autre à l'arrière avec Anderson. Celle-ci était folle de rage, en pleine crise de nerfs, secouant la tête en tous sens, parlant très vite, sans que je puisse rien entendre.

– Docteur Scarpetta ?

Un journaliste de télévision se précipita sur moi, un cameraman sur les talons.

– Vous reconnaissez notre voiture de location ? dit Marino d'un ton calme, le visage ruisselant de pluie, fixant la Ford bleue à la plaque d'immatriculation familière, RGG-7112.

– Docteur Scarpetta ?

– Pas de commentaire.

Anderson ne nous regarda pas lorsque nous passâmes devant elle.

Les journalistes étaient déchaînés :

– Pouvez-vous nous dire... ?

– Non, jetai-je en grimpant les marches du perron.

– Capitaine Marino, il paraît que la police a été prévenue par un tuyau...

La pluie tambourinait, les moteurs tournaient dans le vide. Nous passâmes sous le ruban jaune qui s'étendait d'une rambarde à l'autre. La porte s'ouvrit soudain à la volée, et un officier du nom de Butterfield nous fit entrer.

– Putain, je suis content de vous voir, nous dit-il. Je croyais que tu étais en vacances, ajouta-t-il à l'adresse de Marino.

– Ouais, ça, on peut pas dire, j'étais vacant.

Nous enfilâmes des gants et Butterfield referma la porte derrière nous, concentré, le visage fermé.

– Raconte-moi, dit Marino en balayant du regard l'entrée, puis le salon au-delà.

– On a reçu un appel provenant d'une cabine téléphonique pas très loin d'ici. On est arrivés, et voilà ce qu'on a trouvé. Quelqu'un l'a battue à mort.

– Quoi d'autre ?

– Agression sexuelle. Vol aussi, on dirait. Le portefeuille par terre, pas d'argent dedans, le contenu de son sac répandu. Attention où vous marchez, nous dit-il comme si nous débutions dans le métier.

– Putain, elle avait du fric, s'extasia Marino en regardant le mobilier hors de prix de la luxueuse maison de Bray.

– Tu n'as encore rien vu, répliqua Butterfield.

La première chose qui me frappa, ce fut la collection de pendules dans le salon. Il y avait là des horloges, des cartels en bois de rose, en noyer et en acajou, des pendules, des cadrans de clocher, un ensemble de pièces de collection parfaitement synchronisées. Leurs tic-tac résonnaient avec une monotonie et une puissance qui m'auraient rendue folle si j'avais été obligée de vivre au milieu de ce rappel inéluctable du temps qui passe.

Bray appréciait les antiquités anglaises grandioses et froides. Un canapé et une étagère pivotante avec des serre-livres en faux cuir faisaient face à la télévision. Disposés ici et là, sans concession faite au confort, des fauteuils rigides, aux tapisseries très ornées, et un écran de cheminée en bois satiné. Un buffet massif de bois noirci écrasait la pièce. Les lourdes draperies damassées dorées étaient tirées, et des toiles d'araignées nichaient dans les cantonnières à plis creux. Il n'y avait aucune œuvre d'art, ni tableau, ni sculpture. C'était un étrange portrait que brossaient tous ces détails, celui d'une femme glaciale et autoritaire. Je l'aimais décidément de moins en moins, et pourtant j'avais du mal à admettre un tel sentiment alors que cette femme venait d'être battue à mort.

– D'où tirait-elle cet argent ? demandai-je.

– Aucune idée, répondit Marino.

– C'est ce que tout le monde se demande depuis qu'elle est arrivée, remarqua Butterfield. Vous avez déjà vu sa voiture ?

– Non, répondis-je.

– Je croyais qu'elle ramenait tous les soirs chez elle une Crown Victoria flambant neuve, dit Marino.

– Une foutue Jaguar rouge vif. Dans le garage. Un modèle 98 ou 99. J'ai même pas idée de ce que ça coûte, dit-il en secouant la tête.

– À peu près deux ans de ton boulot de merde, rétorqua Marino.

– Oh, rien que ça !

Ils continuèrent à discuter des goûts et de la fortune de Bray comme si son corps martyrisé n'existait pas. Je ne vis aucune trace de lutte dans le salon, une pièce froide qui n'avait pas dû être bien souvent utilisé.

La cuisine se situait tout de suite à droite du salon. Je jetai un coup d'œil à l'intérieur, à la recherche d'un quelconque signe de violence, sans en trouver aucun. Elle non plus n'avait pas l'air très habitée. La cuisinière et les plans de travail étaient immaculés. À l'exception d'un paquet de café Starbucks et d'une petite étagère à vin contenant trois bouteilles de merlot, aucune nourriture n'y traînait.

Marino passa devant moi et pénétra dans la pièce. Il ouvrit le réfrigérateur de ses mains gantées.

– On dirait que la bouffe, c'était pas son genre, remarqua-t-il en examinant les étagères à moitié vides.

Il restait un quart de lait écrémé, des mandarines, de la margarine, un paquet de céréales et des condiments. Le congélateur n'était pas plus rempli.

– Elle n'avait pas l'air d'être souvent là, ou alors elle mangeait toujours à l'extérieur, dit-il en appuyant sur la pédale de la poubelle à abattant.

Il tira de celle-ci une bouteille de vin, trois bouteilles de bière St Pauli et les morceaux d'une boîte de pizza. Il reconstitua les fragments de la facture.

– Une pizza au pepperoni médium, fromage en plus, marmonna-t-il. Commandée hier à 17 h 30.

Il continua de fouiller, retrouva des serviettes en papier froissées, trois parts de pizza et au moins une demi-douzaine de mégots.

– Ah, on brûle, remarqua-t-il. Bray ne fumait pas. On dirait qu'elle a eu de la compagnie, la nuit dernière.

– Quand avez-vous reçu l'appel ?

– 9 h 04. Il y a environ une heure et demie. Je ne pense

pas que, au moment de l'agression, Bray était en train de faire son café, de lire le journal ou un truc dans ce genre-là. Je suis quasiment sûr qu'elle était déjà morte ce matin, suggéra Butterfield.

Marino me suivit le long d'un couloir moquetté, en direction de la grande chambre située sur l'arrière de la maison. Nous nous arrêtâmes tous les deux en même temps sur le seuil de la pièce. La violence semblait avoir absorbé l'atmosphère tout entière, ne laissant partout que son silence total, ses taches et tous les indices de la destruction.

– Nom de Dieu ! souffla Marino.

Les murs blancs, le sol, le plafond, les fauteuils rembourrés, la chaise longue, tout était à ce point éclaboussé de sang qu'on aurait presque pu croire à une volonté esthétique. Mais ces éclaboussures, ces traînées, ces traces n'étaient ni de la peinture, ni de la teinture. Il s'agissait de tissus humains, de cellules projetés par l'explosion d'une fureur psychopathe. Les taches de sang séché souillaient les antiques miroirs, et le sol était gras de flaques et d'éclaboussures coagulées. Le lit gigantesque était trempé de sang, et bizarrement dépouillé de ses draps.

Diane Bray avait été si sauvagement rouée de coups que je n'aurais pu déterminer sa race : pas un centimètre carré de peau n'avait été épargné. Elle gisait sur le dos, son chemisier de satin vert et son soutien-gorge noir au sol. Je les ramassai. Ils avaient été arrachés. Ce corps n'était plus que traces de sang séché, bavures et volutes, comme un tableau peint avec les doigts, et son visage une pulpe d'os fracassés et de tissus écrabouillés. Elle avait au poignet gauche une montre en or brisée. L'anneau d'or qu'elle portait à l'annulaire droit avait pénétré dans l'os sous la force des coups.

Nous demeurâmes immobiles, à la regarder, pendant un long moment. Son corps était dénudé à partir de la taille. Son pantalon de velours noir et sa ceinture ne semblaient pas avoir été touchés. La plante de ses pieds et ses paumes avaient été mordues, et cette fois-ci le Loup-Garou n'avait pas pris la peine de camoufler les morsures. Des dents étroites et largement espacées qui n'avaient rien d'humain avaient laissé des marques en forme de cercle. Il avait battu, mordu, sucé, et c'était une rage absolue qui transparaissait dans la mutilation et la dégradation totales de Bray.

Marino demanda à Butterfield :

— C'est quoi, le problème, avec Anderson ?

— Elle a pété les plombs quand elle a appris la nouvelle.

— Intéressant, ça. Ça veut dire qu'on a besoin d'un autre inspecteur pour reprendre l'enquête ?

— Marino, passez-moi votre lampe, s'il vous plaît.

Je balayai la pièce du faisceau lumineux. De petites éclaboussures de sang projetées par l'impact de l'arme utilisée pour frapper ou déchirer constellaient la tête de lit et une lampe de chevet. Le sang avait également goutté sur le tapis. Je me baissai pour examiner le parquet près du lit, et trouvai encore de longs poils pâles, en plus de ceux qui se trouvaient sur le corps de Bray.

— On nous a dit de boucler la scène du crime et d'attendre un directeur, annonça un des policiers.

— Quel directeur ? demanda Marino.

Je projetai le rayon de lumière de façon oblique sur les empreintes ensanglantées près du lit et je levai les yeux sur tous les policiers présents.

— Heu, je crois que c'est le grand chef en personne. Il doit vouloir apprécier la situation avant de faire quoi que ce soit, répondit Butterfield.

— Ça, c'est pas de chance. S'il s'amène, il va devoir attendre sous la pluie.

— Combien y a-t-il eu de gens dans cette pièce ? demandai-je.

— Je ne sais pas, répondit un des policiers.

— Alors, c'est qu'il y en avait déjà trop, répliquai-je. L'un de vous a-t-il touché au corps ? À quelle distance vous êtes-vous approché ?

— Je ne l'ai pas touchée.

— Moi non plus, madame.

— À qui appartiennent ces empreintes ? dis-je en les désignant. Il faut que je le sache, parce que si ce ne sont pas les vôtres, c'est que le tueur est resté suffisamment longtemps pour que le sang ait eu le temps de sécher.

Marino regarda les pieds des policiers, qui portaient tous deux des tennis noires. Il plissa les yeux et examina le léger sillage sur le plancher.

— Je dois m'y mettre, déclarai-je en sortant de ma mallette des écouvillons et un thermomètre.

— Il y a trop de gens ici ! décréta Marino. Cooper, Jenkins, allez voir ailleurs si j'y suis, lança-t-il avec un geste du pouce en direction de la porte.

Ils le regardèrent, et l'un d'eux ouvrit la bouche pour parler.

— La ferme, Cooper ! Et donne-moi cet appareil. Tu as peut-être obéi aux ordres qui disaient de boucler le lieu du crime, mais personne ne t'a demandé de travailler dessus. Alors ? On n'a pas résisté à l'envie de voir son directeur adjoint dans cet état ? C'est ça, le truc ? Combien de connards sont venus la regarder, bouche ouverte ?

— Attendez..., protesta Jenkins.

Marino lui arracha le Nikkon des mains.

— Donne-moi ton émetteur ! aboya-t-il.

Jenkins détacha celui-ci de sa ceinture à contrecœur et le lui tendit.

— Va-t'en, lui dit Marino.

— Capitaine, je ne peux pas partir sans ma radio !

— Je viens de t'en donner l'autorisation.

Personne n'osa rappeler à Marino qu'il était suspendu de ses fonctions. Jenkins et Cooper sortirent à la hâte.

— Fils de pute ! jeta Marino dans leur dos.

Je tournai le corps de Bray sur le côté. La rigidité cadavérique était totale, ce qui signifiait qu'elle était morte depuis au moins six heures. Je baissai son pantalon et effectuai un prélèvement rectal avant d'insérer le thermomètre.

— J'ai besoin d'un enquêteur et de techniciens de scène du crime, déclara Marino à la radio.

— Unité 9, quelle est l'adresse ?

— Celle qui est en cours, répliqua Marino de façon codée.

— 10-4, unité 9, répondit son interlocuteur, une femme.

— C'est Minny, me dit Marino.

J'attendis une explication.

— On se connaît depuis des siècles. C'est mon informatrice sur ce qui se passe dans la salle de radio.

Je retirai le thermomètre.

— 31,5 degrés. Le corps se refroidit d'un degré et demi par heure pendant les huit premières heures. Mais elle est partiellement déshabillée, la baisse thermique est donc plus rapide. Il fait combien, ici ? 21 degrés ?

— Je ne sais pas, je crève de chaud. Ce qu'il y a de sûr, c'est qu'elle est morte la nuit dernière.

— Le contenu de son estomac nous en dira peut-être plus. Est-ce qu'on a une idée de la façon dont le tueur s'est introduit dans la maison ?

— Je vérifierai les portes et les fenêtres une fois qu'on en aura fini ici.

— De longues lacérations linéaires, constatai-je en touchant ses blessures et en recherchant des indices qui ne tiendraient éventuellement pas jusqu'à son arrivée à la morgue. Comme un démonte-pneu. Et puis, il y a tous ces endroits enfoncés, aussi, partout.

— Ça pourrait être l'extrémité du démonte-pneu, suggéra Marino en regardant.

— Mais qu'est-ce qui a pu faire ça ?

Le dessin des taches de sang qui maculaient le matelas révélait des rayures, quelque chose rappelant des sillons dans un champ. Les rayures faisaient approximativement trois centimètres de long, étaient espacées d'environ trois millimètres, et la surface totale de chaque « dessin » était à peu près aussi grande que la paume de ma main.

— Veillez à ce qu'on recherche la présence de sang dans les canalisations, dis-je tandis que des voix résonnaient dans l'entrée.

— J'espère que ce sont les Breakfast Boys, dit Marino en faisant allusion à Ham et Eggleston.

Ils firent leur apparition, de grandes valises métalliques à la main.

— Bordel, est-ce que vous savez ce qui se passe ? leur demanda Marino.

Les deux techniciens découvraient la scène.

— Sainte mère de Dieu ! finit par dire Ham.

— Qu'est-ce qui est arrivé ici ? demanda Eggleston, le regard fixé sur ce qui restait de Bray.

— Vous en savez à peu près autant que nous, répliqua Marino. Pourquoi n'avez-vous pas été appelés plus tôt ?

— Ce qui me surprend, c'est que *vous* soyez au courant, remarqua Ham. Nous, personne ne nous avait rien dit jusqu'à maintenant.

— J'ai mes sources.

— Qui a informé les médias ? demandai-je.

— Je suppose qu'eux aussi ont leurs sources, dit Eggleston.

Ils ouvrirent leurs valises et installèrent les projecteurs. La radio subtilisée par Marino brailla son numéro d'unité, nous faisant sursauter tous les deux.

— Merde ! grommela-t-il avant de répondre : 9 !

Ham et Eggleston mirent leurs casques équipés de jumelles grises, baptisées des « Luke Skywalker » par les policiers.

— Unité 9, 10-5, 3-14, cracha l'émetteur.

— 3-14, vous êtes là ? dit Marino.

— Il faut que vous sortiez, répondit une voix.

— 10-10, refusa Marino.

Les techniciens relevèrent les mesures à l'aide de verres grossissants supplémentaires, qui ressemblaient à des loupes de joaillier. Les casques seuls n'agrandissaient que trois fois et demie, et certaines éclaboussures étaient encore trop petites pour être distinguées.

— Quelqu'un a besoin de vous voir. Maintenant ! continua la voix à la radio.

— Bon Dieu, il y en a partout ! remarqua Eggleston en faisant référence aux traces de sang uniformes projetées lorsque l'outil du crime avait frappé.

— Je ne peux pas, répliqua Marino.

Le 3-14 ne répondit pas. Je subodorais des ennuis et je ne me trompais pas. Quelques minutes plus tard, des pas résonnèrent dans le couloir et le directeur Rodney Harris apparut sur le pas de la porte, le visage figé.

— Capitaine Marino ?

— Oui, directeur ? répondit celui-ci en examinant de près un morceau de plancher près de la salle de bains.

Vêtus de leurs treillis noirs, avec leurs casques et leurs gants de latex, Ham et Eggleston ne faisaient qu'ajouter à la froide horreur de la scène, mesurant axes, angles et points de convergence pour reconstituer la trajectoire de chacun des coups.

— Monsieur le directeur, dirent-ils en chœur.

Harris fixa le lit, la mâchoire crispée. C'était un homme petit et laid, aux cheveux roux clairsemés, et qui luttait sans cesse contre l'embonpoint. Ces infortunes avaient-elles façonné sa personnalité, toujours est-il que c'était un tyran. Agressif, il ne se cachait pas de détester les femmes qui ne restaient pas à leur place de femmes. Aussi n'avais-je jamais compris qu'il ait embauché Bray, à moins qu'il n'ait voulu s'offrir une nouvelle image.

— Directeur, avec tout le respect que je vous dois, ne faites pas un foutu pas de plus ! avertit Marino.

— Je veux savoir si c'est vous qui avez amené les médias, capitaine ? dit Harris d'un ton qui en aurait terrifié plus d'un. Êtes-vous également responsable de ça ? Ou vous êtes-vous contenté de désobéir à mes ordres ?

— Uniquement ça, directeur. Je n'ai rien à voir avec les médias. Ils étaient déjà là quand on est arrivés, le doc et moi.

Harris me regarda comme s'il venait à peine de découvrir ma présence. Ham et Eggleston grimpèrent sur leurs escabeaux l'air désinvolte.

— Que lui est-il arrivé ? me demanda Harris d'une voix un peu hésitante. Seigneur !

Il ferma les yeux et secoua la tête.

— Elle a été battue à mort avec un instrument contondant, peut-être un outil, nous ne savons pas encore.

— Je veux dire, est-ce qu'il y a... ? commença-t-il. Est-ce que... ?

Son masque d'impassibilité se fissurait, et il s'éclaircit la gorge, les yeux rivés sur le corps.

— Pourquoi aller faire une chose pareille ? Qui ? Pourquoi ?

— C'est là-dessus qu'on travaille, directeur, rétorqua Marino. Pour l'instant, on n'a pas le début d'une réponse, mais vous pouvez peut-être répondre à quelques questions pour moi.

Les techniciens avaient commencé à fixer avec soin de la ficelle rose vif d'arpenteur au-dessus des gouttelettes de sang éparpillées sur le plafond blanc. Harris perdait pied.

— Vous savez quelque chose de sa vie privée ? demanda Marino.

— Non, répondit Harris. D'ailleurs, je ne savais même pas qu'elle en avait une.

— Elle a invité quelqu'un hier soir. Ils ont mangé de la pizza, bu un peu. Il semble que son invité fumait.

— Je ne l'ai jamais entendue dire qu'elle sortait avec quelqu'un, dit Harris en détachant à grand-peine son regard du lit. Nous n'entretenions pas vraiment des relations amicales.

Ham interrompit son geste, et le fil qu'il tenait demeura suspendu dans les airs. À travers son Optivisor, Eggleston examina des gouttelettes au plafond, releva des mesures.

— Et les voisins ? demanda Harris. Quelqu'un a entendu, vu quelque chose ?

— Désolé, mais on n'a pas encore eu le temps de ratisser le quartier, surtout que personne n'avait appelé d'inspecteurs ou de techniciens avant que je le fasse.

Harris tourna les talons et sortit. Je jetai un œil à Marino, qui évita mon regard. J'étais certaine qu'il venait de perdre le peu de travail qui lui restait.

— Tout va bien ? demanda-t-il à Ham.

— On a déjà plus assez de cette ficelle pour accrocher celle-là, dit Ham en scotchant un bout de ficelle sur une tache de sang qui avait l'air d'une virgule. Où est-ce que j'accroche l'autre bout ? Vous voulez bien déplacer ce projecteur, là ? Merci. Mettez-le là. Parfait, ajouta-t-il en fixant l'extrémité de la ficelle au faîte de la lampe.

— Capitaine, vous devriez laisser tomber votre boulot et venir travailler avec nous.

— Vous détesteriez ça, lui assura Eggleston.

— Ça, je sais ! Y a rien que je déteste plus que de perdre mon temps, répliqua Marino.

L'opération n'était pas une perte de temps, mais elle était d'un ennui mortel, à moins d'adorer les rapporteurs, la trigonométrie, et d'être un obsessionnel. Chaque goutte de sang a sa propre trajectoire individuelle, qui va du point d'impact, la blessure, jusqu'à la surface cible, un mur par exemple, et si l'on tient compte de la vitesse, de la distance et des angles, les gouttes offrent des formes différentes qui racontent toute une histoire bien précise.

Même si maintenant les ordinateurs peuvent fournir les mêmes résultats, la scène du crime exige tout autant de temps. De surcroît, tous ceux d'entre nous qui ont témoigné au tribunal savent que les jurés préfèrent de beaucoup voir un modèle tangible en trois dimensions avec de la ficelle colorée que des hachures sur un diagramme.

Mais calculer la position exacte de la victime au moment de chaque coup n'a d'intérêt que lorsque la validité d'un indice se mesure en centimètres, ce qui n'était pas le cas ici. Je n'avais pas besoin de mesures pour comprendre qu'il ne s'agissait pas d'un suicide. Pour moi, il ne faisait aucun doute que le meurtrier avait agi sous le coup d'une rage meurtrière.

— Il faut l'emmener à la morgue, dis-je à Marino. Faites venir l'équipe d'enlèvement.

— Je ne comprends pas comment il a pu entrer, dit Ham. Elle était flic, elle aurait dû se méfier et ne pas ouvrir à un inconnu.

— Si c'était bien un inconnu.

— C'est le même cinglé qui a tué la fille du *Quik Cary*, bon sang ! Ça ne peut pas être autre chose.

La voix de Harris s'éleva dans l'entrée :

— Docteur Scarpetta ?

Je me retournai en sursautant. Je l'avais cru parti depuis longtemps.

— Où est son arme ? dit Marino. Quelqu'un l'a trouvée ?

— Pas pour l'instant.

— Je peux vous voir une seconde ? demanda Harris.

Je le rejoignis dans l'entrée et il m'entraîna à l'écart, pour que personne ne nous entende. La tragédie avait eu raison du chef de la police de Richmond. Sa colère s'était métamorphosée en crainte. C'était cela qu'il voulait dissimuler à ses hommes. Sa veste de costume sur le bras, sa cravate desserrée, son col de chemise ouvert, il haletait.

— Ça va ? lui demandai-je.

— Une crise d'asthme.

— Vous avez votre inhalateur ?

— Je viens de m'en servir.

— Détendez-vous, directeur, conseillai-je d'un ton calme. L'asthme peut empirer très rapidement, et le stress n'arrange pas les choses.

— Écoutez, me dit-il, des rumeurs couraient depuis un moment sur le fait qu'elle était mouillée dans certaines activités à Washington. Je n'en savais rien quand je l'ai engagée. Sur l'origine de ses revenus, ajouta-t-il. Anderson la suit comme un toutou, conclut-il comme si Diane Bray n'était pas morte.

— Peut-être l'a-t-elle également suivie à son insu.

— On l'a collée dans une voiture de police, me dit-il comme si je n'étais pas au courant.

— Entendons-nous bien, il ne m'appartient pas de donner mon avis sur la culpabilité ou l'innocence de quelqu'un, répondis-je, mais je ne crois pas qu'Anderson soit coupable de ce meurtre.

Il ressortit son inhalateur et inspira deux bouffées.

– Directeur Harris, un tueur sadique est en liberté, quelque part, dans les environs. C'est lui qui a assassiné Kim Luong. Le modus operandi est le même. Il est trop particulier pour qu'il s'agisse d'un autre meurtrier. Et il n'y a pas eu suffisamment de détails communiqués à l'extérieur pour que nous ayons affaire à un imitateur – Marino et moi sommes les seuls à connaître un certain nombre d'entre eux.

Il respirait avec difficulté.

– Comprenez-vous ce que je dis ? Voulez-vous que d'autres personnes meurent de la même façon ? Car cela va se reproduire, bientôt. Ce type ne parvient plus à se contrôler, il perd les pédales à la vitesse de l'éclair. Peut-être parce qu'il a abandonné la sécurité de sa tanière à Paris, et qu'il est maintenant comme un animal sauvage pourchassé, sans un endroit où se réfugier ? Il est enragé, capable de tout. Peut-être se sent-il défié, peut-être se moque-t-il de nous ? ajoutai-je en me demandant ce qu'aurait pu dire Benton. Qui sait ce qui peut se passer dans son esprit ?

Harris s'éclaircit la voix.

– Que voulez-vous que je fasse ?

– Une conférence de presse, et maintenant. Nous savons qu'il parle français. Il est peut-être atteint d'une maladie congénitale dont l'un des symptômes est l'hirsutisme. Son corps doit être recouvert de longs poils pâles et ses traits sont déformés. Il doit se raser tout le visage, le cou et la tête, avoir une dentition déformée, de petites dents pointues et espacées.

– Seigneur Jésus.

– Il faut que Marino s'occupe de cette affaire, ajoutai-je comme si j'avais le droit de lui donner ce genre de conseils.

– Qu'est-ce que vous dites ? Vous voulez qu'on annonce aux gens qu'on recherche un type poilu des pieds à la tête avec des dents pointues ? Vous voulez semer la panique générale ? dit-il en haletant, sans pouvoir reprendre son souffle.

– Je vous en prie, calmez-vous.

Je posai deux doigts sur son cou pour prendre son pouls. Si son rythme cardiaque continuait à accélérer, il ne survivrait pas longtemps.

Je l'emmenai dans le salon, où je le fis asseoir. Je le forçai à boire un verre d'eau et lui massai les épaules, lui parlant doucement, le calmant jusqu'à ce qu'il retrouve sa respiration et se détende.

— Tout ce stress ne vous vaut rien. Marino devrait être responsable de ces enquêtes, au lieu de se trimballer en uniforme toute la nuit. Dieu nous garde, si ce n'est pas lui qui prend ça en main. Dieu nous garde tous.

Harris hocha la tête. Il se leva et se dirigea à pas lents vers le seuil de cette épouvantable scène du crime. Marino était en train de fouiller le dressing.

— Capitaine Marino ? dit Harris.

Marino s'interrompit et lança un regard de défi à son supérieur.

— Vous êtes responsable de cette affaire, lui dit Harris. Si vous avez besoin de quelque chose, dites-le moi.

Marino examinait une rangée de jupes de ses mains gantées.

— Je veux parler à Anderson, dit-il.

40

L E VISAGE DE RENÉE ANDERSON était dur et glacé. Le regard collé à la vitre de la voiture, elle suivit des yeux les infirmiers poussant sur une civière le corps de Diane Bray enfermé dans une housse. Ils le chargèrent dans un van. Il pleuvait toujours.

Journalistes et photographes, juchés sur des murets, nous regardèrent approcher de la voiture de police, Marino et moi. Marino ouvrit la portière côté passager et passa la tête à l'intérieur.

— Il faut qu'on ait une petite conversation, tous les deux.

Le regard paniqué de Renée Anderson passa de lui à moi.

— Viens, lui dit-il.

— J'ai rien à lui dire, à elle, dit-elle en me jetant un œil noir.

— Il faut croire que le doc pense que si, rétorqua-t-il. Allez, viens, sors de là. Ne m'oblige pas à t'aider.

— Je ne veux pas qu'ils prennent de photos ! s'exclama-t-elle, mais il était déjà trop tard : les appareils avaient fait leur travail.

— Mets ton manteau sur ta tête pour te cacher le visage, comme ils font à la télé ! dit Marino, une nuance de sarcasme dans la voix.

Je me dirigeai vers le van pour parler aux deux infirmiers qui refermaient le hayon arrière.

— Quand vous serez là-bas, leur dis-je alors que la pluie froide dégoulinait sur mes cheveux, je veux que le corps soit emporté à la chambre froide sous bonne escorte. Contactez le docteur Fielding et assurez-vous qu'il supervise les opérations.

— Bien, madame.

— Et ne parlez de cela à personne.

— On parle jamais de rien.

— Mais particulièrement dans ce cas. Pas un mot.

— Vous pouvez compter sur nous !

Ils grimpèrent dans le véhicule et reculèrent, tandis que je retournais vers la maison sans prêter attention aux questions, aux caméras ou aux flashs qui se déclenchaient.

Marino et Anderson se trouvaient dans le salon. Toutes les pendules de Diane Bray s'accordaient pour affirmer qu'il était maintenant 11 h 30. Le jean d'Anderson était mouillé et ses chaussures recouvertes d'herbe et de boue. Elle tremblait de froid.

— Tu sais qu'on peut récupérer de l'ADN sur une bouteille de bière ? lui disait Marino. Ou sur un mégot de cigarette, hein ? Putain, même sur une foutue pâte à pizza !

Anderson était avachie sur le canapé, ayant perdu sa combativité.

— Ça n'a pas de rapport avec..., commença-t-elle.

— Des mégots de Salem mentholées dans la poubelle de la cuisine, dit-il en poursuivant son interrogatoire. Je crois que c'est ce que tu fumes, non ? Et si, ça a un rapport, Anderson. Parce que je crois que t'étais là, hier soir, peu avant que Bray soit assassinée. Et je crois aussi qu'elle ne s'est pas débattue, et peut-être même qu'elle connaissait la personne qui l'a rouée de coups là-bas dans la chambre.

Marino ne croyait pas une seconde qu'Anderson ait pu tuer Bray.

— Qu'est-ce qui s'est passé ? continua-t-il. Elle t'a allumée jusqu'à ce que tu pètes les plombs ?

Je songeai au chemisier de satin sexy et à la lingerie en dentelle que portait Bray.

— Elle a bouffé un peu de pizza avec toi, et puis elle t'a dit de rentrer gentiment chez toi comme si de rien n'était ? Seulement, c'était la dernière fois qu'elle te rembarrait, hier soir, hein ?

Anderson fixait en silence ses mains immobiles. Elle passait sans cesse sa langue sur ses lèvres en s'efforçant de ne pas pleurer.

— Remarque, ce serait compréhensible. On est tous pareils, on peut tout supporter, jusqu'à un certain point, pas vrai, doc ? Par exemple, comme quand quelqu'un fout en l'air votre carrière. Mais on parlera de ça un peu plus tard.

Il se pencha sur sa chaise d'antiquaire, ses grosses mains sur ses gros genoux, jusqu'à ce qu'Anderson lève sur lui ses yeux injectés de sang.

— Anderson ? T'as une idée de la merde dans laquelle tu t'es foutue ?

Elle repoussa une mèche de cheveux d'une main tremblante.

— Je suis venue hier, tôt dans la soirée, dit-elle d'un ton monocorde. Je suis passée, et on a commandé une pizza.

— C'était une habitude ? De passer comme ça ? Tu étais invitée ?

— Quelquefois, je passais comme ça.

— *Quelquefois*, tu passais sans prévenir. C'est bien ça ?

Elle hocha la tête, humidifiant nerveusement ses lèvres de sa langue.

— C'est ce que tu as fait hier soir ?

Anderson réfléchit. À l'ombre qui voila son regard, je compris qu'elle nous préparait un nouveau mensonge. Marino s'adossa à son siège.

— Bon sang, qu'est-ce que c'est inconfortable, ce truc. On dirait qu'on est assis dans une tombe. Je crois que ce serait une bonne idée de dire la vérité, qu'est-ce que t'en penses ? Et tu sais pourquoi ? Parce que, d'une façon ou d'une autre, je vais le savoir, et si tu m'as menti, je te casserai les reins et tu finiras en taule à bouffer des cafards. Qu'est-ce que tu crois ? Que je sais pas, pour cette putain de bagnole de location qui est là dehors ?

— C'est pas interdit à un inspecteur d'avoir une voiture de location !

Elle protestait maladroitement, et elle le savait.

— Et comment que si, si c'est pour suivre les gens partout, rétorqua-t-il.

Je pris à mon tour la parole :

— Vous vous êtes garée devant l'immeuble de ma secrétaire. Ou en tout cas, quelqu'un dans cette voiture. J'ai été suivie, et Rose a été suivie.

Anderson demeura muette.

— Votre adresse électronique ne serait pas M-A-Y-F-L-R, par hasard ? demandai-je en l'épelant.

Elle souffla sur ses mains pour les réchauffer.

— C'est vrai, j'oubliais, tu es née au mois de mai ! dit Marino. Le 10, à Bristol, au Tennessee. Je peux aussi te donner ton adresse et ton numéro de Sécurité sociale, si tu veux.

— Et je sais tout pour Chuck, lui dis-je.

La panique remplaçait progressivement son inertie. Marino intervint :

— D'ailleurs, on a une bande vidéo du petit Chuckie en train de piquer des médicaments à la morgue. Tu le savais ?

Elle prit une profonde inspiration. Marino bluffait.

— C'est beaucoup de fric. Assez pour que lui et toi, et même Bray, vous meniez la grande vie.

— C'est lui qui les volait, pas moi, et ce n'était pas mon idée, lâcha Anderson

— Tu travaillais à la mondaine, continua Marino. Tu savais comment écouler ces merdes. Je parie que c'est toi le cerveau de tout ce putain de trafic, parce que Dieu sait que je n'aime pas Chuck, mais il n'était pas dealer avant ton arrivée.

— Vous suiviez Rose, vous me suiviez moi, pour nous intimider.

— Cette ville, c'est ma juridiction. Je patrouille partout. Si je suis derrière vous, ça ne veut pas dire que j'ai une idée derrière la tête.

Marino se leva et exprima son dégoût par une grossièreté.

— Laisse tomber, lui dit-il. Si on en revenait à la chambre de Bray. Puisque tu es un excellent enquêteur, tu peux peut-être aller regarder le sang et les bouts de cervelle qu'il y a partout pour me dire ce qui c'est passé. Puisque tu ne suivais personne, et que le trafic de médicaments, c'est pas de ta faute, autant te remettre tout de suite au travail et me donner un coup de main, *inspecteur* Anderson.

Elle devint livide, et une véritable terreur noya son regard.

— Quoi ? dit Marino en s'asseyant à côté d'elle. Ça te pose un problème ? Ça veut dire que tu veux pas non plus aller à la morgue pour assister à l'autopsie ? Tu n'es pas pressée de faire ton boulot ?

Il haussa les épaules, se releva pour déambuler en secouant la tête.

— Je vais te dire, il faut avoir l'estomac bien accroché, ça, c'est sûr. Son visage ressemble à un hamburger...

– Arrêtez !

– Et ses seins ont été tellement déchiquetés...

Les larmes qu'Anderson retenaient depuis si longtemps coulèrent, et elle enfouit son visage dans ses mains.

– Comme si quelqu'un qu'on avait frustré de son désir avait explosé. Une rage sexuelle, quoi, un truc de désir-haine, tu vois ce que je veux dire ? Et massacrer le visage de quelqu'un comme ça, c'est vraiment de la vengeance personnelle.

– *Arrêtez !* hurla Anderson.

Marino se tut et l'observa d'un air concentré, comme s'il étudiait les réactions d'un cobaye de laboratoire.

– Anderson, que portait le directeur adjoint Bray lorsque vous êtes venue hier soir ? demandai-je.

– Un chemisier vert clair, un peu comme du satin, répondit-elle d'une voix tremblante. Un pantalon de velours côtelé noir.

– Des chaussures et des chaussettes ?

– Des bottines noires, et des chaussettes noires.

– Des bijoux ?

– Un anneau et une montre.

– Et ses sous-vêtements ? Elle portait un soutien-gorge ? Elle me regarda. Son nez coulait, et sa voix devenait nasale.

– Il est important que je le sache.

– Pour Chuck, c'est vrai, dit-elle sans me répondre. Mais ce n'est pas moi qui ai eu l'idée, c'est elle.

– Bray ? insistai-je.

– Elle m'a fait passer de la mondaine à la criminelle. Elle voulait se débarrasser de vous, continua-t-elle à l'adresse de Marino. Elle se faisait depuis longtemps de l'argent avec les médicaments et je ne sais pas quoi d'autre encore, et elle ne voulait pas vous avoir dans les pattes.

Elle concentra de nouveau son attention sur moi et s'essuya le nez du revers de la main. Je fouillai dans mon sac et lui tendis des mouchoirs en papier.

– Vous aussi, elle voulait se débarrasser de vous.

– Ce n'est pas une grosse surprise, répliquai-je.

J'éprouvais une sensation de plus en plus étrange. Il était tellement incongru que la personne dont nous parlions soit ces restes mutilés que j'avais examinés un peu plus tôt à quelques mètres de là, dans cette chambre.

— Je sais qu'elle portait un soutien-gorge, dit alors Anderson. Elle portait toujours ces trucs avec le col échancré, ou les boutons du haut défaits, et elle se penchait pour qu'on puisse voir ses seins. Elle faisait tout le temps ça, même au travail, parce qu'elle aimait voir les réactions que ça provoquait.

— Quelles réactions ? demanda Marino.

— Faut dire que les gens réagissaient, c'est sûr. Et puis elles portaient ces jupes fendues. Mais on voyait pas grand-chose, sauf quand elle s'installait à côté de vous dans son bureau et qu'elle croisait les jambes d'une certaine façon.

— Quelles réactions ? insista Marino.

— Je lui disais tout le temps de ne pas s'habiller comme ça.

— Il faut avoir du culot pour dire à un directeur adjoint comment elle doit s'habiller, quand on est un sous-fifre.

— Je voulais pas que les officiers de police la regardent comme ça.

— Ça te rendait un peu jalouse, non ?

Elle ne répondit pas.

— Et je parie qu'elle savait que ça te rendait jalouse, que ça te mettait au supplice, que ça te rendait dingue, hein ? Et ça la faisait bander, c'était tout à fait son genre. Elle prenait son pied à t'allumer, et puis elle te débranchait d'un coup pour que tu restes là la langue pendante.

— Elle portait un soutien-gorge noir, me dit Anderson, avec de la dentelle sur le dessus. Je ne sais pas ce qu'elle portait d'autre.

— Putain, elle t'a utilisée jusqu'au trognon, hein ? continua Marino. Elle a fait de toi sa passeuse de drogue, son garçon de courses, sa petite Cendrillon. Qu'est-ce qu'elle t'a fait faire d'autre ?

La colère commençait à gagner Anderson.

— Elle te faisait laver sa voiture ? C'est ce qu'on racontait, tu sais ? Elle a fait de toi une carpette, une lécheuse de bottes que personne ne prenait au sérieux. Le plus triste, c'est que tu ne serais peut-être pas un enquêteur aussi merdique si elle t'avait fichu la paix. Mais tu n'as jamais eu l'occasion de le savoir, parce qu'elle tenait ta laisse courte. Je vais te dire un truc, Anderson : Bray n'aurait jamais couché avec toi. Les gens comme elle ne couchent jamais avec personne. Ce sont des serpents, ils n'ont besoin de personne pour leur tenir chaud.

— Je la déteste, dit Anderson. Elle me traitait comme de la merde.

— Alors pourquoi est-ce que tu continuais à venir ?

Elle me fixa comme si elle n'avait pas entendu Marino :

— Elle s'asseyait dans le fauteuil où vous êtes. Elle me demandait de lui préparer un verre, de lui frictionner les épaules, d'être aux petits soins pour elle. Quelquefois, elle me demandait de lui faire un massage.

— Et tu le faisais ? demanda Marino.

— Elle s'étendait sur ce lit, avec juste un peignoir.

— Est-ce qu'elle ôtait son peignoir quand tu lui faisais un massage ?

Elle se tourna vers lui, les yeux flamboyants :

— Elle ne se dénudait jamais complètement ! J'emmenais ses vêtements chez le teinturier, je faisais le plein de sa putain de Jaguar, et... Elle était tellement méchante avec moi !

Anderson parlait comme un enfant en colère l'aurait fait de sa mère.

— Ça, c'est sûr ! acquiesça Marino. Elle était méchante avec beaucoup de gens.

— Mais bon Dieu, je ne l'ai pas tućc ! Je ne l'ai jamais touchée, sauf quand elle me le demandait. C'est la vérité !

— Que s'est-il passé hier soir ? Tu es venue parce que tu mourais d'envie de la voir ?

— Elle m'attendait pour récupérer des médicaments, de l'argent. Elle aimait le Valium, l'Ativan, le BuSpar, les trucs qui la relaxaient.

— Combien d'argent ?

— 2 500 dollars, en liquide.

— Ouais, ben, ils sont plus là.

— Ils étaient sur la table. Celle de la cuisine. Je ne sais pas. On a commandé une pizza. On a bu un peu et parlé. Elle était de mauvaise humeur.

— Pourquoi ?

— Elle avait appris que vous étiez allés en France. Chez Interpol.

— Je me demande comment elle l'a su ?

— Par votre bureau, sans doute. Peut-être par Chuck ? Je ne sais pas. Elle obtenait toujours ce qu'elle voulait, découvrait toujours ce qu'elle voulait. Elle pensait que c'était elle qui aurait dû aller à Interpol. Elle ne parlait que de ça. Et puis elle a commencé à me rendre responsable de tout ce qui n'allait pas. De l'histoire du parking du restaurant, de la messagerie électronique, de ce qui s'était passé sur la scène du crime au *Quik Cary*. De tout.

Toutes les horloges se mirent à carillonner et à sonner. Il était midi.

— À quelle heure êtes-vous partie ? demandai-je lorsque le concert cessa.

— Aux alentours de 21 heures.

— Il lui arrivait de faire ses courses au *Quik Cary* ?

— Cela lui est peut-être arrivé, mais elle ne faisait pas beaucoup la cuisine et ne mangeait pas souvent chez elle.

— Et tu apportais sûrement toujours de la bouffe, ajouta Marino.

— Elle n'a jamais proposé de me rembourser. Je gagne pas grand-chose.

— Attends, là, et tes petits revenus du trafic de médicaments ? Je comprends pas, dit Marino. T'es en train de me dire que t'avais pas un bon pourcentage ?

— Chuck et moi, on avait 10 p. 100 chacun. Je lui apportais le reste une fois par semaine, ça dépendait de l'approvisionnement. Je ne restais jamais longtemps, quand je venais. Elle était toujours pressée. D'un seul coup, elle avait des trucs à faire. J'ai des mensualités sur ma voiture. C'est là qu'ils allaient, mes 10 p. 100. C'est pas comme elle. Elle sait pas ce que c'est de s'inquiéter pour les mensualités de sa bagnole.

— Tu te disputais avec elle ?

— Quelquefois.

— Vous vous êtes disputées, hier soir ?

— On peut dire ça, oui.

— À quel propos ?

— Toujours la même chose. J'aimais pas son humeur.

— Et puis ?

— Je suis partie, comme j'ai déjà dit. Elle avait des choses à faire. C'était toujours elle qui décidait quand une discussion ou une dispute était terminée.

— Tu conduisais la voiture de location, hier soir ?

— Oui.

Et je vis le tueur surveillant le départ d'Anderson. Il était là, quelque part dans l'obscurité. Lorsque le *Sirius* était arrivé à Richmond, lorsque le tueur avait débarqué en se faisant passer pour un marin prénommé Pascal, elles se trouvaient là toutes les deux, au port. Il avait probablement vu Anderson et Bray. Tous ceux qui se trouvaient sur les lieux de son crime, y compris Marino et moi, l'avaient fasciné.

— Anderson, lorsque vous quittiez Bray à la suite d'une dispute, reveniez-vous un peu plus tard ? Pour essayer de lui parler ? demandai-je.

— Oui, reconnut-elle. C'était pas juste qu'elle me bouscule comme ça sans arrêt.

— Vous reveniez souvent ?

— Quand j'étais contrariée.

— Que faisiez-vous ? Vous sonniez à la porte ? Comment lui faisiez-vous savoir que vous étiez là ?

— Quoi ?

— On dirait que la police frappe toujours, en tout cas quand elle vient chez moi, remarquai-je. Elle ne sonne jamais.

— Parce que dans la moitié des taudis où on va la sonnette ne marche pas, remarqua Marino.

— Je frappais, dit Anderson.

— Comment ? demandai-je tandis que Marino allumait une cigarette et me laissait poursuivre.

— Eh bien...

— Deux fois, trois fois ? Fort, doucement ?

— Trois fois, fort.

— Et elle vous laissait toujours entrer ?

— Pas toujours. Quelquefois, elle se contentait d'ouvrir la porte et de m'ordonner de rentrer chez moi.

— Est-ce qu'elle demandait qui c'était, quoi que ce soit ? Ou bien elle ouvrait juste la porte ?

— Si elle savait que c'était moi, elle ouvrait.

— Tu veux dire, si elle *pensait* que c'était toi, dit Marino.

Anderson comprit où nous voulions en venir et s'arrêta, incapable de le supporter.

— Mais hier soir, vous n'êtes pas revenue, n'est-ce pas ? lui dis-je.

Son silence répondit pour elle. Elle n'était pas revenue. Ce n'était pas Anderson qui avait frappé à la porte à trois reprises, mais le tueur. Et Bray avait ouvert sans réfléchir.

Peut-être même avait-elle repris la discussion où elle l'avait laissée en entrouvrant la porte, et le monstre s'était brutalement introduit dans la maison.

— Je ne lui ai rien fait, je le jure ! dit Anderson. Ce n'est pas de ma faute, répéta-t-elle encore et encore.

Anderson faisait partie de ces gens incapables d'endosser la moindre responsabilité.

— Bordel, c'est une bonne chose que tu ne sois pas revenue hier soir, lui dit Marino. Enfin, si tant est que ce soit la vérité.

— Je le jure devant Dieu !

— Si tu étais revenue, tu aurais peut-être été la deuxième victime.

— Je n'ai aucun rapport avec tout ça !

— Eh bien, si, d'une certaine façon. Elle n'aurait pas ouvert la porte...

— C'est pas juste ! se récria-t-elle, et elle avait raison.

Quelle qu'ait pu être sa relation avec Bray, elle n'était pas responsable des actes du tueur.

— Donc, tu es rentrée chez toi ? reprit Marino. Tu as essayé de l'appeler plus tard ? Pour voir si vous pouviez vous réconcilier ?

— Oui. Elle n'a pas répondu au téléphone.

— Combien de temps après ton départ ?

— Environ vingt minutes. J'ai rappelé plusieurs fois. J'ai pensé qu'elle ne voulait pas me parler. Puis j'ai commencé à m'inquiéter quand j'ai essayé plusieurs fois après minuit, et que je suis encore tombée sur son répondeur.

— Tu as laissé des messages ?

— Pas toujours. (Elle s'interrompit et déglutit.) Ce matin, je suis venue vers 6 h 30. J'ai frappé, sans résultat. La porte n'était pas fermée à clé, et je suis entrée.

Elle se remit à trembler. Son regard gardait la trace de l'horreur qu'elle avait découverte.

— Je suis allée là-bas..., commença-t-elle, sa voix devenant suraiguë. Et je me suis enfuie en courant, j'étais morte de trouille.

— Trouille ?

— De celui qui... Je pouvais presque le sentir, cette horrible présence dans cette pièce. Je me demandais s'il n'était pas encore dans les parages, quelque part... J'avais mon arme à la main. J'ai couru, j'ai foncé en bagnole aussi vite que je pouvais. Je me suis arrêtée à une cabine téléphonique, et j'ai appelé la police.

— Je dois au moins t'accorder ça, dit Marino d'une voix lasse. Au moins, tu t'es identifiée, tu ne nous as pas fait le coup de l'appel anonyme.

— Et si c'est moi qu'il cherche, maintenant ? demanda-t-elle, défaite, pathétique. Je suis déjà allée au *Quik Cary*. Je vais quelquefois y faire des courses. Je discutais avec Kim Luong.

— C'est sympa de nous le dire maintenant, remarqua Marino.

Kim Luong revenait sans arrêt, comme une sorte de lien macabre.

Si le tueur surveillait Anderson, peut-être l'avait-elle sans le savoir conduit au *Quik Cary*, à sa première victime à Richmond ? Ou bien peut-être suivait-il Rose. Peut-être était-il caché dans l'ombre lorsque Rose et moi parlions sur le parking, ou même lorsque je m'étais arrêtée chez elle ?

— Si ça peut te rassurer, on peut t'incarcérer, dit Marino, et il était sérieux.

— Qu'est-ce que je vais faire ? cria-t-elle. Je vis seule... J'ai peur, j'ai peur.

Marino réfléchit à haute voix :

— Complicité de trafic et trafic de médicaments du tableau 2. Plus détention sans ordonnance. Ce sont à chaque fois des délits. Voyons... Puisque le petit Chuckie et toi avez tous les deux un emploi rémunéré et que vous n'avez jusqu'à présent jamais été poursuivis, la caution ne sera pas très élevée. Probablement 2 500 dollars, que tu peux sûrement couvrir avec tes revenus du trafic. C'est chouette, non ?

Je sortis mon téléphone portable de mon sac et appelai Fielding.

— Le corps vient d'arriver, me dit-il. Vous voulez que je commence ?

— Non. Savez-vous où se trouve Chuck ?

— Il n'est pas venu travailler.

— Cela m'étonne. Si jamais il se montre, coincez-le dans votre bureau et ne le laissez pas sortir.

41

IL N'ÉTAIT PAS tout à fait 14 heures lorsque je pénétrai sur le quai de déchargement de la morgue et me garai à l'abri. Deux employés chargeaient un corps enveloppé d'une housse dans un vieux modèle de corbillard dont les fenêtres arrière étaient obturées par des rideaux.

– Bonjour.

– Bonjour, madame. Comment allez-vous ?

– Qui avez-vous là-dedans ? demandai-je.

– L'entrepreneur de Petersburg.

Ils refermèrent le hayon et retirèrent leurs gants de latex.

– Celui qui a été heurté par ce train, poursuivirent-ils en parlant tous les deux en même temps. C'est dur à imaginer. C'est pas comme ça que je voudrais partir, moi. Bonne journée !

J'utilisai mon badge pour ouvrir et pénétrai dans le corridor baigné de lumière. Le sol était recouvert d'une couche protectrice de résine époxyde minimisant les risques biologiques, et toutes les allées et venues surveillées par circuit de surveillance vidéo interne.

Lorsque je pénétrai dans la salle de repos à la recherche de café, Rose, énervée, appuyait sur le bouton du distributeur de Coca Light.

– Bon sang, jura-t-elle, je croyais qu'on avait fait réparer ce truc.

Elle actionna en vain le levier de retour de monnaie.

– Ça recommence, se plaignit-elle. Plus personne ne fait les choses correctement, ce n'est pas possible ! Faites ci, faites ça, et pourtant, rien ne marche, comme dans l'administration !

Elle poussa un soupir d'exaspération.

— Tout va s'arranger, Rose, lui dis-je sans conviction. Tout va bien.

— J'aimerais bien que vous vous reposiez.

— J'aimerais que tout le monde puisse se reposer.

Les tasses du personnel étaient suspendues à un tableau, près de la cafetière, et je cherchai en vain la mienne.

— Allez voir dans votre salle de bains, sur le lavabo, c'est là que vous la laissez d'habitude, me dit Rose.

Ce rappel des détails de notre vie quotidienne fut un soulagement bienvenu, si bref soit-il.

— Chuck ne reviendra pas, annonçai-je. Il va être arrêté, si ce n'est pas déjà fait.

— La police est déjà venue. Ce n'est pas moi qui pleurerai sur son sort.

— Je vais à la morgue. Vous savez ce que je vais y faire, alors pas de coups de fil, à moins d'une urgence.

— Lucy a appelé. Elle va chercher Jo ce soir.

— J'aimerais bien que vous veniez à la maison avec moi, Rose.

— Non, merci, j'ai besoin de calme.

— Cela me rassurerait que vous acceptiez mon offre.

— Docteur Scarpetta, si ce n'est pas lui, de toute façon, ce sera un autre, non ? Le mal rôdera toujours, là dehors. Je ne peux pas vivre en prisonnière de ma peur et de mon âge.

Je me changeai dans le vestiaire, enfilai une blouse de chirurgie et un tablier de plastique. Mes doigts se rebellaient, je n'arrivais pas à mettre mes vêtements et n'arrêtais pas de faire tomber les objets. J'étais transie et j'avais mal partout, comme si je couvais une grippe. La carapace que formaient ma visière, mon masque, ma coiffe, mes bottes et mes gants, me protégeant à la fois des risques biologiques et de mes émotions, me sécurisait un peu. Je ne tenais pas à ce que quiconque me voie à cet instant. Rose seule avait été témoin de ma déconfiture, et c'était bien suffisant.

Fielding se préparait à photographier le corps de Bray lorsque je pénétrai dans la salle d'autopsie. Deux de mes assistants et trois internes travaillaient sur d'autres cas. Encore une journée qui ne se passerait pas sans son cortège de morts. L'acier résonnait contre l'acier, l'eau s'écoulait sans interruption, l'atmosphère bruissait de sons, de voix étouffés et de la sonnerie des téléphones.

Cet endroit, bardé d'inox, n'avait d'autres couleurs que celles de la mort. Les contusions, les ecchymoses étaient bleues et violettes, la lividité cadavérique se nuançait de rose. Le sang laquait de rouge sombre le jaune blanchâtre des tissus adipeux. Les cages thoraciques s'ouvraient comme des fleurs, les organes attendaient sur des balances et des paillasses. Ce jour-là, l'odeur de la mort était suffocante.

Deux des autres cas étaient des adolescents, l'un blanc, l'autre de type hispanique ; tous deux avaient arboré des tatouages grossiers. Ils avaient été poignardés à plusieurs reprises. Leurs visages, haineux et rageurs de leur vivant, étaient maintenant détendus, comme ceux des jeunes garçons qu'ils auraient pu être si la vie les avait fait naître dans un autre milieu, ou avec des gènes différents. Le gang avait été leur famille, la rue leur foyer. Ils étaient morts comme ils avaient vécu.

— ... pénétré profondément. 10,16 cm au-dessus du côté gauche, à travers la douzième côte et l'aorte, plus d'un litre de sang à gauche et à droite dans la cage thoracique, dictait Dan Chong dans le micro accroché à sa blouse, tandis qu'Amy Forbes travaillait de l'autre côté de la table.

— A-t-il hémoaspiré ?

— Très peu.

— Et une écorchure sur le bras gauche. Peut-être la chute mortelle ? Au fait, je t'ai dit que j'apprenais la plongée sous-marine ?

— Ouh ! Bonne chance dans les parages. Attends de faire ta première vraie plongée grandeur nature, ça, c'est marrant. Surtout en hiver.

— Mon Dieu. Seigneur Jésus ! murmura Fielding, qui venait d'ouvrir la housse pour rabattre le drap ensanglanté protégeant le cadavre.

Je le rejoignis et ressentis le même choc que la première fois lorsque nous la dégageâmes des tissus.

— Seigneur Jésus, répétait sans interruption Fielding à voix basse.

Nous la soulevâmes pour la poser sur la table, où elle reprit obstinément la position qu'elle avait eue sur le lit. Nous brisâmes la rigidité cadavérique des bras et des jambes, détendîmes les muscles rigides.

Fielding chargea une pellicule dans un appareil photo en marmonnant :

– Putain, qu'est-ce qui ne va pas dans la tête des gens ?

– Toujours la même chose, pourquoi le demandez-vous ?

Nous fixâmes la table d'autopsie mobile à l'un des éviers de dissection installé le long du mur. L'espace d'un instant, tout le monde cessa de travailler dans la pièce, et les autres médecins ne purent s'empêcher de s'approcher.

– Mon Dieu..., murmura Chong.

Forbes demeura incapable de parler, le souffle coupé.

– Je vous en prie, dis-je en les dévisageant. Ceci n'est pas une démonstration. Je vais m'en occuper avec Fielding.

J'entrepris d'examiner le corps avec une loupe et ramassai encore de ces longs poils blonds.

– Il s'en fiche, déclarai-je. Il se fiche que l'on sache tout de lui.

– Vous croyez qu'il sait que vous êtes allée à Paris ?

– Je ne vois pas comment. D'un autre côté, peut-être est-il toujours en contact avec sa famille. Si ça se trouve, ils sont au courant de tout.

Le souvenir de la grande demeure illuminée de lustres luxueux me revint. Je m'étais agenouillée pour prélever un peu d'eau de Seine, peut-être à l'endroit même où il se plongeait en espérant un miracle. Je songeai au docteur Stvan, souhaitant qu'elle fût en sécurité.

– Il a aussi un cerveau brunâtre, dit Chong, qui avait repris son propre travail.

– Oui, l'autre aussi. Peut-être encore de l'héroïne. Le quatrième cas en six semaines, tous en ville.

– Il doit y en avoir de la bonne qui circule. Docteur Scarpetta ?

Chong me héla comme si cet après-midi ressemblait à tous les autres, et comme si je travaillais sur n'importe quel cas.

– Regardez, c'est le même tatouage, une sorte de rectangle fait maison, du boulot de bricoleur, dans le creux de la main gauche. Ça doit faire un mal de chien. Le même gang, vous croyez ?

– Prenez une photo.

Les blessures de Bray étaient très caractéristiques, surtout sur le front et la joue gauche, où la force des coups assénés avait lacéré la peau et laissé ces étranges écorchures striées que j'avais déjà remarquées auparavant.

— Le filetage d'un tuyau ? suggéra Fielding.

— Ça ne correspond pas vraiment à un tuyau, répondis-je.

L'examen externe du corps de Bray dura encore deux heures. Fielding et moi mesurâmes avec précision, puis nous dessinâmes et prîmes en photo chaque blessure. Les os de la face étaient enfoncés, la peau recouvrant les méplats avait éclaté sous les chocs. Ses dents étaient brisées. Certaines d'entre elles avaient été éjectées avec une telle force qu'elles avaient à moitié glissé dans sa gorge. Ses lèvres, ses oreilles et la chair de son menton avaient été arrachées de l'os. Les rayons X révélèrent des centaines de fractures crâniennes.

À 19 heures, je pris une douche. L'eau qui dégoulinait le long de mon corps teintait le bac de rouge pâle.

J'avais la tête légère, le fait que je fusse à jeun depuis le matin n'arrangeant rien. Il ne restait plus personne d'autre que moi au bureau.

Je sortis du vestiaire en me séchant les cheveux avec une serviette quand Marino émergea brusquement de mon bureau. Je faillis hurler, et posai une main sur ma poitrine, dans un geste inutile pour calmer la poussée d'adrénaline qui m'avait tétanisée.

— Vous m'avez fait une de ces peurs ! m'exclamai-je.

— Désolé, pas fait exprès, dit-il d'un ton sinistre.

— Comment êtes-vous entré ?

— Le vigile de nuit. On est copains. Je voulais pas que vous repreniez votre voiture toute seule. Je savais que vous seriez encore là.

Je passai la main dans mes cheveux encore humides ; Marino me suivit dans mon bureau. Je dépliai la serviette sur mon fauteuil et commençai à réunir tout ce dont j'avais besoin pour travailler chez moi. Je remarquai des rapports de labo que Rose avait laissés sur ma table. Les empreintes digitales retrouvées sur le seau à l'intérieur du conteneur correspondaient à celles du mort non identifié.

— Eh ben, ça nous fait une belle jambe, dit Marino.

Il y avait en outre un rapport d'empreintes génétiques,

avec un commentaire de Jamie Kuhn. Il avait utilisé une technique STR et déjà obtenu des résultats.

Je le lus rapidement à voix haute, sans avoir vraiment le cœur à cela :

— « ... trouve un profil... très similaire avec des variantes extrêmement faibles... correspond éventuellement au déposant de l'échantillon biologique... parent proche... »

Je regardai Marino.

— Pour abréger, les empreintes génétiques de l'inconnu et du tueur sont cohérentes avec l'hypothèse selon laquelle ils sont de la même famille.

— *Cohérentes*, répéta Marino d'un air dégoûté. Je déteste ces saloperies de *cohérences* scientifiques ! Ces deux connards sont frères.

Je n'éprouvais pas le moindre doute à ce sujet.

— Il nous faut des échantillons sanguins des parents pour le prouver.

— On n'a qu'à les appeler pour leur demander si on peut passer, répondit Marino d'un ton cynique. Les fabuleux fils Chandonne. Bravo !

Je jetai le rapport sur mon bureau.

— Bravo est le mot qui convient.

— On s'en fout, de toute façon.

— Je serais vraiment curieuse de savoir quel outil il utilise.

Mais Marino avait changé de sujet :

— J'ai passé l'après-midi à appeler tous ces manoirs rupins sur le fleuve, raconta-t-il. La bonne nouvelle, c'est que tout le monde est là, personne ne manque à l'appel. La mauvaise nouvelle, c'est qu'on ne sait toujours pas où il se planque. Et il fait moins 4 degrés, dehors. Je le vois pas se trimballer comme ça, ou dormir à la belle étoile.

— Les hôtels ?

— Pas trace d'un type poilu avec l'accent français ou des mauvaises dents, ni de près ni de loin. Et les motels discrets n'aiment pas tellement parler aux flics.

Nous descendions tous les deux le couloir ; il n'avait pas l'air pressé de partir, comme s'il pensait à autre chose.

— Qu'est-ce qui ne va pas ? demandai-je. En plus de tout le reste ?

— Doc, Lucy était censée partir hier pour Washington, pour passer devant la commission. Ils ont fait venir quatre types de Waco pour la conseiller, tout le tremblement. Mais elle insiste pour rester ici jusqu'à ce que Jo aille mieux.

Nous sortîmes sur le parking.

— Tout le monde peut comprendre ça, continua-t-il tandis que je sentais monter mon inquiétude. Mais c'est pas comme ça que ça marche quand le directeur de l'ATF remonte ses manches pour aller au charbon. Et Lucy, elle, elle se montre pas.

Je pris sa défense :

— Marino, je suis sûre qu'elle les a prévenus que...

— Oh oui ! Elle a téléphoné, et leur a promis d'être là dans quelques jours.

— Et ils ne peuvent pas attendre quelques jours ? dis-je en ouvrant ma portière.

— Toute cette merde, là-bas, a été enregistrée sur bande vidéo, expliqua-t-il tandis que je me glissais sur le siège conducteur dont le cuir était glacé. Et ils n'ont pas arrêté de se la repasser et de la décortiquer.

Je mis le moteur en marche. La nuit paraissait soudain encore plus froide, sombre, tellement vide.

— Et il y a plein de questions, ajouta-t-il en enfonçant ses mains dans ses poches.

— Pour savoir si la fusillade était justifiée ? Sauver la vie de Jo et la sienne n'est pas une justification suffisante ?

— Je crois que le problème, c'est surtout son comportement, doc. Elle est tellement, enfin, vous savez bien. Tellement prête à foncer dans le tas et à cogner tout le temps. Ça transparaît dans tout ce qu'elle fait. D'ailleurs, ça explique qu'elle soit si bonne. Mais ça peut aussi devenir un sacré problème si elle ne le maîtrise pas.

— Vous voulez monter pour éviter de vous geler ?

— Je vais vous suivre jusque chez vous, ensuite, j'ai des choses à faire. Lucy sera là, hein ?

— Oui.

— Parce que, sans ça, je vous laisse pas toute seule, pas avec cet enfoiré dans la nature.

— À votre avis, qu'est-ce que je peux faire avec Lucy ? dis-je doucement.

Je ne savais plus, vraiment. J'avais le sentiment qu'elle glissait entre mes doigts, hors d'atteinte. Parfois, je n'étais même pas sûre qu'elle m'aime encore.

— Tout ça, c'est à cause de Benton, vous savez, dit Marino. Évidemment, elle en veut à la terre entière d'une façon générale, alors elle pète les plombs de temps en temps. Vous devriez peut-être lui montrer le rapport d'autopsie, l'obliger à affronter ça, qu'elle se sorte ça de la tête avant de se foutre en l'air.

— Jamais je ne ferai une chose pareille, protestai-je tandis que cette ancienne souffrance revenait, peut-être un peu moins intolérable qu'avant.

— Putain, il fait froid. La pleine lune approche, et c'est exactement le truc que je veux pas voir maintenant.

— Tout ce que ça signifie, c'est que s'il fait une nouvelle tentative, il sera plus facile à distinguer.

— Vous voulez que je vous suive ?

— Ça va aller.

— Bon, si jamais Lucy est pas là, vous m'appelez. Pas question que vous restiez toute seule.

Sur le chemin du retour, seule dans cette voiture, je me sentis un peu comme Rose. Je savais exactement ce qu'elle voulait dire lorsqu'elle refusait de devenir prisonnière de la peur, de l'âge, du chagrin, de n'importe qui ou de n'importe quoi.

J'avais presque atteint ma résidence lorsque je décidai de tourner et de prendre vers West Broad Street, où se situait la quincaillerie *Pleasant Hardware*. C'était un vieux magasin de quartier qui s'était agrandi au fil des ans et offrait un bel échantillonnage d'outils et de fournitures de jardin.

D'habitude, je n'y arrivais jamais avant 19 heures. La plupart des clients étaient des hommes qui faisaient un tour après le travail et déambulaient dans les allées comme des petits garçons convoitant des jouets. Le parking était bondé de voitures, de camions et de camionnettes, et je me pressai, dépassant le mobilier de jardin soldé et des outils en fin de série. Juste à l'entrée, à l'intérieur, des bulbes étaient en promotion, ainsi que des pots de peinture bleue et blanche empilés en forme de pyramide.

Je ne savais pas très bien quelle sorte d'outil je cherchais, même si je soupçonnais que l'objet qui avait tué Bray devait ressembler à un marteau ou à une pioche. Je parcourus donc les rayons sans rien chercher de spécifique, passant en revue les étagères de clous, de boulons, de vis, d'écrous, d'attaches, de charnières, de moraillons et de loquets. Je serpentai au milieu de centaines de mètres de cordes variées soigneusement enroulées, d'enduits de protection et de calfatage, et d'à peu près tout ce dont on pouvait avoir besoin en matière de plomberie. Je ne vis rien qui puisse me servir, pas plus que dans le grand rayon des marteaux, des barres et des pieds-de-biche.

Les tuyaux ne convenaient pas, leurs filetages n'étaient pas suffisamment larges ou espacés pour avoir laissé l'étrange dessin hachuré sur le matelas de Bray. Les outils de mécanique auto non plus, pas du tout. Le découragement commençait à me gagner lorsque j'atteignis le rayon maçonnerie. J'aperçus de loin l'outil suspendu à un tableau, et je sus que j'avais enfin trouvé.

Il ressemblait à une pioche en acier noir avec un manche torsadé qui évoquait un gros ressort. J'allai en décrocher un. Il était lourd. Une des extrémités était en pointe, et l'autre ressemblait à un ciseau. L'étiquette indiquait qu'il s'agissait d'un marteau à piquer et qu'il coûtait 6 dollars et 90 cents.

Le jeune homme de la caisse n'avait aucune idée de ce que pouvait être un marteau à piquer, et ne savait même pas qu'il en existait dans le magasin.

— Y a-t-il quelqu'un ici qui serait capable de me renseigner ?

Il demanda par interphone à une assistante commerciale nommée Julie de venir à sa caisse. Elle surgit, l'air trop bien habillée et convenable pour s'y connaître en matière d'outils.

— On peut s'en servir en soudure pour éliminer les scories, m'informa-t-elle, mais il est en général utilisé en maçonnerie, pour la brique, la pierre, ce que vous voulez. C'est un outil multifonction, comme vous pouvez le voir en l'examinant. Et le point orange sur l'étiquette signifie qu'il y a 10 p. 100 de remise.

— On peut donc trouver ce genre de choses dans tous les endroits ayant un lien avec la maçonnerie ? Ce doit être un outil assez peu connu.

— À moins de travailler dans la maçonnerie, ou éventuellement la soudure, vous n'avez aucune raison de savoir ce que c'est.

J'achetai donc un marteau à piquer avec 10 p. 100 de remise et repris le chemin de la maison. Lorsque je me garai dans mon allée, je constatai que Lucy n'était pas là, et j'espérai qu'elle était partie chercher Jo à l'hôpital pour la ramener chez moi.

Un banc de nuages venait d'apparaître, surgi de nulle part, et le ciel tournait à la neige. Je rentrai ma voiture dans le garage et pénétrai dans la maison, me dirigeant tout de suite vers la cuisine pour faire décongeler des blancs de poulet au micro-ondes.

J'inondai le marteau à piquer de sauce barbecue, surtout le manche torsadé, puis le jetai et le roulai sur une taie d'oreiller blanche. C'était indubitablement la même empreinte. J'écrasai les blancs de poulet avec les deux extrémités de ce sinistre outil noir et reconnus tout de suite les marques. J'appelai Marino. Il n'était pas chez lui. Je laissai ensuite un message sur son *pager*. Il ne me rappela qu'un quart d'heure plus tard. J'avais les nerfs à fleur de peau.

— Désolé, dit-il, la batterie de mon téléphone était morte, j'ai dû trouver une cabine.

— Où êtes-vous ?

— Je patrouille. L'avion de la police d'État survole le fleuve, et fouille tout avec un projecteur. Peut-être que les yeux de ce salopard brillent dans le noir comme ceux d'un chien. Vous avez vu le ciel ? Bon sang, ils annoncent quinze centimètres de neige, et ça vient de commencer à tomber.

— Marino, Bray a été tuée avec un marteau à piquer.

— Qu'est-ce que c'est que ce truc ?

— Un outil de maçon. Y a-t-il un chantier le long du fleuve, un endroit où on trouve de la pierre, de la brique, quelque chose comme ça ? Bref, le genre d'endroit où il aurait pu se procurer l'outil, parce qu'il s'y cache.

— Où est-ce que vous avez trouvé un marteau à piquer ? Je croyais que vous rentriez chez vous ? Je déteste quand vous faites des conneries comme ça !

— Je *suis* à la maison, dis-je avec impatience. Et lui aussi, peut-être, à cet instant. C'est peut-être un endroit où on installe du carrelage, ou un mur.

Il y eut un silence.

— Je me demande si on utilise un truc comme ça sur un toit d'ardoises, dit-il enfin. Complètement de l'autre côté de Windsor Farms, juste sur le fleuve, il y a cette grande maison derrière des grilles. Ils sont en train de refaire la toiture d'ardoises.

405

— Quelqu'un vit là-bas ?

— Ben, je m'y suis pas intéressé, parce qu'il y a des ouvriers là-bas toute la journée. Il n'y a personne dedans, elle est à vendre.

— Il pourrait se cacher à l'intérieur le jour et sortir la nuit, quand les ouvriers sont partis. Peut-être le système d'alarme est-il débranché à cause des travaux.

— J'y vais tout de suite.

— Marino, n'allez pas là-bas tout seul.

— L'ATF a des gens partout dans le coin.

J'allumai un feu dans la cheminée. Lorsque je sortis chercher un peu plus de bois, il neigeait dru, et la lune était à peine visible derrière les nuages. J'empilai des bûches dans le creux de mon bras tout en agrippant mon pistolet Glock, les yeux fixés sur la moindre ombre, tous les sens en éveil. La nuit avait cette étrange résonance, celle de la peur. Je me pressai de rentrer et rebranchai l'alarme.

Je m'installai dans le salon et travaillai sur des schémas ; les flammes léchaient le conduit de cheminée. Je ne parvenais pas à comprendre comment le tueur avait pu ramener Bray dans la chambre sans lui infliger un seul coup. Malgré ses années dans l'administration, c'était un officier de police entraîné. Comment l'avait-il réduite à l'impuissance, avec semblait-il autant de facilité, sans trace de lutte ou de blessure apparente ? La télévision était allumée, un flash d'informations locales passait en boucle toutes des demi-heures.

Le soi-disant Loup-Garou ne devait pas être ravi de ce qui s'y disait, si tant est qu'il puisse l'entendre :

— ... *décrit comme trapu, environ un mètre quatre-vingts, peut-être chauve. D'après le médecin expert général, le docteur Scarpetta, il est peut-être atteint d'une maladie rare qui a pour symptômes l'hirsutisme, un visage déformé et des dents...*

Merci, Harris, songeai-je intérieurement. Il m'avait tout collé sur le dos.

— ... *sont appelés à être extrêmement vigilants. N'ouvrez pas votre porte, à moins d'être sûr de savoir à qui vous avez affaire.*

Harris avait raison sur un point, au moins. Les gens allaient paniquer. À 22 heures, le téléphone sonna.

— Salut, dit Lucy.

Il y avait bien longtemps que je n'avais entendu cette voix enjouée, vivace.

— Tu es toujours à l'hôpital ?

— On règle les dernières formalités. Tu as vu la neige ? Ça tombe dru. On devrait être là d'ici une heure.

— Conduis prudemment. Appelle-moi quand tu arriveras, que j'aide Jo à rentrer.

Je remis deux bûches sur le feu. Ma maison était une forteresse, pourtant la peur me gagnait. Je tentai de me distraire en regardant un vieux film de James Stewart sur HBO tout en réglant diverses factures. Je pensai à Talley, et une vague de dépression ajouta à mon humeur plus qu'incertaine. J'étais en colère contre lui. Certes, j'étais coupable d'hésitations, mais il ne m'avait pas vraiment laissé ma chance. J'avais tenté de le joindre. Il n'avait pas pris la peine de me rappeler.

Lorsque le téléphone sonna de nouveau, je sursautai, et un paquet de factures tomba de mes genoux.

— Oui ?

— Cet enfoiré était bien là ! s'exclama Marino. Mais il n'y est plus. Il y a des saletés, des emballages vides partout, et des foutus poils dans le lit. Les draps puent le chien sale et mouillé.

Un frisson me parcourut.

— Le HIDTA a une équipe quelque part, et j'ai des flics qui grouillent partout. Qu'il plonge dans la flotte, et on le coince.

— Lucy ramène Jo, Marino. Elle aussi est dehors.

— Vous êtes toute seule ? explosa-t-il.

— À l'intérieur, enfermée, l'alarme est branchée, le pistolet sur la table.

— Vous restez là et vous ne bougez pas, vous m'entendez !

— Ne vous inquiétez pas.

— La seule chose de bien, c'est qu'il neige très fort. Il y a déjà à peu près huit centimètres d'épaisseur, et vous savez comme la neige éclaire tout. C'est pas le moment qu'il se balade.

Je raccrochai, puis essayai de regarder la télévision, mais rien ne m'intéressait. Je me levai, rejoignis mon bureau pour relever ma messagerie sans avoir envie de répondre à qui que ce soit. Je pris le bocal de formol et le levai à la lumière, examinant ces petits yeux jaunes qui n'étaient rien d'autre que des points dorés en réduction. Je m'étais tant trompée, sur tant de choses. Que de tâtonnements, que de fausses directions. Pendant ce temps-là, deux femmes étaient mortes.

Je posai le bocal de formol sur la table basse, dans le salon. À 23 heures, je rallumai la télévision pour regarder les informations. Bien entendu, on ne parlait que du Loup-Garou. Je changeai de chaîne, et le déclenchement de mon alarme me fit sursauter. La télécommande tomba par terre lorsque je bondis et me précipitai vers l'arrière de la maison. Le cœur me remontait dans la gorge. Je m'enfermai dans ma chambre et agrippai mon Glock, attendant que le téléphone sonne. Je n'attendis guère que quelques minutes.

— Zone 6, la porte du garage, me dit-on. Vous voulez la police ?

— Oui ! Et tout de suite !

Je m'assis sur mon lit et laissai l'alarme vriller mes tympans. Je gardai un œil sur l'écran du vidéophone, mais me rappelai soudain qu'il ne fonctionnerait pas si la police ne sonnait pas. Et la police ne sonne jamais, j'étais bien placée pour le savoir. Je n'avais pas d'autre choix que de débrancher l'alarme, de la remettre en route et d'attendre dans le silence, me concentrant totalement pour saisir le moindre son jusqu'à percevoir la chute molle de la neige.

À peine dix minutes plus tard, on frappa à ma porte, et je me précipitai dans le couloir, tandis qu'une voix sur le seuil criait : « Police ! ».

Je posai avec soulagement mon arme sur la table du salon et demandai :

— Qui est-ce ?

— Police, madame, nous répondons à votre alarme.

J'ouvris la porte, et les deux officiers qui étaient venus quelques jours auparavant secouèrent la neige de leurs chaussures et entrèrent.

— Vous n'avez pas beaucoup de chance, ces derniers temps, n'est-ce pas ? remarqua Butler en ôtant ses gants et en examinant les alentours. On pourrait dire qu'on s'est pris pour vous d'un intérêt particulier.

— La porte du garage, cette fois, remarqua McElwayne, son partenaire. OK, allons jeter un œil.

Je les suivis, traversant le vestiaire jusqu'au garage, et constatai immédiatement qu'il ne s'agissait pas d'une fausse alarme. La porte du garage avait été forcée sur environ quinze centimètres. Des traces de pas s'incrustaient dans la neige, s'approchant de la porte puis s'en éloignant. À l'exception d'égratignures sur le joint de caoutchouc du bas de la porte, il n'y avait pas de trace d'outil apparente. Les empreintes de pas étaient légèrement recouvertes de neige, donc récentes, ce qui correspondait au moment où l'alarme s'était déclenchée.

McElwayne demanda par radio un enquêteur qui apparut vingt minutes plus tard, prit des photos de la porte et des empreintes, et passa de la poudre à empreintes digitales. Une fois encore, la police ne pouvait pas faire grand-chose d'autre que suivre la trace des empreintes de pas. Elles conduisaient de ma cour jusque dans la rue, où la neige était écrasée par les pneus des voitures.

— Tout ce qu'on peut faire, c'est rapprocher les patrouilles dans le coin, me dit Butler lorsqu'ils me quittèrent. On gardera un œil sur votre maison du mieux possible, et s'il se passe quelque chose d'autre, appelez tout de suite la police. Même s'il s'agit juste d'un bruit, d'accord ?

Je contactai Marino sur son *pager*. Il était maintenant minuit.

— Que se passe-t-il ?

Je lui racontai.

— J'arrive.

— Écoutez, tout va bien. Je suis un peu secouée, mais tout va bien. Je préfère que vous continuiez à le chercher là dehors plutôt que de me baby-sitter.

Il hésitait. Je savais ce qu'il pensait.

— De toute façon, apparemment, le cambriolage n'est pas son genre, ajoutai-je.

Marino hésita, puis dit :

— Il y a un truc que vous devez savoir. Je me demandais si je devais vous le dire. Talley est là.

Je demeurai abasourdie.

— Il dirige l'équipe du HIDTA qu'ils ont envoyée.

— Il est là depuis combien de temps ? demandai-je d'un ton que j'espérais seulement teinté de curiosité.

— Deux jours, environ.

— Saluez-le de ma part, dis-je comme si Talley ne signifiait plus grand-chose pour moi.

Mais Marino ne fut pas dupe.

— Désolé que ce soit finalement un tel connard, remarqua-t-il.

À la seconde où il raccrocha, je contactai l'unité d'orthopédie du Medical College of Virginia, mais l'infirmière de garde ne savait pas qui j'étais et refusa de me transmettre toute information. Je voulais parler au sénateur Lord. Je voulais parler au docteur Zimmer, à Lucy, à une amie, à quelqu'un qui m'aimait. À cet instant précis, Benton me manquait de façon intolérable. Il me sembla que la seule solution consistait à m'enterrer dans les décombres de ma vie. Mourir, pourquoi pas.

Je tentai de réanimer le feu, mais le bois que j'avais rapporté était humide et refusait obstinément de s'enflammer. Je regardai le paquet de cigarettes sur la table, sans trouver l'énergie d'en allumer une. Assise sur le canapé, le visage enfoui dans mes mains, j'attendis que les spasmes de ce chagrin disparaissent. Lorsqu'on frappa de nouveau brutalement sur le battant de la porte d'entrée, j'avais les nerfs à vif, mais par-dessus tout, j'étais épuisée.

— Police !

C'était une voix d'homme et il frappa de nouveau à la porte avec un objet dur, comme une matraque.

— Je n'ai pas appelé la police, répondis-je à travers la porte.

— Madame, nous avons reçu un appel concernant un individu suspect sur votre propriété. Tout va bien ?

— Oui, oui, dis-je en débranchant l'alarme et en ouvrant la porte pour le laisser entrer.

La lumière sur le porche était éteinte. Jamais il ne m'était venu à l'esprit qu'il puisse parler sans aucune trace d'accent français. L'odeur de chien mouillé me sauta au visage lorsqu'il força son chemin et referma la porte derrière lui d'un coup de pied. Un cri s'étrangla dans ma gorge. Il sourit, et c'était monstrueux. Il tendit une main velue pour me toucher la joue, dans un geste presque tendre.

Son visage, couvert d'un fin duvet blond, était asymétrique, une moitié plus basse que l'autre. Ses yeux déments, irréguliers, luisaient de rage, de désir et de moquerie mêlés. Il arracha son long manteau noir pour me le jeter sur la tête, et je m'enfuis en courant. Tout se passa à la vitesse de l'éclair, en l'espace de quelques secondes.

La panique me projeta dans le salon. Il était sur mes talons, et des sons gutturaux qui n'avaient rien d'humain sortaient de sa gorge. J'étais terrifiée, incapable d'aligner une pensée cohérente.

La seule chose qui me vînt à l'esprit, enfantine et vaine, fut de lui jeter quelque chose à la figure, et la première chose que je vis fut ce bocal de formol qui contenait un morceau de la peau du frère qu'il avait assassiné.

Je m'en emparai, sautai par-dessus le canapé, me battant avec le couvercle. Il avait maintenant sorti son arme, ce marteau au manche torsadé, et lorsqu'il le leva, tentant de m'agripper, je lui balançai le formol au visage.

Il hurla, portant les mains à ses yeux et à sa gorge, luttant contre la brûlure et l'asphyxie. Il ferma les yeux de toutes ses forces, hurlant encore et encore, essayant d'arracher sa chemise trempée, haletant, tandis que je m'enfuyais. J'attrapai mon arme sur la table de la salle à manger, et enclenchai l'alarme tout en m'enfuyant par la porte d'entrée.

Mes jambes se dérobèrent sous moi sur le perron, mais je parvins à amortir ma chute en tendant le bras gauche. Lorsque je tentai de me relever, je sentis que je m'étais cassé le coude, et, terrorisée, le vis tituber à ma poursuite.

Il s'agrippait à la rampe en tâtonnant pour descendre les marches, sans cesser de crier. Paniquée, assise au bas des marches, je tentai de reculer en rampant. La partie supérieure de son corps était couverte de longs poils blonds, comme ses bras. Il tomba à genoux, ramassant des poignées de neige pour se baigner le visage et le cou, cherchant à retrouver son souffle.

J'étais à sa portée. Dans quelques tous petits dixièmes de seconde, il bondirait sur moi. Je levai mon pistolet, mais ne pus actionner la détente. J'essayai à plusieurs reprises, mais mon coude fracturé et mes tendons déchirés m'empêchaient de plier le bras.

Je n'arrivais pas à me relever, je ne cessais de glisser. Il m'entendit, rampa plus près de moi, tandis que je reculais, glissais, essayais de rouler sur moi-même. Il eut un hoquet puis se coucha à plat ventre dans la neige. Mais rien ne parvenait à atténuer la douleur de ses atroces brûlures. Il creusait la neige comme un chien, l'empilant sur sa tête, pressant de pleines poignées contre son cou. Il tendit vers moi un bras velu. Je ne comprenais pas ce qu'il me disait en français, mais je suis sûre qu'il me suppliait de l'aider.

Il pleurait. Torse nu, il frissonnait de froid. Il avait les ongles sales et abîmés, il portait un pantalon et des chaussures d'ouvrier, peut-être de matelot. Il se tordait et criait, et j'avais presque pitié de lui. Mais je ne m'en serais approchée pour rien au monde.

Les tissus saignaient dans mon articulation brisée. Mon bras enflait et la douleur lancinante irradiait. Je n'entendis pas arriver la voiture. Je vis soudain Lucy courir dans la neige, manquer plusieurs fois de perdre l'équilibre tandis qu'elle armait le Glock calibre 40 qu'elle aimait tellement. Elle tomba à genoux près de lui, en position de combat, et pointa le canon en acier sur sa tête.

— Non, Lucy ! criai-je en tentant de me relever.

Elle avait le souffle court, le doigt sur la détente.

— Espèce de fils de pute ! Espèce de putain d'enfoiré ! dit-elle pendant qu'il continuait à gémir et à s'essuyer les yeux avec de la neige.

— Lucy, non ! hurlai-je tandis qu'elle agrippait encore plus fort son pistolet des deux mains, assurant sa prise.

— Je vais te délivrer de ta souffrance, espèce d'enfoiré !

Je rampai dans sa direction tandis que des voix résonnaient et que des portières de voiture claquaient.

— Lucy, non ! Non, pour l'amour de Dieu !

Elle ne m'entendait pas, ni moi ni personne, enfermée dans un monde de haine et de colère, son monde. Elle déglutit. Il geignait toujours, les mains sur les yeux.

— Arrête de bouger ! hurla-t-elle.

Je me rapprochais petit à petit :

— Lucy, pose cette arme.

Mais il ne pouvait pas s'empêcher de bouger ; elle était pétrifiée dans cette position, mais soudain, juste un instant, elle vacilla.

— Lucy, ne fais pas cela. Je t'en prie. Pose cette arme.

Elle n'en fit rien. Elle ne me répondit pas, ne me regarda pas. Subitement, il y avait foule autour de moi, des gens en treillis sombres, des pieds partout, des fusils, des pistolets.

J'entendis Marino dire :

— Lucy, pose cette arme.

Elle ne bougea pas. Le pistolet tremblait dans ses mains.

Ce tueur misérable gémissait et hoquetait. Il était à quelques centimètres de Lucy et moi, j'étais à quelques centimètres d'elle.

– Lucy, regarde-moi. Regarde-moi !

Elle jeta un coup d'œil vers moi, et une larme glissa le long de sa joue.

– Il y a eu assez de morts comme ça. Je t'en prie, ça suffit. Ceci n'est pas justifié. Ce n'est pas de la légitime défense. Jo t'attend dans la voiture. Ne fais pas ça. Ne fais pas ça, je t'en prie. Nous t'aimons tous.

Elle déglutit, et je tendis prudemment la main.

– Donne-moi ton arme. S'il te plaît. Je t'aime. Donne-moi ton arme.

Elle l'abaissa puis la jeta dans la neige, où l'acier brilla comme de l'argent. Elle demeura là sans bouger, la tête baissée. Marino se rapprocha, lui murmurant des choses que je ne saisissais pas. La douleur de mon coude commençait à me couper le souffle, et quelqu'un me releva.

– Viens, me dit doucement Jay Talley.

Il m'attira contre lui, et je le regardai. C'était tellement bizarre de le voir en treillis de l'ATF. Je n'étais pas certaine qu'il soit bien là. C'était un rêve, ou un cauchemar. Rien de tout cela ne pouvait arriver. Les loups-garous n'existaient pas, Lucy était incapable de tuer quelqu'un, Benton n'était pas mort, j'étais sur le point de m'évanouir, et Jay me soutenait.

– Il faut t'emmener à l'hôpital, Kay. Je parie que tu en connais un certain nombre dans le coin, dit Jay.

– Il faut sortir Jo de la voiture, elle doit avoir froid. Elle ne peut pas bouger, marmonnai-je.

Mes lèvres étaient engourdies, je pouvais à peine parler.

– Elle va bien, ne t'inquiète pas. On va s'occuper de tout.

Il m'aida à marcher, j'avais les pieds glacés. Talley se déplaçait comme s'il ne sentait ni la neige ni la glace.

– Je suis désolé de la façon dont je me suis conduit, dit-il.

– C'est moi qui ai commencé, répondis-je, alors que les mots se coinçaient quelque part dans ma gorge.

– Je peux faire venir une ambulance, mais je préférerais t'emmener moi-même, dit-il.

– Oui, oui, dis-je, viens avec moi.

Photocomposition CMB Graphic
Saint-Herblain

Achevé d'imprimer en février 2000
sur les presses de Brodard et Taupin
à La Flèche
pour le compte des Éditions Calmann-Lévy
3, rue Auber, Paris 9ᵉ

N° d'impression : 1058
Dépôt légal : mars 2000
N° d'éditeur : 12939/01
Imprimé en France